Süßer Mord

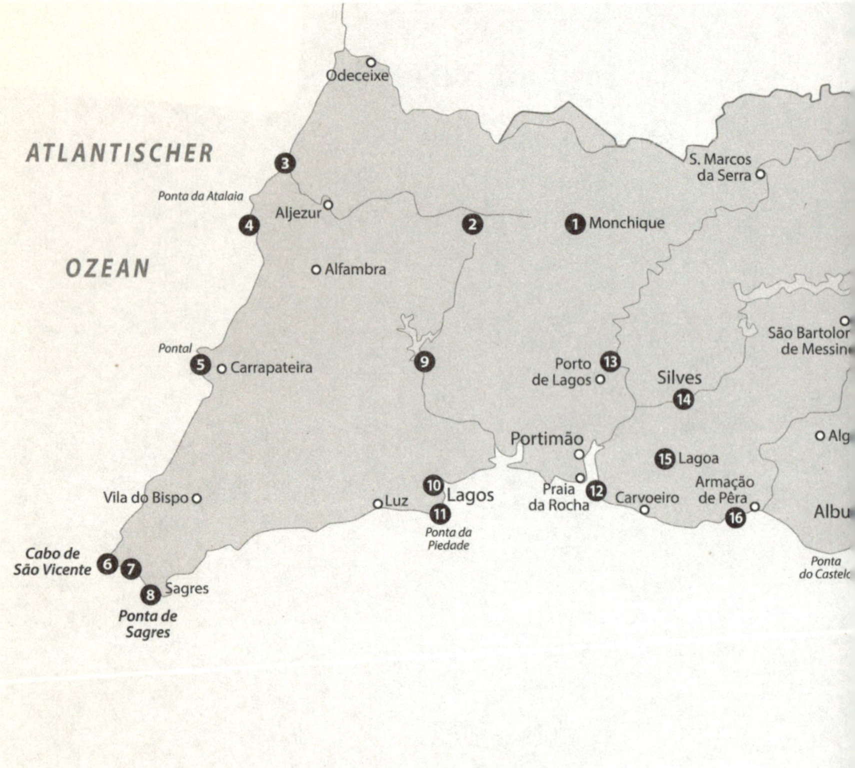

1 Monchique, Kirche und Friedhof
2 Quinta do Monte und Quinta da Ribeira
3 Bucht Praia da Amoreira
4 Klippen und Halbmondbucht Arrifana
5 Hüttendorf Zibririnha südlich der Praia da Bordeira
6 Kap São Vicente
7 Ruine und Strand von Beliche
8 Fortaleza de Sagres
9 Stausee Barragem da Bravura
10 Lagos mit Yachthafen Marina
11 Felsformationen Ponta da Piedade
12 Leuchtturm Ferragudo. In der Nähe: Teresas Villa
13 Straße und Barragem Odelouca
14 Silves, römische Brücke
15 Galeria Arte Algarve in Lagoa

16 Hotel Vila Vita
17 Albufeira, Zentrum
18 Falésia östlich von Olhos de Água
19 Yachthafen Marina in Vilamoura
20 Loulé, Mercado Municipal
21 Quinta do Lago
22 Ilha de Faro
23 Zentrum Faro
24 Fischerstadt Olhão
25 Ria Formosa mit den Inseln Armona und Culatra
26 Tavira
27 Cacela Velha

Außerhalb der Algarve, nördlich von Alcoutim:
Mértola und Pulo do Lobo

Rolf Osang wurde 1949 im Nordschwarzwald geboren. Nach Werbefachschule und Philosophiestudium arbeitete er in mehreren Verlagen, bevor er zusammen mit Felix Magath die Stadionzeitung des 1. FC Saarbrücken herausgab. Anschließend gründete er eine Werbeagentur, lebte in Stuttgart, London und Lissabon und schrieb erfolgreich Portugal-Reiseführer. Heute betreibt er in der Algarve eine Kunstgalerie in einer Weinkellerei.

ROLF OSANG

Süßer Mord

ALGARVE KRIMI

emons:

Bibliografische Information der Deutschen Nationalbibliothek
Die Deutsche Nationalbibliothek verzeichnet diese Publikation in der Deutschen Nationalbibliografie; detaillierte bibliografische Daten sind im Internet über http://dnb.d-nb.de abrufbar.

Umschlagmotiv: photocase.com/jameek
Umschlaggestaltung: Tobias Doetsch
Gestaltung Innenteil: César Satz & Grafik GmbH, Köln
Lektorat: Susann Säuberlich, Neubiberg
Druck und Bindung: CPI – Clausen & Bosse, Leck
Printed in Germany 2015
ISBN 978-3-95451-575-2
Algarve Krimi
Originalausgabe

Für meine Kinder Andreas, Julia, Joscha und Tomas

1

Das Ruckeln beim Landeanflug war harmlos. Trotzdem riss Joana erschrocken die Augen auf. Ihre Tochter Lisa, rechts neben ihr sitzend, drückte ungerührt ihre Stirn ans Bullaugenfenster und ergötzte sich an einem Naturschauspiel, das unterhalb des Airbusses wie an einem Faden gezogen dahinglitt. Ein Mosaik aus Wassertupfern, aquamarinblau die einen, smaragdgrün die anderen, alle umfasst von kupfersandfarbigen Wällen. Wie ein von Tiffany geschaffener Riesengürtel schmiegte sich die Wasserwelt der Ria Formosa an die Südküste Portugals.

Lisa lehnte sich zurück und seufzte. »Endlich …«

Joana nickte mit wehmütigem Blick. Lisa achtete nicht darauf, sondern streckte ihre offene Hand zum High five aus. Die Mutter hielt erstaunt dagegen, die Tochter schlug ein – und schon setzte die Maschine sanft auf.

»Wie viele Jahre ist es her?«, wollte Lisa wissen.

»Dreiundzwanzig«, antwortete Joana leise, sie flüsterte fast.

Lisa schien nachzurechnen, wie die Falten auf ihrer Stirn anzeigten. Sogleich huschte ein helles Lächeln über ihr Gesicht, das trotz ihres jungen Alters von achtundzwanzig Jahren ein intensives Leben vermuten ließ.

»Da war ich also noch keine fünf Jahre alt. Ich kann mich gut an einige Gerüche erinnern und an Bilder vom Meer, von Buchten und Bergen. Ich bin so froh, dass du dich überwunden hast und wir endlich die Algarve besuchen. Warum eigentlich erst jetzt? Und warum so plötzlich?«

Sie spielte darauf an, dass ihre Mutter die Reise für sie beide von heute auf morgen gebucht hatte. Als ein vorweggenommenes Geburtstagsgeschenk, hatte Joana ihr erklärt. Dabei hatte Lisa erst im September ihren Jahrestag. Sie hatte natürlich sofort zugesagt.

Joana beantwortete Lisas letzte Frage nicht. Sie schaute zur Seite. Tat sie oft.

»Egal«, sagte Lisa heiter. »Der Rückflug ist erst in zwei Wochen. Lass uns was Tolles daraus machen, um dieses herrliche Land wiederzuentdecken. Ich würde am liebsten gleich morgen in die Serra-Berge hochfahren und Jorge besuchen. Ich freue mich, Portugiesisch mit ihm zu sprechen. Kommst du mit?«

Joana schüttelte den Kopf und löste den Sicherheitsgurt. Ihre blonden Prachthaare schlenkerten hin und her.

»Du weißt doch, dass ich tolle Fotos von diesem edlen Vila-Vita-Parkhotel und knackige Interviews machen will. Das Feature ist für die ›Vogue‹. Da muss ich schon was Exquisites abliefern, sonst bin ich als Freelancer im Handumdrehen out. Ich habe eine Woche dafür angesetzt, dann sehen wir weiter. Die haben tolle Pools und sogar einen eigenen Strand. Wir bekommen eine Suite mit Terrasse, keine hundert Schritte vom Atlantik entfernt. Und wir haben jeder ein eigenes Schlafzimmer, als wären wir ein altes Paar. Willst du nicht erst mal Urlaub machen und richtig faulenzen? Du hast es verdient.«

»Machst du diese Reise wirklich nur für den Artikel?«

»Natürlich. Für mich ist es eine wunderbare Aufgabe und eine Chance zugleich. Und was hast du vor?«

»Wie gesagt: Ich will Jorge treffen. Dreiundzwanzig Jahre … Ob er ein alter Mann geworden ist, dein Ex-Traummann?«

»Graue Haare hatte er schon früh …«

»Na und? Portugiesen bekommen oft schon als junge Männer graue Haare, wie alle Südländer. Auf mich wirkte er immer wie ein stolzer Gutsbesitzer. Fast wie in einem Märchen. Ich habe ihn nie vergessen. Eigentlich vermisse ich ihn heute noch.«

Joana senkte die Augenlider, ihre Lippen bebten. »Ich erinnere mich an einen sehr eindrucksvollen und souveränen Mann, anders kann ich es nicht sagen, einen, der sein Leben so führte, wie er es wollte. So jedenfalls habe ich ihn in Erinnerung. Und sein Landgut … Was für eine wunderbare Welt. Sie ist direkt aus dem Paradies auf die Erde gefallen. Eine Welt, die ich verloren habe – mit allem, was dazugehört.« Starr wurde ihr Blick. Ihre Nasenflügel weiteten sich.

Lisa versuchte, die Mutter aufzuheitern. »Jorge würde sich riesig freuen, dich wiederzusehen.«

»Du meinst es gut, Süße. Aber an die Vergangenheit lässt sich nicht mal eben anknüpfen, als wäre nichts geschehen. Fahr allein hin, bitte.«

»Mache ich ja. Aber schade ist es trotzdem. Schade ist auch, dass du mir nie erzählt hast, was damals eigentlich geschah. So leicht gibt man ein Paradies und einen Traummann doch nicht auf.«

***

»Wunderbare Geschöpfe seid ihr. Im Vergleich zu euch Tieren ist der Schöpfungsversuch *Mensch* ein wahrer Fehlgriff. Ob der Versuch überhaupt gut gemeint war? Oder wollte ein böser Gott dem Satan bloß zeigen, wie man echte Teufelsbraten hinkriegt? Ah, weg mit euch, ihr wirren Gedanken! Als würden mir Gott oder Teufel etwas bedeuten. Niemand bedeutet mir etwas – außer dir, Mafalda, mein süßes goldiges Schwein. Natürlich habe ich auch eine Familie, eine echte Menschenfamilie, habe eine Mutter, wie sie gluckenhafter nicht sein könnte und an die ich also inniglich gebunden bin. Auch habe ich diesen Bruder, der schon immer groß hinauswollte. Ab und zu helfe ich ihm ein bisschen, sonst wäre er längst als Ganove in der Gosse gelandet. Familie. Zufallstreffer. Zufallsnieten. Man kann sie sich nicht aussuchen, Mafalda. So ist es eben, das Leben …«

Er tätschelte den speckigen Hintern der schwarzen Sau und setzte seinen Monolog fort. »Viel kann ich dir nicht bieten, nur einen langweiligen Stall. Aber sauber ist er, groß und hell, und du fühlst dich wohl bei mir, nicht wahr? Heute bekommst du wieder das Allerbeste zum Fressen: dein Lieblingsgranulat. Und dazu gibt es dicke Eicheln, die wir beide im Dezember im Korkeichenwald gesammelt haben. Weißt du noch? Fünf Säcke sind übrig. Mit diesem Futter wirst du noch dicker und noch prächtiger. Weißt du was? Ich liebe dich!«

Der groß gewachsene Mann, ein wahrer Schrank, öffnete einen Jutesack, füllte einen Blecheimer halb voll mit Eicheln und vermischte sie mit dem Granulat. In der Erwartung des täglichen Spektakels trat er vor den Stall und lächelte seine Mafalda an. Er schüttete das Futter auf dem ausgetrockneten Boden aus. Sabbernd machte sich die Sau ans Fressen, während er einen Schlauch holte, um den Boden zu wässern. Nachher konnte sich seine Liebste wieder im lehmigen Schlamm suhlen, grunzend vor Vergnügen.

»Ich beneide dich …«, sagte er leise, als wollte er, der mutterseelenallein im Küstengebirge lebte, von niemandem gehört werden.

Finster blickte er zu der östlich hinter einem Eukalyptuswald gelegenen *Quinta da Ribeira*, einem stattlichen Herrenhaus. Sein Elternhaus. Ein kaltes, abweisendes Haus. Dort zu leben war ihm verschlossen. Macht nichts. Er lebte sowieso viel lieber mit einem Schwein zusammen. Menschen traute er nicht. Denn Menschen logen. Tiere logen nie.

***

Wenn sie hinunter zum Rio Douro blickte, kam es schon mal vor, dass sie seufzen musste. Dann legte sie das Kinn auf die verschränkten Hände, schloss die Augen und dachte sehnsüchtig an das Anbaugebiet für den weltberühmten Portwein beim über hundertzwanzig Kilometer flussauf gelegenen Städtchen Pinhão.

Kommendes Wochenende würde sie wieder einmal mit der Bahn am Fluss entlang hinfahren, später würde sie am Ufer wandern und dem frühen Sommer lauschen, der in Millionen Blüten rauschte. Ihre Blicke würden über die Berghänge mit den terrassenförmig ansteigenden Weingärten schweifen, deren Böden von gelbem Klee wie von flockigen Teppichen überzogen waren. Schon im Februar hatten die leuchtend gelben, sanft duftenden Mimosenwälder die erste Farbenpracht des Jahres fast überall dorthin gezaubert, wo keine Reben wuchsen. Ja, sie ist ewig jung, diese Natur. Neue Kraft und neues Leben wollte Catarina aufsaugen, einen tollen Krimi würde sie lesen und ganz gewiss keine Fachzeitschrift. Nur *sein*.

Solche Wochenenden waren ihr sehr wichtig geworden, denn

sie stellten einen Gegenpol zum Alltag dar, der nur von einem geprägt war, nämlich von Arbeit, Arbeit, Arbeit. Einer Arbeit allerdings, von der sie täglich aufs Neue herausgefordert wurde.

Nach ihrem Studium der Architektur in Bristol hatte sie das Glück gehabt, ein Praktikum bei dem Architektur-Papst Siza Vieira in Porto zu ergattern. Als einzige Engländerin. Morgens hatte der berühmte Siza immer eine Ansprache gehalten, ein Briefing, das dreißig Minuten dauerte und in dem er seine Gedanken über ein anstehendes Projekt darlegte. Er philosophierte über Raum, Rhythmus, Realität und reale Rechte der Menschen. Dann hatte er seinen Plan vorgelegt. Bis in die Nacht hinein sollte Catarina in einem Team aus über vierzig jungen Architekten aus aller Welt ihren Platz finden, Ideen entwickeln, ausarbeiten, präsentieren. Und diskutieren. Eine Arbeit, die süchtig machte. Catarina hatte gar nicht genug davon bekommen können.

Grandiose Projekte standen an: ein Museum in Seoul, Metro-Stationen in Lissabon und Porto, Wohnblöcke in Berlin, Maastricht und New Orleans. Dieses Praktikum war für sie prägender und auch vorteilhafter als das Studium selbst gewesen. Die Referenz mit der Signatur des Pablo-Picasso-Freundes Siza Vieira hatte ihr nachher eine Stelle in einem renommierten Architekturbüro in Lissabon eingebracht.

So hatte sie ein beachtliches Ansehen in ihrer Branche erlangt, und das im Alter von gerade mal fünfunddreißig Jahren, und arbeitete inzwischen für ein aufsteigendes Architektenteam in Porto, der Metropole im Norden Portugals, ihrem Zuhause seit Jahren.

Der Blick hinab zum Rio Douro war für sie gleichbedeutend mit einer kurzen, aber heilsamen Meditation. Sie hielt den Atem an und verinnerlichte den Anblick. Der schnell fließende, wasserreichste Strom Iberiens teilte, kurz bevor er sich in den Atlantik ergoss, die Nachbarstädte Porto und Vila Nova de Gaia. Warm und wohlig strahlten beide an diesem späten Nachmittag, weil die Sonne schon tief stand.

Da nahmen sogar die grauen Granitgebäude, die am Rio-Ufer übereinandergeschachtelt zu Portos gotischer Kathedrale hochkletterten, warme Farben und weiche Züge an. Trotz dieser sonnigen Anmut lag etwas Raues über Portos Häuserberg, und gerade das war es, dieser atlantisch-herbe Touch, was Catarina so gut gefiel.

Plötzlich musste sie wieder einmal an ihren Namen denken. Catarina. Warum hatte sie eigentlich einen iberischen Namen? Sie konnte sich nicht daran erinnern, dass ihre englischen Eltern Spanien- oder Portugal-Liebhaber wären. Vielleicht hörte sie es deshalb lieber, wenn man sie bei ihrem Kurznamen rief? Catie, sagten Freunde und Kollegen, und bekamen stets zu hören: *»Call me Cat!«*

Ihre Gedanken waren weit abgeschweift. Freigelassen trieben sie durch das Niemandsland der Phantasie. Plötzlich wehte ein kühler Hauch einher. Ihr war, als stünde sie an einem Abgrund und unter ihr breitete sich eine dunkle Schlucht aus. Kribbelnde Gänsehaut überzog ihre Arme. Etwas streifte sie, etwas, das sie nicht erklären konnte. Es war das Gefühl von Angst. Wütendes Autohupen ertönte. Reifen quietschten, als wollte jemand einen Unfall vermeiden. Sie zuckte mit den Schultern, legte den Kopf zur Seite, blickte um sich. Aber da war nichts.

Das Unerklärliche warf keine Schatten.

2

Im Landesinneren ragte ein langer Bergzug auf, blass violett sich abhebend vom unendlichen Blau des Himmels. Gut gelaunt fuhr Lisa mit ihrem Mietwagen, einem Polo, auf einer Landstraße mit zahllosen Kurven in höhere Regionen und bog schließlich in Richtung Westküste ab. Sie erreichte ein Dorf mit einem Namen, der an Konfitüre erinnerte: Marmelete.

In einer schmucklosen Taverne fragte sie auf Portugiesisch nach der *Quinta do Monte*. Die Wirtin in Lisas Alter trug giftgrüne Leggings und ein schwarzes Kurzkleid. Von Kopf bis Fuß musterte sie die blonde Fremde, die in ihren Jeans und einem T-Shirt mit dem Aufdruck »Do not even try« sportlich wirkte. Der Kopf der drallen Frau senkte und hob sich bei dieser Betrachtung wie in Zeitlupe. Ein vielsagendes Lächeln huschte über ihr rundliches Gesicht, dem man eine Vorliebe für Schweinefleisch ansah. Man sah ihr auch an, dass sie noch mit der Übersetzung des Aufdrucks beschäftigt war.

»Immer geradeaus«, sagte sie schließlich und trat an die Kneipentür. »Fahren Sie bis zum Ende der Dorfstraße, dann die Hauptstraße überqueren. Auf der anderen Seite geht es auf einem breiten Weg weiter. Nach einem Kilometer stehen Sie vor der Quinta.«

»Hört sich einfach an … Können Sie mir bitte einen Kaffee machen?«

»Einen Espresso?«

»Ja. *Uma bica, por favor.*«

»Sie sprechen gut Portugiesisch.«

»Ich habe ein paar Jahre in dieser Gegend gelebt.«

Die Frau blickte erstaunt auf und knallte die Espressotasse auf den kleinen Unterteller. Im fordernden Ton einer Wirtin, die Dorfmänner zu bedienen gewohnt war, sagte sie: *»Cinquenta!«* Fünfzig Cent.

In Berlin müsste Lisa das Fünffache bezahlen.

Die Wirtin musterte Lisas Gesicht. »Ich kann mich gar nicht an Sie erinnern.«

»Ist schon dreiundzwanzig Jahre her.«

»Ach, da war ich erst drei Jahre alt. Da hat man als Erwachsener alles längst vergessen.«

»Finden Sie?«

»Ich schon.«

Lisa trank den heißen Espresso in einem Zug aus und verließ das Café, stieg in den Polo und rollte auf einer Kopfsteinpflasterstraße durch das verlassen wirkende Dorf.

Der Fahrweg, der hinter der Landstraße in Richtung Westen verlief, glich einer Allee. Alte Eukalyptusbäume ragten am Wegrand auf. Wie Girlanden baumelten meterlange Rindenstreifen herab und verliehen der Allee etwas Märchenhaftes. Auf einer Terrasse oberhalb des Weges erstreckte sich ein Olivenhain, dahinter breitete sich ein am Hang ansteigender lichter Wald aus Korkeichen aus. Nach Kräutern roch es, nach Rosmarin, Thymian, Lorbeer. Unterhalb des Weges gab sich ein Weingarten der Sonne hin.

Lisas Blick schwenkte hinab zum Meer, das silbern leuchtend die Region bis zum Südhorizont einschloss. Aus der Höhe der Berglandschaft sah die in der Sonne schimmernde Küstenregion wie aus einem Cockpit betrachtet aus.

Schon tauchte ein großes weißes Gebäude auf. Fenster und Türen waren blau umrahmt. In einer kleinen Kapelle mit bäuerlich barocker Fassade und einem Glockentürmchen hatte der stattliche Komplex seinen Mittelpunkt und wirkte fast klösterlich. Der Hauseingang befand sich rechts daneben an einem mit dunklen Schieferplatten belegten Vorplatz, der bis zum Fahrweg reichte. Dieser Platz schenkte dem Anwesen eine angenehme Gemütlichkeit, wirkte wie ein nach draußen verlegtes Wohnzimmer. Ein Grillplatz, ein Stapel Holzscheite und eine Gruppe verwitterter Gartenstühle mit gelben Kissen rund um einen Holztisch vollendeten das Ensemble.

Neben dem Eingang wurzelte ein mächtiger Bougainvilleabusch. Er verzweigte sich über der Tür in einen Trieb, der die am Weg endende Nordseite des Gebäudes in Beschlag nahm, und ein zweiter Trieb rankte an der Ostseite bis hinüber zur Kapelle.

Mit seinen abertausend violetten, von der Morgensonne angestrahlten Blüten zog der Busch alle Aufmerksamkeit auf sich. Seine Farbe war es, die seit vielen Jahren immer wieder in Lisas Träumen auftauchte. Jetzt wusste sie, warum.

Auf der Granitbank neben dem Eingang saß eine ältere Frau und schälte Kartoffeln. Als Lisa im Schritttempo vorfuhr, hielt die Frau inne und blickte auf. Sie schaute zu, wie die Fremde den Wagen stoppte, ausstieg und an der Autotür stehend freundlich herüberlächelte.

»Ist das die *Quinta do Monte*?«, fragte Lisa und bemerkte die Anspannung in ihrer Stimme.

»Guten Tag, ja, das ist die *Quinta do Monte*.«

»Lebt hier ein Senhor Jorge Guedes?«

»Ja, der lebt hier.« Die Frau nickte langsam und stutzte kurz. Sie raffte ihren ganzen Mut zusammen und fragte zurück: »Und Sie – heißen Sie Lisa?« Bei diesen Worten erhob sich die Bauersfrau, die Kartoffelschalen fielen auf den Boden, offen war ihr Mund, ihre Lippen zitterten, die Augen weiteten sich, wurden feucht. Erwartungsvoll starrten sie Lisa an.

Die nickte, rührte sich aber nicht von der Stelle. Da streckte die Bäuerin ihre Arme aus. Ihr vom Wetter gegerbtes, ebenmäßig schönes Gesicht strahlte, als wäre ein Wunder geschehen. Überschwänglich machte sie ein paar Schritte in Richtung Lisa, blieb dann aber mit respektvollem Abstand vor der jungen Frau stehen und stammelte: »Oh Gott, ich kann es nicht fassen, unsere kleine wilde Lisa! Senhor Jorge wird sich so freuen!« Auf dem Absatz drehte sie sich um, trat zur Tür und rief ins Haus: »Senhor Jorge, Senhor Jorge – Lisa ist da!«

Wie angewurzelt stand Lisa auf dem Vorplatz und lauschte dem Herannahen von Schritten. Dann stand er in der Haustür. Seine langen weißen Haare gaben seinem von der Sonne gebräunten Gesicht einen löwenhaften Anblick. Eine ungeheure Freude strahlte aus den dunklen Augen. Er öffnete seine Arme wie ein Gottvater in einem kitschigen Heiligenbild.

Lisa flog hinein und merkte es erst, als sie in seinen Armen hing. Ein gewaltiges Glücksgefühl durchströmte sie. Doch schon siegte die Vorsicht in ihr. Sie drückte sich von der breiten Brust des Mannes weg und schaute Senhor Jorge ruhig, aber trotzig an.

»Lisa«, sagte er tief ausatmend. »So sieht also die junge Frau aus. Ich kenne dich ja nur als kleines Mädchen. So klein, nein, so groß warst du damals.« Er hielt seine Hand auf gute siebzig Zentimeter ansteigend über dem Boden ausgestreckt. Man merkte ihm an, dass er sich zu einer gewissen Gelassenheit zwang. Lisa konnte aber auch spüren, dass die Freude ihn schier übermannte und er nicht so recht wusste, was er tun sollte. Ihr ging es natürlich ganz ähnlich.

»Joana hat regelmäßig deine Größe gemessen. Hier am Türrahmen ist dein Wachsen festgehalten.«

Lisa betrachtete die in den Rahmen eingeritzten Zahlen. Da waren verwitterte Daten zu sehen wie 15. März 1992 oder 11. Oktober 1993. Diese Ziffern offenbarten eine Wirklichkeit, die für Lisa nicht mehr existiert hatte, und das rief in ihr eine alte Wahrheit wach: Alles, was war, ist wahr. Sie stellte sich vor den Türrahmen. Sie lachte. Aber aus ihren Augen quollen Tränen.

Jorge umfasste ihre Schultern und schaute sie mit leuchtenden Augen an. »Fast ein Vierteljahrhundert ist es her.«

»Dreiundzwanzig Jahre, genauer gesagt«, sagte Lisa lächelnd, während mächtige Gefühle sie durchströmten. »Jetzt erinnere ich mich an so viel! Hier geht es direkt in die Küche, nicht wahr? Darf ich?«

Sprachlos schaute Jorge zu, wie Lisa die schwere Tür aus massivem Kastanienholz öffnete und die Küche betrat, einen über sechzig Quadratmeter großen Raum mit einer hohen Holzdecke. Dieser Raum stellte so etwas wie die Schaltzentrale der Quinta dar. Eine offene Feuerstelle, die über vier Meter breit war, dominierte auf einer Seite. Hier saß man unter einem auf zwei Granitsäulen ruhenden Rauchfang zusammen, hier wurde an einem robusten Holztisch gegessen, hier wurden die Abende verbracht, vor allem im Winter, wenn rund um die Uhr ein Feuer prasselte.

Lisa schüttelte staunend den Kopf. Urgemütlich sah das alles aus. Sie kannte es. Tief in ihrer unbewussten Erinnerung schlummerten diese Bilder, und jetzt wurden sie wach. Ein Déjà-vu reihte sich neben das andere, wohin sie auch schaute.

»Hier geht es in dein Zimmer«, strahlte Jorge. Er ging voraus und öffnete gleich die erste Tür. Licht flutete durch ein Sprossenfenster und ließ den Raum wegen der wenigen dunklen Möbel wie eine Klosterzelle wirken. Neben einem hohen Bett gab es einen Nachttisch mit einer Leselampe aus Messing und eine Glaskaraffe, gefüllt mit Wasser, daneben einen Tonbecher. Gegenüber stand ein dreitüriger Kleiderschrank.

In der dunkelsten Raumecke steckten in einer hohen Tonvase mehrere Zweige eines verästelten Busches mit ausgedörrten Blättern. Klebriges Harz, das die Zweige umschloss, strömte einen intensiven süßlichen Geruch aus. Lisa sog die Luft ein. Tief. Sie kannte diesen Duft, sie kannte ihn genau!

»Wie heißt diese Pflanze?«, fragte sie.

Jorge lächelte. »Zwei Nationalgerüche hat die Algarve: den von gegrillten Sardinen und den von Zistrosen.«

Lisa setzte sich aufs Bett, lehnte sich leicht nach hinten und stützte sich mit beiden Ellbogen ab. Sie schaute zur Decke. Trauer stieg in ihr auf, unaufhaltsam. Sie beugte sich vornüber, vergrub ihr Gesicht in den Händen und wurde von heftigem Weinen geschüttelt.

Jorge blieb am Türrahmen angelehnt stehen. Er presste die Lippen zusammen. Er traute sich nicht, Lisa zu trösten oder einfach nur in die Arme zu nehmen. Er strich mit beiden Händen über sein Gesicht, als wollte er die Wellen des Glücks glatt streichen. Er wusste nicht, ob er träumte oder ob Lisa tatsächlich vor ihm stand. Er fühlte sich auf einmal alt und trottelig. Gaukelten ihm seine Sinne einen Wunschtraum vor?

Er raffte sich zusammen und sagte: »Willst du spazieren gehen, so wie wir es früher immer machten? Willst du alte Erinnerungen auffrischen?«

»Ein paar Gerüche kommen mir bekannt vor. Und dieser riesige Busch … Eine Bougainvillea, nicht wahr? Die lila Farbe hat sich in mir eingebrannt.«

»In mir auch, oh ja. Der Busch ist gewissermaßen das Wappen unseres Hauses … Also, dann lass uns losgehen. Antonieta?«

Die Haushälterin kam aus der Küche. »Ja?«

»In etwa einer Stunde sind wir zurück zum Lunch. Bereiten Sie uns bitte etwas Herzhaftes aus der Serra zu. Lisa muss sich wieder hineinschmecken …«

»Die Heimat schmecken …«, ergänzte Antonieta und schmunzelte.

Die fast vornehm wirkende Bäuerin mit dem schönen klaren Gesicht deutete einen Knicks an und ging zurück in die Küche. Sie schien genau zu wissen, was sie auftischen sollte.

Lisa folgte Jorge in dessen Arbeitszimmer. Ein großer, dunkler Schreibtisch mit grüner Lederauflage beherrschte den Raum. Eine Tür führte zu einem sich anschließenden Atelier. An zwei Wänden befanden sich Bücherregale, die Ostseite hatte ein großes Fenster. An der vierten Wand hingen zwei Gemälde im Format von etwa einem Meter mal einem Meter, ein drittes und halb fertiges stand auf einer Staffelei. Sie waren spätimpressionistisch gemalt, erinnerten an Lyonel Feininger und Georges Braque.

»Hast du die gemalt?«, wollte Lisa wissen.

Jorge nickte.

»Und verkaufst du deine Bilder?«

»Ja. Aber ich male langsam und brauche für ein Bild gut und gern zwei Monate. Da kann ich nicht viele verkaufen.«

»Was kostet dieses hier?« Sie stellte sich vor die Staffelei und das entstehende Gemälde, das eine von Licht durchflutete, kubistisch strukturierte Stadtansicht zeigte.

»Um die sechstausend …«

»Sechstausend Euro? Bist du so berühmt?«

»Es gibt Kollegen, die bekommen fünfzigtausend und mehr …«

»Hier in Portugal?«

»Hier in Portugal. Aber die Käufer leben vor allem im Ausland, in Südafrika oder in den USA. Und in Lissabon oder Porto. Hier in der Gegend kaum.«

»Ich wusste ja nicht einmal, dass du malst.«

»Eigentlich bin ich Architekt. Aber heute bin ich hauptsächlich Bauer. Ich habe mit dem Malen begonnen, nachdem sich mein Leben gravierend verändert hatte, damals …« Sein Blick hob sich für einen kurzen Moment. In ihm schwelte jene Wehmut, die auch Joana stets umgab. »Es vertreibt die Einsamkeit«, fügte er hinzu, als ob Lisa nicht längst erahnt hätte, dass Jorge ein einsamer Mann war.

Sie ging aber nicht darauf ein. »Ich weiß anscheinend so vieles nicht. Ich bin gespannt, was ich noch alles wiedererkennen werde.«

Sie machten sich auf den Weg. Das stattliche Gebäude war um einen zentralen Innenhof herum angelegt, der fünfundzwanzig Meter lang wie breit sein mochte. Linker Hand und nach Osten ausgerichtet lag der Wohnteil. Die Nordseite, die den Fahrweg begrenzte, war eine scheunenartige Vorratshalle für Orangen, Zitronen und anderes Frischobst. Die Westseite bestand aus Stallungen für Rinder. Die Tierhaltung lohnte sich kaum noch, seit der Rinderwahn zu Massenschlachtungen geführt hatte, erklärte Jorge. Die Ställe waren leer. Die Südseite des Gebäudekomplexes bestand aus einem dreißig Meter langen Raum, in dem landwirtschaftliches Gerät verstaut war.

Nachdem sie die Quinta in Augenschein genommen hatten, fühlte sich Lisa schon vertrauter mit der Umgebung. »Wenn ich mich richtig erinnere, gibt es da unten einen Stausee?« Sie zeigte in Richtung Süden, schaute aber in Jorges dunkle Augen.

Er nickte. »Der Stausee. So viel ist an seinen Ufern schon passiert.«

Sofort schlugen in Lisa die Alarmglocken an. »Was?«

»Später, Lisa. Lass uns erst einmal einen Überblick gewinnen.«

Ein paar Minuten gingen sie schweigend weiter, bis sich Lisa auf einen Granitfelsen am Wegrand setzte. Falten wellten ihre Stirn. »Du musst mir viel erklären, Jorge. Ich habe nie kapiert, warum Mama damals Hals über Kopf von hier weggegangen ist und wir nach Deutschland zogen. Aber was mich noch viel mehr beschäftigt, ist diese Frage: Bist du eigentlich mein Papa, ich meine, bist du mein leiblicher Vater?« Mit offenem Mund stand sie unmittelbar vor ihm. Vorgestreckt war ihr Kopf und bebte.

Jorge musste nach Worten ringen. Es schien, als schaute er durch sie hindurch. »Ich weiß es nicht, Lisa. Deine Mutter hat behauptet, ein anderer Mann sei dein Erzeuger. Ist das denn wirklich so wichtig?«

»Es ist wahnsinnig wichtig.« Lisa stutzte und fügte dann hinzu: »Vielleicht auch nicht. Was wirklich zählt, ist die Liebe.«

»Siehst du ... Das hat deine Mutter auch immer gesagt.« Jorges Augen waren weit aufgerissen, er packte Lisa an den Händen, dann umarmte er sie, und während sie nach Luft rang, fragte er: »Wo lebt Joana? Wie geht es ihr?«

»Wir sind gestern in Faro angekommen. Joana wird zwei Wochen lang im VilaVita-Parkhotel bleiben, um eine Reportage über die Nobelherberge zu produzieren.«

»Sie ist also auch hier ... Wunderbar.«

»Aber sie hat große Scheu, dich wiederzusehen, Jorge. Wie gesagt, ich habe nie verstanden, warum wir Portugal verlassen mussten. Was ist damals geschehen?«

Eindringlich blickte er ihr in die Augen und sagte langsam und leise: »Ich weiß nicht, warum Joana unserem glücklichen Zusammenleben so ein jähes Ende bereitet hat. Ich kann den Grund nur erahnen.«

»Was erahnst du?«

»Mir kam es so vor, als hätte sie sich damals retten müssen – und dich natürlich auch. Ja, das war es, eine Flucht. Wovor? Ich weiß es nicht.«

Lisa nickte nachdenklich. Sie spürte instinktiv, dass sich die Antwort schon finden würde, doch nur allmählich, nicht mit Gewalt.

»Die Guedes-Familie ist ziemlich reich, oder?«, fragte sie.

Erstaunt über den Themenwechsel blickte Jorge sie an. »Mein Vater ist seinerzeit sehr wohlhabend geworden, ja«, antwortete er zögernd. »Vor über sechzig Jahren hatten meine Eltern hier, wo jetzt die Quinta steht, ein kleines Haus selbst erbaut. Mein Vater hat Kräuter angebaut und die Samen von Zitronen ausgepresst. Damit behandelte er kranke Menschen. Er war eine Art Wunderdoktor geworden, ein Medizinmann – obwohl er nie eine Universität von innen gesehen hatte. Leute aus dem ganzen Land suchten seinen Rat und seine Hilfe. Er heilte sehr viele …«

»Das große graue Haus da unten. Gehört das auch zu eurem Besitz?« Mit ausgestrecktem Arm zeigte Lisa zu einem stattlichen und von einer hohen Mauer umringten Gebäude. Ein weißer Porsche Cayenne stand direkt vor der Eingangstür.

»Früher war das ein kleines Gehöft. Es gehört unseren Nachbarn, der Familie Ferreira.«

»Denen geht es anscheinend auch nicht schlecht. Wie kann man als Bauer so reich werden, dass man sich so ein stattliches Anwesen leisten kann? Und so ein Auto?«

»Um deine Frage zu beantworten, müsste ich weit ausholen.«

»Ich höre dir gern zu. Du merkst es doch: Ich will viel mehr über meine Vergangenheit wissen. Mama hat alles, was mit Portugal zusammenhängt, aus unserem Leben verbannt. Bis auf die Sprache natürlich. Wir reden oft portugiesisch miteinander oder so einen merkwürdigen Mix aus Deutsch und Portugiesisch wie ›Ich würde jetzt gern eine *cerveja* trinken‹.«

Jorge ging auf diese Bemerkung nicht ein, sondern fuhr fort. »Dich interessieren finanzielle Aspekte. Das ist gut, denn sie sind oft ausschlaggebend. Also: Früher ging es den Serra-Bauern nicht schlecht. Sie hatten Kühe, Ziegen, Schafe, Esel. Die wichtigsten Produkte unserer Region sind das Eukalyptusholz für die Papierherstellung und der Kork. Er wird in alle Welt exportiert. Trotzdem verarmte das Volk, während Diktator Salazar unser Land vom Rest der Welt abgekoppelt und die Leute mit Fußball und dem Glauben an das Ehrenhafte der Armut ruhig gehalten hat – und das, während in Europa der Zweite Weltkrieg loderte! Salazar gelang es, Portugal an der geostrategisch wichtigen Lage am Atlantik und als Brücke zu Afrika neutral zu halten. Damit machte er es für alle Mächte begehrenswert. Er hamsterte die größten Goldreserven aller westlichen Länder zusammen, während Millionen Landsleute am Hungertuch nagten.« Er holte Luft, schien sich auf Wesentliches konzentrieren zu wollen. »In dieser Zeit hat Nachbar Ferreira die Zügel der Macht hier in der Serra an sich gerissen.«

»Wie war das möglich?«

»Er wurde Chef von Salazars übermächtiger PIDE, der staatlichen Geheimpolizei hier in unserer Gegend. Übrigens war Joanas Vater, also dein Großvater, ein deutscher Gestapo-Mann. Er führte viele Männer der Umgebung in die Aufgaben der PIDE ein – ganz nach deutschem Vorbild.«

»Das wusste ich nicht. War er ein brutaler SS-Typ?«

»Eigentlich nicht. Ich glaube, er hat die Gelegenheit genutzt, sich aus Deutschland abzusetzen. Nach dem Krieg wurde er Bienenzüchter. Er hatte den dicksten und längsten Bart, den ich je gesehen habe. Er hat den Bauern der Umgebung manche Tricks bei der Produktion von Honig vorgeführt. Sein Häuschen oben beim Dorf Barbelote ist jetzt leider unbewohnt.«

»Und meine Großmutter?«

»Sie ist bei Joanas Geburt gestorben.«

»War sie auch eine Deutsche, oder stammte sie von hier?«

»Sie war ein echtes Serra-Mädchen, unerschrocken, fleißig, immer hilfsbereit. Sie muss eine gehörige Portion Schalk im Nacken gehabt haben. Deine Großmutter ist also eine Portugiesin gewesen, durch und durch, und deine Mutter Joana eine Halbportugiesin. In dir strömt viel lusitanisches Blut, Lisa. Heißes Blut.«

Und mein Vater?, wollte Lisa noch fragen, biss sich aber auf die Lippen und fragte stattdessen: »Und wie ging es mit diesen Ferreiras weiter? Wie hat der Mann seine Stellung bei der Geheimpolizei für sich persönlich genutzt?«

»Alle paar Jahre gab es Dürreperioden. Nach über einem Jahr

ohne Regen ging es dann sogar den Bauern der Serra schlecht. Der trockene Boden gab keine Bohnen mehr her, keinen Mais, keine Kartoffeln, und die letzten Schweine, Schafe, Ziegen und Hühner waren geschlachtet. Hilfe aus Lissabon traf nicht ein. Als sich ein paar Männer aus Alferce bei Ferreira beschwerten, rief er die Armee um Hilfe. Fünfhundert Soldaten haben das Dorf mit seinen vierhundert Seelen belagert. Einige Leute sind spurlos verschwunden. Anschließend gab es keinen Ärger mehr.«

Lisa hörte gebannt zu, auch wenn sie für Geschichte sonst nicht viel übrighatte. »Und wie hat Ferreira daraus Vorteile geschlagen, oder sollte ich besser sagen: Wie hat er diese Situation missbraucht?«

»Ihm hat die Olivenmühle in Monchique gehört, außerdem besaß er die Getreidemühle und die Reisfelder im Norden der Serra. Er hat als Einziger immer volle Lager gehabt. In den Dürrejahren konnte ein einziger Sack voll Mais zur Überlebensfrage für eine ganze Familie werden. Mit Geld bezahlen konnten sie aber nicht – sie hatten nichts mehr. Also bezahlten sie mit ihrem Hab und Gut: mit ihren kleinen Gehöften. Sie *schenkten* sie Ferreira, damit er keine Steuern zahlen musste – und das mit Brief und Siegel. Für einen lächerlichen Sack voll Mais! Glaube mir, diese Habsucht eines Einzelnen auf der einen Seite und die Ohnmacht der Leute auf der anderen – das macht mich heute noch verrückt!«

Sein vor Wut leuchtender Blick war auf die *Quinta da Ribeira* gerichtet. Mit gedämpfter Stimme schloss er seinen Bericht ab: »Humberto Ferreira hat es auf mindestens zwanzig solcher Schenkungen gebracht.«

»Zwanzig Schicksale«, ergänzte Lisa und bohrte weiter: »Habe ich das richtig verstanden? Früher hat es hier also viel mehr Gehöfte gegeben, die aber von Ferreira einfach eingeheimst wurden?«

»Ja. In einigen kleinen *Quintelas* wohnen die Leute noch, mietfrei, aber sie leben nicht mehr in ihren eigenen Anwesen, denn das Land gehört ja den Ferreiras. Die überlassen den betroffenen

Familien fünfzig Prozent von allem, was sie ernten, wie Orangen, Kartoffeln, Kohl oder Kork. Der bringt am meisten Geld.«

»Dein Vater hat es auch sehr weit gebracht. Haltet ihr es mit der Ernte auch so, dass alles geteilt wird?«

»Weißt du, viele Leute, die geheilt wurden, haben ihn fürstlich belohnt. Einige mit den Häusern der Familien – aber nicht nur hier, sondern auch im Norden des Landes oder an der Küste oder sogar in den ehemaligen Kolonien in Kap Verde, Mosambik und Angola. Viele Portugiesen emigrierten seinerzeit in reiche Länder, um zu überleben – über zehn Prozent der gesamten Bevölkerung Portugals hat damals das bitterarm gewordene Land verlassen.«

»Das ist ja schrecklich.«

»Das kannst du laut sagen.« Seine Augenbrauen zuckten. »Aber zurück zu deiner Frage: Ja, wir halten es auch so. Fünfzig Prozent der Ernte gehören den Bauern, fünfzig Prozent den Guedes.«

»Und seit dem Tod deiner Eltern gehört die Quinta dir allein?«

»Ja. Und meiner Schwester Teresa gehört ein großer Besitz an der Klippenküste zwischen Carvoeiro und Ferragudo. Wir haben das Erbe aufgeteilt.«

»Wann wurdest du geboren?«

»1954. Teresa kam drei Jahre später dazu.«

»Hattest du eine schöne Kindheit?«

»Oh ja, die hatte ich. Schau dich doch um. Ich wünschte, alle Kinder dieser Welt könnten so frei aufwachsen wie ich – oder wie du. Deine ersten Lebensjahre hast du hier verbracht, Lisa. Bis das geschah, was wir beide nicht verstehen können, bis deine Mutter plötzlich das Land verließ.«

»Wie hast du es empfunden, Sohn eines reichen Mannes zu sein, während überall Armut herrschte?«

»Ehrlich gesagt, habe ich mich des Reichtums meiner Familie geschämt. Deshalb habe ich mich damals oft vor den Menschen versteckt. Ich bin fast jeden Tag durch die weiten Wälder gerannt, oder ich malte oder beobachtete Wildschweine, Rebhühner, Fasane. Ich liebte unser Zuhause – vor allem, wenn niemand da war, mit Ausnahme von Antonieta, die mir immer Orangen geschält hat. Mit vierzehn verließ ich die Monchiquer Grundschule und wechselte zum Gymnasium in Portimão. Ich habe dann bei einer Gouvernante im Vorort Praia da Rocha gelebt, wo seinerzeit die ersten Villen für die Piloten von British Airways entstanden. Ende der 1960er Jahre begann dort der Tourismus. Die Algarve war ja bis dahin eine bitterarme und nur spärlich besiedelte Provinz gewesen, und jetzt wurde sie binnen weniger Jahre eine touristische Destination ersten Ranges. Noch in den 1970er Jahren konnte man ein Gut von zehn Hektar Größe für den Preis einer Flasche Champagner in einem Londoner Fünf-Sterne-Hotel erwerben.«

»Pervers … Damals hast du also begonnen, die große Welt zu erschnuppern?«

»So ist es. Portimão war eine der wenigen größeren Städte. Hier gab es auch Leute, die Zeitung lasen und nicht nur über Fußball und den Krieg in den Kolonien Afrikas redeten – und wenn, dann kritisch. Hier habe ich meine ersten Zigaretten geraucht, am Kai gesessen und mit einem Maler namens Solito über den Sinn des Lebens gestritten, habe ›Warten auf Godot‹ gelesen und konnte Jean-Paul Sartre seitenweise zitieren. Seinerzeit bin ich zu einem Existenzialisten geworden, wie man Sartres Anhänger nennt.«

Lisa lächelte, denn Sartre sagte ihr nichts. Wie rasch sich doch die Zeiten verändern und mit ihnen die großen Namen, die ihre Epoche markieren, dachte sie und blickte Jorge so an, dass er sich zum Weitererzählen aufgefordert fühlte.

»Wenn ich dann sonntags nach Monchique kam und zusammen mit meiner Familie die Kirche besuchte, hatte ich die Gewissheit, dass die Menschen nicht wussten, was sie taten. Nach dem üblichen Sonntagsschmaus habe ich dann immer behauptet, ich müsse dringend zurück nach Portimão und eifrig studieren. Natürlich habe ich mich dann mit Solito getroffen, und wir diskutierten, diskutierten, diskutierten. Dazu tranken wir Rotwein aus dicken Wassergläsern und schwelgten im Schmerz über die Menschen und die Welt. Mit achtzehn habe ich die Schule abgeschlossen und sollte zum Militärdienst eingezogen werden, und das hieß: ab in die Kolonien und auf Menschen schießen – und das in einer Zeit, in der die Jugend zwischen Berlin und San Francisco Blumen in den Haaren trug! Beatles-Musik hörte man sogar in unserem weltfremden Portugal. Ich zog Konsequenzen. Ich haute ab. Über den Grenzort Vilar Formosa im Norden unseres Landes gelangte ich nach Paris. Aber ich wollte ja sehen, wo die Beatles lebten, ich wollte zur Abbey Road, wollte in der Nähe meiner Schwester sein, die damals in London lebte. Also bin ich hingetrampt. Mein neues Zuhause war jetzt ein paar Wochen lang bei Teresa. Dann erhielt ich ein Stipendium und einen Studienplatz in Bristol, wo ich mich mit Wissenswertem über Kunst und moderne Architektur vollsog. Und natürlich auch mit Joints und Bier. Ich war durstig, ah, ich war richtig durstig!«

***

Sie war Französin, und sie war gut. Innerhalb von einer Stunde hatte PR-Chefin Claire Taillandier der deutschen Journalistin Joana Hauser einen Überblick über das Resort verschafft, hatte ihr den acht Meter unter der Erde liegenden Weinkeller und über ein halbes Dutzend Restaurants und sechs Bars gezeigt, die in dem phantastisch gepflegten Parkareal unaufdringlich integriert waren.

Ein Gourmettempel auf Atlantikklippen, ein perfekt durchorganisiertes Paradies, in dem betuchte Leute aus allen Erdteilen Urlaub machten. Weltberühmte Stars und Politiker zählten dazu. Was sie besonders schätzten, war die Tatsache, dass es hier keinen Rummel und keine pressegeilen VIPs gab, keine Paparazzi und Autogrammjäger. Nur Ruhe und Gelassenheit, die typisch portugiesischen Charakteristika, wie Joana befand. Sie musste in sich hineinlächeln. Schließlich war sie ja selbst Portugiesin. Gar nicht weit weg von hier, gerade mal vierzig Kilometer entfernt, hatte sie das Licht der Welt erblickt. Hier hatte sie einst ihr Glück gefunden.

Der letzte Gedanke gefiel ihr nicht. Er gefiel ihr schon, aber er machte sie unglücklich. Denn dieses Glück war abgebrochen worden wie ein Stock. Kein morscher, sondern ein kräftiger Stock. Damals war sie endlos enttäuscht gewesen, von sich und vor allem von einem Mann. Damals hatte sie sich geschworen, ihrem Land und ihrem Glück endgültig den Rücken zu kehren. Dass sie jetzt wieder hier war, wunderte sie selbst am meisten. Aber sie hatte zugesagt, und was sie versprochen hatte, musste sie einhalten.

3

Heute gab es etwas Feines zu feiern. Die britischen Investoren würden in den nächsten Tagen die zweite Tranche überweisen, sechzig Millionen Euro, berichtete er grinsend. Das Geld kam aus den Bermudas und würde auf dem Konto im nahen Gibraltar bereitliegen. Der Korken knallte, und der Champagner quoll blumig aus der Flasche. Zwei Möwen, die am Klippenrand sitzend herblinzelten, flatterten davon.

Das Paar hatte den imposanten Ort, ein riesiges natürliches Loch nahe den Klippen beim Leuchtturm von Ferragudo, nicht aus romantischer Liebe zur Natur aufgesucht. Es war ihre Vorliebe für spritzige Würze, die den Alltag belebte und sie hierherzog. Hier funktionierte ihr Spielchen immer. Das Getöse der brechenden Wellen im Hintergrund und die Sicht auf die Südküste bis zum achtzig Kilometer entfernten Sagres, dem südwestlichsten Punkt Europas, konnte ihre Libido nur steigern.

Die Frau war nicht mehr die Jüngste, aber sie hatte eine sexuelle Ausstrahlung, die, da war sie sich sicher, auch einen der finanziell erfolgreichsten Männer des Landes in Fahrt bringen konnte. Die gestrafften Falten um Mund und Augen deuteten darauf hin, dass sie das Altern mit teuren Cremes und euphorischem Lächeln zu zähmen versuchte.

Sie lächelte ihn so an, wie sie es bei Marilyn Monroe im Film gesehen hatte. Sie lehnte sich zurück und stützte sich mit einer Hand auf einem niedrigen Felsen ab, der aus Millionen Muscheln zusammengebacken war. Mit der anderen Hand riss sie ihre Seidenbluse auf. Knöpfe stoben davon. Blanke Haut schimmerte dem Mann und seinem offenen Mund entgegen.

Den Champagner goss er über ihrem Hals aus. Es machte sie kirre, wie die Flüssigkeit ihre wenigen Kleidungsstücke nässte.

»Hast du die Schokolade mitgebracht, Lieber?«, fragte sie.

»Natürlich … Die werden wir jetzt zum Schmelzen bringen!« Sein Lachen wurde vom Schlagen der Wellen übertönt, die unten an den Klippen zerschellten. Aus seinem weißen Seidenblazer zog er eine Stange Toblerone heraus, riss die Verpackung ab und warf sie achtlos weg. Mit der Schokostange strich er über ihren nassglänzenden Hals.

»Mehr?«, fragte er nach einer Weile.

»Viel mehr …«, stammelte sie.

Da zerrte er kraftvoll ihre lästige Bluse und den Rock weg, dann den Tanga …

Als sie die zerrissenen Sachen anzog, giggelte sie wie ein Mädchen. Sie prosteten sich wieder zu.

»Wenn nur jedes Geldgeschäft so spritzig abgeschlossen werden könnte«, sagte sie mit frivolem Timbre in ihrer Stimme und schloss genießerisch die Augen.

Er zeigte, sie anlachend, die Zähne. Er hatte ihr nicht alles erzählt.

***

Als verstünde sie Jorges Worte nur zu gut, nickte Lisa immer wieder vor sich hin. Und während er nicht aufhörte zu erzählen, bohrte in ihr ständig die gleiche Frage: War dieser Mann ihr leiblicher Vater? Sie achtete auf seine Gesten und Körperbewegungen, um Ähnlichkeiten zu entdecken. Sie fand keine. Doch wenn sie in seine dunklen und er in ihre grünblauen Augen blickte, dann mischten sich die Geister wie Schlieren in einem Wasserglas. Dann wurde ihr ganz warm, und Jorge schaute fast betreten zur Seite.

Es schien, als wäre er überglücklich, endlich jemanden gefunden zu haben, dem er die vielen alten Geschichten erzählen konnte. Dass dieser Jemand Lisa war, die er wie seine eigene Tochter angenommen hatte, machte es für ihn noch viel beglückender. Er war nicht mehr zu bremsen.

Plötzlich wurde seine Stimme ernst. »Und dann kam das Jahr 1974, und mit ihm der 25. April. Die legendäre Nelkenrevolution. Ein halbes Jahrhundert Salazar-Diktatur hatte an diesem

Tag ein Ende gefunden – Portugal war frei. Als Bachelor der Architektur bin ich ein Jahr später aus England in die Algarve zurückgekehrt. Als ich mit dem Turboflieger in Faro ankam, stand ich auf der Treppe und sah das Lagunenland der Ria Formosa glitzern. Vogelschwärme sind mit schwerem Flügelschlag wie durch ein japanisches Reispapierbild geflogen. Ich sog die Luft ein. Ah, das war sie. Meine geliebte Luft, geschwängert vom Duft des Ozeans und den Zistrosen, harzig, warm, würzig, algig. Wie hatte ich diese Luft vermisst! Auf den Metallstufen bin ich nach unten gewankt. Dann, auf dem Boden der Algarve angekommen, bin ich auf die Knie gefallen und habe den tränennassen Asphalt geküsst …«

Er blickte scheu zur Seite, denn seine Augen waren beim Erzählen feucht geworden.

»Nach meiner Rückkehr habe ich als Architekt gearbeitet. Der Bau eines Strandcafés in Alvor wurde mein erster Auftrag. Nach der Eröffnung des Cafés habe ich mich dann mit einem Kulturtrip nach Madrid belohnt. Ich wollte die Gemälde des Malers Francisco de Goya im Original sehen. Für mich war und ist er der wichtigste Künstler im frühen neunzehnten Jahrhundert, ein Künstler, der den Geist seiner Zeit wie kein anderer vorführt. Kunst bewegt, Kunst verändert, davon war ich überzeugt. Auch Architektur ist für mich Kunst. Und? Veränderte sie die Zeit? Was würden unsere Nachfahren über uns und unsere Architektur sagen?«

Lisa schmunzelte. »Nicht viel Gutes … Wie hat das mit euch beiden dann begonnen?«

»Gleich am ersten Tag meines Madrid-Urlaubs bin ich zum Prado-Museum und dort zum Goya-Flügel geschlendert. Ich stellte mich ans Ende der Menschenschlange und zündete eine Zigarette an. Habe übrigens schon vor Jahren damit aufgehört. Nun, der Qualm klebte an meinen Fingern. Ich verengte die Augen, um das Phänomen aus der Nähe zu betrachten, und schon war der Hintergrund im Unscharfen verschwunden. Da habe ich den Blick gelockert und sah ein Frauengesicht. Es war so ungeheuer schön, dass es mir den Atem verschlug. Ich ließ die

Hand sinken und lachte die Frau an, sie hat zurückgelacht, hell und heiter und unglaublich fröhlich. Ich konnte es kaum fassen: Joana war es, das Mädchen aus Monchique. Ihre schiere Freude steckte mich an, und so standen wir beide vor dem Goya-Flügel, wir haben die Hände auf den Knien abgestützt und gelacht und gelacht. Unvergesslich ...«

»Hattest du sie vorher nie getroffen? Sie ist doch hier in der Serra aufgewachsen.«

»Natürlich haben wir uns gekannt. So wie man jeden im Dorf kennt, ohne ihm je wirklich begegnet zu sein. Sie saß oft im linken Teil des Kirchenschiffs, da, wo die Frauen immer waren, während ich rechts bei den Jungs und Männern saß. Wie oft habe ich hinüber zur hübschen Joana geschielt ...«

»Wo hat sie gelebt?«

»Oben am Fóia-Berg mit ihrer Tante im Dörfchen Barbelote im Haus ihres deutschen Vaters.«

»Und dann habt ihr euch kennengelernt. In Madrid ... Gefällt mir, dieser romantische Anfang eurer Liebesgeschichte. Wie ging es weiter?«

»Die Werke von Goya haben wir uns gemeinsam angeschaut. Joana schilderte das Leben des genialen Malers, den auch sie über alles schätzte. Nach ihrem Schulabschluss war sie Studentin der Kunst und Kunstgeschichte in Lissabon geworden und hatte Goya als Thema eines Referats im Rahmen ihres Studiums gewählt. Zum Recherchieren war sie mit dem Zug nach Madrid gefahren.«

Lisa sinnierte mit leiser Stimme: »Kunstgeschichte. Habe ich auch studiert ... Aber es wurde mir zu langweilig. Erklärungen, Theorien, Worte. Immer nur Worte. Das ist keine Kunst. Kunst, das ist Handlung mit Gefühl. Paul Cézanne sagt es ganz toll: Ein Kunstwerk, das nicht mit Emotionen beginnt, kann nicht Kunst sein. Ich hörte also mit dem Studieren auf und schwor, mich viel mehr um meine Emotionen zu kümmern ... Entschuldige, ich wollte nicht von mir sprechen. Wie ist es bei euch weitergegangen?«

»Beim Schlendern durchs Museum habe ich der bildhübschen Joana zugehört und wahrscheinlich ziemlich blöd vor mich hin gegrinst, weil ich so viel Spaß an meiner blonden Museumsführerin hatte, an ihren Grübchen, den feurigen Augen, an allem …« Er lächelte. Was er wohl vor seinem geistigen Auge sah?

»Doch wieder zu Goya: Seine Werke zeigen, dass Kunst politischer wurde. Kunst zog jetzt in die privaten Häuser ein, war nicht nur der Kirche und dem Adel vorbehalten. Die Künstler begannen, der Gesellschaft einen Spiegel vorzuhalten – und Visionen zu zeigen. Stundenlang durchwanderten wir die Goya-Sammlung. Als wir das Gebäude verließen, sind wir Hand in Hand gegangen. Wir sind durch die Stadt gebummelt, haben uns aneinander berauscht und Tapas und süffigen Wein genossen. Später haben wir uns in die Arme des anderen fallen lassen. Gleich in der ersten Nacht haben wir ein Feuerwerk der Leidenschaft entzündet – und das machte süchtig. Die Woche ist wie in einem durchs Paradies schwebenden Ballonflug vergangen. Aber dann hat Joanas Bahnticket die Rückfahrt erzwungen. Ich lud sie ein, bei mir in der Algarve in der *Quinta do Monte* zu leben. Doch sie meinte: ›Wir dürfen keine Gewohnheiten aufkommen lassen – die töten *alles, alles.*‹«

Lisa schien amüsiert. Ob sie ihrer Mutter recht gab? Sie rieb sich den Bauch. »Ich habe richtig dicken Hunger bekommen.«

»Wunderbar. Dann lassen wir uns jetzt von Antonieta verwöhnen. Aber vorher möchte ich unbedingt wissen, wie es Joana geht.«

»In den letzten Jahren hat sie sich immer mehr abgekapselt. Sie schreibt für die ›Vogue‹ und andere Magazine, manchmal arbeitet sie auch als Übersetzerin, aber das bereitet ihr nicht genügend Freude, finde ich. Ihr fehlt Sonne. Ihr fehlt das Leben in ihrer Heimat.« Beim letzten Wort wendete sie ihren Kopf zu Jorge hin. Doch der blickte unentwegt ins Tal, als wollte er jede Gefühlsregung verbergen.

4

»Natürlich habe ich alles gut vorbereitet!«, brüllte er fast beleidigt ins Handy. Er hielt das schwarze Gerät zwischen Kopf und Schulter festgeklemmt, während er mit beiden Händen die Eicheln in einem Sack mit Karotten und Kartoffelschalen vermengte. »Halt still, Mafalda, du kriegst doch gleich deine Leckereien.«

Aus dem Handy dröhnte eine befehlsgewohnte Schreistimme: »Kannst du ausnahmsweise mal genau zuhören?«

»Ist ja gut.«

»Nichts ist gut – noch nicht«, schrie der andere weiter. Und nach einer kurzen Pause sagte er viel leiser, so leise, dass sein Zuhörer den Apparat ans Ohr pressen musste: »Heute geht es um verdammt Wichtiges. Wir machen es wie besprochen. Genau so und nicht anders. Kapiert? Du darfst keinen Fehler machen, hörst du? Niemand darf dich sehen. Keine Zeugen.«

»Wer kennt diesen Wald wie seine Hosentasche, und wer kann sich darin bewegen wie ein Luchs – du oder ich?«

»Schon gut … Du musst warten, bis der Wind richtig steht.«

»Du mit deinen Amateurtipps … Wo bist du jetzt?«

»In Vilamoura, und da bleibe ich den ganzen Tag.«

»Verstehe. Dann hast du ein perfektes Alibi.«

»Klar doch. Da kann mir keiner was anhaben.«

»Dir nicht …«

***

Er stieg aus seinem Porsche Cayenne und suchte den Yachthafen von Vilamoura mit seinen Augen ab. Endlich erblickte er die elegante Motoryacht mit der Flagge von Gibraltar am Heck, neben der des Gastgeberlandes Portugal. Noch größer als seine eigene war sie. Vier Männer standen breitbeinig an Bord. Vornehm wirkten sie, aber gelangweilt. Daran änderte auch der Champagner nichts. Jeder hielt ein Glas in der Hand. In der grellen Mittagssonne trugen alle das gleiche Modell von Ray-Ban-Sonnenbrillen. In ihrer nahezu uniformhaften Kombination aus weißen Shorts und tintenblauen T-Shirts schienen sie einer britischen Kricket-Senioren-Mannschaft anzugehören. Waren aber passionierte Golfer.

Er musste daran denken, wie er sie mit der Ankündigung einer vierzehnprozentigen Kapitalverzinsung im Sturm genommen hatte, die kühlen Briten. Wie ihre kleinen Augen damals lüstern geworden waren. Das Leben eines Finanzjongleurs hat schließlich auch seine netten Momente, kleine Rosinen in einem fetten Kuchen, der vor allem aus Lug und Trug besteht und entsprechend umsichtig gebacken werden musste.

Caesário seufzte, schob das Kinn vor, schritt aus. Als er über einen Klappsteg die Yacht betrat, reichte ihm einer der sehr britischen Gentlemen ein frisch eingeschenktes Champagnerglas. Zum Anstoßen hielten sie ihm ihre vollen Gläser entgegen. Alle lächelten. Kühl, aber freundlich. Kaum hatte er einen Schluck genommen, fragte ihn der wohl älteste der Herren nach ein paar Small-Talk-Sätzen über das Wetter: »Haben Sie die Pläne dabei, Mister Supergolf?«

Caesário hob den Kopf und verdrehte dabei die Augen.

»Wir brauchen nur noch die Unterschrift eines Ministers«, sagte er in fließendem, aber steifem Englisch und zuckte mit den Schultern, andeutend, dass er nicht schuld war an der verfilzten Bürokratie in Portugal. Nicht schuld daran, dass die Pläne nicht vorlagen.

»Der Politiker hat versprochen, persönlich zu kommen, um das Projekt in Augenschein zu nehmen und zu genehmigen«, erklärte er in jovialem Ton, um die Ungeduld der Briten zu schlichten. »Er schlägt im Übrigen vor, einen dritten Achtzehn-Loch-Platz zu integrieren. Er ist begeistert von *GolfGigante*.«

»Und die Pläne?«

»Wie gesagt, in wenigen Tagen. Was halten Sie von der Idee des Politikers? Noch gigantischer bauen?«

»Das sind nur Verzögerungen. Nicht mit uns!«, sagte einer der blau-weißen Gentlemen in näselndem BBC-Englisch. Er blickte mit angehobenen Schultern die anderen an und führte weiter aus: »Die ersten Pläne sollten bis Ende Juni abgeschlossen sein, das haben Sie uns zugesichert, Mister Gigante. Unsere nächste Rate ist daran gebunden, und daran halten wir uns. Kompromisse gibt es nicht. Auf Ihr Wohl!«

Caesário erkannte mit dem Instinkt eines Jagdhundes, dass er diese Typen, die ihren Firmensitz in Gibraltar hatten, nicht umstimmen konnte. Würde er es versuchen, würden sie mit noch mehr Vorsicht und Kontrolle kontern. Er kannte diese Sorte Gentlemen.

Er hob ihnen sein Glas entgegen, und schon sprachen sie über die Absichten, den World Cup in die neue Superanlage *GolfGigante* zu holen. Zuletzt war er im Jahr 2005 im »Victoria Golf Course« in Vilamoura ausgetragen worden, die weltbesten Spieler hatten teilgenommen. Damals war in Caesários Phantasie das Projekt *GolfGigante* gekeimt.

Er riss sich aus seinen Gedanken und hörte wieder aufmerksam zu. Auch »Portugal Master« und die »European Tour« seien erstrebenswert, schwärmten die Herren. Einer füllte die Champagnergläser nach.

Das Handy in seinem weißen Blazer surrte. Caesário zog es heraus und entschuldigte sich. »Sorry, ich erwarte ganz dringend diesen Anruf.« Ins Handy sprach er: »Jetzt schon? Sag ihr bitte, dass ich gleich losfahre und in einer Stunde ankomme.«

An die Briten gewandt, erklärte er aufgeregt: »Endlich. Die Präsidentin der Umweltorganisation Quercus ist eingetroffen. Das ist gut für uns. Superb ist das. Von den vielen Vogelbeobachtungsstationen wird sie hellauf begeistert sein. Leider muss ich gleich losfahren. Ich halte Sie per E-Mail auf dem Laufenden. Meine Herren …«

Mit energischem Schritt eilte er zurück zu seinem Porsche, ließ den Motor rassig röhren, fuhr sportlich davon. Bog jedoch in die nächste Querstraße links ab und ließ den Wagen stehen, um zu Fuß zum Hintereingang des Gebäudes zu gehen, in dem er sein protziges Büro in der sechsten Etage hatte.

Er trat ein, peilte den Empfangstisch an, hinter dem seine

Sekretärin vor einem Laptop saß. Ohne zu grüßen, herrschte er sie an: »Warum haben Sie so spät angerufen? Gott sei Dank hat es gerade noch funktioniert. Aber jetzt, jetzt wird es eng. Ab sofort dreht sich alles nur noch um *GolfGigante*. Haben Sie verstanden? Und jetzt verbinden Sie mich auf der Stelle mit der englischen Architektin in Porto, die ich für diesen Job ausgesucht habe. Diese Catarina soundso.«

***

An ihrem Planungstisch im Architekturbüro in Porto beugte sich Catarina Ferguson über den Entwurf eines neuen Restaurants im oberen Douro-Tal, jene Gegend, die sie an freien Wochenenden so gern besuchte und die nach der Ernennung zum Weltkulturerbe der Menschheit einen touristischen Boom erlebte. In den vergangenen zwei Jahren hatte sie dort zwei exklusive Hotelprojekte realisiert, beide mitten in den Weinbergen gelegen. Trotzdem jammerten ihre Chefs, dass es auch in ihrer Firma, wie überall in Portugals Baugewerbe, kriselte. Heftig kriselte.

Zusammen mit ihrer Assistentin Sara blickte sie zufrieden auf die ersten Entwurfskizzen, als das Telefon läutete. Sara lauschte den Worten des Anrufers und reichte den Hörer an Catarina weiter, wobei sie die Sprechmuschel verdeckte und aufgeregt flüsterte: »Jemand will ein Riesenprojekt starten – mit uns. Ist Ihnen bewusst, dass unsere Firma kurz vor dem Aus steht? Nutzen Sie diese Gelegenheit, Cat! Bitte!«

Widerwillig griff die Architektin nach dem Hörer. »Catarina Ferguson. Kann ich Ihnen helfen?«

»Das wird sich zeigen. Es geht um ein Riesenprojekt, Frau Doktor.«

»Ich habe keinen Doktortitel.«

»Aber Sie haben studiert, und wie ich las, mit großem Erfolg. In Portugal ist jeder ein Doktor, der eine Universität besucht hat.«

Catarina konnte sich bei diesen belehrenden Worten vorstellen, wie der Anrufer griente. Noch so ein selbstgefälliges Arschloch, dachte sie, während der Mann weitersprach: »Bitte nehmen Sie gleich morgen früh die Maschine nach Faro, sie landet um neun Uhr fünfzehn, meine Mitarbeiterin wird Sie am Airport abholen. Es ist dringend.«

»Wie war bitte schön Ihr Name?«

»Caesário Ferreira. Hören Sie, wir wollen die größte Golfanlage Europas bauen. Können Sie und Ihr Büro ein derartiges Mammutprojekt überhaupt stemmen?«

»Sie kennen das Golf-Resort *Monte da Rainha* beim Grenzfluss Rio Guadiana? Auch das haben wir geplant und realisiert.«

»Das ist mir sehr wohl bekannt, Frau Doktor. Deshalb rufe ich ja an. Ein großartiges Projekt – meinen Glückwunsch. Aber glauben Sie mir, *Monte da Rainha* ist lediglich die Vorspeise zu dem exquisiten Hauptgericht, das Sie für uns gestalten sollen, um es kulinarisch auszudrücken. Lassen Sie uns morgen im Detail darüber reden. Ich sehe Sie also am Vormittag in meinem Büro?«

»Ich reise lieber mit der Bahn. Da komme ich gegen sechzehn Uhr an, wenn ich mich richtig an die Verbindungen erinnere.«

»Dann holt meine Sekretärin Sie am Bahnhof in Faro ab … Mein Büro ist in Vilamoura, gleich an der Uferpromenade bei der *Marina*. Kennen Sie die Algarve?«

»Ich möchte nicht gern abgeholt werden. Ich komme mit dem Taxi, wenn es Ihnen recht ist. Zu Ihrer Frage: Natürlich kenne ich die Algarve. Wegen des *Monte-da-Rainha*-Projektes musste ich viele Wochen dort verbringen. Ich habe die Küstenregion und alle bekannten Golfanlagen erkundet. Ich kenne diese sonnige Region also ganz gut. Ich liebe sie.«

»Das ist gut. Sie werden sehen, Frau Doktor, mein Projekt ist nicht nur gewaltig groß, oh nein. Es soll ein Vorbild für eine sensible Integration eines Mammutprojektes in die Natur der Algarve darstellen. Selbst Umweltschützer werden uns schätzen … Nun denn, gute Fahrt.«

5

Als Lisa und Jorge die Küche betraten, war Antonieta mit dem Aufschneiden eines Brotlaibs beschäftigt. Auf dem massiven Holztisch waren zwei Gedecke vorbereitet. In einem Tonschälchen dufteten Oliven gemischt mit Knoblauch und gekochten Karotten, und auf einem Brett daneben glänzte frisch aufgeschnittener Schinken.

»Vom schwarzen Schwein«, erklärte die Haushälterin. Sie legte das Messer zur Seite und zupfte mit Zeigefinger und Daumen der linken Hand an ihrem rechten Ohrläppchen, die Ankündigung von etwas besonders Leckerem, fiel Lisa ein, und sie wunderte sich selbst, dass sie sich an diese Geste erinnern konnte.

Auf einer runden Holzplatte lagen vier verschiedene Käsesorten bereit, und auf einer Tonschale mit Querverstrebungen eine rote Wurst, eine *Chouriço*. Jorge schüttete Schnaps darüber.

»*Medronho*, das beste Feuerwasser, das es gibt«, versicherte er und zündete den aus Früchten des Erdbeerbaums destillierten Schnaps an. Sofort züngelten Flammen hoch.

Während das tropfende Fett zischte und brutzelte, trat Antonieta mit einer Weinflasche an den Tisch.

»Ich habe ihn schon vor einer Stunde entkorkt. *Quinta do Carmo.*« Sie goss einen Probierschluck in Jorges Glas.

Er setzte es an, ließ den Wein im Gaumen spielen, nickte und ließ die Augen kreisen, was sein unumschränktes Lob anzeigte. Antonieta füllte die Gläser halb voll.

»Willkommen in der Quinta, liebe Lisa. Ich freue mich riesig, dass du gekommen bist. Antonieta, stoßen Sie mit uns an.«

»Sie wissen doch, dass ich keinen Alkohol trinke.«

»Trotzdem: *Saúde!* Auf unsere Gesundheit.«

Jorge und Lisa hoben die Gläser und schauten sich gegenseitig tief und fest in die Augen, was beide zum Lächeln brachte. Lisa ließ den ersten Schluck in sich rinnen und spürte, wie der Wein den Gaumen umschmeichelte und einen komplexen Geschmack hinterließ. Trauben, aber auch Waldbeeren und Feigen schwangen mit, kräftig und doch streichelnd zart.

»Große Klasse«, befand sie.

»Wir haben in unserem Land viele ausgezeichnete Weine, Lisa. Aber außerhalb des Landes kennt man sie kaum. Es ist wie mit ganz Portugal: Es birgt so viele schöne Geheimnisse. Aber weil sich seine Menschen so still verhalten und so bescheiden sind, weiß man anderswo nur wenig darüber. Und das ist, ehrlich gesagt, gar nicht so schlecht. Da bleiben viele Schätze länger erhalten …«

»Ich freue mich, dass ich wieder in diesem geheimnisvollen Land bin.« Lisa schob eine Olive und eine Karottenscheibe in den Mund, zerkaute sie langsam und genüsslich. Nachdenklich meinte sie: »Einige Geheimnisse werden wir aber noch lüften müssen.« Und an Antonieta gewandt: »Diese Oliven sind unglaublich lecker.«

»Hausrezept, Miss Lisa. Mit Flôr de Sal, gemahlenem Koriander, Knoblauch und Kreuzkümmel – unter anderem.«

»Himmlisch.« Lisa verdrehte die Augen und wartete, dass Jorge seine Erzählung fortsetzte. Sie legte eine dicke Scheibe Schinken auf das Bauernbrot und biss zu. Wunderbar. Für diese Qualität müsste man in Berlin einen Batzen Geld hinlegen, dachte sie und schaute Jorge erwartungsvoll an, der das Glas absetzte und tief Luft holte, als wollte er zu einem langen Monolog ansetzen.

»Wo waren wir vorhin stehen geblieben?«, fragte er.

»In Madrid. Du hast Joana vorgeschlagen, dass ihr zusammenzieht. Was sie ablehnte.«

»Richtig. Damit du die Situation besser verstehst, muss ich weiter ausholen. Ich wurde also 1954 geboren und meine Schwester Teresa drei Jahre später. Bei der Nachbarsfamilie, den Ferreiras, war es ganz ähnlich. Caesário ist nur ein paar Monate älter als ich, und zwei Jahre später bekam er mit Lúcio einen kleinen Bruder. Ihr Vater war unglaublich brutal. Er schlug seine Söhne oft windelweich. Kein Wunder, dass die Mutter im ewigen Streit mit ihm lebte. Das Schicksal traf die Familie dann sehr hart, als Lúcio seinen Vater bei einem Angelunfall versehentlich ins Meer stieß. Bei dem Sturz riss der Mann seinen Sohn mit in die tödliche Tiefe, wie Dona Helena der Polizei berichtete. Die Leichen der beiden wurden aber nie gefunden. Damit nahm die Prügelei für Caesário aber kein Ende – jetzt wurde er von seiner Mutter geschlagen. Und wie. Ich kann mich an die blauen Flecken in seinem Gesicht gut erinnern. Bestimmt wären noch mehr an seinem Körper zu sehen gewesen, aber er trug mit Vorliebe auch im Sommer lange Hosen und hat sich immer rausgeputzt, um zu zeigen, dass er besser war. Wir haben uns jeden Tag in der Schule getroffen, sind aber nie zusammen hin- oder zurückgegangen. Wir haben uns nicht gemocht.«

»Haben sich die benachbarten Familien manchmal besucht?«

»Kaum.«

»Diese Dona Helena – lebt sie noch?«

»Schon seit Jahren habe ich sie nicht mehr gesehen, aber wahrscheinlich lebt sie nach wie vor dort unten in ihrer stattlichen *Quinta da Ribeira.*«

»Wir haben doch dieses dicke Auto gesehen. Gehört es ihr?«

»Das dürfte ihrem Sohn Caesário gehören. Dieses Auto habe ich in jüngster Zeit schon mehrmals erblickt.« Jorges Gesicht nahm einen grimmigen Ausdruck an.

»Lass uns bitte bei deinen Nachbarn bleiben«, bat Lisa. »Kannst du dich an besondere Erlebnisse erinnern?«

Jorge verengte die Augen. »Ja, da kommt mir ein Geburtstagsfest in den Sinn. Es muss kurz vor diesem Angelunfall gewesen sein. Senhor Ferreira war mit seiner kleinen Droschke an unserer neu erbauten Quinta vorgefahren. Dona Helena und die Söhne Caesário und Lúcio hatten argwöhnisch dreingeblickt, als sie eintraten und unser Haus von innen sahen, denn wir hatten neue Möbel aus Akazienholz bekommen. Als Caesário die Küche betrat, starrte er dieses Bild an …«

Er zeigte zu einem stimmungsvollen Ölgemälde in impressionistischer Manier, das über der Anrichte hing. Darauf vergnügte sich eine Familie bei einem Picknick am Waldesrand. Die Mutter hatte nackte Brüste, und die Kinder waren splitternackt. Der Vater hatte einen nackten muskulösen Oberkörper und schnitt mit einem Messer eine Melone auf, die Kinder langten hin. Alle Personen auf dem Bild strahlten – ein stimmungsvolles Sommerbild.

»Eine glückliche Szene. Ist bestimmt von einem französischen Impressionisten, stimmt's?«

»Nein, das ist von meinem Freund Solito aus Portimão.« Jorge blickte ins Leere, nahm einen Schluck Wein und erzählte weiter. »›Weg da!‹, hatte Dona Helena damals entsetzt gerufen, als sie sah, dass – und vor allem *wie* – Caesário auf die Brüste auf dem Gemälde starrte. Der Bub kuschte sofort, und seine Mutter schüttelte entrüstet ihren Kopf, ihren hexenhaft hässlichen Kopf. Sie tat gerade so, als befände sie sich in unserem Haus in einem Fegefeuer. Am nächsten Tag berichtete Caesário in der Schule, bei den Guedes hänge ein schändliches Bild in der Küche, womit er deutlich machte, wie verdorben wir doch waren. Dieser Caesário. Er liebte den Reichtum seiner Familie, und er liebte die Angst der Leute vor seinem Vater – und damit vor ihm. Als der Vater dann bei diesem Angelunfall ums Leben kam, ist er noch brutaler geworden, noch protziger. Ein dummer und sehr unangenehmer Mensch, dieser Caesário …«

»Dummheit kann auch gefährlich sein«, befand Lisa, wollte aber das Gespräch zurück auf Joana lenken. »Und wie ging es mit euch beiden weiter, also mit dir und Mama?«

»Joana besuchte mich drei Monate später hier in der Quinta. Sie hatte das Studium soeben abgeschlossen und war nach Berlin gezogen, wo sie im Haus ihres verstorbenen Vaters leben konnte.«

»Da wohnen wir immer noch. Joana im ersten Stock, Tara, das ist meine Freundin, und ich im dritten. Die zweite Etage ist vermietet. Wie ist mein Großvater eigentlich gestorben?«

Jorge nickte verständig. »Ein Jahr nach Joanas Geburt und dem damit verbundenen Tod seiner Frau beging er Selbstmord. Die Schwester deiner Großmutter ist dann nach Barbelote in der Gipfelregion des höchsten Berges der Algarve gezogen. Bei ihr wuchs Joana auf.«

»Woher weißt du das alles?«

»Joana hat es mir einmal erzählt. Aber sie sprach nicht gern über ihre Familie. Für sie lag ihre Familie in einem undurchsichtigen Dunkel.«

»Ich verstehe … Die Kreise beginnen sich allmählich zu schließen, Jorge. Danke, dass du mir das alles so geduldig erzählst.«

»Geduldig? Alles? Ganz gewiss nicht. Ich muss mich unglaublich konzentrieren, um mich aufs Wesentliche zu beschränken. Weißt du, jeder Tag war damals ein Festtag. Ich könnte endlos viele Einzelheiten wachrufen.«

»Du warst verliebt … Eigentlich spinnt man dann und ist gar nicht richtig bei sich, sondern eher bei dem anderen.«

»Wie recht du hast. Nun, wie ging es weiter? Bei einem ihrer nächsten Besuche wanderten wir zu ihrem Geburtshaus beim Dörfchen Barbelote am Gipfel des Fóia-Berges. Damals haben hier nur noch wenige Bauern gelebt, und das wie im Mittelalter. Grundnahrungsmittel wie Olivenöl, Reis, Salz und Zucker holten sie mit ihren Eseln einmal in der Woche am Markttag aus Monchique herbei. Dort hat es auch den größten Viehmarkt weit und breit gegeben. Übrigens wurde gar nicht so viel verkauft, sondern die Leute haben ihre Sachen getauscht, also Kartoffeln gegen Mais, Brote gegen Werkzeuge, Oliven gegen Ziegen und so weiter. Wohin du auch schaust, siehst du heute noch die Orangen- und Zitronenhaine und die schmalen Terrassenstreifen, wo die Bauernfamilien fast alles für ihr Leben in mühseliger Arbeit angebaut hatten. Sie waren komplett autark! Das hat sich eigentlich erst mit dem Anschluss an Europa im Jahr 1986 gravierend verändert. Nun, bei diesem Spaziergang berichtete mir Joana von ihren Plänen für eine Ausstellung in einer kleinen Galerie in Berlin.«

»Aha, jetzt kommt Bewegung ins Spiel …«

»Wir richteten ein Atelier in einem ehemaligen Eselstall her. Zwei Tage lang hat sie alles gesäubert und gekalkt, dann kaufte sie in Portimão Acryl- und Ölfarben, Verdünner, Pinsel, Spachtel, Lack, Staffeleien, Spannrahmen. In den folgenden Wochen hat sie ihre Vorstellungen in die Tat umgesetzt. Das Motiv war bei jedem Bild das gleiche: ein abstrahierter Ausblick auf die Küste, aber jeder anders, jeder die Stimmungen des Moments ausdrückend, aufzeigend, dass jeder Mensch zahllose Facetten des Verstehens und Fühlens in sich trägt, mehr noch, aus ihnen besteht. Viele kräftige Farben hatten darin Platz, Schwarz und Weiß aber nicht. Das ist wie mit Gut und Böse. Es gibt sie nicht. Nur Schattierungen und Abwandlungen davon, sagte Joana gern. Deine Mutter hatte immer die passenden Erklärungen parat.«

»Fand die Ausstellung statt?«

»Ja. Kein Stück wurde verkauft, aber sie hatte den Sprung ins kalte Wasser hinter sich gebracht. Schon allein dafür habe ich sie sehr bewundert.«

Lisa nickte. Malen. Joana. Mutter. Gene. Und wer war ihr Vater?

Jorge erzählte weiter. »Ich habe damals im nahen Alvor gearbeitet, einem zauberhaften Hafenort an einer idyllisch schönen Lagune. Du kannst sie von hier aus sehen.« Er zeigte zu einer im gleißenden Sonnenlicht matt glänzenden Einbuchtung an der Küstenlinie. »In der Nähe sollte ein neues Golfzentrum entstehen. Das Planen und Bauen mehrerer Gebäude hat mir Arbeit für fast zwei Jahre gegeben. In dieser Zeit lebte Joana mal hier in der Quinta, mal in Berlin. Als sie wieder einmal eintraf, habe ich sie am Airport in Faro abgeholt. Ich merkte sofort, dass sich etwas an ihr verändert hatte. Ich blieb stehen und strich über ihren leicht gewölbten Bauch. Keine Frage – da wuchs ein Baby heran. Ich konnte es gar nicht fassen. Ich, ein Papa … Kaum saßen wir aber im Auto, blickte mir Joana tief in die Augen und sagte, dass es ein Mädchen sei. Aber es sei nicht von mir. Der leibliche Vater, der Samenspender, sagte sie, sei unbedeutend. Bedeutend sei allein, dass das Kind gut aufwachse, und ich würde doch immer versuchen, ein guter Mensch zu sein.«

Jorge machte eine Pause. Offenbar sah er sich als jungen Mann und erinnerte sich, wie er damals reagiert hatte. Er schloss die Augen.

»Merkwürdig, in diesem Moment wusste ich wirklich nicht, ob sie das ironisch gemeint hatte. Aber an das unsichere Gefühl kann ich mich heute noch erinnern. Nun, statt direkt in Richtung Westen zu fahren, bog ich gleich hinter dem Airport zur *Ilha de Faro* ab, einer kilometerlangen Düneninsel. Selten fehlen mir die Worte, aber damals fehlten mir alle. Wir setzten uns auf eine verfallene Mauer am Strand. Joana kuschelte sich an meine Schulter. Ihre blonden Haare umrankten ihr Gesicht, das mit seiner Ebenmäßigkeit etwas Puppenhaftes hatte. Mit beiden Händen drückte sie meine linke Hand. Schweigend blickten wir hinaus aufs Meer, bis ich fragte, wie das Kind heißen solle. ›Lisa‹, sagte sie und strahlte über das ganze Gesicht. Ein glückliches Gesicht. Ich sprang auf, zog sie, die Schwangere, behutsam hoch, und Hand in Hand schlenderten wir entlang der schnörkelhaften Linie, die das züngelnde Wasser auf dem Strand hinterließ, während ich immer wieder den Namen »Lisa« aussprach, das L dabei in die Länge ziehend wie einen Zauberfaden. Ja, und dann kamst du auf die Welt. In der Quinta. Ohne Arzt und ohne Hebamme. Kerngesund warst du, und du hast gebrüllt, wie es sich gehört.«

»Und weiter?«, drängelte Lisa.

»Joana blieb hier in der Quinta. Die Quinta wurde ihre neue Heimat. Und deine natürlich auch.«

»Ich bin also vorwiegend hier in der Quinta aufgewachsen. Und Joana, was machte sie in dieser Zeit?«

Jorge berichtete, dass Joana zahlreiche »Bilder mit dem Sonnenloch« gemalt hatte. Sie besuchte Kunstmessen und verkaufte gar nicht mal schlecht an einige angesehene Galerien. Arbeitete sie im Atelier, lag Lisa in einer Wippe daneben und nuckelte an ihrer Flasche oder schlief. Im zweiten Jahr konnte Lisa perfekt laufen. Jorge immer hinterher. Während Joana malte, ging er oft mit ihr in den Wäldern spazieren. Dann ritt sie auf seinen Schultern, und er erklärte ihr, was da alles kreuchte und fleuchte. Auch seien sie häufig zur nahen Westküste, der *Costa Vicentina*, gefahren, erzählte er.

»Das Papa-Sein hat dir anscheinend Spaß gemacht. Gerade deshalb verstehe ich nicht, dass du von meiner Mutter nicht verlangt hast, dass sie reinen Wein einschenkt, was die Vaterschaft betrifft. Es muss doch schrecklich sein, keine Gewissheit zu haben, ob man der Vater des Kindes ist, das man tagtäglich um sich hat. Mit solchen Gefühlen darf man nicht spielen, Jorge. Warum hat Joana das gemacht?« Lisa sprang auf, der Stuhl kippte nach hinten um. »Mir hat sie mit ihrer Geheimniskrämerei einen Vater genommen. Einen Vater, den ich so wahnsinnig gern gehabt und gebraucht hätte. Weißt du, dass ich ihr das nie verzeihen konnte?«

»Ich kann es mir gut vorstellen, Lisa. Aber ich kann es nicht ändern.«

»Bitte erzähl weiter.« Sie hob den Stuhl auf, wischte sich mit dem Handrücken über die Stirn und setzte sich zurück an den Küchentisch.

Jorge nahm die Erzählung wieder auf und berichtete, dass sie einige Male zu seiner Schwester Teresa an die Küste bei Ferragudo gefahren waren. Joana kam nur ein einziges Mal mit, weil sie Teresa aus unerklärlichen Gründen nicht mochte. Teresa war erst 1995 aus London in die Algarve zurückgekehrt. Sie erbte einen großen Besitz aus der Erbmasse der Guedes, einen Bauernhof zwischen den Dörfern Carvoeiro und Ferragudo. Sie ließ ihn nach Jorges Plänen in ein prächtiges Anwesen umbauen, ein stolzes Gebäude in einem Umfeld von Macchia, verwilderten Feigen und Hartlaubsträuchern, die der wellig grünen Landschaft vor dem blauen Meer kräftige Farbtupfer auflegten. Aus dem Dörfchen Carvoeiro sei inzwischen ein Platz geworden, dem etwas Mondänes anhafte, meinte Jorge. Ferragudo hingegen sei etwas Unverwüstbares geblieben, für die ganze Region sei es so etwas wie das gallische Dorf von Asterix und Obelix.

Jorge lächelte vergnügt vor sich hin. Es war unverkennbar, wie sehr er seine Heimat liebte. »Teresa hatte einen großen Pool bauen lassen, den sie selten benutzte«, fuhr er fort. »Aber wenn wir eintrafen, verwandelten sich die gepflegte Terrasse und das blau gekachelte Schwimmbecken in ein Spielparadies. Teresa hat das stets missbilligt. Meine Schwester liebt den dezenten, aber großen Auftritt. Immer ist sie im englischen Landhausstil gekleidet. Sie würde so gern eine echte Lady sein. Sie fährt immer noch einen dunkelblauen Jaguar. Etwas Unnahbares und Strenges umweht sie.«

»Ich nehme an, sie hat keine Kinder.«

»Leider nimmst du richtig an.«

»Ich bin gespannt auf sie. Wie lebt sie? Was macht sie?«

»Teresa förderte nach ihrer Rückkehr aus London den Eindruck von Stolz und Klasse, indem sie in ihrer Villa eine der ersten Kunstgalerien der Algarve eröffnete, die *Galeria do Atlântico*, vorbehalten den Reichen und Mächtigen, die mit Kunst nicht ihren eigenen Geschmack pflegen wollen, sondern die Zugehörigkeit zur Klasse der Habenden. Mir war das immer ein Dorn im Auge. Für mich ist Kunst genau das Gegenteil von dem, womit Teresa sich umgibt. Ich liebte es natürlich, meine Schwester zu hänseln. Ich sagte ihr: Kunst ist Ausdruck, Kunst spiegelt, Kunst greift voraus, Kunst hat Geist, Kunst *ist* Geist. Und deine Kunst?, habe ich sie gefragt. Sie gibt dir das Gefühl, zu den Oberen zu gehören. Mit eurer Kunst wollt ihr das Land im Stillstand halten. Aber das könnt ihr nicht. Es gibt Kräftigeres als Macht und Geld.«

»Zitierst du eine sozialistische Wahlbroschüre?«

»Du kennst die Geschichte unseres Landes nicht, Lisa. Erst in den 1970er Jahren endete die schreckliche Diktaturepoche.« Bitter schaute er bei diesen Worten aus. Seine Handknöchel waren weiß angelaufen, und seine Brauen zogen sich zusammen. »Jeder, der unabhängig denken konnte und wollte, liebäugelte damals mit dem Sozialismus. Ich habe mich sogar als Kommunist bekannt.«

»Von portugiesischer Politik verstehe ich nichts. Bitte erzähl weiter, was damals geschah, mit Joana, mit dir, mit mir.«

»Joana genoss deine Gegenwart, wirklich. Hätte sie nicht jeden Schritt, den sie tat, mit den Notwendigkeiten mütterlicher Verantwortung in Einklang bringen müssen, wäre sie wahrscheinlich noch glücklicher gewesen.«

»Warum sagst du das so geschraubt? Sie schob mich also gern ab?«

Jorge ging nicht darauf ein, sondern erzählte von einer unvergesslichen Sommernacht. Er und Joana hatten beim Stausee im hohen Gras gelegen. Über ihnen wölbte sich ein Himmelszelt, wie man es im Norden Europas niemals sehen konnte. Abermillionen Sterne leuchteten. Es war einer jener Momente, da man sich winzig vorkommt und gleichzeitig die Zugehörigkeit zum All spürt. Im Osten stieg der fast volle Mond geradezu theatralisch auf. Jorge lehnte sich mit beiden Ellbogen abstützend zurück und beobachtete, wie das Mondlicht das Meer, die Hügel, die Felsen und die Wälder verhexte. Er setzte sich aufrecht hin und schenkte Rotwein in die mitgebrachten Tonbecher. Auch Joana setzte sich auf. Schulter an Schulter saßen sie da, bis Joanas rauchige Stimme die Stille durchbrach. Sie überraschte mit der Neuigkeit, dass sie eine Ausstellung in einer *Galeria* in Funchal auf der Insel Madeira organisieren würde. Sie sollte im Oktober beginnen. Wer sie dazu eingeladen habe, hatte Jorge wissen wollen, und wem diese Galerie gehöre. Senhor Caesário, hatte Joana geantwortet.

Beim Erzählen wurde Jorge sehr aufgeregt, wie seine fuchtelnden Hände anzeigten. Er berichtete weiter, dass er nach Joanas Antwort verwirrt in ihr porzellanhelles Gesicht geblickt habe. Mit einem Aufruhr in der Stimme, wie man es selten bei ihm erlebt, empörte er sich, dass dieser Caesário ein Gauner sei, einer, für den Goya eine Käsemarke sein dürfte. Nein, er wolle diese Ausstellung nicht besuchen. Außerdem seien da ja auch noch die kleine Lisa und die Hündin Foxy, die man nicht mal eben so allein lassen könne … Joana schien nicht entrüstet gewesen zu sein, im Gegenteil, sie hatte wohl mit mehr Widerstand gerechnet. Dass Jorge auf Lisa aufpassen wollte, gefiel ihr. Nach ihrer Ankunft auf der Insel rief sie an und schwärmte, dass Madeira ein Traum sei. Und die Galerie phantastisch …

Nur ein paar Tage später kam sie völlig überraschend zurück. Jorge erzählte, dass er ihr gehetztes Gesicht jetzt noch vor sich sehe. Und den Horror in ihren Augen. Sie sagte, sie sei in der Dusche ausgerutscht, und deutete auf den blauen Fleck neben der Nase. Sonst sagte sie kein Wort. Sie packte ihre Sachen, Lisas auch, und belud einen Mietwagen. Dabei schaute sie Jorge in keinem Moment in die Augen. Lisa schnallte sie auf dem Beifahrersitz fest, dann fuhr sie grußlos davon. Seitdem habe er sie nie mehr gesehen oder etwas von ihr gehört. Das Lebenskapitel Joana war zu einem abrupten Ende gekommen.

6

Er hielt die innere Spannung nicht gut aus. Nicht im Büro. Also ging er zum Hafen, vergewisserte sich, dass die Briten nicht mehr an Bord ihrer Yacht waren, und setzte sich an Bord seines eigenen schnittigen Bootes. Er hockte auf dem weißen Ledersitz vor dem weiß ledernen Steuerrad und betrachtete seine Fingernägel. Nur zum Spaß ließ er die beiden bulligen Motoren, zweimal zweihundertachtzig PS, röhren, stellte sie aber gleich wieder aus. Er holte sich ein Glas Single Malt aus der Bar. On the rocks. Jetzt würden die Würfel fallen. Und zwar in die Richtung, die er vorbereitet hatte.

Grinsen musste er, als er daran dachte, wie einfach es war, Würfeln die gewünschte Richtung zu geben. Das Schicksal sei schuld, meinten die meisten Leute, wenn ihnen etwas misslang. Als ob Schicksal grundsätzlich etwas Schlechtes war. Da kam ihm die Einsicht, sein Schicksal sei ein supergutes. Weil mir Großes gelingt. Und warum? Weil ich mein eigenes Schicksal lenke!, sagte er sich.

Nach einem kleinen Schluck Whisky zog er die Nase hoch. Jorge war einer von denen mit üblem Schicksal. Obwohl Caesário nicht wusste, ob Jorge überhaupt an ein Schicksal glaubte. Egal. Jorge war ein naiver Gutmensch. Schon allein dafür gehörte er bestraft. Und zwar mit einem bösen Schicksal. An dem er, Caesário, bastelte. Jetzt in diesem Moment.

Er lachte kurz und trocken und schnippte die Asche seiner dicken Zigarre ins Hafenwasser. Schloss die Augen. Endlich war der lang ersehnte Tag gekommen. Caesário konnte es gar nicht fassen, dass die Welt nicht stehen blieb. Dass alles so normal war. Letztendlich war es ja gut so. Niemand wusste, dass er die Würfel in der Hand hielt. In der geschlossenen Faust. Er hörte schon, wie sie fielen, die lieben guten Kuben, wie sie in Zeitlupe loskullerten und tanzten, um ein Spannungsnetz aus Zahlen vor ihm auszubreiten, auf dessen unsichtbaren Fäden er wie eine

Kreuzspinne jagen konnte, hin und her und kreuz und quer. Kommt, ihr Fliegen, lasst euch nieder! Freut euch, denn bald befreie ich euch von eurem elenden Leben!

In seiner Hosentasche kramte er nach einer Münze. Fand ein Zwei-Euro-Stück und warf es ins Hafenwasser. Zwei fette Fische schnappten nach dem glänzenden Ding. Ob es einer Larve ähnelte? Einer Libelle? Egal, es glänzte und machte die Fische kirre. Als wäre es pures Gold.

Caesário grinste. Wie ein paar Reflexe einen doch irreleiten konnten. Aber ihn konnte nichts täuschen. Bei diesem Gedanken verhärteten sich seine Muskeln im Gesicht. Wie ein Monster sah er plötzlich aus.

***

So viel hatte Lisa in den letzten Stunden von ihrer Vergangenheit erfahren – und wie viel mehr gab es zu ergründen. Was war damals tatsächlich geschehen, als Joana plötzlich das Weite gesucht hatte? Ob Jorge alles erzählt hatte? Er war vorsichtig mit seinen Äußerungen, und er liebte Joana. Wahrscheinlich immer noch. Und sie? Liebte sie ihn?

Was steckte hinter dieser Geschichte mit Nachbar Caesário? Sie kannte diesen Mann noch gar nicht, aber sie hegte jetzt schon verdammt negative Gefühle gegen ihn. Allein die Tatsache, dass er sich in Joanas und Jorges Leben eingemischt und eine glückliche Episode zerstört hatte, ließ sie zornig werden.

Sie nahm das Weinglas und schwenkte es nah vor ihren Augen hin und her, starrte hinein in die purpurfarbene Flüssigkeit und nahm einen kleinen Schluck. Sie setzte das Glas ab und schaute Jorge unmittelbar an.

»Sei bitte ganz ehrlich. Hatte Joana ein Verhältnis mit diesem Caesário? Wie haben die beiden sich überhaupt kennengelernt?«

»Ich weiß es nicht. Wir sind Nachbarn, da begegnet man sich das eine oder andere Mal. Zu deiner ersten Frage: Natürlich hatte sie ein Verhältnis mit ihm. Aber was für eines? Joana war geblendet von Caesários Reichtum und seiner Angeberei, und er war begeistert von ihrer nordisch blonden Schönheit und ihrer wunderbar unkomplizierten Art.«

Jorge war in Rage geraten und beruhigte sich, indem er mit der Rechten über seine Stirn fuhr.

»Ich habe mir in zahllosen schlaflosen Nächten den Kopf zermartert. Eine plausible Antwort kann ich dir und mir beim besten Willen nicht geben. Ich kapiere es nicht. So einfach ist das. Es geht nicht in meinen Kopf.«

»Es kommt mir so vor, als ob dich diese Frage immer noch quält«, meinte Lisa lapidar und nahm noch einen Schluck Wein.

Während ihres Gesprächs hatten sie das Essen ganz vergessen, die Flammen waren erloschen, die *Chouriço* teils verkohlt. Jorge zog die krustige Haut ab, zerschnitt die Wurst in mundgerechte Stücke und reichte Lisa eines davon. Der Geschmack war einfach nur phantastisch. Dafür kann man einen Hummer-Cocktail glatt liegen lassen, dachte sie und nahm noch ein Stück. Auch das von Antonieta selbst gebackene Brot war köstlich, der Schinken vom schwarzen Schwein sowieso. Für eine Weile konzentrierten sie sich aufs Essen und prosteten sich mehrmals zu. Beide spürten eine unerklärliche Nähe und Vertrautheit wachsen, und das kam nicht nur vom Wein.

Nach dem Essen fragte Lisa: »Was hast du jetzt vor?«

»Ich werde nun mein Mittagsschläfchen halten, anschließend wollte ich dir den Weingarten zeigen.«

Lisa schaute ihn warmherzig an. »Schlaf gut, Senhor Jorge.«

»Ich kann gar nicht sagen, wie sehr ich mich freue, dass du gekommen bist. Bis nachher, liebe Lisa«, sagte Jorge, erhob sich und verließ die Küche

Antonieta stellte sich hinter Lisa und legte die Hände auf ihre Schultern. Seit über fünfzig Jahren lebe sie in der Quinta, sagte sie, und in all diesen Jahren habe sie Senhor Jorge niemals so mutlos erlebt wie in jüngster Vergangenheit, und das, obwohl ihn Lisas Gegenwart mit unendlicher Freude erfülle. »Ich verstehe das nicht …«, sagte sie. »Ich glaube, er hat Angst, dass etwas Übles passiert. Seit ein paar Tagen macht er komische Andeutungen und handelt ganz ungewohnt.«

»Das müssen Sie mir näher erklären«, sagte Lisa besorgt.

»Wir haben Juni, da herrscht noch keine große Feuergefahr. Aber er hat ständig die Wälder im Auge und fährt jeden Tag mit dem Traktor durch das riesige Gelände.«

»Wie können wir ihm helfen?«

»Hoffen und beten, dass alles besser wird.«

»Hoffen und beten reicht nicht immer aus. Ich habe eine Bitte an Sie. Ich möchte gern ein wenig nachdenken. Können Sie mir einen Kaffee machen? Ich setze mich draußen auf die Bank.«

Die Sonne stand fast im Zenit. Die kurzen Schatten ließen die Landschaft flacher wirken, wie Lisa mit den geschulten Augen einer Malerin feststellte. Sogleich kam ihr in den Sinn, dass es ohne Höhen keine Tiefen gab, ohne Licht keinen Schatten, ohne Oben kein Unten, ohne Süden keinen Norden. Ohne Gut kein Böse. Und umgekehrt. Böse. Wer war dieser Caesário, den sie, ohne ihn persönlich zu kennen, bereits ablehnte?

Da durchzuckte sie ein fürchterlicher Gedanke: War es möglich, dass Joana schon viel länger ein Verhältnis mit ihm gehabt hatte, als Jorge annahm? War Caesário vielleicht ihr leiblicher Vater? Dieser schreckliche Mensch? Wusste Joana es wirklich nicht – oder war es ihr nur peinlich? Warum? Warum hatte sie ihrer Tochter nie reinen Wein über den Vater eingeschenkt? Ein zweiter Gedanke machte sich in ihr breit: Was, wenn Joana es selbst gar nicht wusste? Eigentlich ließ sich nur so verstehen, dass sie nicht darüber sprach. Ja, so musste es sein: Der Vater war nicht eindeutig bekannt. Joana hatte gleichzeitig eine Affäre mit Caesário und Jorge gehabt – und vielleicht gab es sogar noch einen anderen, unbekannten Mann?

Antonieta stand auf einmal neben Lisa und reichte ihr eine Tasse Kaffee und ein kleines rundes Gebäck. »Etwas Süßes für Sie, Miss Lisa.« Dabei schaute sie den Gast so liebenswert an, dass es Lisa ganz warm ums Herz wurde. Sie spürte die Beziehung zu dieser Frau lebendig werden, vielleicht bald so lebendig wie früher?

»Was ist das?«, fragte Lisa und schnupperte an dem Teilchen.

»Portugiesische Tradition pur: *Pastel de Nata*. Die besten soll es in Lissabon geben, im Stadtteil Belém.«

Lisa biss in den mit Zimt bestäubten, knackigen Blätterteig, der ein starkes Herz hatte: eine wunderbare Eierschaumfüllung.

»Ich werde demnächst nach Belém fahren und testen, was besser ist. Ich wette, dass es diese *Pastel* ist und keine andere. Köstlich.« Sie verschlang den Rest.

Während Antonieta neben ihr stand, konnte Lisa ihre Gedanken nicht kontrollieren. Immer kehrten die gleichen Fragen wieder, als hätte eine Schallplatte einen Sprung. Sie musste noch viel mehr in Erfahrung bringen, damit die Platte weiterlaufen konnte. Im Moment beschäftigte sie vor allem eines, und dem wollte sie gleich nachgehen.

»Ich habe den Eindruck, dass die Liebe zwischen Jorge und Joana etwas einseitig war.«

»Das geht mich nichts an, Miss Lisa.«

»Aber mich geht es etwas an. Bitte, Sie müssen mir helfen.« Lisa ergriff Antonietas Hand. Mit drängender Stimme fuhr sie fort: »Ich verstehe, dass für Sie alles Private der Guedes-Familie mit einem Tabu behaftet ist, aber Ihre Informationen bringen mir Licht in ein verschwommenes Dunkel.«

Antonieta senkte die Augenlider.

»Sagen Sie, hatte meine Mutter damals, als ich zur Welt kam, schon ein Verhältnis mit diesem Caesário?«

»Oh Gott.« Die Augen der Portugiesin weiteten sich, denn sie stand vor dem Dilemma, auf der einen Seite ehrlich sein zu wollen, auf der anderen Seite aber nichts Vertrauliches preiszugeben. Sie holte tief Luft.

»Joana hat damals gesagt, sie werde den Namen Ihres Vaters nicht verraten. Keine Diskussion. Senhor Jorge hat das kommentarlos akzeptiert. Damals ist Ihre Mutter oft bei Senhor Caesário gewesen. Vielleicht weil er so reich war? Schon damals besaß er die teuersten Autos, Yachten und Hotels an der Küste und auf der Insel Madeira, und er war immer so toll angezogen wie unser Ministerpräsident oder dieser Kaffeemann im Fernsehen. Aber Miss Lisa – das geht mich gar nichts an.«

»Jorge ist auch ein reicher Mann.«

»Gewiss ... Aber er war nie stolz darauf. Er fuhr keinen Ferrari und ging nie in teure Clubs und Restaurants. Ich habe gehört, wie er einmal zu Dona Teresa sagte, Caesários Reichtum sei ein geklauter Reichtum, einer, der stinke. Jeder Reichtum stinke. Auch unser Wohlstand sei nicht wirklich verdient, sagte er ... Ich glaube, Senhor Jorge hätte am liebsten alles verschenkt.«

»Warum hat er es dann nicht getan?«

»Dona Teresa war strikt dagegen, wie sie ihm sogar schriftlich mitgeteilt hatte. Sie lebte ja damals in London. Mit ihr gab es keine Diskussion. Frauen können unerbittlich sein.«

»Allerdings. Hatte Jorge etwas dagegen, dass meine Mutter oft bei Caesário war?«

Antonieta hüstelte verlegen. »Es war ihm eher peinlich. Für ihn war Caesário eine Witzfigur.«

»Wusste Teresa, dass es eine Beziehung zwischen Joana und Caesário gab?«

»Ich glaube nicht.«

»Hat Jorge es einfach geschluckt?«

»Das weiß ich auch nicht. Aber eines Tages hat er sich geärgert, weil Joana schon wieder außer Haus gewesen war. Selten hat er seine Stimme erhoben, aber an dem Tag habe ich gehört, dass er echt wütend war.«

»Und dann?«

»In diesem Sommer war Ihre Mutter dann nicht mehr so oft bei Senhor Caesário. Da hat sie fast immer gemalt. Im nächsten Jahr hat Caesário ihr dann eine Ausstellung in Madeira angeboten. Aber ich weiß nur wenig darüber, und es fällt mir sehr schwer, darüber zu reden.«

»Ich weiß ... Sagen Sie, mögen Sie meine Mutter?«

»Mögen? Wie können Sie daran zweifeln?«

»Haben Sie sich damals große Sorgen gemacht?«

»Nun, ich hab gesehen, wie hin- und hergerissen Ihre Mutter war. Wie soll man sich auch von so viel Geld und Autos und Mode und all dem Firlefanz nicht blenden lassen? Aber glauben

Sie mir, Miss Lisa, Ihre Frau Mutter ist ein ganz besonderer Mensch.«

»Wie meinen Sie das?«

»So, wie ich es sage. In meinem ganzen Leben habe ich noch nie einen so wunderbaren Menschen wie Joana kennengelernt.« Mit bittender Stimme fügte sie hinzu: »Gehen Sie nie mehr weg von hier, Lisa. Bitte. Die Quinta ist doch Ihr Zuhause.«

7

Die Beine hatte sie auf einen Hocker gelegt. Zwischen ihren Füßen sah sie das Meer glitzern. Eine Yacht segelte keine zweihundert Meter von der Grundstücksgrenze ihres Besitzes entfernt vorbei. Es war eine bröckelnde Grenze, denn jedes Jahr nagten Winterstürme am Land und nahmen den einen oder anderen Meter Grundstück oder noch mehr weg.

Was soll's. Sie hatte genug. Fast jeden Tag rechnete sie sich aus, was sie hatte und was sie noch dazubekommen würde – so wie Bauern, die tagtäglich die mögliche Kartoffelernte abschätzen, und genauso machte sie es mit ihrem Besitz. Grundbesitz. Für Reiche des alten Schlags das A und O des Reichtums. Ihn zu mehren war ihr wichtig. War ein Leistungssport. Ihn nicht zu mehren war Stillstand, und Stillstand war gleichbedeutend mit Tod.

Ihre Fingerspitzen klimperten gegeneinander. Sie musste daran denken, wie ihre Hände den Mann packten, der über ihr rackerte, bis es ihn schüttelte, bis er japsend zum Ende kam. Wie toll sich Caesário dann immer fühlte! Ein Stier, der nicht merkte, wie er zu einem Spielball wurde. Sich selbst dazu machte. Weil er sie und ihren Besitz haben wollte. Weil er gierig war. Und damit durchsichtig und berechenbar.

Sie nibbelte am Whiskyglas. Plötzlich goss sie alles in sich rein. Sie stellte das leere Glas zurück auf den Marmortisch. Zornig. Denn auf einmal wusste Teresa nicht, ob sie mit ihm oder er mit ihr spielte. Aber eines wusste sie ganz gewiss, denn so weit kannte sie sich, und so kannte sie ihn: Das Spiel versprach spannend zu werden. Ob es tödlich ausging? Für ihn? Für sie? Für andere?

***

Als hätte er einen Wecker für den kurzen Nachmittagsschlaf gestellt, verließ Jorge nach fünfzehn Minuten sein Zimmer. In der Küche füllte er eine Tasse mit Kaffee und betrat die Terrasse.

Er setzte sich neben Lisa und strich ihr mit der Hand über die langen blonden Haare und ließ sie für ein paar Sekunden auf ihrer Schulter liegen, um sie dann wie erschrocken wegzuziehen. Lisa musste in sich hineinschmunzeln. Dass Jorge so scheu war …

Er trank seinen Kaffee und schaute über den Tassenrand hinweg seine Besucherin an. Mächtige Freude war ihm anzusehen, aber auch eine Sorge, deren Ursprung Lisa nicht einmal erahnen konnte. Das wurde ihr in diesem Moment schlagartig bewusst.

Wie zur Ablenkung begann er wieder über Wein zu sprechen. »Angefangen hat es mit den Römern. In Portugal – und weltweit nur hier – gibt es immer noch Reben aus dieser Zeit. Heute sind unsere Weine in aller Welt begehrt. Die Trauben für den Wein, den ich am meisten begehre, die wachsen allerdings nicht in berühmten Orten und Lagen – die wachsen dort drüben. Ich muss dir unseren Weingarten zeigen. Komm.«

Wie ein Dozent zeigte er hierhin und dorthin, bis sie die erste Rebreihe erreichten, wo verschiedene Traubensorten wuchsen. Nebeneinander. Das mache sie widerstandsfähiger, erklärte er und zeigte auf die Trauben, die jetzt im Juni noch unscheinbar klein waren.

Jorge konzentrierte sich auf Rotwein. Er baute drei Rebsorten an: Trincadeira, Aragonez und Syrah.

Lisa hörte gar nicht richtig zu. Ihr gingen die Ungereimtheiten zwischen Jorge und Caesário nicht aus dem Sinn. Einer von beiden musste ihr Vater sein. Aber wer?

Jorge zwickte ein paar Trauben ab, um den Behang auszudünnen und damit die Wachstumskraft in der Pflanze besser zu verteilen.

Bevor er sich darüber auslassen konnte, kam ihm Lisa mit einer Frage zuvor. »Warum hat zwischen dir und Caesário immer eine angespannte Beziehung geherrscht?«

Jorge nickte bedächtig, dann schüttelte er den Kopf und sagte: »Ich weiß es nicht. Von jeher haben wir uns nicht gemocht. Heute würde man sagen: Die Chemie hat nicht gestimmt.«

»Was hat sich verändert, als Joana ins Spiel kam?«

»Er war in Joana verknallt. Aber sie nicht in ihn, vermute ich.« Er grinste. »Warum sollte sich eine so wunderbare Frau in einen so dummdreisten, von jeder Kultur unbeschwerten Mann verlieben – das geht doch gar nicht.«

Das Grinsen wich einem zornigen Gesichtsausdruck. »Dann kommt noch das Thema Teresa dazu.«

»Wie soll ich das verstehen?«

»Die genauen Umstände soll dir Teresa selbst erklären. Jedenfalls wurde meine Schwester an ihrem fünfzehnten Geburtstag vergewaltigt.«

»Wie schrecklich. Noch dazu in diesem Alter. Wie sie das wohl bewältigt hat? Und was geschah mit dem Vergewaltiger? Hat sie ihn identifiziert?«

»Teresa hat ihn nie verraten. Unsere Eltern haben auch keine Anzeige erstattet. Alle wollten die ganze Sache am liebsten unter den Teppich kehren.«

»Hast du eine Vermutung, wer es war?«

»Caesário. Wer denn sonst ...«

Lisa schloss die Augen. »Ich kapiere es allmählich. Er hat beide Frauen haben wollen, die dir nahestanden. Erst deine Schwester, dann deine Frau.«

»Dieser Mann ist zu allem fähig, Lisa. Ehre und Ethik bedeuten ihm nichts. Er weiß nicht einmal, was das ist. Er hat keinen Respekt vor Gott, der Natur und den Menschen. Geld ist alles, was er will. Geld ist sein Gott. Er glaubt, dass er mit Geld alles erreichen kann. Er ist größenwahnsinnig.«

»Ist er gefährlich?«

»Er ist dumm. Dumm und arrogant und größenwahnsinnig. Er ist so gefährlich wie eine gezündete Handgranate.«

Zurück in der Quinta, brachte Jorge zwei Schuhkartons gefüllt mit Fotos herbei. Lisa zog eine beliebige Handvoll heraus und starrte auf ein Bild, das ein etwa zweijähriges Mädchen in kurzen Hosen zeigte, fröhlich auf einem Esel sitzend. Sie hielt den Kopf schräg und strahlte glücklich in die Kamera.

»Du hast ihn geliebt, den guten alten Esel«, berichtete Jorge. »Er hieß Roco. Wenn du nicht schlafen konntest, hat dich Joana zu ihm gebracht, weil du dann immer gelacht und dich wie verrückt gefreut hast. Da müssten übrigens noch viel mehr Fotos von dir und Roco dabei sein.«

Lisa stöberte zwischen den vielen Bildern herum. Es gab auch Fotos von der Quinta und dem Weingarten, von Korkeichen, Wildschweinen, Adlern und leuchtend gelb blühenden Mimosenwäldern. Ein Foto zeigte den von Schnee bepuderten Gipfel des Fóia-Berges, ein Naturschauspiel, das im milden Klima der Algarve höchstens einmal in zehn Jahren vorkam, wie Jorge in Plauderlaune erzählte.

Lisa ergriff ein Foto, das ihr Kindergesicht in brillanter Schärfe zeigte. Das bin ich!, hallte es in ihr. Sie wollte noch viel mehr von sich sehen, wissen. Bald hatte sie über ein Dutzend Aufnahmen ausgesucht, auf denen sie sich bestens erkennen konnte.

Plötzlich stutzte sie. Auf dem Foto, das sie betrachtete, stand sie, die niedliche dreijährige Lisa, unmittelbar vor einem etwa achtzig mal achtzig Zentimeter großen Gemälde. Mit ausgestrecktem Arm zeigte sie darauf, als wollte sie sagen: Guck, das ist von meiner Mama.

»Ist das ein Gemälde von Joana?«, fragte sie Jorge.

»Ja. Eines Tages hat sie genau dieses Bild beendet, dann aber ein lichtblaues Sonnenloch in den dramatischen Wolkenhimmel über einem vom Wind gepeitschten Meer hineingemalt. Das gefiel ihr so gut, dass sie das Loch in alle vorher gemalten Bilder hineinzauberte. Endlich hatte sie ihren Stil – oder besser: ihr *Markenzeichen* – gefunden. An diesem Tag wurde es kreiert. Mit ihrer Ausstellung hat sie ein paar Wochen später sogar auf dem Kunstmarkt Berlin Aufsehen erregt, was sie mit frechen Interviews zu fördern wusste. In der deutschen Fernsehsendung ›Aspekte‹ hat es einen Bericht über die Sonnenloch-Ausstellung und die bildhübsche portugiesisch-deutsche Künstlerin gegeben.«

Lisa war zumute, als hätte sie gerade die Bekanntschaft mit einer neuen Seite ihrer Mutter gemacht, denn Joana hatte schon seit Jahren kaum noch gemalt. Sie hatte ihrer Tochter auch nie Fotos von ihren Gemälden gezeigt.

Aus der Küche ertönte Antonietas Rufen: »Das Abendessen ist auf dem Tisch.«

»Wir kommen!«, rief Jorge zurück. »Was gibt es Feines?«

»Ich hoffe, Sie und Lisa mögen Seezunge mit Mango.«

»Ui! Das hört sich toll an. Ich bin gespannt. Und welcher Wein passt dazu?«, fragte Lisa.

»Früher hieß es, zu Fisch passt nur Weißwein«, antwortete Jorge in seiner belehrenden Art. »Das ist natürlich längst passé. Trotzdem möchte ich heute einen weißen Alentejaner kredenzen, einen aus einer Kooperative bei Moura. Ein Wein aus der Arinto-Traube, so richtig zum Reinbeißen.«

Das Essen war ein Gedicht. »*Cinco estrelas* – fünf Sterne!«, befand Jorge und hob Antonieta seine rechte Hand, die Finger waren weit gespreizt, entgegen. Sie strahlte vor Freude.

»Wenn es euch recht ist, krame ich noch ein paar alte Fotos heraus, und ihr erzählt mir von damals?« Lisa wartete die Antwort gar nicht erst ab, sondern stand auf und holte die Kartons herbei. Es wurde ein langer Abend, denn zu jedem Foto gab es Anekdoten zu erzählen. So viel und so losgelöst von seinen Sorgen hatte Jorge schon seit vielen Jahren nicht mehr gelacht. Aber das Lachen sollte ihm bald vergehen.

***

Die Sonne war noch nicht aufgegangen. Der Wind stand gut. Nordwind. Sommerwind. Wehte direkt vom Fóia-Gipfel an der Südflanke des Granitberges in Richtung Küste herab, ließ Korkeichen rascheln und Eukalyptusbäume sich biegen wie ein Heer aus schlanken Marionettensoldaten in blausilbriger Uniform. Blätter voller ätherischer Öle. Waren sie jung, diese Soldaten, dufteten sie in ihrer Masse wie ein Bonbonladen.

Nicht dass er diese Schönheit nicht mehr sah und diese Gerüche nicht mehr roch, nur weil er seit Jahrzehnten hier lebte. Aber heute hatte er keine Zeit für Schönes. In seinem Rucksack steckten vier mit Dieselöl getränkte Stoffballen, die stanken, und es tropfte, obwohl er doch keine Spuren hinterlassen durfte. Also beeilte er sich und fand auch gleich die vereinbarte Stelle. Er dankte Gott oder dem Teufel, das war ihm egal, mit einem Stoßgebet. Was bevorstand, war ein Kinderspiel.

8

Der Pfiff kam pünktlich. Ein Ruckeln ging durch den Zug. Das Abteil auf der anderen Bahnsteigseite schien davonzufahren, aber es war ihr Zug, der abgefahren war. Sie liebte das Fahren mit der Bahn, auch wenn es länger dauerte als das Fliegen. Von Porto im Norden Portugals nach Faro im äußersten Süden – das dauerte viele Stunden. Aber dann sah sie das Atlantikland »von innen«, sauste am Meer entlang oder durch ein grünes, welliges Küstenland, im Westen vom Atlantik begrenzt, während es zum Osten hin in Mittelgebirge überging, *Serras*, Sägen. Scharfkantige Sägen mit spitzen Zacken waren es nicht, sondern Ketten von Hügeln und Bergen, von der Natur abgerundete Erhebungen in Abwechslung mit fruchtbaren Tälern. Wo immer ein Bach oder Fluss zu sehen war, breiteten sich Felder, Äcker und Obstplantagen aus, arbeitsintensives Agrarland allemal. Die Portugiesen waren emsige Leute, das hatte sie in den Jahren in Porto schätzen gelernt.

Bewaldete Steilhänge, von grauen und abrupten Felsflächen durchsetzt, zogen den Blick auf sich. Einige wurden von Wolkenhauben bedeckt, selbst im frühen Sommer – wie an diesem herrlichen Junitag. Catarina konnte gar nicht genug vom Anblick dieser Landschaften bekommen, die tief unter dem Flieger ungesehen vorbeihuschen würden.

Ein Skizzenblock lag auf dem Tisch vor ihr. Aber es war sinnlos, sich Gedanken über das neue Projekt zu machen. Erst einmal musste sie das Gelände in Augenschein nehmen, später würde sie einen Fotografen hinschicken und einen berühmten britischen oder amerikanischen Golfspieler außerdem, der hoch dotierte Ratschläge gab, bevor die definitiven Pläne entstehen konnten.

Sie war gespannt. Soeben rollte der Zug in einer Hängeetage der Tejo-Brücke über den mächtigen Strom und ließ Lissabon hinter sich. Vor ihr lag der Alentejo, ein stilles, mystisches Land, ihre Lieblingsprovinz. Sie musste an ihren Lehrmeister Siza Vieira denken. Stets hatte er sich mit Zeit und Raum, mit Rhythmus und Spannung, Auflösung und Anziehung beschäftigt. Bei urbanen Projekten verstand sie das gut. Bei Projekten, die eine Umgestaltung der Landschaft und darin integrierte große Wohn-, Wellness- und Sportprojekte vorsahen, waren die Anforderungen jedoch ganz anders gelagert.

Das Leben ist eine ständige Herausforderung. Genau so wollte sie es haben, oder nicht? Während sie sinnierend aus dem Fenster blickte, stieg ein mulmiges Gefühl in ihr auf. Eine innere Stimme raunte, dass Gefahren lauerten. Wovon hatte ihre Sekretärin Sara gesprochen? Von Schicksal?

Sie schüttelte den Kopf. So kannte sie sich gar nicht. Sie war schon immer vorsichtig gewesen, aber ängstlich? Komisch. Erst neulich hatte sie diese Angstattacke gehabt, und jetzt das. Was war los? Warum regten sich in ihr diese nie gekannten Gefühle? Und das, obwohl sie an diesem Morgen in die von der Sonne verwöhnte Algarve fuhr?

***

Der Dienstagmorgen begann gemütlich. Aus der Küche stieg der Duft von frischem Kaffee und geröstetem Brot, Grillen zirpten, die Sonne schien, die Temperatur lag bei dreiundzwanzig Grad – und das am Morgen. Irgendwo blökte ein Esel, alles war friedlich.

Lisa setzte sich an den Küchentisch, trug Shorts, war barfuß. Der Kaffee schmeckte wunderbar, und das geröstete Bauernbrot mit gesalzener Butter war ein Gedicht. Jorge betrat die Küche, ungekämmt war er, unrasiert. Er versuchte ein Lächeln, trank seinen Kaffee, schwieg.

»Ist alles okay?«, fragte Lisa.

Er zog die Brauen hoch und blickte ihr wieder so tief in die Augen, dass ihr ganz anders wurde. Eine sorgenvolle Wehmut umschwebte ihn, die schier greifbar, aber nicht aussprechbar war, die schmerzte, die wie ein Dolch in seinem Herzen zu wühlen schien, eine Wehmut, die Jorge nicht verstecken, über die er aber anscheinend auch nicht reden wollte.

Seine Hündin Foxy kam angewackelt, als wollte sie einen guten Morgen wünschen und zudem ihr Herrchen trösten. Er streichelte sie am Hals, bis sie plötzlich den Kopf hob und die Nasenlöcher blähte. Sie bellte zur Haustür hin. Jorge stand auf. Öffnete die Tür. Da war etwas, das seine Nackenhaare aufrecht stellen ließ. Der Geruch von Feuer.

Feuer ist in der Serra der Fluch des Sommers. Nach Monaten ohne einen einzigen Regentropfen sind die Waldböden übersät von dürrem Astwerk und Blättern. Purer Zunder. Alles. Ein Funke genügt, um eine Katastrophe in Gang zu setzen, wie zuletzt in den Jahren 2003 und 2004, als Tausende von Hektar Wald von der Westküste bis weit in die Provinz Alentejo hinein gelodert hatten. Viele Familien verloren damals ihr Hab und Gut und elf Menschen ihr Leben. Jetzt war zwar erst Mitte Juni, aber es hatte seit Anfang April nicht mehr geregnet. Waldbrände gehorchten keinem Datum und keiner Uhrzeit.

Immer noch bellte die Hündin zum Wald hin.

Jorge eilte hinaus auf den Fahrweg. Aus der Gegend unterhalb der Quinta sah er eine Rauchsäule aufsteigen. Sein Landgut schmiegte sich an eine Stufe im Aufbau der Landschaft an der Südflanke des über neunhundert Meter hohen Fóia-Berges, den täglich die Touristen mit Bussen und Autos erklommen. Davon unbehelligt, weil sein Besitz abseits der Bergstraße lag, genoss Jorge immer wieder aufs Neue den Ausblick in Richtung Küste.

Aber jetzt, jetzt stand Horror in sein Gesicht geschrieben. Der Lärm des lodernden Feuers drang heran, obwohl es gut und gern einen Kilometer südwestlich der Quinta brannte. »Feuer!«, schrie Jorge. »Es brennt! Feuer!«

Antonieta erstarrte. Mutlos ließ sie ihre Schultern sinken, dann aber stürzte sie zum Fenster und riss es auf.

»Feuer, Feuer, Feuer!«, brüllte sie, stürmte aus dem Haus zur Kapelle, löste das Glockenseil aus seiner Halterung und zog wie besessen daran. Das Scheppern der Glocke schallte bis zum Dorf und zu den weit verstreuten Kleinhöfen. Sofort wussten alle Leute, was Sache war: Waldbrand. Eine Katastrophe.

In der Serra schlug das Schicksal mit geradezu biblischen

Ausmaßen zu, wenn eine Tsunamiwelle aus züngelnden Flammen heranwütete. Schneller, als man laufen konnte. Für manche Menschen gab es dann kein Entrinnen mehr.

Jorge trat zum Schuhregal, über dem ein altes Telefon an der Wand hing. Er wählte die Nummer der Feuerwehr, schlug Alarm, beschrieb kurz die Lokalität des Feuers, stürzte nach draußen zum museumsreifen Traktor, eilte zurück ins Haus und sperrte vorsichtshalber die Hündin ein, ergriff eine Schaufel und alte Decken, die für einen solchen Moment immer bereitlagen, tauchte sie in ein Fass voll Wasser, das neben dem Traktor aufgestellt war, wartete, bis sie vollgesogen waren, und sprang auf den Fahrersitz. Mit einem Seitenblick nahm er wahr, dass auch Lisa auf den Traktor geklettert war.

Nach ein paar Sekunden Vorglühen sprang der Dieselmotor endlich an. Oberhalb der Wiesen fuhr Jorge mit Vollgas am Olivenhain entlang. Vor einer Ansammlung mächtiger Granitfelsen führte der Weg steil bergab zu dem Areal, aus dem mehrere Rauchsäulen stiegen. Jorge zitterte vor Aufregung. Seit mehreren Jahren hatten seine Wälder nicht mehr gebrannt. Riesige Wälder. Dass in diesen Jahren nichts Schlimmes geschehen war, lag an der Tatsache, dass er im Sommer selten außer Haus war und beinahe ständig – und gründlicher als jeder Gutsverwalter – sein Land kontrollierte.

Das Lenkrad hielt er mit beiden Fäusten umfasst. Steine und Löcher im Weg zwangen ihn plötzlich, langsam und vorsichtig zu fahren. Lisa stützte sich mit beiden Händen an den rostigen Haltegriffen neben dem Sitz ab. Gebannt starrte sie zu den Rauchsäulen. Noch nie hatte sie einen Waldbrand erlebt, hatte keine Ahnung, welche zerstörerischen Urkräfte dabei wach werden konnten.

Das Feuer rückte näher. Es wütete an einer Stelle, wo sich zwei Taleinschnitte vereinten. Jorge stellte den Traktor am Fahrweg ab, ergriff Schaufel und Decke, warf auch Lisa, die auf den Boden gesprungen war, eine zu und stakste durch das dichte Unterholz zum Brandherd, keine zwanzig Meter vom Weg entfernt.

Die Flammen hatten zahlreiche Bäume in schwarze Stangen

mit todgrauem Blattwerk, versengtem Gefieder gleich, verwandelt. Unmittelbar daneben brannten weitere Bäume, andere wurden soeben von den Flammen erfasst. Das Lodern und Zischen herumfliegender brennender Äste verursachte einen Höllenlärm. Jorge hetzte zu den Bäumen hinter dem Feuerherd, um dort mit dem Löschen zu beginnen.

»Was soll ich machen?«, schrie Lisa.

»Mir folgen und mit der Decke kleine Feuerstellen ausschlagen.«

Er kämpfte sich voran. »Pass auf die herabstürzenden Äste auf!«, brüllte er. »Wir können das Feuer nicht löschen, wir können es nur aufhalten. Gott sei Dank wird die Feuerwehr gleich eintreffen!«

Die Flammen hatten einen Ster erfasst, wo Eukalyptusstämme für den Abtransport gestapelt lagen. Soeben fingen die ersten Stämme Feuer, angezündet von herabgefallenem und lichterloh brennendem Geäst, Schweife aus glühenden Blättern hinter sich her ziehend.

»Komm her!«, schrie Jorge.

Lisa musste über brennendes Gestrüpp springen. Heißer Rauch trieb ihr Tränen in die Augen. Sie hetzte in Jorges Richtung, stolperte, rappelte sich auf, rannte weiter. Sie sah, wie Jorge kurz vor dem Ster stehen blieb und sich zu ihr umdrehte. In diesem Moment musste sie aufpassen, wo sie gerade hintrat.

Jorge schlug mit der nassen Decke wie besessen auf die Flammen ein. Da sauste plötzlich ein armdicker Prügel auf ihn nieder. Er wollte ausweichen und schrie entsetzt auf, riss schützend die Hände nach oben. Doch es war zu spät. Der schwere Prügel donnerte auf seinen Schädel. Jorge sank auf die Knie. Kippte nach vorn auf den Boden. Seine aufgerissenen Augen sahen noch, wie die brennenden Eukalyptusstämme losrollten – über ihn hinweg. Sofort fing seine Kleidung Feuer.

Lisa konnte nicht genau beobachten, wie der Täter zugeschlagen hatte, sie sah nur etwas Dunkles weghuschen, sah, wie Jorge auf den Boden sank, wie die Stämme über ihn rollten. Es ging alles so schnell vonstatten, dass sie nicht einmal aufschreien konnte. Sie wollte Jorge zu Hilfe eilen. Doch da stellte sich ihr dieses Schattenwesen in den Weg. Der Kopf war von einem schwarzen Tuch umhüllt. Nur die Augen waren durch Löcher hindurch zu sehen, irre, große graue Augen. Als Lisa hineinstarrte, weiteten sich die Pupillen des Angreifers, während er beide Arme zum Schlag mit dem Prügel weit ausholte.

Lisa war nahkampftrainiert. Sie hatte Kraft wie ein Kerl. Aber sie konnte nichts mehr machen, nicht einmal die Muskeln spannen. Der Prügel landete auf ihrem Kopf. Sie ging in die Knie. Der Schmerz kam erst, als sie schon am Boden lag. Wie ein Blitz fuhr er durch sie hindurch. Alles wurde schlagartig hell in ihrem Hirn. Und gleich darauf machte sich eine dumpfe Dunkelheit breit.

Als Lisa die Augen öffnete, wusste sie nicht, ob sie Sekunden, Minuten oder Stunden am Boden gelegen hatte. Sie wusste nur, dass das Feuer sie vernichten würde. Rundherum loderte das Unterholz. Sie robbte zum Weg, zum Traktor. Ihr Kopf schien zu explodieren. Sie hörte schrille Sirenen, dann sah sie zuckende blaue Lichter und sank in eine wohlige Ohnmacht.

9

Schon am Telefon hatte ihm das dezent erotische Timbre ihrer Stimme gefallen. Er versuchte, sich das Gesicht und den Körper zur Stimme vorzustellen, und tippte auf eine dunkelhaarige Frau in ihren frühen Dreißigern. Eine attraktive Frau. Den Unterlagen und der Recherche im Internet zufolge war die Engländerin eine ausgezeichnete Architektin, eine von Portugals Top Ten in ihrem Metier.

Erst am späten Nachmittag betrat sie nach der langen Bahn- und anschließenden Taxifahrt Caesários Büroetage im mondänen Golferzentrum Vilamoura. Fátima, die Dame an der Rezeption, gab dem Chef sofort Bescheid. Die Tür zu seinem Zimmer öffnete sich. Caesário Ferreira trat heraus. Während sich Catarina mit geschultem Blick im Büro umsah und den Ausblick auf den Yachthafen genoss, musterte er sie von Kopf bis Fuß. Sie entsprach seinen hohen Erwartungen. Ihr Gesicht erinnerte ihn an jemanden, aber er wusste nicht, an wen. An eine Schauspielerin? Welche? Er überlegte noch, dann huschte ein Lächeln über sein Gesicht. »Willkommen in Vilamoura. Was darf ich Ihnen anbieten?«

»Kaltes Wasser, bitte. Ohne Gas.«

»Sie sprechen von Gas. Damit kommen wir ja gleich zur Sache, Frau Doktor: Gas geben. Leider stehen wir unter ungeheurem Zeitdruck. Zeit ist Geld. Viel Geld.«

»Die Fortschritte hängen allein von den Prämissen ab, aber das wissen Sie ja. Von Behörden, Politikern, Banken und so weiter. Besitzen Sie eine Karte in großem Format? Am besten wäre eine Militärkarte. Und haben Sie ein topografisches Modell anfertigen lassen?«

»Noch nicht. Das machen wir, wenn die Planungen abgeschlossen sind. Es soll sich doch lohnen … Moment mal bitte, meine Sekretärin stellt mir gerade ein Gespräch durch, das muss sehr dringend sein.«

Er ergriff den Hörer auf dem Glasschreibtisch und drehte sich um. Nach einer Weile zischte er mit gesenkter Stimme: »So ein Mist. Wir telefonieren. Geh jetzt endlich heim.« Er knallte den Hörer zurück auf die Konsole.

»Zunächst einmal sollte ich das Gelände in Augenschein nehmen«, sagte Catarina, um an die unterbrochene Unterhaltung anzuknüpfen.

»Jaja, natürlich«, erwiderte Caesário geistesabwesend. »Aber es ist schon recht spät. Sie wollten ja mit der Bahn reisen. Wir müssen fast eine Stunde bis zum Gelände in der südwestlichen Serra fahren, und zum Erkunden der Gegend bräuchten wir mindestens einen Tag. Deshalb habe ich für morgen einen Rundflug mit einem Helikopter bestellt. Da können Sie in kürzester Zeit den besten Überblick gewinnen. Übrigens habe ich für Sie ein Zimmer in einem Golfhotel bei Lagos gebucht, ziemlich nahe beim Flugplatz von Alvor. Darf ich Sie jetzt hinbringen? Unterwegs werde ich versuchen, Ihnen meine Vorstellungen von *GolfGigante* deutlich zu machen.«

»*GolfGigante?* Bescheiden hört sich das nicht an.«

»Bescheidenheit ist keine Zier, wie manche Leute gern sagen. Bescheidenheit ist eine Krankheit, Doutora. *GolfGigante*, das wird Europas größte Golfanlage – und für Sie ein Highlight Ihrer Karriere.«

***

Als Lisa zu sich kam, wusste sie nicht, was in der Zwischenzeit geschehen war. Sie spürte einen stechenden Schmerz am Kopf. Ihre Hand fuhr zum linken Ohr und spürte eine Binde. Jemand musste sie verarztet haben. Trotzdem zeigten ihre Fingerspitzen frisches Blut. Vorsichtig führte sie ihre Hand wieder zum Kopf. Was war das? Sie fühlte keine Haare. Ihr Kopf war kahl. Verbrannt ihre Haare, ihre schönen langen blonden Haare!

Sie blickte um sich. Sie lag im Gästezimmer der Quinta. Allmählich konnte sie sich orientieren. Sich erinnern. Sah die Bilder des Feuers, sah, wie Jorge stürzte, sah, wie ein Schatten im Rauch verschwand, sah, wie diese vermummte Gestalt vor ihr auftauchte. Große graue Augen. Dann der Schlag, das Licht, die Dunkelheit.

Sie fühlte den Schmerz, der im Kopf und in der rechten Schulter brannte und von dort über den gesamten Brustkorb ausstrahlte. Der Mann hatte anscheinend nicht die Kopfmitte getroffen. Und nicht mit voller Wucht. Der Holzprügel musste oberhalb vom Ohr vom Schädel abgeprallt und auf die Schulter gelenkt worden sein. Und warum hatte er nicht richtig getroffen? Weil sich im Moment des Zuschlagens ihre Blicke gekreuzt hatten!

Lisa erinnerte sich genau, wie seine Pupillen gezuckt hatten. Diese großen grauen Augen würde sie wiedererkennen, egal, wo und wann und wie. Sie würde diese Augen suchen, und sei es ein ganzes Leben lang, und sei es am Ende der Welt.

Antonieta trat ein. Erleichtert stellte sie fest, dass die Verletzte wach war.

»Wie geht es Jorge?«, wollte Lisa sofort wissen.

Die Frau setzte sich an den Bettrand und umfasste Lisas rechte Hand mit beiden Händen. »Senhor Jorge geht es sehr schlecht, Miss Lisa. Am ganzen Körper ist er schwer verbrannt. Es ist alles so unsagbar schlimm … Die Helfer geben sich alle Mühe und haben ihn mit dem Notwendigsten versorgt.«

»Kommt er durch?«

»Der Notarzt befürchtet, dass Senhor Jorge kaum Chancen hat. Er liegt im Koma. Sie wollen jetzt erst einmal abwarten, ob er die nächsten zwei Stunden überlebt.«

Lisa versuchte aufzuspringen, sank aber wie vom Schmerz erdolcht aufs Bett zurück. Leise, damit keiner der Polizisten und Feuerwehrleute, die aufgeregt durchs Haus rannten, es hören konnte, flehte sie: »Er *darf* nicht sterben, Antonieta! Wir dürfen das nicht zulassen. Jorge, oh Gott, er hat so viel Kraft. Er wird es durchstehen. Aber er braucht Hilfe, die allerbeste, die es gibt.«

»Ja gewiss«, stammelte Antonieta. »Wer kann ihm jetzt noch helfen?«

»Wir müssen Joana erreichen. Vielleicht hat sie eine Idee …«

Antonieta holte ihr schwarzes Tablet aus der Küche und googelte die Telefonnummer des Hotels, in dem sich Joana einquartiert hatte. Lisa hätte nicht vermutet, dass die Haushälterin so gut organisieren konnte. Sie wählte die Nummer und ließ sich zu Joana Hauser durchstellen. Mit sich überstürzender Stimme berichtete sie, was vorgefallen war. Sie schloss mit der Frage: »Mama, kennst du einen Spezialisten, der Jorge retten könnte?«

Joana schien ein Kloß im Hals zu stecken, als sie antwortete: »Vor zig Jahren war Jorge mit einem sehr bekannten Arzt befreundet, dessen Vater wiederum mit Jorges Vater befreundet war. Sein Name wird mir gleich einfallen. Er ist eine Koryphäe auf dem Gebiet von Brandverletzungen. Damals arbeitete er in einem Hospital in Lissabon. Ich könnte ihn anrufen …«

»Mach es … jetzt! Ruf mich dann gleich zurück. Ich warte. Bitte, Mama, bitte, bitte versuche zu helfen. Du musst Jorge retten.« Lisa legte das Handy zur Seite. Ihr Kopf sank zurück aufs Kissen. Sie schloss die Augen bei ihrem Stoßgebet.

Fünf Minuten später kam Joanas Rückruf. »Ich habe ihn erreicht. Er heißt Professor Jaime de Barcelos. Es ist extrem wichtig, dass Jorge von Notärzten versorgt wird, sagt er.«

»Ist er schon.«

»Gott sei Dank. Dann muss er so schnell wie möglich nach Lissabon gebracht werden. Professor Jaime de Barcelos erwartet ihn im Hospital de Santa Maria. Ich schicke dir per SMS seine Nummer, dann kannst du alles Weitere mit ihm direkt ausmachen. Und jetzt raus mit der Sprache: Wie geht es dir, meine Liebe?«

»Ich habe Glück gehabt. Mir ist nicht viel passiert. Aber meine Haare sind versengt, alle. Jetzt hast du eine Tochter mit Glatze.«

»Hör mal, das ist nicht zum Witzemachen! Bist du ansonsten unverletzt?«

»Bin ich, Mama.«

»Gott sei Dank.«

Lisa atmete auf. »So, und jetzt muss ich sehen, wie ich die Dinge hier geregelt bekomme. Ich halte dich auf dem Laufenden, Mama.«

»Moment, Süße. Ist dein Kopf wirklich unversehrt? Hast du Schmerzen?«, hakte Joana besorgt nach.

»Es ist alles mehr oder weniger im grünen Bereich«, konnte Lisa sie beruhigen. »Mach dir ja keine Sorgen um mich!« Mit diesen Worten beendete sie das Telefongespräch und sagte zu Antonieta gewandt: »Schicken Sie bitte den Notarzt herein – aber vorher müssen wir uns über eines klar sein: Egal, was geschieht – alle müssen glauben, dass Jorge ums Leben gekommen ist. Nur so können wir denjenigen ausfindig machen, der Jorge umbringen wollte. Ich spreche mit dem Notarzt. Den Rest regeln Sie. Wir müssen absolutes Stillschweigen bewahren. Nicht einmal Ihr Mann darf es wissen.« Sie schaute die Haushälterin entschlossen an.

Antonieta nickte. Einmal nur. Bei ihr war das genug.

Kurz darauf betrat der Notarzt den Raum und kontrollierte den Verband an Lisas Kopf. Seine zurückhaltende und doch bestimmende Art und Körpersprache gefielen ihr.

»Lesen Sie Krimis?«, fragte sie.

»Natürlich. Ist meine Lieblingskost.«

»Würden Sie gern selbst an einem Krimi teilnehmen?«

Verdattert und gleichzeitig belustigt schaute er sie an. »Natürlich.«

»Dann hören Sie jetzt bitte gut zu: Es war Brandstiftung. Der Waldbrand war eine Falle für Senhor Jorge Guedes. Ich habe genau gesehen, wie ihn ein vermummter Mann niederschlug.« Der Arzt schien ungerührt.

Lisa fuhr fort. »Dieser Mann hat auch mich niedergeschlagen. Daher meine Verletzungen. Wir müssen ihn überführen. Das gelingt aber nur, wenn er glaubt, dass Jorge ums Leben gekommen ist.«

»Natürlich. Aber bei uns kümmert sich die Polizei um einen derartigen Fall.«

»Hier ist nichts normal. Die Polizei braucht Beweise. Und die gibt es nicht. Bis auf die Verletzung von Senhor Jorge. Und? Die Brandverletzung ist ein Resultat des Feuers, und die Verletzung durch den Prügel lässt sich auf einen herabstürzenden Ast zurückführen. Verstehen Sie? Es gibt keine Beweise. Also gibt es auch keinen Mörder. Wir haben es hier mit einem Verbrecher zu tun, der weiß, wie man keine Spuren hinterlässt ... Sagen Sie, haben Sie schon mal von Professor Jaime de Barcelos gehört?«

»Natürlich. Jeder Arzt in Portugal kennt seinen Namen.«

»Er wird Jorge behandeln.«

Der Arzt blickte mit geweiteten Augen gen Himmel. Das sollte Erleichterung anzeigen.

»Und Sie bringen Senhor Jorge zu ihm nach Lissabon ins Hospital de Santa Maria.«

»Natürlich.«

»Mir ist bewusst, dass das über Ihre Befugnisse hinausgeht, aber es soll sich für Sie lohnen. Wenn Sie das schaffen, gebe ich Ihnen dreitausend Euro.«

»Natürlich. So denken die Ausländer von uns. Portugal, eine Bananenrepublik. Für Politiker mag das ja stimmen, junge Frau, aber nicht für die abertausend anständigen Leute in diesem Land. Behalten Sie Ihr Geld oder schenken Sie es einem Waisenhaus – für Senhor Jorge würde ich alles tun. Viele andere Leute übrigens auch.«

Lisa erschrak. In ihrer mitteleuropäischen, satten Arroganz war sie zu weit gegangen. Sie hatte diesen Mann, diesen Arzt, gekränkt.

»Bitte entschuldigen Sie. Ich wollte Sie nicht verletzen. Ich will Jorges Leben retten.«

»Das weiß ich doch. Sind Sie seine Tochter?«

»Sagen wir, eine gute Freundin.«

»Wir haben genug geredet. Ich weihe jetzt meine Kolleginnen und die Leitstelle in Faro ein. Wir werden den Verletzten zur Feuerwehr in Aljezur unten an der Westküste bringen, dort kann ein Rettungshelikopter aus Lissabon landen und Senhor Jorge ins Hospital bringen. Ich werde alles organisieren. Und was sagen wir der Polizei?«

»Dass Jorge Guedes seinen schweren Brandverletzungen, entstanden bei einem Waldbrand, erlegen ist. So oder ähnlich heißt das doch im Amtsportugiesisch. Können Sie einen Totenschein ausstellen, bitte ...?«

Der Mann schloss die Augen. »Wissen Sie eigentlich, was Sie

da von mir verlangen? Ihnen ist hoffentlich bewusst, dass das illegal ist und ich mich strafbar mache.«

Lisa nickte. Sie hatte verstanden. »Wie könnten Sie es legal aussehen lassen?«

»Eine Beerdigung findet in Portugal in der Regel ein oder zwei Tage nach dem Todesfall statt«, sagte er. »Ich werde dafür sorgen, dass ein mit Sand beschwerter Sarg in der Monchiquer Totenkapelle aufgebahrt wird. Hier ist meine Karte, da steht auch meine Handynummer drauf. Ich rufe Sie an, sobald der Helikopter unterwegs ist. Ihre Haushälterin, diese Antonieta, muss sich gleich mit dem Priester in Verbindung setzen.«

»Wenn sie es nicht längst gemacht hat. Jedenfalls danke ich Ihnen sehr.«

Der Mann schaute Lisa nur einen Augenblick lang unvermittelt an. In seinen Augen und seinem Gesicht erkannte sie einen Menschen, dem sie blind vertrauen konnte. Diese Einsicht löste in ihr eine Welle der Hoffnung aus. Sie legte sich zurück und drückte ihr Gesicht seitlich in das Kissen. Doch erst als sie sah, wie der Krankenwagen, in dem Jorge lag, davonfuhr, konnte sie die Augen beruhigt schließen. Und sofort tauchten die Bilder von den züngelnden Flammen wieder auf. Sie biss die Zähne so fest zusammen, dass ihr Kopf zitterte.

Ein Klopfen an der Tür schreckte sie auf. Es war Antonieta, die leise eintrat. »Senhor Jorge ist jetzt unterwegs nach Lissabon. Möge er den Schutz und die Liebe Gottes erfahren. Wenn es Ihnen recht ist, Miss Lisa, dann werde ich nach Monchique fahren und mit dem Pfarrer die Beerdigung besprechen. Sie soll morgen um siebzehn Uhr stattfinden, hat er am Telefon gesagt. Übrigens hat die Kripo angerufen, sie wird in einer halben Stunde eintreffen.«

***

Lisa lag auf dem Sofa in der Küche. Ein recht junger Mann, er mochte um die dreißig bis fünfunddreißig Jahre alt sein, kam auf sie zu und streckte ihr seine Hand entgegen. Er sah gut aus.

Schwarz gelocktes Haar hatte er und auffallend kantige Gesichtszüge. Seine schwarzen Augen drückten Skepsis gegenüber allem aus. Das brachte wohl sein Beruf mit sich.

»Rui Fernandes. *Inspector-chefe*. Wie ich hörte, haben Sie den Unfall von Senhor Jorge persönlich miterlebt. Können Sie den Hergang genau schildern, bitte?«

Lisa berichtete so ausführlich wie möglich. Doch das Wichtigste, nämlich dass Jorge von dieser Schattengestalt niedergeschlagen worden war, verschwieg sie.

»Warum um Gottes willen wurde der Leichnam des Senhors Jorge so schnell abtransportiert? Will man mich verarschen?«, sagte der Beamte aufbrausend. »Zuerst einmal muss doch die Polizei ein Unfallopfer untersuchen. Ich werde beim Staatsanwalt beantragen, dass man den Sarg öffnet und den Leichnam untersucht.«

Lisa blickte den Mann ganz ruhig an. Sie spürte, dass sie eine Gratwanderung bewältigen musste. Mit Lügen. Nichts hasste sie so sehr wie Lügen.

»Der Notarzt wollte Senhor Jorge retten, aber er ist ihm unter den Händen weggestorben«, begann sie leise zu erklären. »Daraufhin hat er ordnungsgemäß einen Totenschein ausgestellt und ist mit dem Leichnam zurück zum Krankenhaus gefahren. Was ist daran nicht korrekt?«

»Korrekt? Völlig gesetzeswidrig ist das«, erwiderte der *Inspector-chefe* empört. »Ich werde veranlassen, dass dieser selbstherrliche Notarzt eins auf den Deckel bekommt. Mit mir hat er die Rechnung ohne den Wirt gemacht. Ich bedaure, dass ich so aufgeregt bin, wo Sie doch mit Ihrer Verletzung zu kämpfen haben.« In seinen Augen lag auf einmal ein warmer Ausdruck. »Jedenfalls wünsche ich Ihnen gute Besserung. Wir werden uns bald bei Ihnen melden. Schneller, als Ihnen lieb sein kann.« Er machte auf dem Absatz kehrt und verließ das Haus.

Lisa schloss die Augen und fiel auf der Stelle in einen tiefen Schlaf. Als sie am späten Nachmittag aufwachte, sah sie auf ihrem Handy die SMS des Notarztes mit der Telefonnummer des Professors. Sie rief ihn an und erfuhr, dass Jorge mit dem Helikopter vor einer Stunde wohlbehalten in der Lissabonner Klinik abgeliefert worden war und dass die Operation noch im Gange sei. Das könne sich bis in den Morgen hinziehen. Sie solle sich um zehn Uhr morgens wieder melden.

Dann rief sie ihre Mutter an und gab die wunderbare Nachricht durch. »Noch etwas, Mama. Der nette Notarzt bekommt Riesenärger mit der Polizei, weil er die Leiche abtransportieren ließ, bevor die Polizei eintraf und Ermittlungen aufnehmen konnte. Es würde nicht schaden, wenn du den Professor noch mal anrufst, damit er das auf höchster Ebene regeln kann. Der Prof ist doch einer von denen ganz oben, oder?«

»Ist er. Ich kümmere mich darum. Du kannst dich darauf verlassen.«

»Das weiß ich. Ich liebe dich, Mama.«

***

Sie kam am nächsten Morgen erst richtig zu sich, als sie sich schlaftrunken mit der rechten Hand über den Kopf strich. Keine Haare. Schorf und eine genähte Wunde hinter dem linken Ohr. Der Schlag, der Schmerz, die prasselnden Flammen ringsum, Jorge, auf den eingeschlagen wurde, das vermummte Schattenwesen – das alles stieg noch einmal heftig in ihrem Bewusstsein auf.

Antonieta saß neben ihr. Mit einem feuchten Waschlappen strich sie über Lisas heiße Stirn und legte vorsichtig einen mit Eiswürfeln gefüllten Beutel darauf.

»Sie haben Fieber. Gott sei Dank kein hohes. Der Arzt hat gesagt, dass Sie keine schweren Verletzungen haben, aber die Platzwunde am Kopf und die Prellungen an der Schulter dürften einige Tage lang ziemlich starke Schmerzen verursachen. Oh, da kommt ein Auto vorgefahren.«

Lisa schloss die Augen und hörte, wie Antonieta nach draußen eilte. Sie konnte es kaum glauben, dass Jorge das Flammeninferno überlebt hatte. Stimmengemurmel vor der Tür riss sie aus ihren Gedanken. Die tiefe Raucherstimme – das musste ihre Mutter sein! Zwar hatte sie vor drei Jahren das verdammte Rauchen endgültig drangegeben, doch die teerige Stimme war ihr geblieben.

Lisa hörte die beiden kurz miteinander tuscheln, leise, sie verstand nichts. Dann wurde die Tür geöffnet. Im Rahmen stand Joana und betrachtete ihre Tochter, deren Kopf, die verbundene Schulter. Zwischen der rechten Wange und dem Ohr war das Gesicht aufgeschürft und blau angelaufen. Der Bereich um die genähte Wunde schimmerte lilafarben. Joana wurde blass. Gott sei Dank hatte Lisa keine schweren Verbrennungen erlitten, wie Antonieta erklärte, um sie zu beruhigen.

Lisa zog den Eisbeutel von der Stirn und setzte sich aufrecht hin, während ihre Mutter neben ihr in die Hocke ging und vorsichtig den linken, unverletzten Arm streichelte. Antonieta stand in der Tür und weinte. Auch Joana ließ den Tränen freien Lauf.

»Hört auf zu flennen«, forderte Lisa. Wild entschlossen schaute sie die beiden Frauen an. »Wir müssen nachdenken, wie wir uns wehren können. Anscheinend will jemand Jorge umbringen. Lass dir erzählen, was passiert ist …«

Zum Ende ihrer Schilderung rang Lisa Joana und Antonieta den Schwur ab, mit niemandem über die unglaubliche Tatsache zu sprechen, dass Jorge noch lebte.

»So. Und jetzt ruf bitte den Prof an, Mama, damit wir wissen, wie es Jorge geht.«

Joana ging zum Telefonieren nach draußen und kam mit einem glücklichen Gesichtsausdruck zurück. Die Operation sei gut verlaufen, aber Jorge liege immer noch im Koma. Das sei kein schlechtes Zeichen. Professor Barcelos sei zuversichtlich, dass Jorge es schaffen würde.

Die drei Frauen nickten sich zu. Das unsichtbare Band eines Geheimnisses schlang sich um sie.

»Senhor Jorge muss es geahnt haben«, meinte Antonieta. »Seit Tagen war er irgendwie ganz anders. Verzweifelt und niedergeschlagen hat er auf mich gewirkt, und er hat immer wieder den Wald inspiziert. Als hätte er Angst, dass genau das passieren würde, was passiert ist …«

»Warum nur? Gibt es irgendeinen Anlass für seine Sorge? Denken Sie nach, Antonieta, denken Sie genau nach, bitte«, sagte Lisa.

»Ich weiß doch nichts, Miss Lisa. Senhor Jorge war immer sehr schweigsam, vor allem, wenn es um Probleme ging. Wie gesagt, ich habe ihm seit ein paar Tagen angesehen, dass ihn etwas sehr beschäftigte. So sorgenvoll ist er noch nie gewesen. Etwas Besonderes ist mir aber nicht aufgefallen.«

»Wirklich? Gar nichts? Denken Sie nach, Antonieta, bitte.«

»Tu ich ja! Also ...« Sie legte den Kopf schräg, als würden die Erinnerungen dann eher kommen. »Mir fällt nur eine einzige Sache ein.«

»Was, Antonieta, was?« Auch Joana schaute jetzt erwartungsvoll die Frau an, die die Schultern verdrehte, als wollte sie sich aus einer Schlinge ziehen.

»Als er das letzte Mal bei einer Ausstellungseröffnung in Dona Teresas Galerie war – vor etwa vier Wochen war das –, da hat er mich etwas Komisches gefragt. Ich habe inzwischen mehrmals daran denken müssen.«

»Was hat er gefragt?«

»Nachbar Caesário hat doch einen dicken weißen Porsche, so einen, wie man sie im Fernsehen bei reichen Amis oder Arabern sieht. Er hat erzählt, dass er dieses Auto auf Teresas Parkplatz gesehen habe. Aber Caesário selbst habe er bei der Vernissage nicht getroffen.«

»Sie haben noch nicht geantwortet. Was hat er Sie gefragt?«

»Ob ich nicht auch ein komisches Gefühl habe, wenn ich dieses Bonzen-Auto vor der *Quinta da Ribeira* sehe.«

»Und, haben Sie?«

»Allerdings.«

Lisa musste sofort an den weißen Porsche denken, den sie beim Spaziergang mit Jorge vor der *Quinta da Ribeira* gesehen hatte. Auch Jorge hatte das Auto bemerkt, aber nichts weiter dazu gesagt. Dieser verschlossene Mann.

Lisas Augen versprühten Feuer. »Schon wieder dieser Caesário ...« Sie blickte die beiden Frauen mit flammender Eindringlichkeit an. »Wer auch immer Jorge etwas anhaben will – jetzt hat er es mit uns zu tun. Wir werden diesen Verbrecher zur Strecke bringen.«

Joana lächelte ihre Tochter an, stolz und mitleidsvoll zugleich. Sie unterdrückte ihren Kommentar, der in ihr nachhallte: Wenn der Übeltäter sich zur Strecke bringen lässt …

Da blitzte in Lisa plötzlich ein ätzender Verdacht auf. Wusste Joana, wer versucht hatte, sie und Jorge zu töten? Was wurde hier gespielt? Im selben Moment schämte sie sich wegen dieses Misstrauens. Joana würde nie etwas Unberechenbares tun. So weit kannte sie ihre Mutter. Die allerdings gern für Überraschungen sorgte. Das hatte sie schon mehr als einmal in ihrem Leben bewiesen.

Antonieta schreckte sie aus ihren düsteren Gedanken auf und erinnerte daran, dass die Beerdigung am späten Nachmittag stattfinden sollte. »Dann musst du mich ein bisschen herrichten, Mama. So, wie ich jetzt aussehe, hält mich jeder für ein Gespenst.«

10

Bauherr Caesário Ferreira traf die Architektin Catarina Ferguson an der *Marina*, dem Yachthafen von Lagos. Weil ihre Gegenwart ein seltsames Kribbeln in ihm auslöste, schätzte er die elegante und erfolgreiche Frau außerordentlich. Instinktiv verstand er das Kribbeln als sinnliches Begehren. Mit Freude nahm er wahr, wie ihnen die Leute in den vielen Cafés, Bars und Restaurants nachschauten. Dabei sah er neben der attraktiven Engländerin mit dem fein geschnittenen Gesicht trotz – oder vielleicht wegen – seines cremeweißen Armani-Leinenanzugs wie ein zwielichtiger Barmann mit Bauch aus. Daran änderten auch seine superteuren italienischen Designerschuhe nichts.

Nach einem Snack in einem *Marina*-Restaurant fuhren sie am Nachmittag zum Flugplatz von Alvor. Den ganzen Tag über starteten hier zahlreiche kleinere Flugzeuge. Wohlhabende Golfer kamen zum Spielen mal eben aus London, Brüssel, Oslo oder Hamburg hergeflogen. Von hier aus schleppten einmotorige Flugzeuge bunte Werbebanner für Discos und Restaurants durch die atlantischen Lüfte. Größere Maschinen brachten Fallschirmspringer aus aller Herren Länder auf dreitausend Meter Höhe, damit sie ins Traumreich zwischen Serra und Meer stürzen und zurück zur Erde schweben konnten.

Der Pilot stellte sich als Anibal vor. Er ging zu einem gelben Helikopter voraus, in dem die beiden Fluggäste auf einer schmalen Bank hinter dem Pilotensitz engen Platz fanden. Catarina war die körperliche Nähe zu Caesário unangenehm. Ihn wiederum erbaute sie. Er spürte Catarinas Schulter und ihren Schenkel an seiner Seite, er spürte ihre Wärme, und er konnte sie gut riechen. Er rekelte sich.

Die Passagiere zogen Helme mit Kopfhörern und Mikro auf, denn nur so war eine Unterhaltung bei dem Lärm der Rotoren möglich.

»Fliegen Sie eine weite Runde über die südwestlichste Gegend

Europas. Fangen wir am besten mit dem Kap São Vicente an«, wünschte Caesário, und der Pilot nickte.

Auf dem Weg zum Kap hielt er zunächst einmal auf die Felsenformationen Ponta da Piedade bei Lagos zu. Catarina kannte die drei Kilometer lange Kette aus bizarren Klippenfelsen, alle von Wind, Wetter und Wellen zu mächtigen Figuren gemeißelt, denn als sie seinerzeit in der Algarve gearbeitet und am Wochenende die schönsten Stellen der Region aufgesucht hatte, hatte ihr der natürliche Skulpturengarten schon besonders gut gefallen.

Jetzt leuchteten die Klippenwände aus Sandstein ockerfarben in der Sonne, winzige Buchten zeigten sich, und die Ausflugsboote mit Touristen wurden aus der Vogelperspektive tatsächlich zu Nussschalen.

Hinter der Ponta begann einer der schönsten, weil besonders zerklüfteten Küstenabschnitte der Algarve. In Höhe der schroffen Klippen flog Anibal diese abenteuerliche Strecke bis zum Fischerort Sagres. Hier ließ der Pilot den Helikopter wie eine Libelle steil in die Höhe steigen. Eine mächtige Burganlage auf einer Landzunge wurde zu einer Spielzeugburg, und kurz darauf lag auch schon das benachbarte Kap São Vicente unter ihnen. Da steuerte der Pilot den Hubschrauber wie im Sturzflug nach unten und hielt direkt auf den Leuchtturm zu.

Catarina stockte der Atem, als sie sich der Wasseroberfläche derart rasant näherten, dass sie meinte, die Spritzer der Gischt auf ihrer Haut zu spüren, obwohl Plexiglas sie vom Rest der Welt trennte. Kurz bevor der Helikopter ins Wasser knallen konnte, lenkte ihn Anibal geschickt um. Caesários Hände krallten sich in seine eigenen Knie.

Keine dreißig Meter über dem Wasser flog der Pilot an den wellenumtosten Klippen der Costa Vicentina entlang, zu deren Füßen einige Strandbuchten wie Perlen aneinandergereiht lagen. Fünfzehn Kilometer nördlich stieg der Helikopter über einer Bucht bei Aljezur steil in die Höhe und flog in Richtung Fóia-Berg über die Ausläufer des Küstengebirges. Unten breitete sich ein Gebiet mit zahllosen Bergkuppen aus, alle rund wie Maulwurfshügel. Das Gipfelgebiet war von Wolken umgeben, die sich, von Windböen in die Tiefe getrieben, in der Sonne rasch auflösten.

Caesário zeigte nach unten. »Das ganze Gebiet dort drüben gehört zu *GolfGigante*. Anibal, gehen Sie tiefer.« Sie überflogen einen großen Stausee mit seinen tief in die Taleinschnitte fingernden Buchten und hielten dann auf den höchsten Berg, den Fóia, zu. Catarina erblickte eine verlassen wirkende Autorennstrecke. Wie ein Knäuel aus Bandwürmern sah es aus und war in Wirklichkeit der in Beton gegossene Versuch Portugals, im Big Business der Formel-1-Weltmeisterschaft eine Rolle zu spielen, die freilich längst an andere und viel kapitalkräftigere Kandidaten vergeben worden war. Man hatte die Anlage trotz großen Widerstandes aus der Bevölkerung fertig gebaut, doch schon am Tag der Eröffnung war allen klar gewesen, dass es sich hier um eine Totgeburt handelte.

»Sehen Sie dieses große Gebäude dahinten, Frau Doktor? Das ist die *Quinta da Ribeira*. Da bin ich aufgewachsen. Die weite Mulde weiter südlich soll ein Stausee werden, dessen Staumauer Sie geschickt camouflieren werden. Rundherum soll eine der exklusiven Villensiedlungen entstehen. Autos sind tabu – nur Elektrofahrzeuge pendeln zwischen dem Haupteingang und den Villen hin und her. Mit einem Sessellift gelangen die Gäste zu den Startplätzen der Golfanlagen. Und dort drüben …«, er zeigte auf eine zwischen Korkeichen idyllisch gelegene Wiese, »… richten wir ein Zentrum für Bogenschützen ein. Anibal, bitte fliegen Sie zwei Kilometer weiter südlich … Ah, sehen Sie nur diesen Bach. Sogar im Hochsommer führt er kühles Süßwasser. Und dort …«, er zeigte mit seinem Zeigefinger nach unten, wobei sein Ellbogen ihren Busen streifte, »… sehen Sie eine große flache Wiese. Dieses Terrain werden Sie in ein Trainingszentrum für Fußballclubs der Premier League verwandeln. Alles hoch exklusiv, natürlich, mit Tribünen für die Presse und VIPs, Restaurants, Cafés, Bars, einem Spielcasino, Boutiquen, Golfshops, eben allem, was dazugehört. Anibal, und jetzt bitte hoch nach Monchique, damit die Dame den Zauber dieser Region voll und ganz erleben kann.«

Keine fünfzig Meter über den Wäldern bürstete der Helikopter die Baumwipfel. Dann kam das Bergstädtchen Monchique in Sicht.

»Noch eine Runde über dem niedlichen Städtchen drehen. Tiefer«, befahl Caesário. Denn auf dem Friedhof hatte er eine Menschengruppe ausgemacht. Er grinste. Im Tiefflug röhrte der Hubschrauber darauf zu. Als sich die Friedhofszypressen vom Wind der Rotoren bogen und die alten Leute ihre schwarzen Hüte festhielten, musste Caesário lachen.

Catarina schaute betreten zur Seite. Plötzlich ekelte sie dieser Mann.

Ganz gewaltig ekelte er sie.

***

Ab drei Uhr nachmittags strömten die Leute aus Monchique und der Umgebung zur Totenkapelle. Hunderte. Alte Männer lehnten an alten Hauswänden. Alte Frauen zogen ein schwarzes Tuch über dem Kopf zusammen und drückten einen alten schwarzen Hut darauf. Oder sie ließen den Rosenkranz, den alten und längst abgewetzten, durch die Finger gleiten, murmelten das Vaterunser oder tuschelten in kleinen Gruppen, nachdem sie noch einen Strauß Blumen auf den geschlossenen Sarg in der Kapelle gelegt hatten.

Alle waren erleichtert, dass der Schrecken eines Waldbrandes gerade noch an ihnen vorübergegangen war. Wegen des Unfalltodes des beliebten Jorge Guedes hatte sich aber eine bedrückende Stimmung über Monchique gelegt. Seit dem Morgen herrschten dieses ungemütliche Wetter und diese Wehmut. Wollten einfach nicht weichen. Dann wurden auch noch Nebelfetzen vom Wind an den bewaldeten Bergflanken zum Städtchen hinabgepeitscht, und die Wartenden zogen trotz der Frühsommerhitze die Schultern zusammen.

Um siebzehn Uhr schlug die Kirchenglocke ein monotones Geläut an. Der Priester verließ das Gotteshaus durch das Portal, das von kunstvoll gemeißelten Steinknoten umrahmt war. Dem

Gottesmann folgten vier Messdiener. Touristen, die das berühmte Portal fotografieren wollten, hielten inne.

Gemessenen Schrittes trotteten Priester und Gefolge zur nahen Totenkapelle. Ein Leichenwagen fuhr vor. Zwei Männer schoben den Sarg hinein und schwangen sich in das frisch polierte schwarze Fahrzeug, das nun im Schritttempo in Richtung Friedhof rollte. Dem Gefährt folgten der Priester, der Bürgermeister und Stadtbeamte, und in ihrem Schlepp kamen die Geschäftsleute des Städtchens daher, schließlich an die vierzig Frauen mit Kindern an den Händen, und am Ende der Prozession freuten sich zwei Dorfdeppen über den Betrieb.

Irgendwo bellten Hunde, blökte ein Esel. Aus einem offenen Fenster ertönte klagende Fado-Musik. Die späte Sonne tauchte den Ort in sanftes Licht, doch wenn die grauen Schwaden vom Berg herabwehten, wurde alles schattig, düster und bedrückend.

Den Akt einer Beerdigung erlebte Monchique jede Woche mehrmals. Die Bevölkerung der Bergregion hatte sich durch das Wegziehen der Jugend in die Küstenstädte und das Wegsterben der alten Generation binnen dreißig Jahren halbiert. Bei jedem Dahinscheiden eines Bewohners vernahmen die Verbliebenen das Jenseits als ein leises Anklopfen an der eigenen Tür.

Nach etwa fünfzehn Minuten kam die Menschenschlange am Friedhof an. Die Menschen verteilten sich im kühlen Schatten von Zypressen und standen mit verschränkten Händen rund um die vielen Gräber. Alle warteten mit gesenkten Köpfen. Auch der *Inspector-chefe*, der sich unter die Menschen gemischt hatte, ungesehen von Lisa und Antonieta.

»Erde zu Erde, Staub zu Staub«, murmelte der alte Priester. Seine tiefrote Knollennase verriet einen Hang zum Genuss von reichlich rotem Messwein, dem Blut des Herrn. Er sprengte Weihwasser auf den von Blumen überhäuften Sarg. Zwei kräftige Männer, die am anderen Ende des Grabes standen, spuckten in die Hände und ließen den an Seilen befestigten Sarg in ein Erdloch gleiten. Zahlreiche Sträuße purzelten hinab.

Plötzlich ertönte der rasch anschwellende Lärm eines Helikopters, den Bürgern wohlvertraut, denn beim letzten großen

Waldbrand waren ständig mit Löschwasser beladene Hubschrauber wie stählerne Hornissen über dem Ort hin und her geflogen. Das lärmende Ding drehte einen Kreis über dem Städtchen, machte direkt über dem Friedhof eine Kehrtwende und lärmte zurück in Richtung Küste.

Verärgert über die rüde Störung blickten die Leute nach oben, und so mancher alte Mann schüttelte seine Fäuste dem lauten Ungeheuer entgegen. Dann trat wieder Ruhe ein. Bis die beiden Männer begannen, mit den Schaufeln die lockere Erde ins Loch zu schütten. Jedes Mal, wenn eine volle Ladung den Sarg traf, zuckten die Leute zusammen. Viele standen ratlos herum, denn es hatte keine Rede gegeben. Sang- und klanglos wie in einem Stummfilm war die Beerdigung abgelaufen, erbärmlich geradezu.

Das Ende von Senhor Jorge aus der wichtigen Guedes-Familie schien unwirklich. Die Leute verstanden die Welt nicht mehr. Allmählich machten sie sich davon, verwirrt und verwundert und der eine oder andere gar bekümmert. Nur eine kleine Gruppe blieb am Rande des frischen Grabs zurück.

Lisa stand etwas abseits. Mit viel Make-up hatte sie die Spuren des Prügelschlags verdeckt. Sie trug einen breitkrempigen schwarzen Sonnenhut. Sie musste ganz akzeptabel aussehen, wie sie erleichtert an den Blicken der Friedhofgänger bemerkte.

Geistesabwesend schaute sie auf das Erdloch, das von den zwei Männern immer noch zugeschaufelt wurde. Ein Lattenkreuz mit dem in Kreide aufgemalten Namen »Jorge Guedes« lag umgekippt auf der ausgehobenen Erde, von Blumen garniert. Lisa flüsterte den Namen des Bestatteten vor sich hin und spielte mit einer Kombination, die ihr ganz selbstverständlich in den Sinn kam: Jorge Guedes, Lisa Guedes.

Ihre Lippen bewegten sich langsam. Sie genoss den Klang der Namen, er war Musik in ihren Ohren: Schorsche Guédesch, Lisa Guédesch.

Auf einmal fühlte sie sich beobachtet. Sie zog den Sonnenhut tiefer ins Gesicht, schaute um sich und sah in die Augen eines Mannes, der nur wenige Schritte entfernt stand. Er trug einen kleinen schwarzen Hut, der schräg auf einem hellbraunen Wuschelkopf saß. Komischer Kauz, dachte Lisa. Er hatte beide Hände in den Hosentaschen vergraben und lächelte mild, als sich ihre Blicke kreuzten. Lisa schaute weg. Sie wollte kein Mitleid. Sie war mit dem Toten nicht verwandt. Sie war eine Fremde, eine Freundin aus längst vergangenen Zeiten. Wer war sie eigentlich?

Mit hängenden Armen und verschränkten Händen stand auch Joana nahe beim Grab. Lisa schaute ihre Mutter von der Seite an und hatte keine Ahnung, was in ihr wühlen mochte. Denn sie wusste nicht, welche Gefühle Joana noch für Jorge hegte. Sie fragte sich, wie es ihr und ihrer Mutter gehen würde, wenn Jorge tatsächlich ums Leben gekommen wäre. Gar nicht auszudenken. Jorge war binnen weniger Tage zu einem Anker für Lisa geworden, mehr noch, zu einem Hafen, in dem sie sich geborgen fühlte.

Eine Dame in mattschwarzem Seidenkostüm trat heran. Elegant sah sie aus, gepflegt, reich. Eine Lady wie aus einem Fernsehbericht über ein Pferderennen in Windsor. Fragend und prüfend schaute sie Lisa an. »Ich bin Teresa, Jorges Schwester. Und wer, bitte schön, sind Sie?«

»Ich heiße Lisa.«

»Lisa? Joanas Tochter?«

»Ja, das bin ich. Und das, das ist Joana.« Lisa zog ihre Mutter heran.

Teresa starrte die etwas jüngere Frau wie ein Wesen von einem anderen Stern an.

»Das darf doch nicht wahr sein. Ich kann es nicht fassen«, platzte es aus ihr heraus. »Gott, wie ich mich freue. So viel habe ich über Sie gehört, ich meine, über Joana und ein Töchterchen namens Lisa. Sie haben früher einige Jahre in meiner, nein unserer Quinta gelebt? Leider haben wir uns damals gar nicht kennengelernt. Doch, ein Mal waren Sie in meiner Villa, ich erinnere mich ganz vage. Und dann sind Sie plötzlich nach Deutschland gezogen, so war es doch, nicht wahr?«

Lisa ließ in Blitzesschnelle Jorges Beschreibung von Teresa

Revue passieren. Englisches Outfit, englische Eleganz. Stimmte. Das war sie also. Jorges Schwester. Aber selbst vor ihr wollte sie das Geheimnis um Jorges Überlebenskampf wahren. Auf keinen Fall wollte sie verraten, dass die Beerdigung eine Vortäuschung war und dass es sich bei dem Waldbrand um Brandstiftung und versuchten Mord gehandelt hatte. Sie ergriff Joanas Unterarm, die ihrerseits Scheu hatte, Teresa anzuschauen.

»Es scheint, dass wir uns einiges zu erzählen haben …«, sagte Joana schließlich.

Teresa schüttelte den Kopf, als wollte sie damit Ordnung in ihr Denken bringen. Dann aber nickte sie und zeigte ein freundliches Gesicht.

»Das ist absolut richtig«, sagte sie. »Ich fasse es nicht, also wirklich, ich fasse es nicht … Gott, es ist so traurig, es ist so schrecklich. Ich freue mich natürlich, Sie hier zu sehen, aber diese Umstände …«

Sie blickte die Frauen trauervoll an und beeilte sich, hinzuzufügen: »Darf ich Sie bitten, mich morgen zu besuchen? Hier ist meine Karte mit meiner Adresse. Die Villa befindet sich zwischen Carvoeiro und Ferragudo in der Nähe des Leuchtturms.«

Sie reichte Joana und Lisa eine in Prägeschrift gedruckte Visitenkarte, dann blickte sie um sich und sah den jungen Mann mit Hut. Erfreut rief sie aus: »Hallo, lieber Pablo.«

Der Angesprochene trat hinzu und verneigte sich höflich vor den Frauen. Seine Haare quollen unter der Hutkrempe hervor, ein einziges Durcheinander. Auf seinem schlaksigen Körper wirkte sein Lockenkopf fast clownhaft. Er trug eine Hose aus dünnem braunem Leder und ein weißes Hemd, das wie gewichtlos von den Schultern hing und bis weit über die Hüften reichte. Er sah aus wie einer, der sich nicht in Klischees quetschen ließ.

Aber exzentrisch wirkte er nicht. Er hatte wache Augen, sie waren in sich ruhend, mehr noch, dieser Mensch war in sich ruhend, das sah Lisa sofort. Er kniff seine Augen leicht zusammen. Skeptisch betrachtete er die Anwesenden.

Teresa stellte ihn als Pablo Falcão vor, einen Freund ihres Bruders Jorge. Mit aufgeregter Stimme sagte Pablo: »Ich verstehe es nicht. Jorge ist ein Naturmensch wie kein anderer. Wenn jemandem im Wald nichts passieren kann, dann ihm.«

Seine Zuhörer schauten betreten zu Boden, bis Teresa das Wort ergriff. »In der Tat, nichts ergibt hier Sinn. Aber ehrlich gesagt, ich würde jetzt gern allein sein. Mir geht so viel durch den Kopf. Ich muss das alles erst einmal bewältigen, außerdem fällt schrecklich viel Papierkram an. Ich bin ja ganz automatisch Jorges Alleinerbin geworden, wissen Sie. Ich hasse Papierkram. Joana, Lisa, wohnt ihr in der Quinta?«

Joana antwortete: »Ich halte mich im Hotel VilaVita auf.«

»Ach. Sehr nobel …«

»Ich produziere eine Reportage über das Hotel. Ich könnte morgen mit meinem Mietwagen kommen. Lisa, was ist mit dir?«

»Ich würde gern noch ein paar Tage in der Quinta bleiben. Ich fürchte, dass weitere Überraschungen anstehen. Aber ich werde Sie morgen natürlich sehr gern besuchen.«

»Weitere Überraschungen … Sag doch so was nicht. Mir reicht diese hier. Wie auch immer: Bleibe in der Quinta, solange du willst. Ich würde mich riesig freuen. Also, bis morgen.«

Sie schritt in ihren halbhohen eleganten Schuhen zum nahen Ausgang des Friedhofs, wo sie ihren dunkelblauen Jaguar direkt am Tor geparkt hatte. Sie öffnete die schwere Autotür, drehte sich noch einmal um und rief: »Pablo, kommen Sie doch bitte auch zu mir nach Ferragudo! Sie könnten von der Westküste aus über Monchique fahren und Lisa mitnehmen. Sie leben doch an der wilden Westküste, wenn ich mich recht erinnere? Sagen wir sechzehn Uhr, zum Tee?«

»Ich habe morgen einen Termin in Lagoa, also ganz in der Nähe«, antwortete Pablo. »Das könnte ich geschickt miteinander verbinden.« Und zu Lisa sagte er: »Ich bin um fünfzehn Uhr bei Ihnen. Dann bringe ich Sie zu Teresas Villa und hole Sie zwei Stunden später wieder ab. Okay?«

Lisa konnte sich ein Lächeln nicht verkneifen. »Ich heiße Lisa. Bitte sag Du. Fünfzehn Uhr in der Quinta, das ist super.«

Teresa lächelte alle geschmeidig an, setzte sich mit elegantem Schwung auf den Ledersitz, startete den Jaguar und fuhr langsam davon.

Da trat aus dem Schatten einer Zypresse *Inspector-chefe* Rui Fernandes hervor. Er blieb neben Lisa stehen. Leise und nur zu ihr gewandt, sodass es niemand hören konnte, sagte er: »Sie mögen sehr einflussreiche Freunde haben, Miss Lisa, aber die Wahrheit lässt sich weder aufhalten noch vertuschen. Nicht auf Dauer. Ich und meine Mitarbeiter haben Sie im Visier. Falls am Tod des Jorge Guedes irgendetwas manipuliert wurde, werden wir es aufklären. Es geht hier um ein riesiges Vermögen. Es geht darum, wer es erbt. Ist doch klar. Ist immer so. Einen schönen guten Tag, Miss Lisa.«

Mit einer Kehrtwende war er wieder im Schatten der Bäume verschwunden.

Lisa blickte ihm hinterher. Sollte das heißen, dass sie unter Verdacht stand, etwas mit Jorges angeblichem Tod zu tun zu haben? Auch das noch.

»Lisa. Ein schöner Name.«

Die Worte des netten Lockenkopfmannes rissen sie aus ihren Gedanken.

»Du bist also ein Freund von Jorge?«, fragte Lisa und betrachtete den Mann von Kopf bis Fuß. Sie betrachtete ihn gern.

»Wir haben uns beim Angeln an der Westküste kennengelernt. Da hat man viel Zeit und kann in aller Ruhe miteinander reden. Jorge hat ab und zu von seiner ›Kleinen‹ gesprochen. *›A minha menina‹*, sagte er dann immer. Das bist also du. Er hat aber nie deinen oder den Namen deiner Mutter genannt, das hätte ich mir gemerkt. Wahrscheinlich wollte er vermeiden, dass die Namen verschlossene Wunden öffnen. Eine dunkle Wolke schwebte immer über ihm. Er hat gern diskutiert, trotzdem war er verschlossen. Ein wunderbarer und tiefsinniger Mensch. Aber glücklich? Glücklich war er nicht.«

***

Gleich nach dem Aufstehen am Freitagmorgen rief Lisa Professor Jaime de Barcelos an. Er hatte gute Nachrichten. Jorge sei aus dem Koma erwacht. Sein Zustand sei nach wie vor sehr ernst, aber es bestehe dennoch berechtigte Hoffnung.

Lisa rief durchs Handy nach Lissabon: »Das ist ja wunderbar! Danke! Ach, da ist noch etwas. Hat meine Mutter mit Ihnen über den Notarzt gesprochen? Der Arme bekommt anscheinend Ärger, weil er die Leiche so schnell abtransportieren ließ.«

»Ja, Ihre Mutter hat mich alarmiert. Ich habe mit dem Innenminister telefoniert, der übrigens wie ich die Gemälde von Senhor Jorge sehr schätzt und sammelt. Die Sache ist geglättet, da brauchen Sie sich keine Sorgen zu machen.«

Lisa eilte in die Küche und rief ihre Mutter an, nicht ohne Antonieta zu bitten, im Raum zu bleiben, damit sie die Lissabonner Neuigkeiten auch gleich erfahren konnte. Dass die Kripo sich für den Fall interessierte, verschwieg sie, weil sie hoffte, dass die Neugier des *Inspector-chefe* bald nachließ und von oben her gestoppt wurde.

Pablo kam wie vereinbart am Nachmittag zur *Quinta do Monte*. Mit seinem dürren Körper und dem Lockenkopf wirkte er in seinem alten Nissan-Jeep etwas verloren.

Lisa schwang sich auf den Beifahrersitz und lächelte ihn zur Begrüßung an.

Hinter Monchique fuhren sie hinauf zum zweiten Bergzug der Serra, dem Picota. Sie tuckerten entlang einer schmalen Straße unterhalb der Gipfelzone. Die Ausblicke, die sich aus knapp siebenhundert Metern Höhe auf die Küste boten, ließen sogar Lisa schweigen. Zahllose Hügel formten eine wellige Landschaft, ein versteinertes, leicht lilafarbenes Meer vor dem Atlantik. Hinten, am leicht gekrümmten Horizont, berührten sich, kaum sichtbar in der Hitze des Sommertages, das glitzernde Blau des Ozeans und das lichte Blau des Himmels.

Lisa nahm mit offenem Mund diese berauschend schöne und unglaublich harmonische Natur in sich auf. Ab und zu fuhr sie mit einer Hand über ihren Schädel, den Joana vor der inszenierten Beerdigung mit Jorges Rasierapparat vollständig kahl geschoren hatte, vorsichtig die verheilenden und noch schorfigen Stellen meidend.

Von mehreren Aussichtspunkten fiel der Blick auf den größten Stausee der Algarve, die Barragem de Odelouca. Das tiefblaue, in die Täler zwischen den Bergkuppen wie Tentakel reichende Gewässer war eingebettet in eine Landschaft, die überzogen war von Abermillionen blühender Zistrosen, ein einziger weiß getupfter Blütenteppich.

Auf einer gut ausgebauten Straße rollten sie nun in ein saftig grünes Tal hinab. Bald würden hier Hotels mit Wellness-Centern entstehen, erklärte Pablo. Bei der Fahrt in Richtung Silves kam ihnen an diesem Tag jedoch kein einziges Fahrzeug entgegen – und das im Juni. Noch war diese Gegend unberührt vom Tourismus.

Pablo erzählte von seinem Studium der Gartenbaukunst in Bristol, schwärmte von noblen Adelshäusern im Süden Englands, von der Gartendesignerin Gertrude Jekyll und dem Architekten Sir Edwin Lutyens. Als er ein paar Minuten lang schwieg, fragte Lisa, was er mit dieser Art von Kunst in der Algarve anfange.

»Kunst in der Algarve?«, lachte er bitter. »Hier hat Kunst leider nur eine geringe Bedeutung. Eigentlich ein Widerspruch, denn viele Leute haben Villen oder Wohnungen, sind wohlhabend. Sie könnten sich Kunst leisten … Aber sie wissen ja nicht einmal, dass in der Algarve viele Künstler leben, sogar richtig gute, und dass man deren Kunst hier auch kaufen kann. Nicht nur die viel zu teuren Gemälde bei Dona Teresa …«

»Und warum hat die Kunst eine derart geringe Bedeutung?«

»Weil man Kunst und Kultur hier gar nicht erwartet. Das liegt am verzerrten Image der Algarve. Man bringt diese Region nicht mit gepflegtem Lifestyle in Verbindung, sondern mit Strand, Sand, Sonne, Golf, Geld, und damit hat es sich. Ganz anders Südfrankreich oder gar die Toskana: Da fahren die Leute hin, um Kunst und Kulinarisches aktiv zu erleben und selbst zu erschaffen, nicht nur, um sie in Museen, Kirchen und Schlössern zu bewundern. Dort gibt es Dutzende von Kunstschulen.

Leute aus der ganzen Welt fahren hin, auch in Gruppen und mit eigenem Kunstlehrer-Guru, um zu malen, zu fotografieren oder zu bildhauern. Leider wissen diese Leute nicht, dass wir hier in der Algarve das brillanteste Licht Europas haben, mehr Sonne als irgendwo sonst, mehr Traumstrände und Bilderbuchbuchten sowieso und eine wunderschöne Natur. Eigentlich ist die Algarve für Kunst und Künstler wie geschaffen.«

»Toll, dein Plädoyer für die Algarve. Aber es ist ein Plädoyer für Ausländer. Was ist mit den Portugiesen selbst, was bedeutet ihnen die Kunst?«

»Noch weniger. Da kommen mehrere Faktoren zusammen, wie zum Beispiel die Tatsache, dass am Ende der Salazar-Diktatur über vierzig Prozent der Bevölkerung Analphabeten waren. In knapp fünfzig Jahren kann kein nachhaltiges Interesse für Kunst entstehen. Da haben die Menschen ganz andere, nämlich existenzielle Sorgen. Die meisten Portugiesen, die sich etwas leisten können, wollen dann einen Audi, einen Mercedes, einen BMW. Oder zwei. Hauptsache, deutsche Autos. Hinzu kommt, dass Kunst, also Gemälde, Skulpturen und Keramik, immer noch der Oberschicht vorbehalten sind. Den Reichen. Eine Mittelschicht, wie es sie zum Beispiel in Deutschland, England, Holland oder Skandinavien gibt – so etwas ist hier erst im Entstehen, und die Finanzkrise der letzten Jahre hat diese positive Entwicklung radikal abgebrochen.«

Pablo lachte sarkastisch und blickte traurig vor sich hin. Nach einer Weile fügte er hinzu: »Aber wir werden das ändern. Jorge hatte eine tolle Idee, und die haben wir vor drei Jahren zum ersten Mal in die Tat umgesetzt.«

»Erzähl.«

»Wir haben eine Kunstmesse organisiert, bei der die Künstler ihre Werke selbst ausgestellt und verkauft haben. Künstler aus vielen Ländern waren vertreten. Alle leben in Portugal, die meisten in der Algarve. Aufbauend auf dieser Erfahrung betreiben wir nun eine große Galerie in der ältesten Weinkooperative der Region. Kunst und Wein – eine perfekte Ehe, und diese Ehe heißt sinnigerweise *Galeria Arte Algarve*. Das authentische Umfeld und dazu der Geruch von Wein machen einen Galeriebesuch besonders spannend. Du wirst es bestimmt bald erleben.«

»Und welche Rolle spielst du dabei?«

»Ich helfe mit. Wir sind ein kleines, aber tolles Team. Wir organisieren das Ganze, wir finden die Künstler, gestalten die Ausstellungen, organisieren die PR. Du glaubst ja gar nicht, was da alles dranhängt. Wir planen auch Events und organisieren Ausstellungen in führenden Hotels der Region, zum Beispiel im VilaVita-Parkhotel, wo deine Mutter derzeit aktiv ist. Es bereitet uns allen unheimlich viel Spaß.«

»Stellst du dort deine Werke aus?«

»Malen, bildhauern – das ist nicht mein Ding.«

»Und was ist *dein Ding*?«

»Percebes.«

»*Percebes?* Was ist denn das?«

»Eine primitive Spezies von Krabben. Sie werden oft mit Muscheln verwechselt. Sie hängen an Felsen und Klippen, immer an schwer zugänglichen Stellen. Sie schmecken wunderbar, obwohl sie ziemlich hässlich aussehen, fast wie Hühnerkrallen. Tolle Kreaturen sind das. Ich sammle sie, vielmehr: Ich habe sie gesammelt. Man darf sie jetzt kaum noch verkaufen, weil sie vom Aussterben bedroht sind. Ich bin ja gar nicht gegen diese Schutzmaßnahme. Aber es war halt bequem. Für ein Kilo bekam ich zehn Euro. Jeden Tag holte ich vier. Davon lässt sich's leben, zumindest hier in Portugal. Im Moment verdiene ich mein Geld durch Heckenschneiden, Poolreinigen und ähnliche Jobs.«

Plötzlich bremste Pablo und zeigte zu schwalbengroßen Vögeln, die auf einer längs der Straße gespannten Telefonleitung eng nebeneinanderhockten oder atemberaubend geschickt umherflogen, wobei ihr kunterbuntes Gefieder zum Vorschein kam.

»Bienenfresser«, erklärte er und zeigte im gleichen Augenblick in eine ganz andere Richtung, nämlich zum Fluss, wo zahlreiche Störche im Ufergras standen.

»Du könntest dich als Reiseführer verdingen. Dein Wissen scheint unergründlich«, meinte Lisa.

»Dann müsste ich aber immer freundlich sein. Dazu hab ich keine Lust.«

Lisa schloss die Augen. Sie roch die Natur, und sie genoss die Gegenwart dieses Mannes.

11

Er wollte nur die Besten. Angefangen bei der Architektin Catarina und weitergeführt beim Webdesigner, dem Menschen, der die visuelle Visitenkarte von *GolfGigante* entwickeln sollte. Wann und wo er von Adalberto Gonçalves gehört hatte, wusste er nicht mehr. Jedenfalls brauchte er dringend einen erstklassigen Designer für eine phantastische Website. Dieser Adalberto sollte also der Beste sein. Zwar hatte Caesário nichts Reales vorzuweisen, keine Pläne von *GolfGigante*, keine Fotos, nichts, aber ein Fachmann sollte das schon richten können.

Der Bauherr rief Adalberto Gonçalves an, nachdem er beschlossen hatte, alle Hebel in Gang zu setzen, um sein Riesenprojekt endlich in die Startlöcher zu bringen.

Zwei Stunden später betrat der Designer, es war genau um vierzehn Uhr, das Büro in Vilamoura. Caesário störte sich nicht an seinen langen Haaren und fing gleich an, ihn vollzulabern. Wenn man eines nicht verlieren dürfe, so führte er aus, dann Zeit. Zeit sei Geld. Für ihn gab es kein *Morgen*. Für ihn gab es nur *Jetzt*. *Jetzt* musste man alle Register ziehen, *jetzt* musste man die Investoren noch mehr überzeugen, die sich noch vor wenigen Monaten wie berauscht gezeigt hatten, als sie an einer ersten Ortsbegehung am Südhang des Küstengebirges Serra de Monchique teilgenommen und Verträge unterzeichnet hatten. Der schönste, der größte, der feudalste Golfplatz der Alten Welt sollte hier am historischen Kreuzpunkt von Afrika, Asien und Amerika entstehen. Kurz darauf waren vier Minister und andere Entscheidungsträger in ihren neuen Audi- oder Mercedes-Schlitten gekommen. Der Präsident der Republik war mit einem Helikopter herbeigeeilt, es wurde heftig applaudiert, gespeist und getrunken, schwärmte Bauherr Caesário. Ah ja, davon gab es Fotos. Einige davon waren ja auch in der Presse erschienen.

»Wie stellen Sie sich Ihre Website und Ihre Zielgruppe eigentlich vor?«, fragte der Grafiker, als Caesário endlich eine Atempause einlegte. »Haben Sie eine Corporate Identity entwickeln lassen? Haben Sie ein Logo? Haben Sie eine Marketingstrategie? Haben Sie Pläne, Modelle, Preislisten? Haben Sie eine E-Mail-Adresse, wo Interessierte weitere Informationen abrufen können? Gibt es einen richtig tollen Prospekt?«

Caesário schaute den jungen Mann entgeistert an. »Das Projekt ist gigantisch, verstehen Sie? Aber es befindet sich erst im Anfangsstadium. Trotzdem müssen wir jetzt schon eine eindrucksvolle Homepage präsentieren. Lassen Sie sich was einfallen, Mann. Machen Sie aus dem Namen *GolfGigante* eine Skyline, mit den beiden G als übermächtigen Türmen à la World Trade Center. Holen Sie sich die tollsten Fotos und Clips von Bildagenturen, schustern Sie etwas Phantastisches zusammen, Mann. Fangen Sie an, heute noch! Meine Sekretärin wird Ihnen jetzt einen Scheck über fünftausend Euro als Anzahlung geben – das dürfte Sie genügend anspornen. Geben Sie Gas, Mann, geben Sie Gas!«

Als er den jungen Mann ein paar Minuten später draußen im Vorzimmer in der Vorfreude auf den Geldsegen scherzen hörte, erhob sich Caesário und baute sich breitbeinig vor der Glasscheibe auf. Er hörte sich gern reden und schwärmen. Das törnte ihn gewaltig an.

Er blickte hinab auf den Yachthafen von Vilamoura. Das Thermometer der Zuversicht stieg deutlich in ihm an. Endlich. Nach dem Anschlag auf Nachbar Jorge war das auch dringend nötig. Dass da plötzlich eine junge Frau an Jorges Seite war – wer konnte das denn vorher wissen, verdammt noch mal?

Immerhin war Jorge aus dem Weg geräumt, das allein war entscheidend. Keine Frage: Caesário würde das Rennen seines Lebens gewinnen. Er war bereit, alles dafür zu tun.

***

Schon von Weitem sichtbar prangte ein mächtig großer Festungsring aus rotem Sandstein auf einem Hügel. Bis ins 13. Jahrhundert hatte sich hier der Hauptsitz der maurischen Fremdherren befunden, die der sonnigen Provinz im Südwesten der Iberischen Halbinsel den Namen »Al-Gharb« gaben, was nichts anderes bedeutet als »der Westen« – von Córdoba aus betrachtet, dem Sitz des Großkalifen.

Pablo referierte wieder einmal über die großartige Geschichte seines Landes. Fast ein halbes Jahrtausend lang war der Ort, dem die Christen den Namen Silves gaben, eine Metropole gewesen, führte er aus. Die Mauren in Silves hatten Akademien und Koranschulen betrieben und Plantagen für Mandeln, Johannisbrotbäume, Feigen und Zitrusfrüchte angelegt, während sich die Europäer nördlich der Pyrenäen die Köpfe mit Keulen und Äxten zertrümmerten. In Silves sei auch die erste Malschule auf europäischem Boden entstanden. In ihrem Glanz und Reichtum sei die Stadt nur mit Granada und Córdoba vergleichbar gewesen.

»Das Gewässer hier …«, Pablo zeigte auf eine alte Brücke, unter der das Wasser eher stand als floss, »… war damals ein richtiger Fluss. Der Rio Arade. Das Flussbett ist im Laufe der Jahrhunderte versandet. Nur noch kleine Boote können auf dem Rio und nur bei Flut bis hierher fahren. Früher dagegen lagen bei der Brücke große Segelschiffe vor Anker.« Pablo zeigte zu einer wuchtigen Sandsteinbrücke, die, wie er erklärte, von den Römern erbaut worden war. »Übrigens sind fast alle Hauptstädte der Mauren an Ufern von Flüssen weit im Landesinneren entstanden. Auch Sevilla«, belehrte er Lisa. »Oder die Königsstädte drüben in Marokko. Solche Orte konnte man leichter gegen Feinde verteidigen – früher kamen die Angreifer ja immer übers Wasser.«

Lisa legte ihre Stirn in Falten. »Da komme ich in Europas entlegenste Region, von der viele nicht einmal wissen, wo sie liegt, und erfahre, welch reiche Geschichte sie hat …«

Pablo blickte sie verdutzt an. »Unbekannt ist die Algarve aber nicht. London, Dublin, Brüssel, München und Amsterdam machen hier Urlaub, aber nicht die Mitläufer, sondern die Meinungsbilder. Hier gibt es mehr Individualisten, als du dir vorstellen kannst – in der Galerie erleben wir sie Tag für Tag.«

»Ist ja toll. Aber erzähl mir mehr über dieses Städtchen hier. Silves heißt es?«

»Ja. Die Mauren nannten es *Xelb*. Jorge hat mir erzählt, dass er früher ab und zu mit dir hierherfuhr, weil dir die alte Burganlage so gut gefiel.«

»Was hat er noch gesagt? Bitte versuch dich zu erinnern. Ich muss es wissen.«

»Er hat selten über euch gesprochen – also über deine Mutter und dich. Aber er hat gern über die Vergangenheit gesprochen. Dann versteht man auch seine Zukunft besser, hat er immer gesagt …«

Pablo schaute Lisa für einen Moment von der Seite an, ehe er fortfuhr. »Jorge kommt aus einer reichen Familie. Aber er hat diesen Reichtum verachtet. Bestimmt wollte er mit seiner eigenen Familie alles besser machen. Wie gesagt: Er hat nur selten darüber gesprochen.«

»Moment, Pablo. Wir waren keine Familie.«

»So, wie Jorge es empfunden hat, vielleicht schon.«

Lisa nickte bedächtig. Pablos letzter Satz tat weh.

Bei der Weiterfahrt entlang eines Flusses sahen sie am Straßenrand alte Frauen Orangen und Zitronen verkaufen. Dann fuhren sie im Schritttempo hinter einer Gruppe von Zigeunern her. Mit ihren Pferden und großrädrigen Karren nahmen die Roma die ganze Straßenbreite ein. An die zehn Kinder und in Schwarz gekleidete vollbärtige Männer und rassig schöne Frauen gaben ein eigenwilliges Bild ab, das einem anderen Jahrhundert entrückt schien.

Sinti und Roma hatten für Lisa schon immer etwas Unheimliches an sich. Menschen, die in ihrer so deutlich anderen und komplexen Gesellschaft parallel zur »normalen« Gesellschaft lebten, immer getrennt, kaum je mit den anderen sich vermischend. Und? Vermischte sie sich mit anderen? Lebte sie nicht völlig zurückgezogen und hatte nur mit Tara, ihrer Partnerin in ihrem kleinen Catering-Betrieb in Berlin, intensive soziale Kontakte?

Pablo kannte die Strecke zu Teresas Villa gut, denn zusammen mit Jorge war er schon des Öfteren in der Galerie gewesen. Er berichtete, dass Teresa jeden Monat zu einer Vernissage einlud. Zu den Gästen zu zählen, galt als Ehre. VIP-orientiert, so gestaltete Teresa ihre Ausstellungseröffnungen, die er, Pablo, jedoch als eitel und lächerlich empfand. Er ging nur hin, weil er Jorge nachts durch die Gegend chauffierte, denn sein älterer Freund trank gern ein paar Gläschen Rotwein und legte sich, war er erst einmal in Stimmung gekommen, gern mit den Gästen an, besonders wenn sie über Kunst plauderten. In der Regel kamen siebzig bis hundert Gäste, darunter zahlreiche betuchte Deutsche, Engländer, Iren, Holländer, Südafrikaner.

Abrupt wendete er seinen Kopf in Lisas Richtung. »Mir fällt gerade etwas Merkwürdiges ein: Im Mai sind wir zum letzten Mal bei einer Vernissage in der *Galeria do Mar* gewesen. Als wir nach Mitternacht wegfuhren, sahen wir auf dem Parkplatz der Villa den dicken weißen Porsche von Jorges Nachbarn Caesário Ferreira stehen. Bei der Veranstaltung ist er aber nicht dabei gewesen ... Wir haben uns gefragt, ob er sich in den Privaträumen aufgehalten hat. Wortlos sind wir dann heimgefahren. Aber in Jorge war etwas wachgekitzelt worden, das ihn nicht mehr losließ. Er grübelte und grübelte. Ich glaube, dass das der Wendepunkt war. Seit diesem Abend war er sehr beunruhigt.«

»Das hat auch Antonieta erzählt. Dass Caesário bei Teresa gewesen ist, heimlich offenbar, muss ihn alarmiert haben ...« Lisa kaute auf ihren Lippen herum. »Warum nur? Antonieta hat erzählt, dass er seit diesem Tag ständig den Wald inspiziert hat, weil er wohl befürchtete, dass jemand ein Feuer legen würde. Was dann auch tatsächlich geschah ...«

Sie überquerten eine Brücke, die den Rio Arade überspannte, getragen von dicken Stahlseilen, die sich zu zwei Mastpaaren wie gespreizte Finger hochstreckten, silbrig in der Sonne glänzend. Knapp unter der Fahrbahn weitete sich der Rio zu einem kilometerbreiten Mündungstrichter aus. Das Meer flutete das Becken und verwandelte es in eine große Lagune.

Seevögel schwammen auf dem tiefblauen, aber seichten Wasser. Weiter landeinwärts entdeckte Lisa einen Schwarm rosa Flamingos, einbeinig nach Futter stochernd. Auf der Brücke sausten

Autos und Lkws hin und her, doch die Tiere schienen gänzlich unbeeindruckt von der motorisierten Hektik.

Zehn Minuten später fuhren sie in Flussnähe an einer Reihe baufälliger einstöckiger Häuschen vorbei, in denen früher die Arbeiter längst geschlossener Fischkonservenfabriken gelebt hatten, dann eröffnete sich ein Panoramablick auf das Dorf Ferragudo.

Sie bogen auf einen Sandweg zu einem Strand gegenüber dem Dorf ab. Hier präsentierte sich Ferragudos Idylle wie geschaffen für Postkartenmotive und Reiseführertitel. Eine verschachtelte Masse alter, meist weiß gestrichener Häuser schmiegte sich an einen Uferhügel.

Oben ragte ein Kirchturm auf, während auf dem Wasser vor dem Ort zahlreiche Boote dümpelten oder auf dem schlammigen Meeresboden zur Seite geneigt lagen, als hielten sie ein wohlverdientes Mittagsschläfchen. Andere Boote säumten das Ufer eines Strandes, der bis zu einer auf einem Uferfelsen trutzig thronenden Burg reichte.

Sie umfuhren das Dorf und bogen auf der Strecke nach Carvoeiro auf einen Privatweg ab. An der Einfahrt ragten Fahnenstangen auf. Lange dunkelblaue Fahnen flatterten im Wind.

Lisa legte den Kopf schräg, damit sie die weißen Lettern lesen konnte. »*Galeria do Atlântico – Atlantic Art Gallery*«, las sie vor.

Im weiten Umfeld der Galerie wuchs hartblättrige Macchia, und dazwischen waren gelb blühende Büsche eingesprenkelt, oder es ragten vom Wind geduckte Feigenbäume auf. Hie und da zeigten Schirmpinien mit weit ausladenden, leuchtend grünen Hauben, warum sie so hießen. Die Vegetation bedeckte die wellige Landschaft wie ein Teppich, ein struppiger Teppich, der erst am Klippenrand in einer gezackten Linie abrupt abbrach, das Grün des Festlandes vom satten Blau des Meeres und dem hellen des Himmels trennend.

Nach zweihundert Metern erreichten sie Teresas Villa. Lisa musste an Jorge denken, hatte er doch erwähnt, dass er das Hanghaus entworfen hatte. Es war versehen mit den typischen Merkmalen portugiesischer Herrensitzarchitektur, die sich in eleganten Proportionen von hohen, aber schmalen Fenstern und

Türen zeigte, die dunkelblau gestrichen waren und dem Gebäude einen gediegenen Zauber verliehen, den ein von Säulen getragener Eingang noch verstärkte. Hier waren Stolz und Reichtum zu Hause. Hoch aufragende Zypressen warfen Schattenstreifen über den Vorplatz, auf dem nur zwei Autos geparkt waren: Joanas weißer Mietwagen, ein schnuckeliger Fiat Cinquecento, und Teresas dunkelblauer Jaguar.

Die im gleichen Dunkelblau lackierte Eingangstür der Villa wurde geöffnet. Teresa, im Türrahmen stehend, sah wieder aus wie eine englische Lady. Sie trug ein dezent hochtailliertes Kleid in dunkelblauer Farbe mit kleinen weißen Punkten.

Sie trat ins Freie, überschwänglich breitete sie ihre Arme aus und rief: »Willkommen, meine Lieben. Tretet ein.«

»Tut mir leid, ich muss weiterfahren«, sagte Pablo, stieg aber aus und begrüßte Teresa kurz, bevor er wieder wegfuhr.

Teresa umarmte Lisa. »Deine Frau Mama ist vor zwei Minuten angekommen. Deutsche Pünktlichkeit …« Offenbar hatte die Dame des Hauses schon vorgefeiert, denn ihr Atem roch nach Alkohol.

Lisa betrat das Haus durch einen breiten Flur. Links und rechts standen weiße Marmorbänke ohne Rückenlehne, wunderschöne Stücke, und darüber hingen elegante Mäntel und Jacken. Linker Hand führte eine Treppe in einen Keller, wie Lisa kurz wahrnehmen konnte, weil die mattweiß lackierte Tür nur angelehnt war. Der modrig-schattige Geruch eines kühlen Weinkellers stieg herauf.

»Der Felsenkeller …«, sagte Teresa, die Lisas Blick bemerkt hatte. »Wahre Weinschätze liegen da unten. Keiner hat sie mehr geschätzt als Jorge.«

Dem Hauseingang schloss sich ein breiter Flur an, der zu einem großzügigen Patio führte. Ein Arkadengang umrahmte ihn und tauchte diesen Teil des Hauses in eine geistvolle Ruhe, als befände man sich im Kreuzgang eines Konvents.

In der Mitte plätscherte leise ein Brunnen. Aus dem Schniedelchen eines lachenden Engels sprudelte Wasser, um über den Beckenrand hinweg in das darunterliegende, wie eine Muschel geformte Becken zu kaskaden. Dem römischen Vorbild entsprechend, sorgte der Brunnen für angenehme Kühle.

Die Stimmung von Ruhe und Besinnlichkeit wurde durch einen daneben wachsenden Zitronenbaum gesteigert, an dem reife Früchte baumelten. Die schattigen Innenwände des Arkadenganges dienten als Ausstellungsfläche für Gemälde. Lisa wandelte rundum und betrachtete die farbverliebten Bilder einer brasilianischen Malerin, beleuchtet von versteckt angebrachten Strahlern.

»Gehen wir auf die Terrasse, Joana wartet schon auf uns«, schlug Teresa vor und ging voraus. Sie durchquerten einen über hundertfünfzig Quadratmeter großen Salon. Auf dem cremefarbenen Marmorboden lagen Teppiche ausgebreitet, die den Raum in einer lockeren Anordnung strukturierten.

Ein blauer Seidenteppich wirkte wie eine Insel, geschaffen für eine Sitzgruppe mit weißen Ledersofas. Ein dunkelroter Teppich formte eine Leseecke vor weiß lackierten Bücherregalen mit dunkelrotem Lederrücken, vollgestellt mit großformatigen Werken, kostbare Kunstbände wahrscheinlich, wie man es in diesem Ambiente erwarten durfte. Neben den Regalen stand auf einem dunkelblauen Perserteppich ein damenhaft kleiner antiker mattweißer Schreibtisch, auf dem ein weißes Notebook flimmerte.

Ein paar Schritte weiter gab es eine Bar aus Marmor, daneben hing an der Wand ein großer Bildschirm. Eine traditionelle Decke aus Holzbalken und quer liegenden Bambusstangen milderte das Licht, das von der Meerseite her den Raum durchflutete. Die Südwand des Raumes bestand in ihrer gesamten Breite aus Türflügeln mit Sprossenfenstern. Zwei waren geöffnet und ließen die atlantischen Brisen ein, die von den nahen Klippen herüberwehten.

Teresa schien ausgesprochen angeregt, sie hatte sich offenbar auf den Besuch gefreut. Außerdem schien sie es zu genießen, wenn Gäste zum ersten Mal hier standen, den Mund öffneten und angesichts des Bilderbuch-Panoramas nur stammeln konnten.

Die Terrasse ging in einen parkähnlichen Garten über, in

dem zahlreiche Palmen ein exotisches Ambiente herbeiwehten. Weiß blühende Oleanderbüsche formten eine Hecke, die bis zum Klippenrand reichte, ein Anblick, der einem Coverfoto von »House & Garden« hätte entliehen sein können.

»Ein Traum«, hauchte Lisa. »Bruder und Schwester in ihren Märchenschlössern. Ich hatte keine Ahnung …«

Teresa lächelte verständnisvoll. »Wie solltest du auch.«

Lisa schaute Teresa unverwandt an. »Ich hätte gern mehr über die Guedes-Familie erfahren … Weißt du, aus den Fotos, die Jorge mir gezeigt hat, würde ich gern ein Fotobuch gestalten und damit sein Leben ehren.«

Mit einem raschen Blick zu ihrer Mutter holte sie sich deren Einverständnis für die soeben erfundene Geschichte.

»Das ist schön«, sagte Teresa. »Aber bitte erwarte keine Informationsflut von mir. Natürlich werde ich versuchen, dir so viel wie nur möglich zu erklären. Aber ich kenne nur ein paar Kleckse in einem großen, wirren Bild.« Kaum hatten sie sich gesetzt, rückte sie auf ihrem Stuhl ein wenig nach vorn, um Lisa näher zu kommen. »Und vergiss nicht: Ich habe in London gelebt, schon seit … Jedenfalls war ich damals ein Mädchen, gerade erst an der Schwelle zu einer jungen Frau.«

»Jorge hat es mir kurz erzählt. Er meinte aber, die Details zu deiner England-Episode könntest du mir besser selbst schildern.«

»Das hat er gesagt? Nun, an meinem fünfzehnten Geburtstag bin ich missbraucht worden, wodurch ich schwanger wurde. Es geschah beim Stausee, meinem geliebten Stausee, wo ich immer baden gegangen bin und wo Jorge so gern geangelt hat. Ein paar Wochen später hat mich meine Mutter nach England gebracht. Da waren Abtreibungen erlaubt. Seinerzeit gab es auf den Königlichen Inseln einen echten Abtreibungstourismus. Ich bin dann viele Jahre lang in England geblieben. Ich liebe die britische Kultur. Eine sehr kostbare Kultur.« Beinahe verträumt sagte sie die letzten Worte und hob nun wie erschrocken über sich selbst den Kopf. »Ach, was bin ich doch für eine Schwätzerin. Jetzt seid ihr erst ein paar Minuten hier, und ich überfalle euch mit grässlichen Geschichten.«

Erschrocken blickten Joana und Lisa auf, auch weil Teresa in der Tat so nichtssagend über das schreckliche Ereignis sprach.

Teresa lachte ihre Gäste aufmunternd an. »Jetzt aber keine Trübsal blasen. Schließlich gibt es etwas zu feiern: Ihr seid zurück in Portugal.«

»Aber nur für zwei Wochen Urlaub in der Sonne …«, schränkte Joana ein.

Teresa erhob sich. »Lasst uns jetzt feiern, dass ihr hier seid. Wisst ihr was? Ich hole uns einen leckeren Tropfen aus dem Felsenkeller.«

In eleganter Manier schritt sie zur Kellertür und verschwand im Dunkel. Das Klackern ihrer Schuhe auf der Treppe ertönte, dann hörte man das Scheppern von Flaschen, kurz darauf wieder das Klackern der Schuhe.

»Jetzt werde ich euch einen von Jorges Lieblingsweinen kredenzen. Quinta da Corte, ein herrlicher Tropfen … Lisa, kannst du bitte drei Gläser von der Bar holen?«, rief sie von unten herauf.

Oben angekommen, zog sie den Korken, schnupperte daran und goss den edlen Wein ein, der leicht gekühlt gelagert war und eine ideale Temperatur an diesem heißen Frühsommernachmittag hatte. »Prost, ihr Lieben – auf unser Wohl«, sagte sie beschwingt.

»Auf Jorges Wohl«, meinte Joana laut.

Teresas Gesicht verzog sich wie auf frischer Tat ertappt, als wäre ihr mit dem Nichterwähnen ihres Bruders ein Fauxpas unterlaufen. Geschickt verstand sie es anschließend, ihre Gäste in ein belangloses Gespräch über die Schönheit der Algarve zu verwickeln. Diese Schönheit gelte es zu erhalten, auch wenn man den Küstenstrich so dicht bebaue. Jorge sei als verantwortlichem Architekten viel an einem intakten Ambiente gelegen gewesen. Sie selbst habe dafür in ihrem Anwesen viel Geld ausgegeben. Aber so sei es eben, das Leben.

Als ob du dafür arbeiten müsstest, höhnte es in Lisa. Mutter und Tochter schauten sich verstohlen an. Sie waren der gleichen Meinung: Bei Teresa hatten sie es mit einer schwirrenden Luxusdame zu tun, mit der sie, wäre sie nicht Jorges Schwester, niemals in näheren Kontakt gekommen wären.

Um kurz vor neunzehn Uhr ertönte vom Vorplatz ein Autohupen. Pablo, lieber Pablo. Lisa sprang auf, war froh, dass sie diese merkwürdige Villa verlassen konnte. Auf der einen Seite präsentierte sich hier eine klassisch-schöne Architektur umrahmt von grandioser Natur, auf der anderen Seite lebte in diesem Bouquet der Schönheit ein hohl wirkender Mensch.

Welch ein Widerspruch, dachte Lisa und rief Dona Teresa ein kurzes »Bis bald!« zu. Dann verabschiedete sie sich von ihrer Mutter und stieg zu Pablo in den Wagen.

Pablo fuhr los. Aus den Augenwinkeln sah Lisa, dass auch Joana in ihr Auto einstieg. Sie konnte für einen Augenblick das Verschmitzte im Gesicht ihrer Mutter erkennen. Etwas hatte sie beide an diesem Nachmittag umschlungen, eine Art von Vertrautheit, die neu für ihr Verhältnis war. Ein Band der Verschwiegenheit. Ein Band aus Wut und Entschlossenheit.

Kaum war Pablo in Richtung Westen zum Dorf Ferragudo abgebogen, erreichte auch Joana die T-Kreuzung mit der Landstraße. Aus der anderen Richtung, aus Carvoeiro kommend, näherte sich in diesem Moment ein weißer Porsche Cayenne der Kreuzung. Erschrocken duckte sich Joana hinter das Steuer, als sie den dicken Mann im dicken Auto erkannte. Sie hatte auf einmal das Gefühl, dass von ihm eine schreckliche Gefahr ausging.

***

»Gott sei Dank. Sie sind gerade weggefahren.« Teresa stand an der offenen Tür und ließ Caesário eintreten.

»Wer denn?«

»Joana, Lisa und Pablo, ihr Lover. Hast du sie nicht wegfahren sehen? Sie müssen dir begegnet sein.«

»Ich war tief in Gedanken versunken, da sehe ich keine Leute.«

»Joana. Du erinnerst dich nicht? Jorges ausländische Freundin aus Monchique und ihre Tochter Lisa? Lang ist es her, ich weiß. Doch gestern hab ich sie ganz überraschend auf Jorges Beerdigung in Monchique getroffen. Könnte es sein, dass etwas dran ist an den Gerüchten, Jorge sei Lisas Vater?«

»Natürlich erinnere ich mich an die beiden. Seit wann sind die in der Algarve? Ausgerechnet jetzt? Was wollen die?«

»Reg dich nicht auf, Lieber. Die können unseren Plänen doch nichts anhaben.«

»Bist du dir sicher?«

Teresa trat zu ihm und reichte ihm ein Glas. »Doppelter Single Malt. So hast du es doch am liebsten, nicht wahr?«

»Bist ein Goldschatz«, bestätigte er und drückte einen flüchtigen Kuss auf ihre Stirn. Sein Blick aber verfolgte die Aktienkurse von Bloomberg TV am Fernsehgerät über der Bar. Diese Kurse kosteten ihn Geld, viel Geld, und seit einigen Monaten hatte er längst nicht mehr so viel davon, wie er andere glauben machte, auch wenn die britischen Investoren schon kräftig in Vorleistung getreten waren. Gott sei Dank stand die nächste Tranche an.

»Ist dir eigentlich bewusst, mein Lieber, dass ich wegen dieses schrecklichen Unfalls nun die Alleinerbin von Jorge bin?«, sagte sie strahlend und schaute Caesário verführerisch von der Seite an. »Nun können wir dein Lieblingsprojekt *GolfGigante* problemlos realisieren. Ich hatte nie an Jorges möglichen Tod gedacht – und jetzt bringt er uns einen derart reichen Segen.«

»Vielleicht bist du ja gar nicht die Alleinerbin. Vergiss diese Gerüchte um Lisa nicht. Die ist nicht zufällig hier. Wenn Jorge ihr Vater ist, wird *sie* die Quinta erben.«

»Aber sie kann nicht seine Tochter sein, Liebster. Jorge hätte es mir doch gesagt.«

»Sicher?«

»Natürlich«, entfuhr es Teresa. »Jeder ist stolz auf seine Tochter, und seiner Schwester erzählt ein Portugiese alles.«

»Ob sie etwas mit seinem Tod zu tun hat?« Caesário grinste in sich hinein. Mit dieser Frage lenkte er Teresas mögliches Rätselraten über Jorges Tod um. Sie schien ja auch nicht zu trauern, eher das Gegenteil war der Fall. Caesário gegenüber bemühte sie sich nicht einmal, ihre Freude über das Erbe zu verbergen.

»Dafür kommt mir diese junge Frau zu harmlos vor, ihre Mutter auch«, versuchte Teresa den plötzlich bekümmert wirkenden

Mann zu beruhigen. »Lisa sieht erbärmlich aus. Ihre Glatze ist grässlich.«

»Lass dich von solchen Äußerlichkeiten nicht täuschen, Teresa. Kam eigentlich damals, als Joana schwanger wurde, noch ein anderer Mann als Vater in Frage?«

Er konnte sein schmutziges Grinsen kaum noch verbergen und wandte sich ab, denn er sah Bilder auftauchen, die ihn, Caesário, zeigten, stolz wie Oskar am Steuer eines schwarzen Ferrari sitzend. Sah, wie Joana lächelnd einstieg und wie sie zusammen durch die beliebtesten Küstenorte der Algarve fuhren. Alle hatten das Paar bewundert. Den stolzen reichen Caesário neben der nordischen Schönheit Joana, die es mit Greta Garbo hätte aufnehmen können. Teresa hatte keinen blassen Schimmer davon.

»Woher soll ich das wissen«, antwortete sie. »Ich war doch in London.«

»Ach ja. Hatte ich fast vergessen.« Er dachte an Lisa. Er biss die Zähne zusammen. Denn er wusste ganz genau: Seine Tochter war sie nicht. Konnte sie gar nicht sein. Joana hatte damals herumgespielt, aber sie war Jorge immer treu geblieben. Sogar, als er sie einmal mit K.-o.-Tropfen außer Gefecht gesetzt hatte. Trotzdem hatte sie die Schenkel geschlossen gehalten. Stures Biest. Auch am letzten Tag. Da hatte nicht einmal Gewalt geholfen. Anschließend war sie wie vom Erdboden verschwunden gewesen.

Und jetzt? Plötzlich waren diese Joana und ihre Tochter Lisa eine ungeheure Bedrohung für ihn geworden, für seinen Reichtum, seinen Ehrgeiz, seine Macht. Zu einem Zeitpunkt, da alles so lief, wie er es wollte. Ausgerechnet jetzt, da Jorge aus dem Weg geräumt war, betrat seine Tochter die Bühne. Das konnte nur ein Zufall sein. Er hasste Zufälle. Er liebte die Ordnung.

Teresa schaute den grübelnden Mann verführerisch an. »Du weißt doch, warum ich in London war.« Sie strich sich über den Bauch, so wie schwangere Frauen es gern tun.

Caesários linke Augenbraue zuckte. Er zog seinen Blazer aus, holte aber vorher noch eine Toblerone-Stange aus der Brusttasche.

»Magst du Süßes?«

Zwinkernd strich er mit der Schokostange über Teresas rechte Wange und weiter hinab über ihren Hals und den bebenden Busen. Er musste nur leicht drücken, um ihr wohlige Laute zu entlocken.

»Das weißt du doch, Lieber. Mach es wie damals an meinem fünfzehnten Geburtstag, als du mich am Stausee zum ersten Mal genommen hast.« Sie schaute ihn schräg an. »Ich hatte irre Angst damals«, erinnerte sie sich. »Ich dachte, ich müsste sterben. Aber schon ein paar Stunden danach habe ich nur eines gewollt: dass du es wieder machst.«

»Du bist ein tolles Weib. Wunderbar, einfach nur wunderbar.«

»Alle glauben, ich sei damals vergewaltigt worden. Sogar du hast es geglaubt. Dabei hast du nur gemacht, was ich wollte.« Sie lachte kurz auf. »Ich habe toll geschauspielert, findest du nicht?«

Caesário nickte. Er grinste breit.

Teresa schwärmte weiter. »Ja, damals hat unsere Liebe begonnen. Eine ungewöhnliche Liebe, Caesário. Weil du ein so ungewöhnlicher Mann bist.« Sie legte ihren Kopf neckisch zur Seite. »Na komm, mein Lieber.«

Sie bog ihm ihren Unterkörper entgegen. Er riss ihre Bluse entzwei, und das alte Spiel nahm seinen Lauf.

Teresa strahlte. »Wenn jemand wüsste, dass wir beide …«

»Ist auch besser so. Ich schätze Geheimnisse.«

»Ich auch, mein Lieber, ich hüte unser Geheimnis wie ein Grab, das weißt du ja. Erzähl mir, hast du die Briten aus Gibraltar getroffen?«

»Hab ich. Ich mag diese Typen nicht. Eingebildete Weicheier. Glauben, sie seien was Besseres.«

»Du bist was Besseres, nur du«, strahlte Teresa und rückte ihren BH zurecht. »Erzähl mir von deinem gigantischen Projekt. Wann geht es los?«

Caesário knöpfte seine Hose zu und füllte sein Glas mit Single Malt auf. Mit wenigen Schritten war er bei den Flügeltüren zur

Terrasse angelangt, die weit geöffnet waren. Mit einem Schluck leerte er das Glas und ging zurück zur Bar.

Warme Brisen bauschten die dunkelroten Vorhänge im weiträumigen Salon. Jetzt, am frühen Abend, drang die Sonne in schrägen Strahlen herein und ließ alle Gegenstände aufleuchten, als wären Kerzen darin verborgen: Kommoden, Truhen und Stühle aus dem 17. Jahrhundert, jedes Stück ein kleines Vermögen wert. Im goldenen Spätlicht leuchteten zahlreiche Gemälde an den Wänden.

Teresa schaute diese edlen Stücke selten an. War alles nur Beiwerk für ihren Erfolg. Viel lieber schaute sie diesen Mann an. Während er wieder ins Schwärmen über *GolfGigante* geriet, malte sie sich eine gemeinsame Zukunft mit ihm aus.

Irgendwann würde sie alle überraschen. Staunen würden die Leute, wenn Caesário sie zum Traualtar führte. Sie war erst fünfzig Jahre alt geworden, da wachsen die Träume so gerade wie eine Palme in den Himmel hinein, vor allem, wenn man ganz unerwartet Millionen erbt.

Ja, sie träumte davon, dass die Menschen sie anstarrten, sie, die reichste Frau der Algarve. Heiraten. Nie hätte sie gedacht, dass ihr so was in den Sinn kommen könnte. Schnell schob sie den Gedanken wieder zur Seite. Niemals. Denn mit einer Eheschließung müsste sie teilen, und teilen, Geld, Villa, alles, das war ihr nicht einmal vorstellbar. Lieber verleihen. Lieber Macht vergrößern und andere von deiner Macht und deinem Kapital abhängig machen. Wer war hier wahrer Realist? Sie? Caesário?

Der Mann starrte auf den Bildschirm neben der Bar, auf dem immer noch Wirtschaftsnachrichten liefen. Aber auch er war in Gedanken woanders. War auf dem Siegerpodest. Er hoffte, dass er endgültig in die Riege der Supermänner Portugals aufstieg. Auf seinem Lebensweg waren die Geschicke so verlaufen, dass unnötige Triebe vom Stamm entfernt worden waren und alles, von der Wurzel bis zur Krone, ihm allein gehörte.

Seine Eltern hatten es vorbereitet, das war Caesário nicht verborgen geblieben. Zuerst hatte Mitte der 1950er Jahre sein Vater seine eigene Schwester, also Caesários Tante, in ihrem kleinen Bauernhaus in einem abgelegenen Tal an der Nordseite des Fóia-Berges bei einem in der Nacht ausgebrochenen Feuer aus dem Weg geräumt.

Mutter Helena hatte dem nicht nachgestanden: Mit Rattengift aus der Drogerie brachte sie ihren Vater und die beiden jüngeren Geschwister um. Helenas Alleinerbe war damit abgesichert. Und wofür? Damit Caesário es haben konnte. Er sollte emporschnellen. Er war ein Auserkorener.

Bei diesem Gedanken musste er lächeln. Teresa dachte, er freue sich über die neuen Millionen aus ihrem Erbe. Doch Caesário erinnerte sich in diesem Moment an seine Mutter. Als Helena ihren Mann Humberto beim Angelunfall in Sagres aus der Welt geschafft hatte, hatte sie die letzte Barriere überwunden. Aus dem Serra-Bauern Caesário konnte der Super-Millionär werden.

Teresa und Caesário. Menschen, denen der Erfolg in die Wiege gelegt worden war. Freudestrahlend, aber aus Gründen, die der andere nicht kannte, schauten sie sich in die Augen. Siegessicher.

12

Pablo holte Lisa am nächsten Morgen zu einem Westcoast-Trip ab. Er wollte ihr die Costa Vicentina zeigen. Seine Welt. Auf dem Weg von den Höhen der Serra hinab zur Uferregion fuhren sie durch das hügelige Vorgebirge mit seinen riesigen Eukalyptuswäldern.

»Wenn ich diese prallrunden Hügelkuppen sehe, muss ich immer an Frauenbrüste denken«, schmunzelte Pablo.

»Männer … Aber da ist was dran. Diese Landschaft hat etwas wunderbar Erotisches an sich. Alles ist so weich und rund.«

»Warte, bis wir an den Klippen sind. Da ist nichts mehr weich und rund, da ist alles nur noch wild …«

Beim Städtchen Aljezur bogen sie zur Praia da Amoreira ab und fuhren in einem breiten Tal entlang ehemaliger Reisfelder. Ein Flüsschen, von Ebbe und Flut im Rhythmus gehalten, mäanderte in weiten Schleifen durch ein Vogelparadies, in dem Störche und Reiher nach Futter stocherten.

Dass ihnen ein weißer Porsche Cayenne in gehörigem Abstand folgte, bemerkten sie nicht, dafür waren sie viel zu sehr miteinander beschäftigt. Am Meer angekommen, nahmen sie auf der Terrasse eines Restaurants direkt über dem Strand und einen Steinwurf vom Ufer entfernt Platz. Das Panorama, das sich ihnen darbot, machte Lisa staunen und – sie, die Quasselstrippe – sprachlos. Die Strandbucht war etwas über einen halben Kilometer breit und setzte sich an dem von Dünen gesäumten Ufer des Flüsschens landeinwärts fort. Jenseits reihten sich niedrige Klippenfelsen bis ans Meer aneinander. Über der Mündung standen einige Angler auf den knapp zwanzig Meter hohen Felsen. Sahen wie Scherenschnitte am lichten Himmel aus. Im Norden rahmte eine schieferschwarze Felsformation die traumhaft schöne Bucht ein.

»Leg deinen Kopf zur Seite, so«, forderte Pablo sie auf.

Lisa brachte ihren Kopf in die richtige Haltung und betrachtete die Felsen. Dann erkannte sie es: Der über zweihundert Meter lange Felskoloss zeigte sich als ein liegender Torso, versehen mit wulstigen Brauen und Lippen und fliehendem Kinn sowie einer zum Bauch hin ansteigenden Brust, auf der eine Schlange lauerte. Sah aus, als hätte sie mit ihrem Gift den steinernen Mann außer Gefecht gesetzt.

Nach einer Weile murmelte Lisa: »Ein Mann, von einer Schlange in Schach gehalten. Manchmal wäre ich auch gern so ein Biest, könnte zubeißen und andere lahmlegen.«

Pablo hielt ihr seinen Hals hin, doch anstatt zu beißen, hauchte sie nur einen sanften Kuss auf die sonnengebräunte Haut.

Anschließend fuhr Pablo zu weiteren Lieblingsstellen und zeigte Lisa die Reste einer kleinen Burgruine am Klippenrand von Arrifana, wo der Blick auf jähe, siebzig Meter hohe und senkrecht aufsteigende Klippen fiel, die sich in Richtung Norden wie Riesenschuppen aneinanderreihten und das Festland gegen das wütende Meer verteidigten. Der Anblick ließ Lisa einen Schauer über den Rücken laufen. Die Urgewalten, die diese Küste geschaffen hatten, waren spürbar, man konnte ihnen gar nicht entkommen. Unweigerlich stellte sie sich vor, wie es wäre, hier in die mörderische Tiefe zu stürzen. Oder gestoßen zu werden.

Wenig später bogen sie kurz vor dem Dorf Carrapateira zur Praia da Bordeira ab. Südlich einer Lagune, von mannshohen Wanderdünen umrahmt, aus denen im Wind sich wiegende hohe Halmbüschel wuchsen, fuhren sie auf einem Fahrweg steil aufwärts. Oben am Klippenrand angekommen, atmete Lisa tief ein. Der Anblick war so majestätisch schön, dass sie unbedingt aussteigen wollte.

Hand in Hand kraxelten sie über scharfkantige Felsen und umkreisten ausladende Wacholderbüsche, die sich als grüne Inseln inmitten schotterhaften Gesteins behaupteten. Am Klippenrand standen an die dreißig Angler, ständig damit beschäftigt, den begehrten Fischen unten im gischtenden Wasser die Köder zu präsentieren. Pablo kannte einige der Männer. Einer, er hieß Tiago, zeigte stolz seinen soeben gefangenen schweren Silberbarsch, einen besonders begehrten Fisch.

Ab und zu sprangen die Angler vom Klippenrand zurück, wenn eine hohe Welle gegen die Felswand donnerte und die Gischt weit über den Klippenrand stieg. Wer zu spät zurückwich, konnte von der Gischt in den Tod gerissen werden, mahnte Pablo. Jedes Jahr gab es solche Unfälle.

Vorsichtig blickte Lisa über den Klippenrand. Unten brüllten die wütenden Wassermassen. Unvorstellbar, dass sich darin Fische tummelten, um Kleinkrebse und anderes Fressbares zu jagen, wie Pablo erklärte. Pablo, der Gute. Er entpuppte sich als der angenehmste Begleiter, den sie sich nur wünschen konnte. Er gefiel ihr immer mehr. Denn er war erfrischend unkompliziert, und das erlaubte ihr, ebenfalls unkompliziert zu sein, was mit Männern sonst fast immer danebenging.

In Berlin hatte sie schon seit über zwei Jahren keine Beziehung mehr gehabt, weder eine sexuelle noch eine freundschaftliche oder beides zusammen, was ja auch vorkommen sollte. Dabei hatte ihre letzte Beziehung so gut begonnen. Robert hatte als Assistent der Geschäftsleitung einer Berliner Zeitung gearbeitet, war witzig, geistvoll, unterhaltsam. Ständig bemühte er sich um Lisa und gab ihr das Gefühl, so viel Aufmerksamkeit auch wert zu sein. Er überraschte sie nicht selten mit kleinen Geschenken, er führte sie aus, öffnete die Türen für sie – er war ein geistreicher Romantiker, ein Galan geradezu. Lisa hatte seine etwas altmodisch vornehme Art genossen.

Und dann war sie bei ihm eingezogen. Hätte sie besser nicht gemacht. Verrückte sie einen Schrank, verzog er sein Gesicht. Das mit den Geschenken hörte bald auf. Schon lange öffnete er die Türen nicht mehr für sie. Er hatte sie in sein Leben eingelassen, und jetzt schien es, als wollte er sie darin einschließen, auf dass sie einen festen Platz einnahm, unverrückbar wie ein Schrank.

Wie froh war sie gewesen, als sie eines Tages – inzwischen war schon über ein Jahr vergangen – ihre Koffer gepackt, die Tür hinter sich zugeschlagen und von einem Moment zum anderen wieder auf eigenen Füßen gestanden hatte.

Bei ihrer Freundin und Geschäftspartnerin Tara war es ähnlich gewesen. Schiffbruch am laufenden Band. Seitdem die beiden

Frauen aber zusammenlebten und -arbeiteten, war viel mehr Ruhe in ihr Leben eingekehrt. Gemeinsam schufteten sie bis in die Morgenstunden, sie konnten Blödsinn machen, genussvoll Filme anschauen, sie konnten lachen, weinen oder albern sein und die Bandbreite ihrer Stimmungen und Gefühle erleben, allein oder miteinander. Sie konnten das Kampfsporttraining im Fitnessclub meistern und im Wohnzimmer fortsetzen. Sie konnten diskutieren, bis die Fetzen flogen, und sie konnten schweigen, ohne dass Langeweile oder Spannungen aufkamen.

Bei diesen Gedanken fiel Lisa ein, dass sie Tara noch immer nicht angerufen oder ihr eine SMS geschickt hatte. Jetzt gleich, sagte sie sich, blieb stehen, während Pablo weiterging, und simste: *»u ok? hier alles xxl beijinhos kuesse Lisa«*.

Vor ihnen zweigte ein holpriger Weg zu einer schluchtartigen Kerbe in den Klippen ab.

»Hier entlang.« Pablo zeigte auf einen Schlängelpfad und ging voraus.

Lisa blickte auf eine winzige Bucht, halbkreisförmig umrahmt von monströsen rötlichen Klippen. Zwei an Bojen befestigte Boote schaukelten unten auf dem gläsernen Blau des Meerwassers. Die wilden Kräfte der Natur hatten eine winzige Bucht aus den Klippenfelsen herausgeschnitzt. Fischer nutzten die vor Wellen geschützte Stelle als winzigen natürlichen Hafen, der früher einmal Piraten als Unterschlupf gedient hatte, wie Pablo berichtete.

Erst aus der Nähe erkannte Lisa nun ein Dörfchen aus primitiven Hütten, alle erbaut aus Holzlatten und Brettern, gedeckt mit Bambus und dichtem Blattwerk, womit sie chamäleonartig mit der Umgebung eines felsigen Steilhangs verschmolzen.

Pablo führte sie an der Hand zur letzten Hütte. Er entriegelte die Tür, drehte sich um und verkündete: »Mein Zuhause. Willkommen im Piratennest Zibririnha!«

So verzaubert von der grandiosen Natur und dem Zusammensein waren die beiden, dass sie nicht sahen, wie oben am Klippenrand Senhor Caesário den Porsche abstellte und eine geeignete Stelle suchte, um das Pärchen weiter zu beobachten.

Pablos Hütte war etwa fünf mal fünf Meter groß. Zwei Fenster an der Südwestseite waren von innen mit Holzläden verschlossen. Pablo öffnete sie, und sofort flutete das Licht den Raum und gab die Sicht auf die Bucht frei. Es war, als befänden sie sich auf einem Schiff mitten im Meer.

Spärlich und trotzdem gemütlich war dieses Zuhause.

»Vermisst du nichts?«, fragte Lisa. »Ist das Leben hier draußen nicht viel zu einsam?«

Pablo schaute sie überraschend ernst an, und sein Lockenkopf bebte, als er antwortete: »Ich bin ein Mensch vom Land, aber ich habe auch lange in London gelebt. Ich war einer unter Millionen, war mittendrin. Dabei drängte sich mir immer mehr der Eindruck auf, dass jeder der irrsinnig vielen Menschen so etwas wie eine Schwerkraft hat, und diese Kraft wirkt sich auf dich aus, sie zieht dich weg von dir selbst, und dabei wirst du dir fremd und fremder und musst dich wehren, du entwickelst Widerstand, wirst automatisch ichsüchtiger, weil du im Bombardement der Kräfte überleben willst, musst ... Wie widersprüchlich ist dann die Erkenntnis, die du dabei gewinnst: Nirgendwo sind die Menschen so einsam wie in einem City-Dschungel. Nirgendwo nimmt das Leben so verquere Formen an, weil sich jeder von jedem unterscheiden will. Jeder ist anders, jeder will sein Leben leben. Dass das mit so viel Kampf und Krampf einhergeht, nun, das war für mich deprimierend. Die Folge: Ich gab auf. Jeden Tag ein bisschen mehr. Ich stürzte langsam, aber unaufhaltsam in ein Loch, in eine fürchterliche Krise. Ich wollte meinem Leben ein Ende setzen, ja, und dann bin ich endlich und mit einigen Umwegen hier gelandet.«

Lisa schaute zur Seite. Bestimmt gab es da auch eine unglückliche Liebesgeschichte, dachte sie. Sie würde darauf zurückkommen, keine Frage. Vielleicht würde sie ihm dann erzählen, dass der Lebenskampf auch sie – nicht nur einmal – zum Verzweifeln gebracht hatte.

An der fensterlosen Westwand, die bis unmittelbar an den Klippenrand reichte, standen ein abgebeizter Küchenschrank, ein quadratischer kleiner Tisch mit zwei Stühlen und ein zweiflammiger Gasherd auf einer Platte aus rohem schwarzem Schiefer. Darüber hingen an die zwanzig Büschel aus Knoblauch, Zwiebeln, wildem Rosmarin, Thymian, Oregano, Lavendel, Lorbeer und anderen Kräutern. Unter der Tischplatte stand eine grüne Gasflasche, daneben dienten seitlich aufgeschnittene und von der Decke hängende Langustenfangkörbe – und damit mäusesicher – als Vorratskammern.

Pablo stand vor einem breiten Futon unterhalb des Fensters. »Luxus hat hier keinen Platz. Hier ist alles sehr einfach und pur«, sagte er grinsend und zündete zwei Kerzen an, die auf dem Fensterbrett standen. Langsam drehte er sich zu Lisa um, seine Arme umschlangen Lisas Hals, seine Hände streichelten ihren Hinterkopf, und seine Nase wühlte in ihrem linken Ohr.

Lisa befreite sich aus seiner Umarmung. Mit schlängelnden Bewegungen schälte sie sich aus ihrem T-Shirt, streifte die kurze Hose ab, kickte die Schuhe weg und tauchte in Pablos warme Augen. Ihre rechte Hand fuhr an seinem Bauch abwärts, strich über seine behaarten Schenkel, krabbelte hinüber in warme Regionen.

Mit dem Oberkörper bog sie sich nach hinten, ergriff seine Hände und ließ sich auf den Futon fallen. Und er sich auf sie. Er spürte ihre kühle Haut, ihren heißen Atem, sah jede Regung in ihrem schönen Gesicht, das mit jeder Sekunde entrückter wurde, da sie seine Erregung spürte. Sie rollte sich zur Seite, umklammerte den Leib des Liebhabers, krümmte sich durch von Kopf bis Knie, spannte sich, spürte seinen Pulsschlag in ihrem Körper.

»Nicht bewegen«, raunte sie. »Ich will sie erleben, deine Natur. Pur.«

Caesário Ferreira, oben am Fahrweg stehend, sah die Kerzen im Hüttenfenster und malte sich aus, was in diesem Moment dort unten geschah. Er zog die Nase hoch und zündete den Motor. Der Ausflug hatte sich gelohnt. Jetzt wusste er, wo er eventuell die Schicksalswürfel kullern lassen konnte.

***

Am nächsten Morgen hing eine milchig weiße Wolkenbank über der Küste. Weit draußen im Atlantik musste ein Sturm getobt haben, und dessen Kinder, mächtige Wellen, rollten über das Meer und wuchteten ihre Kraft gegen die Klippen, zerschellten und zerstäubten.

Lisa musste an die Erklärung von der Ewigkeit denken, die sie als Kind oft gehört hatte: Jedes Jahr wetzt ein Vogel seinen Schnabel an einem Fels. Wenn er die Küste abgewetzt hat, ist ein Bruchteil der Ewigkeit vergangen. Zeit, Ewigkeit, Energie. Energie ist Leben. Liebe ist Energie. Energie ist Liebe.

Sie schätzte Pablos Energie immer mehr. Doch so schön es bei ihm auch war, sie konnte das Ungestüme des Ozeans und der Wellen auf Dauer nur schwer ertragen. Das Meer zehrte an ihr, es nagte, es brandeten die ewigen Fragen: Was war damals geschehen, als Joana plötzlich die Algarve verlassen hatte? Findet sich in der Antwort zu dieser Frage auch das Motiv für den Mordanschlag auf Jorge und sie?

Am Nachmittag machte sich Pablo an seiner Angel zu schaffen, denn er wollte einen Klippenbarsch oder anderes Kapitales landen, um daraus Wunderbares zu grillen. Er kontrollierte, ob das Ködergemisch aus Sardinenbrei und Brot, das in einer Dose vor sich hin stank, ausreichen würde. Es stank gewaltig. Pablo nickte zufrieden.

Er kontrollierte an der Angel das Vorfach aus Stahldraht, brachte Bleigewichte an, befestigte einen Haken. Lisa beobachtete genau, wie seine schönen schlanken Finger geschickt hantierten.

»Ich warne dich«, raunte sie katzenhaft. »Du hast mich hungrig gemacht.«

»Hm«, machte er. »Bei uns Portugiesen ist nichts wichtiger als guter Appetit. Ich lasse dich bestimmt nicht verhungern.«

»Trotzdem möchte ich meine Mutter nicht so lange allein lassen. Ich werde sie im Hotel besuchen. Wir brauchen uns … Morgen werde ich zu ihr fahren.«

13

»Mafalda. Ich bin bekümmert. Ich habe eine junge Frau zusammengeschlagen. Ich war brutal mit diesem zarten Wesen. Es ist schrecklich. Es tut mir leid, weißt du. Du bist nicht hart genug, würde mein Bruder jetzt sagen. Was weiß der schon? Aaah. Schau dir diese Korkeiche hier an. Hast du schon mal so eine riesige alte Korkeiche gesehen? Sie dürfte an die siebenhundert Jahre alt sein. Siebenhundert Ringe umschließen ihr Herz und machen sie stark und unbeugsam. Wenn ich nur auch so wäre! Unbeugsam. Ein komisches Wort. Siehst du, wie viel Schatten sie uns spendet? Wenn ihre Äste bei Böen schwanken, streichen die Lichtstrahlen über den Waldboden, als wollten sie ihn liebkosen. Die Leute sagen immer, die Natur sei grausam. Dabei ist sie so liebevoll, wenn man es nur sehen will.

Meine liebe Mafalda, es gefällt mir, wenn wir zusammen in den Wäldern spazieren gehen. Ich werde ganz müde davon. Lass uns uns hinlegen. Oh ja. Wie gern spüre ich die warme Erde. Dann werde ich zu einem Teil von ihr. Ein Sohn dieser Erde bin ich, gerade so, wie ich ein Teil meiner Mutter bin. Eine unlösbare Verbindung herrscht zwischen ihr, die mich entbunden hat, und mir, der dennoch gebunden blieb.

Ich habe einst auch meinen Vater geliebt, und wie, Mafalda, glaube mir! Ich habe es ganz unverblümt gezeigt, und das gefiel ihm. Rotgoldene Ketten hat er um seinen Hals getragen, bis zu dem sich seine Brusthaare hochwirbelten, dicke Ringe haben seine kräftigen Finger geziert, elegant waren seine Hosen aus Bauernleinen und die offene Bluse aus Seide. Stark war er und von stämmiger Statur. Oft stak eine Pistole der Armee in seinem Bund. Sein Schritt war ritterlich fest und weit ausgreifend. Er konnte alle herumkommandieren, und alle sind ihm gefolgt … Wie gut ich mich an ihn erinnere! Doch wenn er gereizt war, hat er seine Größe verloren, leider, wie durch Zauberhand verlor er sie und wurde zu einem Mann, dem das Böse förmlich aus den

Augen quoll. Alle Leute der Umgebung hatten dann schreckliche Angst vor ihm.

Ich erinnere mich an Stunden, da er das Böse auch bei uns zu Hause nicht bändigen konnte. Dann habe ich immer versucht, seiner Nähe zu entkommen, denn er hat uns geschlagen, und wie! Drohend hat er geschrien: ›Jetzt kriegt ihr Hie-be! Hie-be! Hie-be!‹ Meine Mutter ist meist mit einem blauen Auge davongekommen. Aber einmal hat er ihr den linken Arm gebrochen. Ein hässliches Geräusch, das mir nie aus dem Gedächtnis entschwinden wird. Ah Mafalda, du hättest sein Schwein nicht sein wollen! Und eines Tages hat er mich morgens im Kartoffellager eingesperrt, weil ich verschlafen hatte. Den ganzen Tag habe ich im trüben Licht des faulig riechenden Raums gelegen. Als er abends heimkam, habe ich ihn schon an seinem Schritt erkannt. Er hat die Tür aufgerissen. Dann hat er mich bei meinem schönen Namen gerufen, aber so, wie man einen räudigen Hund ruft. Er hat sich vor mir aufgebaut und seine rechte Hand ausgeholt, weit, unglaublich weit, gerade als wollte er die ganze Welt zusammenschlagen.

Erst hat er mein linkes Ohr getroffen, dann mein rechtes. Zweimal hat es in meinem Kopf geknallt. Zweimal hat er mein Herz durchstochen. Es hat so wehgetan, Mafalda, es hat so wehgetan! Es tat noch mehr weh, als ich in den folgenden Tagen merkte, dass ich kaum noch hören konnte. Von diesem Tag an war ich ausgeklammert aus der Gemeinschaft unserer Familie und der Schule. Dabei habe ich so manches Mal bemerkt, wie die Kinder mich scheu anschauten, als wäre ich ein anderes Wesen, das eigentlich nicht hierhergehörte.

Schatzilein, ich fürchte, ich langweile dich mit meinen Erinnerungen. Ich sehe, dass deine Äuglein gar nicht mehr glänzen vor Freude, obwohl wir hier im Schatten der Korkeiche liegen. Aber es tut so gut, dir alles zu erzählen, meine geliebte Mafalda. Du wirst noch viel mehr erfahren. Alles sollst du wissen, alles. Aber nur du.«

***

Joana saß auf einem eleganten Sofa nahe der Rezeption des exklusiven VilaVita-Parkhotels und schien in Gedanken verloren, während ihr Blick über den vor ihr sich ausbreitenden Park schweifte. Sie schreckte auf, als Lisa rief: »Hallo, Mama, ich bin wieder da!«

Joana sprang auf und umarmte ihre Tochter.

»Und? Gibt es schon Neues über Jorges Zustand?«, wollte Lisa wissen.

»Ich habe erst vor einer Stunde mit Professor Barcelos telefoniert. Wir müssen Geduld haben. Gott sei Dank scheint sich sein Zustand allmählich zu festigen.«

Kaum hatten sie Platz genommen, fragte Lisa ihre Mutter: »Was denkst du über unseren Besuch bei Teresa?«

Joana zuckte mit den Schultern. »Ihre grandiose Villa und der wunderschöne Park, ein schickes Auto, edle Möbel, also wirklich: ein sagenhaftes Ambiente«, meinte sie. »Alles scheint perfekt – und gleichzeitig ist es merkwürdig hohl. Ehrlich gesagt, habe ich mich nicht wohlgefühlt. Eigentlich bin ich richtig enttäuscht. Weil sie Jorges Schwester ist, hatte ich wohl etwas ganz anderes erwartet. Mehr eigenen Stil, mehr souveräne Eleganz, nicht nur eine teuer erkaufte, superedle Inneneinrichtung.«

»Mir ging es genauso«, bestätigte Lisa. »Irgendwas stimmt da nicht, Mama. Ich weiß nicht, was, aber da ist etwas oberfaul. Ist dir aufgefallen, dass sie uns nie direkt in die Augen geschaut hat?«

Joana ging nicht darauf ein, sondern folgte einem plötzlichen Einfall. »Sie scheint glücklich über ihr Erbe zu sein …«

»Das wärst du auch«, meinte Lisa. »Sie besitzt jetzt eines der größten Landgüter der Algarve, und wahrscheinlich liegen ein paar Millionen auf der Bank. Aber ihren Bruder Jorge hat sie mit keinem Wort erwähnt. Keine Trauer, nichts.«

»Was willst du damit sagen, Lisa? Glaubst du etwa, dass sie bei dem Waldbrand ihre Hände im Spiel hatte?«

»Um Gottes willen, nein, das meine ich nicht. Aber die Begegnung hat einen schalen Nachgeschmack in mir hinterlassen. Ich sag's dir ganz ehrlich: Ich traue Teresa nicht.«

»Was sollen wir machen?«

Lisa schwieg. Schließlich sagte sie: »Jedenfalls ist es gut, dass auch Teresa glaubt, Jorge sei bei dem Feuer ums Leben gekommen.«

»In einer Woche fliegen wir zurück nach Berlin«, sagte Joana. »Hoffentlich ereignen sich bis dahin keine weiteren Unfälle.«

»Ja, hoffentlich. Irgendwas liegt in der Luft, Mama, etwas braut sich zusammen. Ob es damit zu tun hat, dass wir hier sind? Oder sind wir nur in einen Komplott geraten, der mit uns gar nichts zu tun hat?«

»Ich will gar nicht daran denken. Sag, was hast du in den nächsten Tagen vor?«

»Pablo will mir noch mehr von seiner Algarve zeigen. Und ich möchte in der Quinta noch mehr Fotos aufstöbern und mit Antonieta reden. Irgendetwas Neues findet sich immer.«

»Pass auf dich auf, Süße.«

»Was soll beim Fotosangucken schon passieren?«, sagte Lisa lachend. »Und du, kommst du mit deiner Arbeit gut voran?«

»Ja. Das Hotel ist ein Traum. Um zu den *Leading Hotels of the World* zu zählen, muss man schon Superlative bieten. Das Restaurant hat zwei Michelin-Sterne. Wollen wir essen gehen? Wir müssten nicht bezahlen.«

»Ich würde nur nörgeln oder himmelhoch jauchzen und spekulieren, wie es zubereitet wurde, bin schließlich eine Catering-Frau. Nein danke, Mama, ich fahre lieber zur Quinta und esse Antonietas supertolle Oliven mit Möhren und Knoblauch.«

***

Eine Stunde später traf Lisa in der *Quinta do Monte* ein. Heraus trat Antonieta, die aufgeregt ihre Hände an der Schürze abwischte. »Wie gut, dass Sie kommen, Lisa! Ein Herr ist da, ich glaube, er ist vom Amt. Es geht ums Erbe.«

Hinter Antonieta zeigte sich ein Mann, der dem Titel »Amtsmensch« vom Scheitel bis zur Sohle gerecht wurde. Tatsächlich hatte er auch einen Scheitel. Seine dünnen Haare waren wie mit dem Lineal fein säuberlich in eine linke und eine rechte Hälfte aufgeteilt. Er wippte auf den Fußballen, was ihn, den etwas kurz Geratenen, zeitweise größer erscheinen ließ.

»Mein Name ist Luis Borges, Rechtsanwalt Dr. Luis Borges. Hier, meine Karte. Und mit wem, bitte schön, habe ich es zu tun?«

Lisas Augen begegneten einem schmierig-glatten Blick. »Lisa Hauser.«

»Sie wohnen hier?«

»Ich bin zu Besuch.«

»Vielleicht können Sie uns behilflich sein. Wie Sie wahrscheinlich wissen, hat der tödlich verunglückte Jorge Guedes seine Schwester Teresa Guedes testamentarisch als Alleinerbin eingesetzt. Das zuständige Notariat muss erkunden, ob es weitere Erbansprüche gibt.«

Er hob seinen Blick, guckte streng um sich und fuhr fort. »Falls ja, müssen diese Ansprüche überprüft werden. Morgen erscheint im Journal von Monchique eine Anzeige mit einem Aufruf an alle potenziellen Erben, außerdem lassen wir entsprechende Flugblätter verteilen. In drei Wochen wird die Suche nach weiteren Erben eingestellt. Ist eine reine Formsache. Heute ist Montag, der 23. Juni, die Frist endet demnach am Sonntag, dem 13. Juli.«

»Ich habe damit nichts zu tun«, stellte Lisa lapidar fest und wollte sich abwenden, doch der Anwalt hielt sie an der Schulter fest.

»Nun, diese Dame …«, er zeigte auf Antonieta, »ist da anderer Ansicht. Sie sagt, Sie seien die Tochter von Jorge Guedes.«

Lisa schaute Antonieta an, die ihrem Blick auswich. »Lassen Sie mal. Ich bin nicht seine Tochter.«

»Nun gut. Wären Sie es, müssten Sie es ohnehin beweisen. Wie gesagt: in drei Wochen.«

Dr. Borges setzte das Wippen auf den Fußballen solcherart fort, dass er zu seinem Audi quattro geradezu hinüberhüpfte.

In diesem Augenblick trat *Inspector-chefe* Rui Fernandes hinter einem Baum auf den Fahrweg, keine zehn Meter von Lisa entfernt. Lachend rief er ihr zu: »Sehen Sie, wir halten unser Versprechen. Wir behalten Sie im Auge, Miss Lisa. Interessant, dass Sie nun das Erbe des Jorge Guedes als vermeintliche Tochter beanspruchen wollen. Kein Wunder, dass Sie großes Interesse daran hatten, die Leiche Ihres ›Vaters‹ so rasch wie möglich von der Bühne zu schaffen. Das war mir von Anfang an klar. Ein derart großes Vermögen zieht die Gauner an wie das Licht die Motten …«

Lisa wandte sich einfach ab und ließ ihn stehen, wo er war, nicht ohne ihn vorher herzhaft anzulächeln. Sie drückte Antonieta ins Haus. »Welche Geschichten erfinden Sie da?«

»Das sind keine Geschichten. Ich weiß genau, dass Sie Jorges Tochter sind, basta. Wie geht es ihm, haben Sie Neuigkeiten?«

»Den Umständen entsprechend gut. Er kommt durch.«

»Bleiben Sie heute Nacht hier? Darf ich ein Abendessen für Sie zubereiten?«

»Was gibt es denn?«

»Wie wäre es mit dem Nationalessen, *Bacalhau com Natas*?«

»Wunderbar. Ich möchte heute in den Fotokisten kramen, da kann ich eine leckere Stärkung gut gebrauchen. Ich gehe mir die Hände waschen, dann komme ich. Aber bitte, leisten Sie mir Gesellschaft. Und wäre es Ihnen recht, wenn ich den Kripo-Mann zum Essen einlade?«

»Ausgerechnet den? Natürlich habe ich nichts dagegen. Warum auch?«

Lisa ging zurück auf den Fahrweg, doch da war der Mann schon weggefahren. Sie sah die Rücklichter seines Autos auf der Eukalyptusallee blinken.

Das Bacalhau-Essen war dann ein Gedicht, das Lisa allein genießen musste, denn Antonieta wollte noch ihrem Mann José im Orangenlager helfen. Anschließend stöberte sie in den Fotokisten und fand eine ganze Reihe Aufnahmen, die sie zur Seite legte. Denn sie hatte eine Idee. Sie wollte ihrer Mutter ein Familienalbum zum Geburtstag schenken. Mit den fotografischen Zeugnissen glücklicher Tage. Sie ahnte nicht, dass Unglück über ihnen hereinbrechen sollte.

***

Am nächsten Morgen reifte in Lisa ein neuer Plan. Weil sie sich nicht vorstellen konnte, dass der Mordanschlag auf Jorge binnen weniger Tage aufgeklärt werden konnte, wollte sie am liebsten nach Berlin fliegen. Dann würde sie einen Tag bei ihrer Freundin Tara verbringen und mit ihrer heiß geliebten Enduro BMW 650 zurück in die Algarve fahren und unabhängig sein. Je mehr sie daran dachte, desto besser gefiel ihr diese Idee.

Sie checkte die Verbindungen nach Berlin auf ihrem Smartphone. Um dreizehn Uhr fünfzehn gab es einen Flug. Sie buchte ihren Rückflug entsprechend um und musste dabei grinsen. Denn ohne über die Konsequenzen nachzudenken, hatte sie einen wichtigen Schritt unternommen. Sie hatte sich entschieden, viel länger in Portugal zu bleiben, als sie beabsichtigt hatte. Nach einem längeren Gespräch mit Pablo rief sie ihre Mutter an und erklärte die plötzliche Änderung ihrer Pläne. Joana kannte ihre Tochter gut. Ihr das Vorhaben ausreden zu wollen, hätte nur zu Streit geführt und Lisas Entschluss noch fester zementiert.

»Wir sehen uns doch bald wieder, Mama. Ich bin zurück in der Algarve, bevor du nach Berlin fliegst«, beruhigte Lisa ihre Mutter.

Während des Fluges nach Berlin musste Lisa an die Anreise vor ein paar Tagen denken. Sie erinnerte sich an die Gefühle und die Bilder, die in ihr aufgestiegen waren. Was hatte sich seither alles ereignet!

Berlin dann. Flughafen Tegel. Lisa hastete durch die Ankunftshalle. Auf dem Rücken trug sie ihr Handgepäck, einen kleinen Lederrucksack. Es nieselte und windete, ekelig, nur ekelig. Und das im Sommer. Überall Glas. Beton. Spiegel. Reflexe. Der Mensch wird zum Maulwurf. Er wühlt sich durch die Masse Mensch, schaufelt, drückt und drängt nach oben, drängt nach unten, Hauptsache, drängen.

Lisa spürte ihre verspannten Schultern, spürte die gewappneten Ellbogen, die gefausteten Hände. Sie musste an Pablos Worte über den City-Dschungel denken und machte enge Lippen. Mit der U-Bahn gelangte sie in die Nähe ihrer Wohnung und ging zu Fuß weiter. Zwei Burschen rasten plötzlich auf ihren Skates daher, einer rammte Lisa links, der andere kam von rechts und schnappte nach ihrer umgehängten Tasche. Als hätte sie es geahnt, umklammerte sie den Gurt, den Kerl riss es vom Brett herunter. Lisa schlug mit der Tasche zu. Der Schlag auf den Hinterkopf traf voll. Wimmernd hockte der Kerl auf dem Boden. Er umschlang seinen Kopf mit den Armen, um sich vor der wütenden Frau zu schützen. Sein Kumpel blieb ein paar Meter entfernt stehen und schaute belustigt zu.

Lisa brüllte ihn an: »Komm her, du feige Ratte! Lässt deinen Freund allein … Soll ich dich holen?« Sie machte zwei Schritte auf ihn zu. Da packte der Kerl sein Board und rannte auf und davon.

Lisa drehte sich zu dem am Boden hockenden Typen um. »Wenn du das noch mal versuchst, trete ich dir die Eier ein, kapiert?«

Der Junge rappelte sich hoch und rannte mit dem Skateboard unterm Arm davon.

Lisa setzte ihren Weg fort. Mit jedem Schritt schüttelte sie den Ärger über die Kerle ab, und die Vorfreude auf ihre Freundin Tara, die sie mit diesem Blitzbesuch ja überraschen wollte, konnte sich endlich in ihr ausbreiten.

Bald erreichte sie ihr Haus. Sie suchte nach dem Schlüssel, aber sie hatte ihn anscheinend in Portugal vergessen. Also läuten. Noch mal. Sie hörte trippelnde Schritte. Dann öffnete sich die Tür, und da stand sie, ganz in Schwarz und ganz und gar Tara.

»Hey.« Tara riss die Arme hoch, doch bevor sie Lisa umarmen konnte, fragte sie entsetzt: »Was ist denn mit deinen herrlichen Haaren passiert?«

»Erzähle ich dir gleich. Muss dich aber erst mal knuddeln …«

Die Freundinnen fielen sich um den Hals, Tara heulte, und Lisa schluckte.

»Wie waren die Banker?«, wollte Lisa nach einer Weile wissen, denn das war der letzte Job, bei dem sie noch an der Vorbereitung beteiligt gewesen war.

»Na ja, wie sollen die schon gewesen sein? Banker halt. Die

sind fast alle mit dem gewissen Nichts gesegnet. Ehrlich gesagt, kann ich mich an keinen einzigen erinnern – und du weißt ja, wie gut und gern ich mich an manche Männer erinnere …«

»War genügend Knoblauch dran?«

»Cool, dass du dich daran erinnerst. Ich glaube, die Menge war goldrichtig. Die haben alles weggeputzt, wo sie doch sonst immer ein Anstandshäufchen liegen lassen, die braven Banker. Muss am Knoblauch gelegen haben.«

»Ich sehe schon: Ich werde hier nicht gebraucht. Ich kann also gleich wieder zurück in die Algarve rauschen. Ciao, ciao!« Lisa tat, als wollte sie gehen, stand auf und ging lasziv mit dem Po wackelnd zur Tür.

»Siehst super aus, Schnecke, siehst richtig stark aus. Muss mich nur noch an deine Glatze gewöhnen!«, rief Tara ihr hinterher.

Lisa blieb stehen, drehte sich halb um und blickte Tara aus den Augenwinkeln heraus an. Tara stemmte die Arme in die Hüften und betrachtete ihre Freundin von oben bis unten.

»In deinem Sonnenland muss ordentlich was los sein. Deine Augen waren noch nie so grün. Ich gehe mal für kleine Mädchen, dann gönnen wir uns einen Prosecco mit Aperol, und du erzählst mir alles. Aber wirklich alles.«

Als Tara mit zwei Gläsern und den Flaschen zurückkam, saß Lisa im Schneidersitz auf dem Boden. Sie konzentrierte sich auf das, was sie Tara sagen wollte. Vor ihnen lag eine lange Nacht.

***

Im Hinterland der Algarve hätte der Hahn gekräht, hier in Berlin kündigten Jets und die Müllabfuhr den Morgen an, als Tara und Lisa endlich in ihren Zimmern einschliefen.

Lisa erwachte gegen Mittag. Sie musste erst einmal sondieren, wo sie war. Ende Juni, Berlin. Sie stand auf und machte sich an der Kaffeemaschine zu schaffen. Sie füllte zwei große Becher, häufte Milchschaum aus einer Sprühdose darauf und toppte alles mit Schokoraspeln.

Dann wachte auch Tara auf und lächelte glücklich, als sie die süße Versuchung roch. Lisa hatte sich an den Bettrand gesetzt und hielt ihr den Becher unter die Nase. Die beiden schauten sich an.

»Ich habe von deiner Quinta geträumt«, sagte Tara, nippte an ihrem Getränk und wischte sich den Sahneschaum von der Oberlippe. »Und von dem Feuer. Mir ist jetzt noch ganz heiß … Lisa, jemand will dir an den Kragen. Du fährst nicht allein nach Portugal. Ich komme mit.«

»Spinnst du? Willst du unser Geschäft kaputtmachen?«

»Wenn wir zurückkommen, rufen wir alle an, und eine Woche später sind wir *back in business*. Die Kunden stehen auf unseren Service. Ich komme mit. Basta.«

»Bist ein wahrer Schatz. Aber glaube mir. Ich muss diese Sache allein durchstehen. Niemand kann mir etwas abnehmen. Wenn es vorbei ist, schicke ich dir eine SMS. Dann kommst du runter ins Sonnenland, und wir feiern, aber richtig.«

»Sture Eselin. Aber ich kann dich verstehen. Wann willst du losfahren?«

»Noch eine Tasse Kaffee, dann checke ich die BMW, das dürfte ein paar Stunden dauern, außerdem kaufe ich noch ein paar Sachen ein. Morgen früh geht's dann ab in Richtung Süden.«

»Und ich koche uns was Feines zum Abendessen. Hast du Sonderwünsche?«

»Ich lass mich gern überraschen, Tara.«

Gesagt, getan. Lisa baute neue Zündkerzen in den Motor ihrer BMW Enduro ein und säuberte den Benzinfilter, prüfte alle wichtigen Leitungen, die Reifen, den Luftdruck. Zum guten Schluss brachte sie ihre Maschine auf Hochglanz.

Als sie gegen achtzehn Uhr die Wohnung betrat, roch es verführerisch nach überbackenem Käse. Kaum hatte sie die mit Öl und Fett verdreckten Hände geschrubbt, ertönte ein imitierter Gong aus der Küche.

»Der Tisch ist gedeckt!«, rief Tara und hob den Deckel der Pfanne.

»Ich kann es nicht fassen: Käsespätzle. Mein Lieblingsessen!«

Den Abend schlossen sie in einer nahen Weinbar ab. Portwein

trank Tara sonst nie, aber heute musste es sein. Nach dem vierten Gläschen begann sie zu schluchzen und wollte Lisa nicht zurück nach Portugal fahren lassen, nach dem fünften wankte sie an der Seite ihrer Freundin nach Hause. Lisa beließ es bei viel Mineralwasser. Kurz vor Mitternacht betraten sie ihre Wohnung. Tara fiel in voller Montur auf ihr Bett und schnarchte leise und friedlich. Lisa schlief mit Gedanken an die Gerüche der Algarve ein.

***

Es war kurz nach sieben Uhr morgens, als Lisa die deutsche Metropole hinter sich ließ. Am späten Nachmittag überquerte sie den Rhein in der Nähe von Kappel mit einer Fähre. Im Westen erhoben sich die Vogesen, hinter ihr türmte sich im Osten der Schwarzwald auf. Ihr war feierlich zumute, wie immer, wenn sie auf einem Schiff war, und sei es auch nur auf einer Fähre. Sich auf dem Wasser zu befinden, löste in ihr Tiefes, Ungeheuerliches, Schlierendes aus.

Das Leben ist wie das Meer. Unten tief. Oben nie glatt. Und so ungeheuer viel bewegt sich darin. Ein Hai riecht einen Tropfen Blut über mehrere Kilometer Entfernung. Wellen können auch tief unter der Oberfläche unsichtbar anrollen. Versteckte Gefahren. Unsichtbare Gefahren.

Lisa wischte die Tränen, die der Wind aus ihr herausgelockt hatte, aus der Mulde zwischen ihrer geraden Nase und den blaugrünen Augen. Sie umklammerte das Rundholz der Reling, zog sich heran und drückte ihren Bauch gegen das Holz, ließ sich zurückfallen und atmete tief durch. Bis die Bordglocke sie aus ihren Gedanken riss.

Sie schritt zu ihrer BMW und setzte den Helm mit den Stereokopfhörern auf. Sie lächelte vergnügt vor sich hin, denn sie war in Frankreich angekommen. Es freute sie immer wieder, wenn sie Grenzen hinter sich ließ, auch wenn es Landesgrenzen mit Kontrollen durch Zollbeamte im modernen Europa nicht mehr gab. Grenzen waren längst abstrakte Linien geworden. Aber trennen taten sie trotzdem noch. Wie gut.

Langsam rollte sie auf ihrer BMW dahin. Konzentriert und langsam. Es nieselte. Chopin begleitete sie, Saint-Saëns, Filmmusik von »Chocolat«. Und so erreichte sie Dijon am späten Abend, ging in der Senfstadt bei einem Marokkaner lecker essen und schlief ein paar Stunden in einem Billighotel nahe der Autobahn.

Endlich Sonne am nächsten Morgen. Sie fuhr nonstop durch bis Limoges, wo es nun deutlich wärmer wurde. Am späten Nachmittag verließ sie die Route nationale, kaufte im Intermarché-Supermarkt eines wie ausgestorben wirkenden Städtchens einen reifen Camembert, außerdem ein Baguette und eine kleine Flasche Bordeaux und suchte und fand einen einsamen kleinen See weit weg von allem.

Hätte ein Maler diese Picknick-Szene auf die Leinwand gebracht, wäre das Bild schön geworden, einfach nur schön, dachte Lisa und zog den Korken mit Hilfe ihres Schweizer Messers heraus, das ihr seit Jahren ein treuer Begleiter war und das sie zu Hause und sogar in Restaurants beim Essen benutzte. Nichts geht über treue Begleiter, bestätigte sie sich und versank mit ihren Sinnen wieder in der Umgebung, die, wohin sie auch blickte, von wundersamer Ruhe und seliger Harmonie durchdrungen war.

Wie schwer ist es, Schönes abzubilden, dachte sie, weil es allzu leicht ins Kitschige abgleiten kann – und Teufel auch, wie relativ einfach ist es, Hässliches darzustellen. Schönheit schafft Probleme. Ob sich deshalb so viele Maler der Moderne lieber dem Hässlichen zuwenden? Weil es leichter ist, *simple as that*?

Sie nahm einen Schluck aus der Flasche und konterte sich selbst mit dem Gedanken, dass man nichts so wiedergeben kann, wie es ist, folglich kann man Gesehenes nur abstrahierend spiegeln. Abstraktion ist die realistische Romantik des modernen Künstlers, und die Welt der Moderne ist nun mal keine schöne, mach doch die Augen auf in Berlin, in Moskau, Paris, Peking, New York, in Egalwo. Auch in der Algarve. Sie nahm noch einen Schluck und dachte an Joanas Bilder. *Die* waren schön!

Der Käse schmeckte. Das knusprige Baguette löste sich in

ihrem Mund bei einem weiteren Schluck Wein auf und ließ sie strahlen wegen des schlichten und doch grandiosen Genusses.

Gerade noch konnte sie die fast volle Flasche an einem Steinbrocken abstellen, bevor sie an dem Baum, an dem sie ganz entspannt im Hier und Heute lehnte, einschlief.

***

Vier Stunden später wachte sie auf. Sie blickte um sich, wusste wieder, wo sie war. Es war schon dunkel geworden. Kein Mensch war zu sehen. Nichts war zu hören. Aus der Natur waren die Farben entwichen. Der Himmel, der See, die Bäume, alles wirkte schlafend. Lisa schien mutterseelenallein auf diesem Planeten.

Sie zog sich aus und watete langsam, einen Schritt vorsichtig auf dem etwas schlammigen Untergrund vor den anderen setzend, ins kühle Wasser. Jetzt war sie hellwach. Und es stieg in ihr eine Mischung aus Aufregung, Getriebensein und Freiheitsgefühl auf. Sie tauchte unter, drehte sich im Wasser mehrmals um die eigene Achse, dann ließ sie sich auf dem Rücken liegend, die Augen auf den grauen Himmel gerichtet, treiben. Die ersten Sterne blinkten. Sie zwinkerte ihnen zu. Und hatte es plötzlich eilig.

Im nächsten Dorfbistro wollte sie zwei Café au Lait trinken, als der Besitzer gerade die Tür abschloss. Es war Mitternacht. Als er sah, wie der Fahrer vom Bike abstieg, den Helm abnahm und eine Frau zum Vorschein kam, ließ er sie ein und schaltete die Kaffeemaschine wieder an.

Zurück auf der Route nationale, rollte sie weiter in Richtung Südwest. Der Wind umschmeichelte ihren Hals. Sie öffnete die Lederjacke, denn es wurde wärmer, sogar in der Nacht. Es wurde Süden. Es wurde Sommer.

Sie dachte an den Bougainvilleabusch, und schon begannen ihre Hände auf dem Lenker zur Musik aus den im Helm integrierten Lautsprechern zu klimpern, französische Chansons im charmanten Mix mit Buddha Music, Zaz, Brahms oder den Rolling Stones. Jedes Land hat seine eigene Art, Musik im Radio abzuspielen, dachte sie. Und was ist mein Land? Was ist meine

Musik? Was liebe ich wirklich? Was macht mich glücklich außer einer phantastischen Soße, herrlichem Sex oder ein paar Stunden Malen?

»Ich liebe es, wenn ich glücklich bin! Ich bin glücklich, wenn ich liebe, das liebe ich!«, schrie sie und trommelte zur Musik von The Velvet Underground mit ihren Fingern auf dem Lenker.

Die Brücke über die Dordogne nahm sie gegen sechs Uhr am Freitagmorgen. Bordeaux hatte sie eine Stunde später hinter sich gelassen. Sie trank einen ekelhaften Kaffee in einer Autobahnraststätte, rollte durch die sterbenden Fichtenwälder der Region Les Landes, umfuhr Biarritz und erreichte gegen zehn Uhr die turbulente Stadt San Sebastián, wo sie den nächsten Kaffee trank, spanischen, viel besseren.

Auf der N 1 kurvte sie auf die kastilische Hochebene empor. Sie erreichte die Stadt Vitoria-Gasteiz und rollte stundenlang durch Weizenfelder, hie und da winzige Dörfer, Nester, die in einem Kirchturm ihren Mittelpunkt hatten, der in Lisa immer das Schlagwort »Inquisition« anklingen ließ. Eine gewisse Strenge war spürbar – nicht nur in der Architektur der lehmfarbenen Dorfhäuser, sondern auch in der Landschaft.

Burgos war die nächste Station, bekannt für seine prächtige Kathedrale, aber Lisa wollte weiterkommen. Tanken. Espressos trinken. Weiter. Bis sie gegen zwei Uhr mittags hundemüde wurde. Sie bog auf einen Feldweg und stellte die BMW in der Nähe eines ausgetrockneten Bachbettes ab, umringt von hohen Bambusstangen, die sich im kastilischen Wind neigten.

Sie legte sich in voller Montur auf den Grasboden, lauschte noch ein paar Sekunden der Jubelmusik der Nachtigallen an diesem sonnigen Nachmittag und fiel in einen tiefen Schlaf, wenn auch nur für eine halbe Stunde. Kaum war sie aufgewacht, da ergriff schon wieder diese ungeheure Unruhe von ihr Besitz. Oder waren es Sorgen?

Es war Angst. Mit beiden Händen fuhr sie sich über ihren kahlen Kopf. Schaute auf die Uhr. Sie hatte nur eine halbe Stunde lang geschlafen. Tief und fest. Das zählt wie drei Stunden Normalschlaf, sagte sie sich und setzte den Helm auf. Während sie ihn festmachte, wurde ihr schlagartig und mit schwindelerregender Wucht bewusst, dass sie einen Gegner hatte. Dass es jemanden gab, der nicht nur Jorge, sondern auch sie aus dem Weg schaffen wollte. Sie musste herausfinden, wer sie bei diesem Waldbrand angegriffen hatte. Und warum. Nur über das Motiv war der Täter zu identifizieren.

Sie bestieg die Enduro und fuhr los. Bald war sie wieder auf der zur Autobahn ausgebauten N 1. Schon lag Valladolid hinter ihr, Salamanca vor ihr, tanken, Salamanca hinter ihr, es wurde Abend.

Wer profitierte von Jorges Tod? Am meisten natürlich Teresa. Freute sie sich über dieses Erbe? Und wie! Wer noch? Hatte Teresa einen Partner? Wen? War da Eifersucht im Spiel? Auf wen oder was? In der Regel wird alles Böse dieser Welt von Gefühlen ausgelöst. Von Gier, Geiz, Neid, Eifersucht. Manchmal sogar von Liebe.

Noch einen Espresso in einer Raststätte, der Vollmond stieg auf und tauchte die Umwelt in sein geheimnisvolles knochenfahles Licht. Dann nahm Lisa die Grenze zu Portugal bei Vilar Formoso. Landesgrenzen. Warum werden Kriege geführt? Weil Leute das Land des Nachbarn an sich reißen wollen. Nachbarn. Jorge hatte mit seinem Nachbarn Caesário über Jahre hinweg immer Streit gehabt. Und dann hatte Caesário ihm auch noch Joana weggenommen. Caesário. Der Mann, der vielleicht ihr, Lisas, eigener Vater war. Er rückte immer mehr in ihr Visier.

Sie rollte durch die Nacht. Portugal erschien sanfter als Spanien, nicht so öde wie die kastilische Hochebene, nicht mehr nur Weideland oder Getreidefelder, nein, Täler, Wälder, Hügel, grüner alles, viel grüner, das erkannte sie sogar im Licht des Vollmonds. Haushohe Granitfelsen lagen in der weiten Landschaft, als hätten Goliaths Fäuste sie in einer übermütigen Laune beim Murmelspielen dahingeworfen.

Wie getrieben fuhr Lisa weiter in Richtung Südwest, zunächst entlang der Ostflanke von Portugals höchstem Gebirge, der Serra da Estrela, dann begleitete sie der Rio Tejo, der längste Strom der Iberischen Halbinsel. Sie musste plötzlich an den *Inspector-*

chefe Rui Fernandes denken. Irgendwie ein netter Kerl. War er so harmlos, wie er wirkte, oder hatte er es faustdick hinter den Ohren? Er machte sie nicht nervös. Er hatte keine Beweise in der Hand, nicht einmal starke Indizien – der gute Mann tappte im Dunkeln.

Im Morgengrauen gelangte sie in den Großraum Lissabon. Sie umfuhr die Metropole, geriet aber trotzdem in einen Verkehrsrush ohnegleichen. Südlich der Landeshauptstadt betrat sie die Provinz Alentejo. Noch zweihundert Kilometer, dann lag das Städtchen São Marcos da Serra hinter ihr. Sie hatte die Algarve erreicht.

14

Joanas Handy summte. Sie ging nach draußen auf den Balkon der Suite und strich die von einer Böe verwehten Haare nach hinten, bevor sie sich meldete. »Ja?«

»Ich bin's, Mama. Ich bin wieder in der Algarve. Kann ich dich besuchen kommen? Nur noch vierzig Kilometer liegen vor mir.«

Eine halbe Stunde später stellte Lisa die BMW am Parkplatz vor der Rezeption des Hotels ab. Sie spürte, dass sie ihre Schultern eingezogen hatte – nicht vom stundenlangen Fahren, sondern von der Wut, die sich in ihr breitmachte. Wie in Berlin. Also auch hier. Hinter jeder Ecke konnte der Feind auf sie warten und angreifen, hinter jeder Ecke konnte sie ihm aber auch ins Auge blicken und ihn stellen. Sie war gewappnet.

Als sich Mutter und Tochter endlich umarmten, spürte Lisa das Schwere, das Joana umgab, aber auch ihre Freude, dass die Tochter von der Reise heil zurückgekehrt war. Sie setzten sich auf eine Bank im Park des Hotels.

Lisa berichtete von ihrem Berlin-Trip. Als sie gähnte, nahm ihre Mutter sie wie ein kleines Mädchen an der Hand und führte sie zum Sofa. Lisa legte sich hin und schlief auf der Stelle ein.

Als sie nach über einer Stunde aufwachte, reichte ihr Joana ein Glas Wasser und einen Teller voller Cookies. »Willst du dich noch ein wenig ausruhen?«, fragte sie. »Kannst dich in mein Bett legen.«

»Ich bin nicht müde, ich bin aufgeregt und glücklich, wieder hier zu sein! Bist du mit deiner Reportage gut vorangekommen?«

»Ja, sie ist abgeschlossen. Ist, glaube ich, ganz gut geworden … In zwei Tagen fliege ich zurück nach Berlin. Warum nutzen wir die Zeit bis dahin nicht für einen schönen Ausflug?«

»Mir ist nicht nach Sightseeing zumute, Mama. Aber wir könnten etwas ganz Tolles machen …« Eine Idee schien sie entzündet zu haben, denn sie sprang auf und blickte begeistert ihre Mutter an. »Ich würde dich so gern malen, und du könntest mich malen. Wie findest du das? Wir malen uns.«

»Das ist eine wunderbare Idee.« Joana strahlte. »Aber wo? Hier in der Hotelsuite können wir das nicht machen.«

»In der Quinta natürlich.«

»Gibt es noch mein Atelier im Eselstall?«

»Jorge hat nichts verändert. Es sieht so aus, als hätte er immer auf dich gewartet.« Frech wie ein kleines Mädchen grinste Lisa ihre Mutter an. »Da stehen sogar noch deine Staffeleien, die Farbtuben liegen herum, wahnsinnig viele Pinsel stecken in Einmachgläsern und Vasen. Ich glaube, er hat dein Atelier wie einen Schrein gehütet. Der Mann liebt dich ...«

»Verrückte ... Also gut. Ich komme morgen zu dir und räume dann auch gleich die Suite hier im Hotel. Übermorgen könntest du mich dann direkt von der Quinta zum Airport bringen. Ist dir das recht?«

»Abgemacht.« Sie lachten sich an, hoben jede die Rechte und schlugen zu einem kräftigen High five ein.

***

Joana traf morgens um zehn pünktlich ein. Antonieta bot ihr ein Frühstück an, aber wegen des anstehenden Malabenteuers war Joana zu aufgeregt.

»Danke. Wir fangen lieber gleich an«, meinte sie und ging zum Atelier voraus. Die Nordseite, auch das Dach, bestand aus Glas, die Süd- und Westseite waren dagegen fensterlos. Licht konnte den Raum durchfluten, ohne dass Sonnenlicht und damit auch Schatten in das nur etwa zwanzig Quadratmeter große Studio dringen konnten. Hier gab es ausschließlich indirektes Licht, ideales Licht zum Malen.

Lisa hatte die Session gut vorbereitet. In der Mitte standen zwei Staffeleien und zwei Hocker. Der Abstand dazwischen betrug keine zwei Meter.

Sie betrachtete ihr Arrangement und sagte: »Ich habe bisher

immer in meiner engen Berliner Bude gemalt. Und hier ist alles so perfekt. Da bekomme ich fast Hemmungen, dich zu malen …«

Joana lachte. »Was meinst du wohl, wie es mir geht? Dich malen …«

»Nehmen wir Acryl?«, wollte Lisa wissen.

»Nehme ich immer, obwohl ich Ölfarben eigentlich viel lieber mag. Aber Acryl hat so viele Vorteile. Vor allem trocknet es rasch«, befand Joana.

»Legst du schon los?«

»Ich muss dich erst genau betrachten. Ich habe Scheu, meine eigene Tochter zu malen … Ich möchte jetzt eine Weile nicht sprechen, bitte.«

Lisa beobachtete Joana aus den Augenwinkeln und fragte sich, was ihre Mutter in diesen Momenten bewegte, woran sie dachte und wie es ihr dabei ging. Immer wieder rieb Joana ihr Kinn mit der rechten Hand und schloss die Augen. Eigentlich sah sie schrecklich traurig aus.

»Ich zeichne keine Linien«, durchbrach Lisa die Stille. »Ich fange gleich mit Flächen und Farben an.«

»Welche?«

»Gelb, Ockergelb. Weißt du, eigentlich wäre ich gern eine Farbe. Eine satte Farbe. Alles, was sich mit mir vermischt, bekäme dann meine Farbe ab. Mehr oder weniger.«

»Welche Farbe wärst du am liebsten?«

»Welche? Hm. Alle. Jetzt Meerblau, nachher Mohnrot. Ich bin alle Farben, auch wenn ich einige nicht so besonders mag. Violett zum Beispiel. Aber sie leben in mir. Und wie traumhaft schön ist das Violett des Bougainvilleabusches. Ich bin eine kunterbunte Palette. Und jede Farbe soll so kräftig kommen, wie es nur geht.«

»Ich bin auch eine Palette, eine, in der blaue Töne vorherrschen. Ich bin nicht so mutig wie du. Du bist noch so jung …«

»Mutig? Ich? Wenn ich mit dem Motorrad blind über eine Straßenkreuzung jage, dann fühle ich mich manchmal mutig. Aber das ist nur Leichtsinn. Mutig sein ist etwas ganz anderes.«

»Mut. Ein sehr männliches Wort, findest du nicht? Es erinnert an Jäger und Verteidigen und Töten. Ich weiß es nicht. Ich war nie mutig«, sagte Joana wehmütig.

»Mama! Das ist doch Unsinn. Warum bist du so verzagt? Gott, dieses Wort habe ich seit hundert Jahren nicht mehr gebraucht ...«

»Was malst du gerade?« fragte Joana.

»Deinen Hals. Ich fange unten an. Dein Kopf wächst nach oben ... Und du, was malst du?«

»Deine Augen, deine grünblauen Augen. Schau mich an, bitte!«

Lisa blickte zu ihrer Mutter und machte einen Vorschlag: »Was hältst du davon, wenn wir versuchen, unsere Köpfe exakt gleich groß zu malen? Am besten kann man das an den Augen bestimmen. Sagen wir: einen Zentimeter für die Pupillen.«

»Okay, das sagen wir«, sagte Joana lächelnd.

»Ich sag dir noch was.«

»Sag's!«, forderte sie ihre Tochter auf.

»Du bist ich. Fast.« Lisa lächelte bei diesen Worten ziemlich verschmitzt.

»Ich weiß. Und ich bin du. Fast.«

»Wir sind wir. Nicht fast.«

»Wie kommst du voran?«, wollte Lisa eine halbe Stunde später wissen.

»Bin ich ein D-Zug?«, antwortete Joana.

»D-Zug. So was hat man vor hundert Jahren gesagt. So was gibt es gar nicht mehr.«

»Egal. Ich verlasse deine Augen und beschäftige mich jetzt mit deinen Ohren. Die Augen kommen später noch mal dran, die Highlights ...«, sagte Joana. Ihr Blick wurde nachdenklich. »Ich möchte dir etwas sagen, meine liebe Tochter: Du hast viel Idealismus in deinem Geist bewahrt. Das ist wunderbar. In mir ist er längst entschwunden, aufgelöst hat er sich wie der Rauch aus einer Zigarette.«

»Hör auf mit deinem Selbstmitleid«, entgegnete Lisa.

»Hast recht. Immer dieses Selbstmitleid … Es ist wie eine Droge. Es frisst jede Kraft auf, jede Lebensfreude. Jeden Mut … Es ist wie eine Depression, glaube ich.«

»Findest du, dass unsere Seele in den Augen wohnt oder im Kopf?«, fragte Lisa.

»Im Kopf, finde ich. Denn dort entsteht unser Fühlen, und dort wird es verarbeitet«, befand Joana und meinte außerdem: »Viele sagen, unsere Gefühle entstünden im Bauch. Okay. Ich glaube, dass Gefühle aus unserem Innersten kommen, aber sie kommen eben auch aus dem Kopf. Mit anderen Worten: Der Kopf ist unser Innerstes.«

Lisa äußerte nach einer Weile: »Kürzlich hatte ich eine blitzartige Eingebung, die mich mit echter Freude erfüllte. Mir wurde bewusst, dass meine Gefühle mich machen. Neben den Genen und dem ganzen sozialen Umfeldgewusch sind sie es, die mich bestimmen – und die ich mitbestimmen kann. Ich kann meine Gefühle erziehen. Findest du das nicht wunderbar?«

»Was philosophierst du da? Was willst du damit sagen?«, fragte Joana.

Vor Aufregung stand Lisa auf und fuchtelte mit ihrem Pinsel. »Dass wir unser Leben ändern können, wenn wir wissen, wo wir stehen und was wir verändern wollen«, sagte sie und betonte dabei jede Silbe. »Wenn wir unsere Gefühle kennen und anerkennen.«

Joana blickte plötzlich auf und legte den Kopf schräg. »Hast du eigentlich einen Mann? Wirst du mich zur Oma machen? Es wäre einfach nur herrlich.«

»Männer … Ich werde einen finden und lieben, das weiß ich. Ich habe es in Berlin ein paarmal probiert, das weißt du ja. Ging alles daneben. Aber ich habe jetzt einen guten Freund hier in Portugal gewonnen.«

»Pablo … Kann er dir wichtig werden?«

»Ich hoffe. Was ist mit deinem Verhältnis mit Caesário? Erzähl es mir. Bitte. Erzähl mir alles«, sagte Lisa flehend.

»Kein Wort über ihn.«

»Doch. Ich werde dir jetzt ein paar Sachen sagen, die du mir kaum glauben wirst. Aber sie stimmen. Alle.« Dann legte Lisa los. Erst als sie behauptete, dass Gier, nichts als Gier, das Motiv für den Mordanschlag auf Jorge und sie gewesen war, schien Joana überzeugt, dass Lisa recht hatte. Sie kannte Caesário nur zu gut …

Als Lisa ihre Anklagerede beendet hatte, schwieg ihre Mutter. Ganz blass war sie geworden. Sie zündete sich eine Zigarette an – offensichtlich hatte sie wieder mit dem Rauchen begonnen –, hob den Blick und sagte: »Ich muss erst einmal verarbeiten, was du mir berichtet hast.«

»Wir müssen über ihn reden, Mama. Sag mir vor allem eines: Warum mussten wir Portugal damals so fluchtartig verlassen?« Lisa erhob sich von ihrem Hocker und ging mit einem tropfenden Pinsel auf Joana zu. »Das war zu der Zeit, als du deine Ausstellung in Caesários Galerie auf der Insel Madeira hattest. Du hattest Erfolg. Er hat ihn dir organisiert. Hast du ein Verhältnis mit ihm gehabt? Ist er mein Vater?«

Joanas Augen weiteten sich vor Schreck. »Nein, nein und nochmals nein!«, rief sie und atmete tief aus. »Ich hatte mit ihm angebändelt. Das stimmt. Weißt du, da waren diese superteuren Autos, sein Outfit, die tollen Restaurants und Nightclubs, der irre Schick, den er sich leisten konnte – das hat mich verwirrt, das hat mir imponiert.« Um Verständnis flehend, blickte sie ihre Tochter an. »Ich war jung. Ich war naiv und eingebildet. Aber ich habe mich diesem Mann nie hingegeben.«

»Hingegeben … Und dann?«

»Dann hat er versucht, sich das zu nehmen, was er nicht bekam.«

»Das hast du mit Jorge gemeinsam: um den heißen Brei herumreden. Hat er dich vergewaltigt?«

»Er hat es versucht.«

Lisa schluckte und setzte sich hin. Dann sprang sie wieder auf, nahm ihre Mutter fest in die Arme. »Ich verstehe«, murmelte sie. »Ja, ich verstehe, Mama. Deine Welt muss auf dem Kopf gestanden haben.«

»Hat sie.«

»Deshalb also bist du abgehauen. Hast mich geschnappt, hast diesen Caesário nie mehr sehen wollen – und hast Jorge verlassen.«

»Ich konnte ihn nicht wiedersehen. Ich habe mich so elend und so schlecht gefühlt, weil ich unser Glück zerstört hatte. Deines, meines, Jorges. Ich habe alles kaputtgemacht.« Tränen stiegen in ihre Augen.

»Stopp, Mama. Nicht *du* hast alles kaputtgemacht – Caesário hat es kaputtgemacht.«

Joana hob ihren feuchten Blick. »Meinst du?«

»Ach Mama, du tust mir so leid. Du tust mir furchtbar leid – weil du die Schuld bei dir selbst suchst.« Da fuhr wieder dieses Feuer in Lisas Augen. »Eines verspreche ich dir, hoch und heilig verspreche ich es dir, liebste Mama. Ich werde diesen Caesário zur Strecke bringen. Er wird für seine Gier und Grausamkeit zahlen müssen. Nicht mit Geld, davon hat er ja genug. Anders, Mama, anders ... Jetzt sollten wir aber ein bisschen weitermalen ...«

Beim Betrachten und Malen ihrer Mutter stellte Lisa fest, dass Joanas Gesicht voller Rätsel war. Müde war es, hatte aber Zeichen weichen Humors, der sich in ständiger Aufmerksamkeit zeigte. In den Augen. Zeitlos waren die Augen, unberührt vom Alter.

Nach einer Weile sagte Lisa mit träumerischer Stimme: »Das, was wir als Ausdruck eines Menschen empfinden, wird nicht von den Augen selbst, sondern von ihrem Umfeld geschaffen. Die Augen sind die erste Geige, aber es ist das ganze Orchester, das uns verzaubert oder abstößt.«

»Redest du mit dir selbst?«, fragte Joana.

»Ja, ständig. Ich rede so gern mit mir selbst. Da habe ich immer einen guten Zuhörer und Kritiker. Und du? Womit füllst du deine Tage aus?«

Joana blickte in die Ferne. »Ich mache es genauso. Ich führe Selbstgespräche. Aber ich habe viel Langeweile, und die ersticke ich mit Rauchen und Trinken. Und mit Malen. Und mit Erinnerungen.«

»Du sitzt in einer Falle. Du musst da raus. Übrigens habe ich seit Jahren keine neuen Bilder von dir gesehen.«

»Ich habe nur eine einzige Leinwand. Die übermale ich immer mit einem neuen Bild. Das ist preiswert, und ich muss nicht ständig meinen alten Kram anschauen.«

»Schon wieder dieses elende Selbstmitleid. Lass diese Falle hinter dir, Mama. Sonst gehst du vor die Hunde.«

»Ich weiß. Du hast mir die Augen geöffnet, Süße.«

»Wirklich? Darf ich jetzt dein Bild sehen?«

»Wenn ich deines sehen darf ...«

Sie stellten die Bilder nebeneinander an der Wand auf. Die Malstile waren verblüffend ähnlich, auch wenn Lisa den Pinsel kraftvoller über die Leinwand hatte streichen lassen. Somit war ihr Gewagteres gelungen. Joana malte langsamer, vorsichtiger, sorgsamer, sich stets dessen bewusst, was sie gerade tat. Und doch: Die Anmutung beider Bilder war ähnlich, obwohl die Malerinnen die Leinwand der anderen Seite nicht hatten einsehen können.

***

»Geheimnisträger müssen immer gut gestärkt sein«, befand Antonieta und servierte zum Mittagessen eine *Feijoada com Búzio*, einen Bohneneintopf mit Wellhornschnecken aus dem Meer. Sie spielte darauf an, dass es bis jetzt erfolgreich gelungen war, Jorges Überleben geheim zu halten. Alle Leute glaubten nämlich, er sei tatsächlich bestattet worden. Nicht einmal Pablo oder Teresa oder Antonietas Ehemann José kannten die Wahrheit.

Am Nachmittag malten Joana und Lisa weiter an ihren Porträts. Später verbrachten sie einen fröhlichen Abend miteinander, den vor allem Antonieta bestritt. Sie gab eine Anekdote nach der anderen zum Besten und ließ die glücklichen Tage in der Serra auferstehen, glückliche Tage, die über zwanzig Jahre zurücklagen, wie sie meinte.

»Dreiundzwanzig«, stellte Joana richtig und erntete ein Augenzwinkern ihrer Tochter.

***

Als Lisa am nächsten Morgen die Küche betrat, stand Joanas Reisekoffer schon parat. Ihre Mutter und Antonieta saßen am großen Tisch, einige alte Fotos lagen noch ausgebreitet darauf.

»Ich rufe in Faro an und erkundige mich, ob deine Maschine pünktlich ist«, sagte Lisa und griff zum Handy. Nach einer Weile hatte sie Neuigkeiten.

»Kannst den Koffer wieder auspacken«, verkündete sie. »Dein Flug ist wegen eines Streiks des Bodenpersonals in Berlin abgesagt. Du bleibst hier, Mama.«

Joana wusste nicht, ob sie sich freuen sollte, durfte, dann aber siegte die Freude in ihr.

»Ganz bestimmt ist es besser so«, meinte Lisa. »Man muss die Zeichen des Schicksals richtig lesen. Ich lese sie so, Mama, dass dein Platz hier ist. Dann nimmst du auch nicht die nächste Maschine morgen oder übermorgen, und den Mietwagen verlängerst du jetzt erst einmal für eine Woche.«

Antonieta strahlte. »Ich richte das Gästezimmer so her, dass Sie länger bleiben können. Lisa, vielleicht könnten Sie mir helfen, noch einen Kleiderschrank aufzustellen?«

»Natürlich, welchen denn?«

»Den, den Senhor Jorge bemalt hat.«

»Ich erinnere mich. Ja, den würde ich sehr gern benutzen«, freute sich Joana. Sie strahlte über das ganze Gesicht.

Nach dem Möbelrücken verkündete Lisa: »Wenn es euch recht ist, fahre ich jetzt an die Westküste. Ich habe Pablo versprochen, dass ich heute komme.«

»Denke daran, dass ich gern Oma werde«, forderte Joana sie auf und musste selbst grinsen.

»Das hat mit Denken doch nichts zu tun«, sagte Lisa lachend. Kopfschüttelnd ging sie in ihr Zimmer und holte ihren Motorradhelm. Bei ihrer zügigen Fahrt nach Zibririnha sah sie im Rückspiegel nicht den Porsche Cayenne, der in großem Abstand folgte. Hinter Lagos gab Caesário die Verfolgung ganz auf. Er wusste genau, wohin die Frau auf dem Bike fuhr. Er besorgte sich eine Pizza und vier Dosen Coca-Cola. Er war bereit, auch Stunden zu warten, bis seine Chance kommen würde.

15

»Kaffee?«, fragte Pablo, als Lisa am nächsten Morgen die Augen aufschlug.

»Kannst du Gedanken lesen?«

Er brachte ihren Lieblingsbecher. Sie setzte sich aufrecht hin und lauschte dem Rauschen der Wellen. Möwen geiferten und kreischten wie Babys. Und sonst? Nichts. In Zibririnha konnte sie sich nach innen kehren und ihren Gedanken freien Lauf lassen. Denn nichts lenkte sie ab. Hoffte sie. Doch es war wie verflixt: In ihrem Kopf drehte sich alles um Caesário.

Nach einer Weile fragte sie Pablo: »Wie können wir Caesário daran hindern, noch mehr Unheil zu stiften? Wie können wir ihn bremsen?«

»Diesen Mann bremsen? Das ist, als wolltest du einen wütenden Stier mit bloßen Händen aufhalten.«

»Vielleicht hast du recht. Er muss sich austoben. Er muss wüten, bis er umkippt. Lange kann es nicht mehr dauern.« Lisa legte sich wieder hin, und Pablo streckte sich neben ihr aus. Beide starrten zur Decke, wo das zunehmende Rascheln der Bambusblätter auf dem Dach aufkommenden Ostwind verhieß.

»Offshore-Wind!«, rief Pablo begeistert. »Da beißen die Fische an. Komm, wir gehen angeln. Aber heute vom Boot aus. Und am Abend wird gegrillt. Frischer Salat, Tomaten und Koriander, alles liegt in der Kühltasche bereit. Was braucht der Mensch noch mehr?«

»Liebe!«, rief Lisa. Sie sprang auf und tanzte fröhlich wie ein kleines Mädchen nackt durch die Hütte.

»Liebe braucht der Mensch, nichts als Liebe, Liebe, Liebe!«

***

Das Jagdgewehr fühlte sich schwer und gut an. Und die Seitentaschen der zugehörigen schwarzen Ledertasche steckten voller

Munition. Ein Zielfernrohr und ein Schalldämpfer zählten ebenfalls zur teuren Ausstattung. Er montierte alles genau so, wie der Verkäufer, ein Zuhälter aus Faro, es vorgeführt hatte.

Er musste daran denken, dass früher der Hochadel die Jagdwaffen von einem Priester segnen ließ. Er war nicht adlig. Aber er war reich. Außerdem hatte er den Titel »Honorarkonsul« eines lateinamerikanischen Landes erworben. Ein Schnäppchen. Seither hatte sein Porsche ein rotes CC-Kennzeichen, das Caesários Sonderstellung anzeigte und ihn mit Vorliebe im Halteverbot parken ließ, ungestraft, wohlgemerkt. Mit solchen Extravaganzen machte er seine Besonderheit für alle sichtbar. Und seine Verachtung. Alles war käuflich, alles.

Schon als kleiner Junge hatte er den Reichtum seiner Eltern schätzen gelernt. Alle hatten ihm Respekt gezollt, ihm, einem unscheinbaren dickschenkeligen zwölfjährigen Burschen. Als der Vater bei diesem Angelunfall tödlich verunglückt war, hatte sein Leben einen mächtigen Satz nach vorn gemacht. Von da an hatte ihn seine Mutter geprügelt, und das nicht weniger heftig als der Vater, aber sie hatte es hernach bereut und immer ein paar Vaterunser extra gebetet.

Und nachher hatte sie ihn verwöhnt, ihn mit dem vielen Geld der Ferreiras fast alles anstellen lassen, was er wollte, und ihm die Rolle des Hausherrn zugeschoben. Stolz war sie in den schwarzen Mercedes gestiegen, den er an seinem achtzehnten Geburtstag geschenkt bekommen hatte, der erste Mercedes in der Region. Fünf Jahre später gehörten ihm zwei Hotels auf Madeira, eines in Lissabon und drei in der Algarve. Von manch anderen Geschäften hatte seine Mutter keine Ahnung gehabt. Er hatte es ganz schnell zu etwas Großem gebracht.

Immer wenn er auf etwas warten musste, kamen ihm solche Gedanken. Er blies den Rauch der dicken Zigarre, an der er paffte, wie Weihrauch über das Gewehr, segnete es gewissermaßen und lachte hämisch. Zärtlich strich er mit der linken Hand über den Gewehrlauf.

Er saß etwa einen Kilometer südlich von Zibririnha in seinem Porsche und beobachtete durch das Zielfernrohr die Hütte am

Steilhang. Für ihn war das Häuschen eine primitive Bretterbude, in der nicht einmal Landstreicher hausen würden. Wie man darin leben konnte, war ihm ein Rätsel.

Für kurze Momente sah er drinnen Lisas kahlen Kopf am Fenster vorbeihüpfen, dann sah er ihren nackten Rücken und hätte nur zu gern gewusst, was in dieser Hütte geschah. Er wischte sich den Mund mit der Hand ab. Und verengte die Augen. Sie musste verschwinden, diese Lisa. Sie brachte sein grandioses Vorhaben in Gefahr und wusste es wahrscheinlich noch nicht einmal, so naiv, wie sie sich verhielt. Nun, in ein paar Minuten würde sie aufhören zu existieren. Wenn sie rauskam, könnte er sie abknallen wie ein Kaninchen.

Aber es dauerte. Über eine halbe Stunde musste er warten, bis seine Geduld belohnt wurde. Dann traten Pablo und Lisa aus der Hütte. Sie standen am Abhang und umarmten sich innig, dann ging Lisa zu der Winde in der Nähe der Hütte, während Pablo auf der steilen Holztreppe zum Mini-Hafen nach unten mehr flog als stieg. Das von einer Winde herabhängende Tau befestigte er mit Karabinern am Bug und am Heck eines blau-rot angestrichenen Holzbootes, das in einer Felsstufe fünf Meter über dem Wasser wellensicher gelagert war.

Caesário hatte Lisa im Visier, er konnte durch das Zielfernrohr ihren kahlen Kopf sehen. Glasklar. Besser ein bisschen warten. Sollte sie mit ihrem Lover ins Boot steigen, befände sie sich auf einem Präsentierteller. Er würde sie beide erledigen, peng-peng, ihr Boot würde kentern, die Brandung würde den Rest übernehmen und sie zermalmen. Wahrscheinlich würde man nicht einmal Leichenteile finden. Verschwunden und bald vergessen wären Lisa und ihr Kompagnon. Ein tragischer Unfall sollte es werden.

Er beobachtete, wie Lisa mit dem Kurbeln der Winde begann. Das Boot hob sich ein wenig, es begann zu schwanken. Mit einer langen Holzstange drückte Pablo es so weit aus der Felsnische heraus, dass es über dem Wasser schwebte. Jetzt kurbelte Lisa in umgekehrter Richtung, Caesário konnte das Ratschen der Zahnradsperre hören.

Das Boot sank abwärts. Kurz darauf klatschte es ins Wasser. Pablo sprang hinein und machte sich am Motor zu schaffen, während Lisa die Treppe hinabstieg. Plötzlich blieb sie stehen und blickte um sich. Sie hatte das Gefühl, beobachtet zu werden. Mit ihren Augen suchte sie den Klippenrand ab, wo ab und zu Angler standen oder ihre Mopeds und Autos abstellten. Da war nichts. Sie kletterte ins Boot. Das Meer war ruhig. Harmlose Wellen durchschwappten den winzigen Naturhafen.

Bei hohem Wellengang wäre es nicht möglich gewesen, mit dem Boot die enge Einfahrt zu passieren, die Pablo jetzt mühelos bei einer Wellenpause hinter sich ließ. Er steuerte in Richtung Süden, Richtung Praia do Amado, eine berühmte Surferbucht. Ohne es zu wissen, bewegte er sich in die Nähe des Mannes, der auf sie wartete.

Caesário grinste, aber die Falten auf seiner Stirn zeigten an, dass er extrem angespannt war. Er stieg aus, pirschte zum Klippenrand und legte sich hinter einem Busch auf die Lauer. Im Abstand von noch nicht einmal fünfzig Metern schaukelte das Boot fast unmittelbar vor den schroffen Klippen in Richtung Süden.

Einige Felswände waren bräunlich, andere dunkelrot oder basaltschwarz und teils von hellen Quarzstreifen durchzogen. Im Lauf der Jahrmillionen hatten Wind und Wellen dem Festland zahllose Felsbrocken entrissen, die sich vor den Klippenwänden anhäuften. Zwischen diesen Felsen wühlte wild das Wasser, toste, gurgelte, schäumte, rauschte, schwappte hin und her. Schwaden zerstäubten Wassers hingen wie Gardinenschleier über der Küste. Für Fische war das ufernahe Gewässer eine unerschöpfliche Nahrungskammer.

»So. Und jetzt versuchen wir es mal mit Schleppen!«, rief Pablo gegen den Wind.

»Wusste ich es doch: Du willst mich abschleppen, du Schlingel.«

»Immer … Aber heute mal ganz anders: Wir fahren ganz langsam weiter, du steuerst, und ich halte die Angel. Das nennt man Schleppen. Ganz bestimmt wird ein Fisch anbeißen, hoffentlich ein kapitaler.« Erwartungsvoll strahlte sein Gesicht – da knallte ein Gewehrschuss los.

Die beiden starrten erschrocken nach oben zum Klippenrand, von wo der Schuss hergekommen zu sein schien. Aber da war niemand zu sehen. Plötzlich fiel wieder ein Schuss. Eine Kugel zersplitterte die Bootswand knapp einen Meter neben Lisa. Sie warfen sich auf den Boden. Aber der Schütze schoss von oben, woher sonst – sie lagen auf dem Präsentierteller.

»Mach dich so klein wie möglich!«, schrie Pablo. Er riss den Steuerknüppel herum und ließ den Motor bei Vollgas aufheulen. Sofort nahm das Boot volle Fahrt in Richtung offenes Meer auf. Im Zickzackkurs steuerte Pablo eine Felsnadel an, die von Wellen umbrandet wurde. Wasser schwappte ins Boot, wieder ein Schuss, wieder zersplitterte Holz, und Lisa zog ihren Fuß noch näher heran – die Kugel war knapp neben ihrem Knöchel eingeschlagen.

Die nächste Kugel traf das Boot nicht. Auch zwei weitere Schüsse verfehlten ihr Ziel. Waren sie schon weit genug entfernt? Pablo erreichte die Felsnadel und hielt das Boot im meerseitig gelegenen Sichtschatten. Sie warteten ein paar Minuten lang. Wann immer sie einen Blick auf die Klippenkante werfen konnten, suchten sie nach Auffälligkeiten. Aber da war nichts.

»Fahr zurück zur Hütte, schnell, ganz schnell!«, brüllte Lisa, denn eine Ahnung hatte sie gestreift.

Pablo nickte. Er steuerte erst in Richtung offenes Meer und schlug dann einen Bogen, denn nur so konnte er zurück in die Hafenbucht von Zibririnha gelangen. Wieder mussten sie auf eine Wellenpause warten. Bei der nächsten ruhigen Dünung konnten sie endlich die Felseinfahrt passieren.

Pablo befestigte notdürftig das Boot. Sie standen an der steilen Holztreppe, schauten sich an, schlugen sich in die Hände. Pablo lief voraus, immer drei Stufen auf einmal nehmend. Oben war Lärm zu hören, etwas schepperte, ein Gewehrschuss knallte, dann zerriss eine gewaltige Explosion das Wellenrauschen. Holz barst, Balken, Bretter, Bambus, ein Stuhl, ein Topf, Teile des Futons, Kleidungsstücke, der Laptop, ein zerfetzter Tisch, alles stieg in die Höhe und fiel ins Meer oder auf den Steilhang der kleinen Hüttensiedlung.

Oben angekommen, blieb Pablo wie angewurzelt stehen. Lisa, die hinter ihm her gerannt war, legte eine Hand auf seine Schulter. Von der Hütte war kaum etwas übrig geblieben. Die Explosion – wahrscheinlich ausgehend von der Gasflasche – hatte alles zerstört. Was an Holzwänden noch übrig war, stand in Flammen, die vom Wind angepeitscht um sich fraßen. Asche regnete herab. Dunkler Rauch paffte aus der Ruine. Es stank nach Feuer und verbranntem Plastik.

Lisa nahm Pablos Hand und streichelte sie sanft. »Wir können nichts mehr retten. Alles ist zerstört, alles.« Instinktiv fuhr sie mit der rechten Hand über ihre Gesäßtasche und spürte die kleine Brieftasche, in der sie alle wichtigen Dokumente hatte.

»Dinge … Wir aber nicht …«, sagte Pablo.

Sie umarmten und drückten sich. Wortlos blickten sie hinaus aufs Meer. Pablo setzte sich auf einen Felsen neben der Hütte. Er beugte sich so weit nach vorn, dass seine Stirn auf die Knie drückte. Lisa streichelte seinen Rücken, erst leicht, dann kraftvoll. Sie pumpte Kraft in ihn hinein, und er, er ließ es gern geschehen. Denn er vertraute Lisa. Er wusste, dass er an ihrer Seite mit erhobenem Kopf aus diesem Elend schreiten würde, selbst wenn er soeben seine Traumhütte verloren hatte.

Er hob seinen Oberkörper und lehnte seinen Kopf an Lisas Schulter. »Nur einer kann das gemacht haben«, sagte er mit heiserer Stimme. »Caesário Ferreira. Aber warum?«

»Der Mann muss völlig ausgerastet sein. Ballert in der Gegend rum und zerstört deine Hütte. Ich kapiere es nicht: Wenn er uns umbringen will, gibt es doch einfachere Wege. Menschen beseitigen – ist das an dieser Küste ein Problem?«

»Wenn er dich oder mich getroffen hätte, wäre das schon sehr wirkungsvoll gewesen …«, fand Pablo.

»Und was, wenn andere Leute ihn bemerkt hätten?«

»Andere Leute? Hier kann man Stunden verbringen, ohne eine einzige Menschenseele zu sehen«, antwortete Pablo.

»Die Entfernung zwischen den Klippen und einem fahrenden Boot ist ziemlich groß«, befand Lisa. »Bei einem wackligen Ziel wird jeder Schuss zur Glückssache. Außerdem hätte er uns auf der

Treppe abknallen können. Da wackelt nichts … Ich glaube, dieser Irre will uns verunsichern oder uns einfach nur Angst einjagen. Oder er weiß nicht, was er will. Nur eines ist sicher: Er will, dass wir Fehler machen. Aber diesen Gefallen tun wir ihm nicht.«

»Genau!«, rief Pablo und sprang auf. »Weißt du was? Jetzt drehen wir den Spieß um. Jetzt werden wir dafür sorgen, dass *er* Fehler macht. Bis jetzt waren wir passiv, waren Zielscheibe, Opfer. Jetzt werden wir aktiv.«

»Sollten wir nicht zuerst mit der Hütte aktiv werden? Sind die Fischer deine Freunde, oder sind sie es nicht?«

»Schon …«

»Wenn Not am Mann ist, darf man seine Freunde um Hilfe bitten, findest du nicht? Schau nur, wie Tara mir hilft. Sie schaukelt unsere kleine Catering-Firma ganz allein, damit ich meine Probleme in Portugal lösen kann. Komm, wir reden mit den Fischern.«

Wie sich herausstellte, wollten die Fischer an diesem Tag jedoch nichts unternehmen, gar nichts. Denn sie waren die ganze Nacht draußen auf dem Meer gewesen. Und jetzt, jetzt war nur Faulenzen angesagt, Grillen, Saufen, Würfeln.

»Morgen«, versprach ihr Wortführer José. »Morgen helfen wir euch.«

***

Er ärgerte sich – und auch wieder nicht. Irgendwie hatte ihm beim Schießen die entscheidende Zielstrebigkeit gefehlt. Es war, als hätte ihm ein zweites Ich eingeflüstert, das Töten von Lisa sei falsch. Etwas hatte ihm zugeraunt, dass ihm diese junge Frau noch wichtig werden könnte. Es war also eher von Vorteil, dass er sie nicht getroffen hatte.

Er war nun mal ein Glücksmensch – zeigte sich das nicht ständig? Jetzt musste er herausfinden, wie ihm diese kahlköpfige Person nützlich sein könnte. Bestimmt würde er die Antwort bald wissen. Aber er musste aufpassen. So etwas wie heute war ihm noch nie passiert.

Er warf die erst vor wenigen Minuten angezündete Zigarre wie angewidert durch das offene Fenster seines Porsches und beobachtete die Rauchsäule, die über den Resten der Hütte von Zibririnha aufstieg. Er grinste wie ein Bub.

***

Lisa und Pablo schliefen am winzigen Sandstrand von Zibririnha. Am frühen Donnerstagmorgen hörten sie oben bei der Hütte mehrere Stimmen Pablos Namen rufen. Sie eilten die Treppe hinauf.

Elf Männer standen an der Hüttenruine, traten gegen verkohlte Balken oder betasteten zerstörte Bruchstücke, rauchten, redeten aber wenig. Verstohlen schauten sie die Ausländerin an. Ihr kahler Kopf machte sie für die Männer anscheinend noch fremdartiger.

Oben am Klippenrand tuckerte ein alter Traktor daher. Im Hänger lagen Bretter gestapelt, Balken, Bündel von frisch geschnittenen Bambusstangen mit Blättern, Werkzeug, eine Motorsäge, eine Schleifmaschine. Sogar eine Matratze und eine Tür lagen obenauf. Die Männer trugen alles hinunter zur Hütte.

Ein Mann baute sich vor Lisa auf und reichte ihr eine Kiste voll frischer Sardinen. *»For breckfest«*, rief er laut, damit alle es hören konnten.

Er reichte ihr auch ein Grillgitter aus geschweißtem Baueisen und eine Plastiktüte voll Pinienzapfen. *»For later when hunger«*, erklärte er der Frau und grinste belustigt. *»I José. And you?«*

»O meu nome é Lisa«, antwortete sie auf Portugiesisch. Das schien José nicht zu beeindrucken, denn er fuhr in seinem Englisch fort: *»I know Liza Minnelli. Nice music when I was young. José know. José know all.«* Er grinste breit, und er war sich sicher, dass die anderen zugehört und zugeschaut hatten. Er rieb sich die Hände. *»Let's do it«*, rief er. *»Now work.«*

Ihr erstes Frühstück hatten die Männer mit einer Scheibe Toast und einem Wasserglas voll Schnaps oberhalb vom kleinen Hafen schon hinter sich gebracht. Jetzt konnten sie gut gestärkt loslegen. Sie redeten nicht viel. Fischer reden nie viel, erklärte

Pablo, damit Lisa sich nicht wunderte. Es hatte also nichts mit Scheu vor Frauen zu tun. Sie arbeiteten Hand in Hand, räumten erst einmal auf und stapelten alles Zerstörte auf einem Haufen oben am Fahrweg. Nach etwa einer Stunde sah das schon ganz manierlich aus.

Lisa machte sich am Grill zu schaffen. Aus herumliegenden Steinen baute sie ein dreißig Zentimeter hohes Mauerrund und legte drei Pinienzapfen und zersplitterte Latten hinein. José sah ihr zu, als er eine Zigarette drehte. Er reichte ihr sein Feuerzeug. »*Yes you can*«, lobte er, und alle schauten hin.

Einer der Männer begann zu singen, und die anderen fielen mit ihren rauen Stimmen ein. Es war ein Lied voller Wehmut und doch voller Freude. Lisa war in Berlin bei einem Konzert der Sängerin Mariza gewesen und hatte sich in ihre eigenwillige Fado-Musik verliebt. Was die Männer hier sangen, war ähnlich, aber die Harmonien noch fremdartiger. Die Härchen auf Lisas Armen stellten sich aufrecht, Schauer liefen über ihren Rücken.

Inzwischen loderten die ersten Flammen im Grillfeuer, und während die Fischer eifrig schufteten, machte sich Lisa an einer Sardine zu schaffen. Sie wollte den Fisch ausnehmen und schuppen.

»*No, no, you can not*«, sagte der Fischer entsetzt. »*No clean. Only sal and ready for grill.*«

Die wussten es anscheinend besser. Lisa breitete die Sardinen en nature eng nebeneinander auf dem Eisen aus, das sie vorher gut eingeölt hatte, streute grobes Meersalz darüber und wollte soeben das Eisen auf den Steinen der Feuerstelle ablegen.

»*More high*«, befand José und trug drei Steine herbei, die er unter das Grillgitter legte, damit es wackelfrei und zwei Spann höher über den Flammen zu liegen kam. »*Now wait! Only grill when no flames. Okay?*«

Lisa zuckte mit den Schultern, weil der Mann nicht aufhörte, sie wie eine Ausländerin zu behandeln, die kein Portugiesisch sprach. Geduld, sagte sie sich. Geduld, die Tugend der Portugiesen. Sie wartete, bis aus den Latten und den daraufgelegten Hölzern eine Glutmasse geworden war, die enorme Hitze ausstrahlte.

»José, agora?«, rief sie dem Mann zu, der soeben einen Pfahl als Eckpfeiler der neuen Hütte befestigte, indem er Zement in ein knietiefes Loch schüttete, während zwei andere Männer das Kantholz mit Hilfe der Wasserwaage in der Senkrechten hielten.

José rieb sich die Hände und schaute den Grillplatz aus der Nähe an. *»Yes, now you can«*, entschied er und steckte sich die nächste Filterlose zwischen die dicken Lippen in seinem wettergegerbten Gesicht. Er und einige seiner Freunde hätten einem Piratenfilm entsprungen sein können, dachte Lisa und merkte wieder einmal, wie irreführend das Äußere der Menschen doch ist.

Aus den Fischen herausquellende Öltropfen zischten in die Glut, und schon machte sich der unverwechselbare Duft gegrillter Sardinen breit, der in Windeseile alle Männer erreichte und ihnen das Wasser im Mund zusammenlaufen ließ.

Ein paar Minuten später saßen sie alle rund um die Feuerstelle und knabberten um die Wette. Eine Fünf-Liter-Flasche Rotwein machte die Runde, jeder goss sich einen Plastikbecher voll. Die Männer aßen und tranken und schauten hinaus aufs Meer. José erzählte ihnen, dass Lisa die Sardinen ausnehmen wollte. Da begannen sie zu lachen wie kleine Kinder, und ihre Augen glühten. Gut gestärkt gingen alle wieder an die Arbeit.

Nach drei Stunden wurde die zweite Ladung Sardinen gegrillt und dazu eine zweite Fünf-Liter-Flasche Rotwein geleert. Schon standen die hölzernen Außenmauern der Hütte aus dicken Brettern, die die Männer an den Hüttenecken aus Kanthölzern festschraubten und überlappend in Klinkermanier aneinandernagelten. Dann zimmerten sie ein Dachgerüst aus Eukalyptusstämmen, worauf sie Bambusstangen samt Blattwerk ausbreiteten. Es sah alles sehr robust aus.

Die blutrote Sonne rollte dem Horizont entgegen und brachte den gesamten Westen dieser Welt zum Glühen. Die Männer schauten schweigend dem tagtäglichen Himmelsdrama zu. Das Rotlicht bemalte ihre Gesichter und ihre Hände, ihre schmutzigen T-Shirts und Latzhosen, ihre Seelen. Als das letzte Fitzelchen Sonne hinter dem Horizont verschwunden und die Hütte bezugsfertig war, rief Pablo: »Danke. Ihr seid einfach klasse!«

Die Fischer winkten ab. Sie schauten sich kurz an, dann schlenderten sie mit den Händen in den Hosentaschen am Steilhang hinauf in Richtung Traktor. Jeder fand auf dem rostigen Fahrzeug einen Platz. José setzte sich ans Steuer. Beim Anlassen bebte der Traktor, das Gefährt machte einen Sprung vorwärts und rollte dann friedlich weiter. Gegen den schon dunklen Osthimmel gaben Männer und Traktor das Bild eines überbesetzten Bootes ab.

Lisa musste daran denken, dass es die Väter dieser Männer waren und deren Väter und deren Väter, Väter, die vor fünfhundert Jahren die Weltmeere entdeckt hatten, andere Länder, Kontinente. Hier, wo Europa aufhörte, hatte Europas Neuzeit begonnen. Mit diesen Menschen.

16

In einer Woche sollte die Entscheidung über das Erbe des Jorge Guedes fallen. Die Spannung wuchs. Trotzdem genossen Lisa und Pablo das Leben an der wilden Westküste in vollen Zügen. Lisa rief jeden Morgen Professor Jaime de Barcelos in Lissabon an und erkundigte sich nach Jorges Zustand. Dem Patienten gehe es den Umständen entsprechend, sagte der Arzt. Aber er mache Fortschritte. Langsame Fortschritte, denn er hatte an einigen Stellen Verbrennungen dritten Grades erlitten. Lisa solle damit rechnen, dass er noch mindestens einen Monat im Hospital bleiben müsse.

Pablo schlug vor, nach dem Überfall die Polizei zu verständigen, doch Lisa lehnte das strikt ab. Würde sich die Polizei einschalten, würde sich Caesário bremsen müssen. Aber das wollte sie nicht. Sie zog es vor, ihn in Sicherheit zu wiegen, das würde ihn leichtsinnig machen. Damit würde er sich sein eigenes Grab schaufeln.

Sie angelten von den Klippen aus oder fuhren zum Einkaufen nach Aljezur, saßen mit Surfern in Carrapateira zusammen, tranken kaltes Bier, aßen kleine Schnecken, sonnengetrocknete Muränenstücke oder gegrillte, fast angebrannte Tintenfisch-Tentakel, die grässlich rochen und einzigartig gut schmeckten.

Pablo zeigte Lisa die Vielfalt der atlantischen Vegetation. An dieser Küste hatte sie eine Eigenart wie auf den Archipelen von Madeira und den Kanarischen und Kapverdischen Inseln angenommen.

An einem frühen Morgen plante Pablo, im Internet zu recherchieren. Sie fuhren in das über zwanzig Kilometer entfernte Städtchen Lagos, für viele Touristen die Traumstadt der Küste schlechthin, ausgebreitet an einer viele Kilometer langen Sichelbucht.

Die gesamte Innenstadt war portugiesischer Barock pur, denn sie wurde nach dem Erdbeben 1755 neu erbaut. Ein Bild wie für eine Pralinenpackung, frotzelte Pablo gern. Aber er liebte Lagos, die junge Atmosphäre, die Kneipen und Jazzlokale, die vielen Straßenkünstler, die abends für ausgelassene Stimmung sorgten.

Mitten in der Altstadt fanden sie ein Internetcafé, geführt von einer hübschen Russin und ihrem portugiesischen Freund. Sie googelten, suchten unter »Caesário Ferreira«, fanden aber nur Artikel über den »Manager des Jahres« und über sein neuestes Hotel auf Madeira. Schließlich stießen sie auf einen Artikel in einer Lissabonner Tageszeitung über neue Investitionen in der Algarve.

»Schau einer an«, sagte Pablo.

Lisa blickte auf seine Lippen, als er vorlas. »Die Regierung begrüßt das Projekt des Finanzmanagers Caesário Ferreira, der Europas größtes Golfzentrum realisieren will, genannt *GolfGigante*, wie aus internen Kreisen bekannt wurde.«

»GolfGigante«, murmelte Lisa. »Der Mann spinnt ja. Pablo, dieser Caesário ist größenwahnsinnig. Bei dem ist eine Schraube locker.«

Pablo las weiter vor. »Einige Minister haben bereits ihr Einverständnis erteilt, allen voran der Umweltminister. Caesário Ferreira betonte in einer Presseerklärung, dass man das Projekt mit vorbildlicher Sensibilität in die Natur einbinden wolle.« Pablo hob den Blick und schaute Lisa vielsagend an, bevor er fortfuhr. »Großes Interesse zeigte auch das Ministerium für Arbeit und Soziales, weil über dreitausend Arbeitsplätze geschaffen werden. Ein genauer Zeitplan für die weiteren Baustufen wird gegen Ende des Jahres erwartet.« Mehrere Fotos zeigten die Politiker bei einer Pressekonferenz und wie sie bei einem Galadinner ihre Gläser hoben.

Sie googelten »GolfGigante«, fanden aber nur eine schrill aufgemachte Homepage mit dem Foto einer Blondine beim fingierten Abschlag. Absolut beeindruckend, und das im negativen Sinn, waren allein ihre gigantischen Brüste. Immerhin fand sich auch der Hinweis, dass demnächst eine neue Homepage erscheinen sollte.

»Wie geschmacklos«, ereiferte sich Lisa. »Mit so einer Homepage vergrault man jeden seriösen Interessenten.«

»Deswegen lässt er eine neue machen. Was steht da? Webdesign: A.G. Wir müssen herausfinden, wer hinter diesem Kürzel steckt.«

Die Cafébesitzerin, die hübsche Russin, wusste es auf Anhieb. Da könne es sich nur um Adalberto Gonçalves handeln, einen Typen, der in Albufeira lebte. Sie fand seine Homepage samt Handynummer.

»Ruf ihn doch an«, forderte Lisa ihren Freund auf.

»Was soll ich ihm sagen? Dass wir alles über *GolfGigante* wissen wollen?«

»Lass mich mal machen«, sagte Lisa, entriss Pablo das Handy und wählte die angegebene Nummer. Eine Männerstimme meldete sich, und schon sprudelte Lisa los. »Hallo. Isabel hier. Wir wollen bei Lagos eine Tauchschule eröffnen und brauchen eine supergeile Homepage in sechs Sprachen. Du bist die Nummer eins in der Algarve, hat man uns gesagt, also bist du der richtige Mann für uns. Können wir uns mal treffen, um das genauer zu besprechen? Am besten in deinem Office? Am besten jetzt gleich?«

»Die Sache interessiert mich«, sagte der Mann am anderen Ende der Leitung. »Bin den ganzen Tag im Office. Findest mich in dem schmalen Haus neben der Pfarrkirche von Albufeira. Nummer 26. Über dem Café.«

»Cool. Wir sind jetzt in Lagos und könnten in einer Stunde bei dir sein. Okay?«

»See you later …«

***

Der Mann hätte eine Rolle in einem Ganovenfilm spielen können. Oder auf dem Jahrmarkt arbeiten, dachte Lisa. Seine schwarzen Haare waren zu einem langen dicken Zopf gebündelt, und gekleidet war er in schwarze Shorts und ein schwarzes Netzhemd. Seine dunklen Augen hatten aber etwas angenehm Sanftes und Warmherziges. Seine auffallend gerade Nase war von jener Ebenmäßigkeit, auf die viele Fischer der Algarve stolz waren und die sie als Erbe ihrer phönizischen Vergangenheit rühmten.

Seine Wohnung befand sich in einem der hässlichen Neubauten, die im Herzen der überaus beliebten Stadt Albufeira dort entstanden waren, wo alte Häuser eingestürzt waren. Im Erdgeschoss gab es ein kleines Café. In Adalberto Gonçalves' einzigem Zimmer konnte man die klirrenden Gläser und das Lachen der Leute von unten hören. Die Breitseite des Raumes bestand aus einer über vier Meter langen Holzplatte, und darauf standen etliche Monitore, während unter der Platte ein Wust aus PCs, Druckern, Rootern, externen Discs und anderem Technokram blinkte. Unübersehbar: Hier hauste ein Computerfreak.

Pablo stellte sich vor. »Hallo, Adalberto, ich heiße Tó, und das ist Isabel, ihr habt ja vorhin am Telefon gesprochen. Kannst du uns ein paar aktuelle Arbeiten von dir zeigen, damit wir uns ein Bild von deinem Know-how machen können?«

»Im Moment habe ich an die zwanzig Pages in Produktion, darunter ein paar ganz dicke. Ich baue fast alle auf Joomla oder WordPress auf, die haben klasse Basismodule. Kommerzielle Zusatzmodule wie Shopsysteme oder Bilder- und Videogalerien sind darauf angepasst. Also, was wollt ihr sehen?«

Lisa kam ohne Umschweife auf den Punkt. »Irgendwas mit Qualitäts-Tourismus. Hast du ein affengeiles Hotel, eine Wellness-Anlage oder ein Golfprojekt in deinem Portfolio?«

»Hab ich, natürlich hab ich das. Das größte Projekt von allen steht aber noch nicht im Netz. Ist noch ›im Bau‹.«

»Kannst du es uns trotzdem zeigen, bitte? Wir wollen uns ein möglichst genaues Bild von deiner Kreativität machen.«

»Ihr habt aber nichts gesehen – okay?«

Pablo und Lisa schauten sich an und antworteten wie aus einem Mund: *»Cool, man.«*

Adalberto gab zwei Passwörter ein, und schon erschien die Seite von *GolfGigante*, an der er derzeit offensichtlich arbeitete.

»Hey, das gefällt mir«, stieß Lisa hervor, die sich mit Webdesign auskannte. Lisa und Tara hatten ihre Catering-Homepage selbst gebastelt und viel Lob dafür kassiert. Deshalb erkannte Lisa, dass

Caesários neuer Internetauftritt professionell konzipiert war. »Wie ist die aufgebaut? Joomla, hast du gesagt?«

»Ja, mit einem nagelneuen Template.«

»Hat sie auch eine Googlekarte und eine Anfahrtsskizze?«

»Logisch. Hier.« Ein Klick, und es erschien *GolfGigante* als rot umrahmte Fläche im südwestlichsten Bereich der Algarve.

Pablo staunte. »Der Wahnsinn. Dass es heutzutage noch so große Besitze gibt ...«

Adalberto Gonçalves verdrehte die Augen. »Das Areal hat insgesamt über zweitausenddreihundert Hektar Fläche, also über dreiundzwanzig Millionen Quadratmeter. Für dieses gigantische Projekt sollte es reichen ...«

»Und das alles gehört deinem Auftraggeber? Darf man wissen, wer das ist? Bestimmt ein reicher Engländer, Ire, Norweger – oder ein Russe?«

»Ach was. Ein *Algarvio* steckt dahinter. Den Namen darf ich euch natürlich nicht sagen. Ist einer der reichsten Männer Portugals.«

Lisa fragte: »Gibt es Baupläne und Simulationen?«

»Ohne die geht heute nichts mehr. Die Leute wollen wissen, wie ihre Villa aussehen wird, und das lange vor dem ersten Spatenstich. Ich arbeite quasi Tag und Nacht an dieser Simulation, weil es der Bauherr sehr eilig hat und ich die Clips zusammenkaufen oder -kopieren muss.«

Ein Klick, und schon war das Areal zu sehen. Der Betrachter flog wie auf einem Adler sitzend darüber hinweg und sah das komplette Riesen-Resort mit Gebäuden, Straßen, Pools und Parkplätzen. Zwei Fünf-Sterne-Hotels, ein Hospital, ein Altersheim, eine Wellness-Insel mit Meditationszentrum und eine dorfähnliche Bungalow-Siedlung mit über vierhundert Wohneinheiten waren eingeplant. Autos verkehrten im Gelände nur für die Anlieferung, der interne Transport funktionierte mit Elektrocars und zwei Sesselliften mit diversen Stationen zum Ein- und Aussteigen.

Auf zwei Achtzehn-Loch- und drei Neun-Loch-Golfplätzen spielten zahlreiche computeranimierte Personen, und bei einer

Golfakademie und einer Trainings-Sportanlage für Vereine der European Football League fuhren elegante Autos vor. Alles sah so fertig aus, aber unreal. Der Simulation war anzusehen, dass sie aus Teilstücken zusammenmontiert war.

»Gigantisch«, befand Lisa. »Einfach nur gigantisch. Anders kann man es nicht sagen. Adalberto, das war sehr freundlich von dir. Wir werden jetzt Pläne schmieden. Ich glaube, dass wir uns in etwa vier Wochen wieder melden. Hast du dann Zeit für uns?«

»Ruft mich an, dann sehen wir weiter. Cool.« Adalbertos Handy klingelte. Gehetzt verabschiedete er sich. »Also bis bald.«

Kaum waren sie auf der Straße, fragte Lisa aufgeregt: »Hast du dir die Landkarte genauer angeschaut?«

»Natürlich. *GolfGigante* nimmt das Terrain der *Quinta da Ribeira und* der *Quinta do Monte* ein. Aber *die* gehört Caesário *nicht.*«

Lisa blickte bekümmert drein. »Motive. Nur sie führen uns zum Ziel.«

»Ruf den Kriminalinspektor an, Lisa! Wir haben jetzt genügend Indizien, um diesen Verbrecher zu stoppen.«

»Indizien, aber keinen einzigen Beweis.« Ungläubig schüttelte Lisa den Kopf. »Dass Caesário so link und gleichzeitig so plump vorgeht, ist ungeheuerlich. Wahrscheinlich steht er unter enormem Druck.«

»Unter welchem?«

»Weiß ich's? Lass uns zu deiner Hütte fahren. Wir kommen der Sache allmählich näher. Aber ich will jetzt keinen Menschen mehr sehen.«

»Nur mich?«

»Nur dich.«

***

In Pablos Freundeskreis fanden sich Leute aus diversen sozialen Schichten und Berufen. Nuno war einer von ihnen. Mit neunundzwanzig Jahren war er Wirtschaftsprofessor an der Uni Lissabon geworden. Das war 1985 gewesen. Dann kam 1986, das

Jahr, in dem Portugal jubilierte, denn es war in den Bund der EU-Länder aufgenommen worden.

Plötzlich strömte Geld, sehr viel Geld aus Brüssel ins Armenhaus Europas. Autobahnen wurden gebaut, Krankenhäuser, Schulen, Universitäten und Wohnblocks schossen aus dem von der Sonne gewärmten Boden wie Pilze nach einem milden Oktoberregen. Man berief Nuno in die Europäische Zentralbank nach Frankfurt ein.

Seither lebte er also in Deutschland und verdiente europäisch und damit bestens. Er genoss seine Ferien jedoch immer noch in einem kleinen Haus am Rande der Riesenlagune Ria Formosa in dem zauberhaften Dörfchen Cacela Velha.

Ein Sommerhaus in der Algarve ist für jeden, der es in Portugal zu etwas bringt, eines der wichtigsten Lebensziele. »Ferien in der Algarve« sind ein Muss. Und zwar für die ganze Familie, Oma, Opa, Enkel und Urenkel eingeschlossen. Der für Mitteleuropäer kaum nachvollziehbare Familiensinn, der in Portugal vorherrscht, macht das möglich.

Pablo hatte Nuno angesimst und gefragt, ob er ihn besuchen kommen könne. Die Antwort traf prompt ein: »Grille gerade Sardinen, weißt ja, wo. Für arme Arbeiter liegen immer ein paar frische Fische bereit.«

Gleich am nächsten Morgen fuhren Lisa und Pablo in den Osten der über zweihundert Kilometer von Ost nach West sich ausbreitenden Algarve-Provinz.

Cacela Velha, nahe dem Bilderbuchstädtchen Tavira gelegen und abgetrennt vom Atlantik durch einen über sechzig Kilometer langen Dünengürtel, der nur an wenigen Stellen dem flutenden Wasser den Durchlass zum Meer gewährte, war ein wahres Juwel der Ostalgarve und entsprechend beliebt. Lisa hatte es schon beim Landeanflug auf den Faro-Airport bewundert.

Das Wasser der riesigen Lagune bot unzähligen Fischen, Schalentieren und Vögeln reichlich Nahrung. Für Nuno, der nichts lieber mochte als frischen Fisch, frische Langusten, frische Krebse und Krabben, befand sich hier und nirgendwo sonst das Paradies auf Erden. Mit dem ersten Geld aus Frankfurt hatte er sich an einem Dünenhang am Rand des schnuckeligen Dorfes ein altes schiefes Häuschen gekauft.

Inzwischen hätte er sich eine Villa in einem der exklusiven Wohnviertel von Quinta do Lago, Vale do Lobo oder Carvoeiro zulegen können, aber das zauberhafte Plätzchen an der Ria Formosa, umweht von Brisen und dem Geruch von Tang, Teer und Atlantik, gesegnet mit einem märchenhaften Ausblick auf die Lagune, war seine Wahlheimat. Als Kommunist im Geiste, wenn auch Kapitalist im Geschäft, fühlte er sich seinem alten Zuhause und den damit verbundenen Idealen auf Lebenszeit verpflichtet.

Lisa hatte Pablos Beschreibung von Nuno während der Autofahrt aufmerksam zugehört. Sie mochte es, wenn er ihr Einblicke in seine portugiesische Welt verschaffte, indem er über die Hintergründe und das Leben seiner Freunde erzählte. Allmählich konnte sie sich immer besser zurechtfinden in diesem Land, das ja eigentlich auch ihr Land war, ihr Zuhause, ihre *terra*.

In Cacela Velha konnte sie sich gar nicht sattsehen am Ausblick auf die lange Sanddüne und die Ria, die Lagune mit ihrem Netz aus Wasserläufen. Sie standen vor Nunos Haus und betrachteten den heimeligen Bau. Fenster, Tür und Kamin waren in typischer Algarve-Manier blau umrahmt. Pablo warf ein Steinchen gegen die Fensterscheibe der Küche, und heraus trat der Hausherr.

Pablo musste lächeln. Denn sein Freund trug noch immer einen Schnauzbart, der inzwischen silbergrau geworden war. Seine fast schwarzen Rehaugen strahlten wie früher, und noch immer erschienen die Grübchen auf seinen etwas feist gewordenen Backen, wenn er lächelte.

Nach dem Austausch der wichtigsten Neuigkeiten wollte Nuno unbedingt eine Flasche Rotwein öffnen. Stets hatte er etwas Besonderes im Vorrat. Er holte aus dem kleinen Kellerraum eine Flasche *Quinta de la Rosa*, einen Rotwein aus dem Douro-Tal, und schon bevor er die Flasche öffnete, zupfte er mit Zeigefinger und Daumen der rechten Hand an seinem linken Ohrläppchen, was bedeuten sollte, dass etwas ganz Feines bevorstand.

Er goss noch nicht ein, ließ den Wein erst einmal atmen.

»Du hast was auf dem Herzen«, stellte er unvermittelt an Pablo gewandt fest.

»Ja, das habe ich. Ich kann dir die Situation aber nur vage beschreiben.«

»Lass dich nicht bremsen«, sagte Nuno forsch.

»Du hast dir in Europa eine verdammt direkte Art angewöhnt.«

»Ist doch besser als die vorsichtigen portugiesischen Höflichkeitsschnörkel, oder?«

Nuno und Lisa blickten sich an, zuckten mit den Schultern.

»Es geht um einen ziemlich reichen Mann«, begann Pablo zu erzählen. »Er hat viel Landbesitz in der südwestlichen Serra de Monchique und plant ein gigantisches Projekt mit mehreren Golfplätzen, Fünf-Sterne-Wellness-Hotel, Sanatorium, einem Altersheim mit ärztlicher Betreuung et cetera. Es soll die größte Anlage seiner Art in ganz Europa werden. Kann ein Mann das allein stemmen?«

»Möglich ist alles, wenn man genügend Geld hat«, brummte Nuno. »Wenn ich dich richtig verstehe, haben wir es mit einer Größenordnung zu tun, die bei vier- bis sechshundert Millionen oder sogar noch höher liegen dürfte. Nur gewiefte Finanzprofis können so ein Ding stemmen. Aber wie gesagt: Möglich ist es. Und wenn ihm das Land gehört und er selbst ein geschickter Finanzier ist – warum nicht? Vor wenigen Jahren wäre das natürlich leichter gewesen, da haben die Banken fast alles mitfinanziert. Aber die Zeit hat viele Geldjongleure eingeholt. Sie hat alle, vor allem die Banker selbst, viel vorsichtiger gemacht. Eigentlich ist es jetzt nicht mehr möglich, so ein Ding zu schaukeln. Ich glaube, dieser Zug ist in Europa abgefahren. Unsere Generation wird einen Goldrausch wie um die Jahrtausendwende nicht wiedersehen.«

»Gibt es für die Finanzierung eines so großen Projektes beliebig viele Modelle?«

»Es gibt in der Wirtschaft keine Modelle. An der Uni vielleicht, aber … Ein Finanzdesigner braucht für seine Projekte mehr Phantasie als ein Romanschriftsteller.«

»Dann verrate mir, wie ich aus, sagen wir, zehn Millionen

Euro, einem tollen Grundstück und einer coolen Golfidee ein supergeiles Finanzierungsprojekt mache, mit einem Volumen von rund fünfhundert Millionen.«

»Wie gesagt, Rezepte gibt es nicht. Aber lass mich nachdenken ... Zunächst mal musst du wissen, ob der Mann de facto viel flüssiges Kapital hat oder nur Sicherheit bietet oder welchen Mix er bereitstellen kann. Generell kannst du dein Kapital verfünffachen, kein Problem. Aber mehr? Und hat er mindestens fünfzig Millionen wirklich flüssig, die dafür definitiv reserviert sind? Bist du dir sicher, oder ist das bloß eine Vermutung? Wenn du es nicht genau weißt – Finger weg, hörst du? Finger weg!«

Er ergriff Pablos Hand und führte sie zur Rotweinflasche. »Da sind deine Finger viel besser aufgehoben. Gieß ein, Mann.«

Die drei hoben ihre Gläser und prosteten sich zu. Der Wein wirkte kraftvoll und doch seidig und elegant. Lisa verdrehte die Augen bei diesem Geschmackserlebnis.

»Dieser Stoff gärt noch in *Lagares*, den alten Granitbecken, in welchen man die Trauben stampft. ›Mann‹ mit zwei n geschrieben, wohlgemerkt. Trauben stampfen, das dürfen nur Männer. Frauen haben da keinen Zutritt.«

»Warum?«, fragte Lisa.

Nuno schaute ungeniert in ihre blaugrünen Augen und verzog seine Lippen zu einem schelmischen Mund. »Frauen könnten ihre Menstruation haben, und darauf würde der Wein schlecht reagieren. Würde sauer werden, sagen die Männer. Ist eine Art portugiesisches Reinheitsgebot des Weines ... Doch zurück zur Finanzierung. Der einfachste Weg ist dieser: Du findest einen Großfinanzier. Neulich wurde ein Golfplatz hier in der Nähe an einen Scheich verkauft. Einfach mal so. Auch aus Angola strömt viel Kapital herein, und aus Russland natürlich, und neuerdings auch aus China. Denen kommt es auf eine Million mehr oder weniger nicht an, aber letztendlich wollen alle nur eines sehen: gute Renditen.

Nun zum zweiten Modell. Du gründest eine Aktiengesellschaft und gibst vinkulierte Namensaktien heraus. Da hast du volle Kontrolle, denn diese Aktien dürfen ohne deine Zustimmung nicht verkauft werden. Man könnte ein Aktienpaket von fünfhunderttausend Euro schnüren und an eitle Leute verkaufen, die einem höchst elitären Club angehören wollen. Leicht ist das aber nicht. Selbst exklusive Clubs in Hamburg oder Paris nehmen gerade mal fünfzigtausend Euro Aufnahmegebühr.

Die dritte Möglichkeit wäre eine Beteiligungsgesellschaft, aber das kommt in diesem Fall kaum in Frage. Wie du siehst, ist viel möglich, eigentlich alles, und alles kann man nach Belieben kombinieren. Aber ohne einen Grundstock, der viele Millionen schwer ist, geht meines Erachtens nichts, gar nichts.«

Er nahm einen tiefen Schluck, ließ den Wein langsam in sich rieseln und verzog sein Gesicht zu einer Grimasse, bei der man nicht wusste, ob der Mann fürchterliche Schmerzen erlitt oder der Genuss schier unausstehlich gut war.

»Ehrlich gesagt …«, fuhr er fort, »ich finde das alles eine Nummer zu dick. Der Typ, der so ein Projekt realisieren möchte, ist nicht ganz bei Trost. So schön die Serra auch sein mag – da kriegt er doch keine reichen Iren und Russen hin. Die wollen am Meer putten und nicht im Hinterland Pilze oder Hasenkötel sammeln, Mann! Okay. Ich habe dir meine Meinung gesagt, ich hoffe, du kannst sie gebrauchen.«

»Ich werde meine Millionen nicht in *GolfGigante* stecken.«

»Sehr vernünftig. So, und jetzt wird gefuttert. Der Koch vom Restaurant ›Quatro Águas‹ hat mir drei Dutzend wilder Austern zugesteckt. Bei unseren Tagungen in den superschicken Hotels der Metropolen gibt es fast immer Austern. Immer die gleichen aus Frankreich. Dabei sind das hier die besten in ganz Europa.«

»Austern – nach dem Rotwein?«, fragte Lisa erstaunt.

»Natürlich. Das ist wie bei Finanzierungen. Es gibt keine strengen Regeln. Für das Essen habe ich einen trockenen Weißen aus Tavira kalt gestellt. Einen echten algarvischen Bauernwein.« Er schüttelte sich vor lauter Vorfreude, der Herr Wirtschaftsprofessor, und schlug sich vor Vergnügen auf die Schenkel.

Der Wein war ausgezeichnet. Die nächste Flasche erwies sich als ebenso gut, also öffneten sie die dritte, weil sie ja zu dritt waren, dann eine vierte auf die perfekte Zukunft. Anschließend spazierten sie am Strand entlang, so gut das noch ging, und Nuno lästerte, mit beiden Armen fuchtelnd, über Europa und die Finanzgebaren der Zentralbank, die seines Erachtens mehr Schaden anrichtete, als die Bürger wüssten, weil sich arme Länder wie Griechenland oder Portugal durch die Möglichkeit, einfach und sehr billig zu sehr, sehr viel Geld zu kommen, total verschuldet hatten, wobei die reichen Länder und ihre Banken auch wieder tüchtig profitierten.

»Bist du arm, hast du kaum Chancen«, verkündete er. »Das war früher so, und so wird es auch in Zukunft sein. Nur wenn sich ein Land zu echten Reformen durchringt, wie zum Beispiel Schweden, kann es im Orchester der Großen mithalten, mit Kreativität und dem Nichtfesthalten an alten Dogmen.«

Der letzte Satz gefiel ihm besonders gut. Er ließ seine Brust anschwellen, während er in die laue Abendluft hinausrief: »Tod den Dogmen! Ein Hoch auf die Kreativität! Aufs Schafott mit den alten Gesetzen!«

Es wurde Nacht. Lisa und Pablo schliefen auf dem Sofa ein, Nuno schnarchte auf dem Teppich liegend.

***

Lisa erwachte als Erste und weckte Pablo, der nach langem Gähnen eine Notiz auf eine Papierserviette kritzelte: *Superfeines beim Supermann. Klasse! Übrigens: Der Mann, der Gigantisches realisieren will, heißt Caesário Ferreira. Kannst du bitte Erkundigungen über seinen finanziellen Hintergrund anstellen und mir das Ergebnis per E-Mail schicken? Danke, alter Bär!*

Sie schlichen an dem rasselnd schnarchenden Banker vorbei, traten in das von der Sonne längst aufgewärmte Freie und fuhren zur nahen Hafenstadt Tavira, Pablos Lieblingsort in der Algarve – nicht wegen der dreißig Kirchen, sondern wegen einer Stimmung von leiser Wehmut, die sich nicht nur in Fassaden, fast alle wie in Lagos in der zweiten Hälfte des 18. Jahrhunderts erbaut, bemerkbar machte, sondern in dem Umstand, dass von ihnen der Putz leise rieselte wie der Schnee vom Himmel. Vergänglichkeit pur. Doch am meisten liebte er den Alltagsbetrieb, die Menschen, die in den Cafés neben der langen römischen Brücke saßen und dem Zerrinnen der Zeit harrten.

Das Dekadente an solcher Schwermut hatte Lisa schon immer erheitert, und als sie nun zusammen durch Tavira schlenderten und sich von der Stimmung dieser Stadt einholen ließen, wurde ihr bewusst, dass Wehmut in ihr keinen Ankerplatz hatte. Vielmehr, so sagte sie sich, war sie von einer Zuversicht erfüllt, die manche als Naivität einschätzen mochten.

Sie nahm ihre Kappe ab und strich mit der linken Hand über ihren kahlen Kopf. Nein, naiv war sie nicht. Für sie war Zuversicht die einzige Art, die ihrem Wesen entsprach. Die Umstände und Fakten ihrer Herkunft und Vergangenheit, die sich in jüngster Zeit deutlicher entpuppten, hätten ja auch Wut in ihr erzeugen können, Wut, die ihr doch sonst immer so nahe lag. Aber sie war nicht wütend. Jedenfalls nicht nur. Sie war abwartend, und sie war wach. Denn sie wollte sich rächen an dem Menschen, der anderen so viel Leid zugefügt hatte – und anscheinend noch mehr zufügen würde. Also doch Wut.

Sie warf einen Stein in das Wasser des Rio Gilão, der die Stadt in zwei Teile trennte, und faustete die Hände. Wut. Gut.

Sie gingen in einem Restaurant bei der Anlegestelle eines bunten Fährbootes herrlich essen, Venusmuscheln als Vorspeise, Seespinne als Hauptgericht, und Pablo berichtete von seiner Studienzeit in England und davon, dass er im Sommer immer seine Eltern in der Algarve besucht hatte, die in Lagos eine alte Stadtvilla besaßen.

Nach dem Studium war er dort eingezogen, wollte eine Firma für Gartenarchitektur gründen, reiche Hausbesitzer gab es ja genügend in der Algarve. Lange hatte er das aber nicht durchgehalten, weil die meisten Leute eine den Golfplätzen ähnliche Gartengestaltung wünschten, und Palmen, überall Palmen, die gar nicht hierhergehörten.

»Warum nicht Olivenbäume?«, fragte er und schaute dabei Lisa an. »Die sind heimisch, sind immergrün und haben die schönsten Stämme der Welt.« Da war es auch kein Trost, dass seit ein paar

Jahren fast alle Palmen starben, weil der Rüsselkäfer zu einer entsetzlichen Plage geworden war. Diese Plage koste allein die Rathäuser jeden Monat zig Millionen Euro, berichtete Pablo. Und zahllose Hausbesitzer verlören ihre herrlichen Bäume, die einmal der ganze Stolz ihres Anwesens gewesen seien. Es komme ihm so vor, als wolle die Natur sich dafür rächen, dass man so viel Artfremdes anpflanzte.

Die Gestaltung von Gärten hatte sich also als enttäuschend entpuppt, hatte keine Herausforderung dargestellt, sondern ihm die Wiederholung der Wiederholung beschert. Langweilig. Da hatte er sich am Hang des Fischernestes mit dem zungenbrecherischen Namen Zibririnha sein Zuhause in der kargen Hütte gebaut, in der sich Lisa so wohlfühlte. Durch Jorge hatte er dann Zugang zur modernen Kunst gefunden und hatte vor, sich nach dem Tod seines Freundes noch viel mehr um die *Galeria Arte Algarve* zu kümmern, schon allein um Jorges Einsatz für die Kunst zu honorieren und das erfolgreich Begonnene weiterzuführen.

Lisa lächelte in sich hinein. Jorge würde sich über diese Ansage bestimmt sehr freuen. In diesem Moment bedauerte sie, dass auch Pablo die Wahrheit nicht kannte und nicht wusste, dass Jorge am Leben war und sich sein Zustand von Tag zu Tag ein wenig besserte.

Sie übernachteten in Tavira in einem Hotel, das in einem ehemaligen Franziskanerkloster etabliert war. Am folgenden Tag wollte Pablo wahrhaft Gigantisches zeigen. Sie fuhren weiter in Richtung Osten bis nahe der spanischen Grenze, bogen bei Castro Marim in Richtung Norden ab und folgten dann dem Rio Guadiana bis Mértola, eine ehemals phönizische Siedlung, die dank des reichen Vorkommens an Gold, Silber und Kupfer im hügeligen Umland rasch aufgestrebt war. Die Entwicklung des Ortes wurde auch durch den Umstand gefördert, dass große Schiffe dank der Flutwelle bis zu diesem Ort im Landesinneren gelangen konnten. Die Römer hatten hier mit dem Silber und Kupfer gehandelt, und die Mauren hatten ihn zu einer Burg ausgebaut, die dem Stadtpanorama eine mit Zinnen gezierte Krone aufsetzte.

Etwa dreißig Kilometer nördlich des verträumten Städtchens erreichten sie endlich ihr Fahrtziel in der Walachei. Sie standen an einem wackeligen Holzgeländer und blickten auf das Tal des Rio Guadiana hinab. Der zweitlängste Strom der Iberischen Halbinsel schob seine Wassermassen durch ein breites Tal in dieser von Gott und den Menschen verlassenen Region – bis zu jener Stelle, wo sich das Flussbett plötzlich verengte.

Schneller wurde das Wasser, es gurgelte, spuckte und rauschte. Ungestüm, wild und gebündelt wälzte sich der Strom einem Abgrund entgegen, einem Loch in der Landschaft, das keine sieben Meter breit war. Brüllend stürzten die Wassermassen in eine Schlucht und boten einen Anblick, der dem Schöpfungsgedanken des Satans hätte entsprungen sein können.

Eine wahrhaftig gewordene Unterwelt war es. Ein kilometerlanges totenblasses Schieferbett tat sich auf, in dem reißendes Wasser begraben lag, gleich einem Ungetüm, das sich in die Erde senkte, um der Unterwelt nahe und der Welt fern zu sein. In dieser mystischen Schlucht strömte der Rio Guadiana vier Kilometer an senkrecht aufsteigenden Felswänden entlang bis nahe zum Städtchen Mértola.

»Wahrscheinlich ist dieser Wasserfall – er heißt übrigens *Pulo do Lobo* – durch den Einbruch einer Höhle unter dem Flussbett entstanden«, erklärte Pablo.

Lisa grinste. Pablo schien oft so ernst, war es aber gar nicht, dieser süße Mann. Mit ihm den heißen Süden Portugals zu entdecken, war ein wunderbares Vergnügen, auch wenn Lisa immer und immer wieder an Jorge und an die *Quinta do Monte* denken musste. Bald würden die Würfel über das Erbe fallen …

Sie fuhren weiter durch die alentejanische Provinz, meist ohne ein Wort zu sprechen. Die vorbeirauschende Landschaft mit ihren Weizenfeldern, mit weit ausladenden Kork- und Steineichen auf Hügelkuppen, mit riesigen Granitfelsen neben zerfallenden alten Lehmhäusern, die mit jedem Winter noch mehr zu toten Wesen wurden und die das Erdreich sich wieder zurückholte, mit einem blauen Himmel, von weißen Wolkenballen durchsetzt, mit schier endlosen Olivenhainen, deren geometrische Muster eine wie von Gotteshand geschaffene Ordnung zeigten, diese Mischung prägte sich ihrem Gemüt wie ein Mosaik des Friedens ein.

Die Straßen flirrten in der Hitze. Alte Menschen saßen auf Bänken, die jeden Dorfplatz markierten, sie schwatzten oder taten einfach nichts. Lisa verlor jedes Gefühl von Zeit, und Pablo fuhr schmunzelnd weiter. So erreichten sie das Provinzstädtchen Serpa, für das Lisa nur ein Wort übrig hatte: entzückend.

Unbeschwerte Tage des Glücks warteten auf sie. Sie besuchten Weinkellereien und bummelten auf und neben der hohen alten Stadtmauer, die den Ort umschloss wie eine goldene Fassung einen Juwel, machten Fotos von Olivenbäumen, die gut und gern zweitausend Jahre alt sein mochten, staunten über den riesigen Aquädukt, mit dem früher das Wasser für die Stadt aus der Umgebung hergeleitet worden war.

Pablo war in seinem Element. Jetzt konnte er Lisa zeigen, was er so liebte an »seinem« Alentejo und »seiner« Algarve, Regionen, die gespickt waren von Bildern wie aus Träumen von einer besseren Welt. Diese Bilder waren nicht spektakulär. Es gab keine welthöchsten Türme oder prunkvollen Schlossbauten, keinen Kulturrausch mit Traumaltären und Fresken, aber es herrschte eine alles umgreifende Harmonie im Zusammenspiel von Natur und Mensch vor, ein Zustand, nach dem sich Lisa eigentlich immer gesehnt hatte. Pablo ahnte es, und Pablo brachte sie hin.

Ab und zu fragte sie sich, ob sie so vertraut mit der stillen Schönheit in diesem Land war, weil sie in dieser Welt aufgewachsen war, ohne sich später daran zu erinnern? Weil sie nun das Glück ihrer Kindheit in ihr bewusstes Leben einbinden konnte? Sie wusste es nicht. Aber ein umfassendes Vertrauen breitete sich in ihr aus. Sie war hier, heute, ganz und gar. Erst als Pablo lakonisch feststellte, dass bald der Notartermin in der Quinta anstehe, rührte sich wieder diese ungeheure Wut in ihr. Aber sie fühlte sich gestärkt. Da konnte kommen, was wollte.

17

Die Frist der Suche nach weiteren Erbberechtigten war verstrichen. An diesem Montagmorgen sorgte der Notartermin für große Neugier. Links und rechts des Fahrweges zur Quinta standen Pick-ups und Traktoren. Drei Esel und ein Muli grasten unter einer Korkeiche und hoben neugierig die Köpfe, als Notar Dr. Abilio Natali und Anwalt Dr. Luis Borges, jeder in seinem eigenen schwarzen Audi quattro, vorfuhren.

Langsam stiegen die Herren aus. Dr. Borges klemmte seine schwarze Aktenmappe unter den linken Arm. Er konnte sicher sein, dass ihm jeder zuhören würde, denn jeder wollte schließlich wissen, wie es um die Zukunft der Quinta bestellt war. Für die bevorstehende Amtshandlung hatte der Notar einen altmodischen Prägestempel mit Holzhebel gleich mitgebracht, um die Formalitäten rechtskräftig werden zu lassen.

Er machte keine Umschweife und rief den Leuten noch an der Autotür stehend zu: »Niemand hat Erbansprüche angemeldet. Somit erhält meine Klientin Teresa Guedes laut Testament des verstorbenen Jorge Guedes die *Quinta do Monte* samt Nebengebäuden und eintausendeinhundertachtzig Hektar Agrarland aus Wiesen, Feldern und Wäldern zugesprochen.«

»Aber es gibt einen direkten Erben, Herr Doktor!«, rief Antonieta entrüstet, die sich vorgedrängelt hatte und dem Notar Platz machte, der zum Vorplatz ging. Sie trippelte hinter ihm her.

»Sie schon wieder …«, winkte der Anwalt ab und hob seine Hand, als wollte er eine lästige Fliege vertreiben. »Wer sind Sie überhaupt?«, fuhr er die Frau barsch an.

»Ich heiße Antonieta Maria Célia de Domingos Soares e Moura und bin die Haushälterin des Verstorbenen. Gott sei seiner Seele gnädig.«

Einige der Umstehenden schlugen Kreuze vor der Brust, der Stirn und dem Mund und murmelten ebenfalls: »Gott sei seiner Seele gnädig.«

»So reden Sie schon«, forderte der Anwalt, während der Notar seine Fingerspitzen gegeneinanderklimperte.

»Ich kann Ihnen genau erklären, warum der Erbe, vielmehr die Erbin ihre Ansprüche nicht angemeldet hat«, sagte Antonieta und sah dabei ziemlich schelmisch aus.

»Wie meinen?« Der Anwalt blickte gereizt die Bäuerin an, die jetzt neben ihm stand. Sie war nicht kleiner als er.

Ihre Stimme bebte vor Aufregung, als sie der Menschenmenge zurief: »Sie weiß nämlich gar nicht, dass ihr das Erbe zusteht. Deshalb.«

»Von wem sprechen Sie?«

»Von Miss Lisa. Sie ist Jorges Tochter. Sie muss die Quinta erben.«

Bei den letzten Worten hatte sie ihren rechten Arm gehoben und zeigte auf Lisa. Nun starrten alle Leute die junge Frau an, die auf der Bank vor der Küche saß. Lisa wurde ganz komisch zumute. Vor allem, als sie den stechenden Blick von *Inspector-chefe* Rui Fernandes bemerkte, der sich unauffällig unter das Publikum gemischt hatte.

Der Notar hob das Kinn und blickte Antonieta streng an. »Woher wollen Sie das wissen?«, fragte er.

»Weil Senhor Jorge es mir selbst erzählt hat. Es war an seinem letzten Geburtstag, kurz nach Weihnachten. Er hasste Geburtstage, vor allem seine eigenen. Da wollte er immer allein sein.«

Sie machte eine Pause und vergewisserte sich, dass alle ihr zuhörten.

»Aber an jenem Abend hat er mich in sein Zimmer gerufen. Ich dachte, ich sollte Holz für den Ofen holen. Aber nein, Senhor Jorge hat am Fenster gestanden und gesagt, er fände es an der Zeit, sein Leben aufzuräumen. Und er sagte, dass es ihm so vorkomme, als würde sich die Welt um ihn herum verändern, und dass es deshalb wichtig sei, alles zu regeln.«

»Ja und?«, drängelte der Anwalt.

»Das Wichtigste sei die Tatsache, dass Lisa seine Tochter sei. Er wisse es, er spüre es, auch wenn Lisas Mutter den Namen des Vaters nie preisgegeben hat. Er wollte, dass Lisa die Quinta erbt.«

Kaum hatte Antonieta ausgesprochen, sank ihr Körper förmlich in sich zusammen.

Lisa sprang zu ihr hin, umfasste mit beiden Händen die Oberarme der Haushälterin und führte sie zur Sitzbank, während die Leute aufgeregt und laut durcheinanderredeten.

Bedauernd blickte Notar Dr. Natali den verblüfften Anwalt an. »Unter diesen Umständen kann ich keine rechtskräftige Entscheidung treffen. Jetzt müssen erst einmal Tatsachen auf den Tisch. Ich verlange eine vergleichende DNA-Analyse des verstorbenen Jorge Guedes und der angeblichen Tochter Lisa. Das Ergebnis werden wir bald wissen. Wie war noch mal Ihr geschätzter Name, junge Frau?«

»Lisa Hauser-Guedes.« Das kam von Pablo, der neben Lisa getreten war. Sie lächelte. Er war ein Lieber.

Antonieta fragte: »Und wann soll das geschehen, und wo wird so eine Dingsda-Analyse gemacht?«

»Senhora Lisa wird sich zu einem vom Amt bestimmten Hospital begeben müssen. Sie wird schriftlich über die weiteren Schritte informiert. Sehr bald. Die junge Dame lebt hier in der Quinta?«

Antonieta nickte heftig.

»Ich fragte die junge Dame, nicht Sie. Leben Sie in der Quinta, Senhora?«

»Ja, vorübergehend …«

»Sind Sie Portugiesin?«

»Ich bin hier geboren. Ja, ich bin Portugiesin.«

»Welche Nationalität hat Ihre Mutter?«

»Sie hat eine doppelte Staatsangehörigkeit. Weil sie hier bei Monchique geboren wurde, hat sie eine portugiesische.«

»Und die zweite?«

»Weil ihr Vater Deutscher war und sie ständig in Deutschland lebt, hat sie auch die deutsche Staatsangehörigkeit. Ich übrigens auch.«

»Soso. In jedem Fall kommt das portugiesische Recht zur Anwendung, denn das Erbgut befindet sich hier in Portugal. Meine Damen, meine Herren, es war mir eine Ehre.« Er hob seine rechte Hand, als wollte er alle grüßen, und immer noch winkend schritt er zu seinem Auto und ließ sich in die luxuriösen Polster sinken. Dr. Borges folgte ihm, bog aber dann zu seinem eigenen Auto ab und verschwand hinter den verdunkelten Scheiben seiner Luxuslimousine.

Plötzlich stand der *Inspector-chefe* neben Lisa. »Sie scheinen ja sehr wichtige Freunde zu haben.«

»Wie meinen Sie das?«

»Das wissen Sie doch. Meine Nachforschungen über den Verbleib der Leiche des Jorge Guedes wurden von höchster Stelle abgeblockt. Deshalb haben Sie von mir nichts mehr gehört. Ich bleibe Ihnen trotzdem auf den Fersen. Dass Sie die Erbin dieses Riesenbesitzes sein sollen, wirft ein neues Licht auf diese merkwürdige Geschichte. Ich wünsche Ihnen einen guten Tag.«

Er machte auf dem Absatz kehrt und verließ mit festem Schritt die Quinta. Als sein Auto nicht mehr zu sehen war, nahm Lisa Antonieta zur Seite.

»Warum haben Sie mir das alles nicht früher gesagt?«

»Weil ich normalerweise nicht lüge. Nur in höchster Not – und nur, wenn ich niemandem schade.«

»Seien Sie ehrlich. Hat Jorge gesagt, dass ich seine Tochter bin?«

»Gesagt hat er es nicht, aber er hat gehandelt wie ein guter Vater. Basta.«

»Wenn das nur mal gut geht …«

»Wir tun nichts Schlechtes – also kann es nur gut gehen«, sagte die gute Frau lachend.

***

Der amtliche Bescheid, dass sich Lisa Hauser zum Lissabonner Hospital de Santa Maria zwecks DNA-Analyse zu begeben habe, traf schon zwei Tage später als eingeschriebener Brief ein.

Gleich am nächsten Morgen fuhr Lisa los. Der Notar hatte eine Zahnbürste und Wäsche für Jorge abholen lassen, auf welchen sich DNA-geeignete Partikel finden sollten. Diese waren per Taxi zum

Hospital in Lissabon gebracht worden, um einen eindeutigen Vergleich zu ermöglichen. Die Entscheidung stand in dem Moment an, da beide Analysen vorlagen und verglichen werden konnten.

Lisa erklärte ihrem Freund Pablo, dass sie allein nach Lissabon fahren wolle, in die Stadt, die er liebte und in der er nur zu gern ein paar Tage mit ihr verbracht hätte. Dass sie im Hospital de Santa Maria auch Jorge besuchen wollte, konnte sie ja nicht preisgeben.

Erstaunlicherweise nahm er es ganz gelassen auf. Es schien sogar, als würde er sich über ein paar Tage Alleinsein freuen. Jedenfalls war er bereits mit dem Mixen von Köderbrei beschäftigt, als Lisa ihn umarmte, bevor sie ihre BMW bestieg und in Richtung Norden losfuhr.

Sie genoss die Stecke längs der Küste und erreichte Portugals Metropole am Abend gegen neun Uhr. In Mitteleuropa würde man um diese Zeit die meisten Innenstädte schon wie ausgestorben vorfinden, hier aber herrschte Hochbetrieb. Lisa stieg in einer Pension mit dem verheißungsvollen Namen »Residencial Paris« am Rand des Altstadtviertels Bairro Alto ab. Pablo hatte sie ihr empfohlen.

Lisa nahm eine heiße Dusche und ging in einem einfachen Restaurant gleich um die Ecke ganz ausgezeichnet essen. Am nächsten Morgen fuhr sie mit einem Taxi zum Hospital de Santa Maria. Die Speichelprobe war rasch genommen. Sie würde von den Behörden schriftlich über das Ergebnis informiert werden, sagte der zuständige Arzt.

»Könnte ich das Ergebnis noch heute erfahren?«, fragte sie.

»In einem Hollywood-Krimi vielleicht, aber nicht bei uns.«

»Wann frühestens?«

»Am Montag – und dann erhält das zuständige Amt, das die Analyse bestellte, das Ergebnis, nicht Sie.«

»Aber *ich* bin die Betroffene. Herrgott, so viel hängt davon ab. Darf ich Sie morgen anrufen – bitte?«

Der Doktor blickte sie schräg an. Schien zwischen den Prinzipien eines Arztes, eines Frischverheirateten und dem Erstaunen über die Unbeirrbarkeit der jungen Frau zu schwanken. Schließlich gab er ihr seine Visitenkarte, die sie genau anschaute.

»»Dr. Amaro Almeida Pires««, las sie laut vor. »Ich rufe Sie morgen an – Sie sind ein Goldschatz.« Ehe er sich versehen konnte, drückte sie dem Arzt einen Kuss auf die rechte Wange. »Ich habe aber noch eine Riesenbitte«, fügte Lisa hinzu. »Ich möchte gern einen guten Freund besuchen, der von Professor Jaime de Barcelos hier in diesem Krankenhaus behandelt wird. Wo finde ich den Professor?«

»Ich rufe in seiner Abteilung an, dann können Sie persönlich mit dem Stationsarzt sprechen. Ob der Professor heute im Hospital ist, weiß ich natürlich nicht.«

Und schwups hatte der Mann den zweiten Kuss auf der anderen Wange.

Nach einer halben Stunde des Irrens durch den großen Krankenhauskomplex und seine Anbauten konnte Lisa endlich die zuständige Stationsärztin sprechen.

»Der Zustand von Senhor Jorge ist stabil, mehr kann und darf ich Ihnen nicht sagen. Der Professor ist heute zum Operieren in Houston, Texas, und erst in zwei Tagen zurück.«

»Glauben Sie, dass Senhor Jorge wieder ganz gesund wird?«

»Er hat Glück gehabt. Dass er den Unfall überhaupt überlebt hat, zeugt von einem ungeheuren Lebenswillen. Deshalb sind wir optimistisch.«

Lisa schaute die Ärztin jetzt noch erwartungsvoller an.

»Aber es wird viele Wochen dauern, bis er wieder auf den Beinen ist«, fuhr diese fort. »Er darf bis auf Weiteres keinen Besuch empfangen – sein ganzer Körper ist eine einzige Wunde.«

»Vielen Dank!« Auch ihr gab Lisa einen heftigen Kuss auf die Wange. Die Ärztin lächelte und freute sich.

Lisa verließ wie auf Wolken das Hospital. Mit dem Taxi fuhr sie zum nahen Gulbenkian-Museum, von dem sie schon so viel gehört hatte, und schaute sich die Ausstellung mit prächtigen Lalique-Schmuckstücken an. Mittags nahm sie die Untergrundbahn und ratterte durch die Hauptschlagader Lissabons ins Herz der Stadt zum Rossio-Platz.

Sie musste an Pablo denken, der sie so gern durch die Metropole der portugiesischsprachigen Welt geführt hätte. Fraglos hätte er sie gleich in eine Konditorei gelotst, eine *Pastelaria*, wovon es in der Unterstadt, der Baixa, zahllose gab. Dieser Stadtteil war nach einem verheerenden Erdbeben im Jahr 1755 auf dem Schutt der alten Stadt neu erbaut worden – auch auf den Ruinen diverser Epochen davor, von der phönizischen über die römische und westgotische zur maurischen, an deren Ende die Reconquista stand, die Rückeroberung aus islamischer Fremdherrschaft. Unter Lisas Füßen stapelten sich sozusagen die wichtigsten Epochen des Landes.

Natürlich musste sie eine der vielen *Pastelarias* besuchen, jene Konditoreien, die in Lissabon wahre Tempel des süßen Gebäcks darstellen. Und natürlich genoss sie auch eine *Pastel de Nata* und stellte fest, dass Antonietas Gebäck jedem Vergleich standhielt. Bei diesem Schlemmen lauschte sie den Gesprächen der Leute und beobachtete sie – und dachte immer wieder an Pablo. Er war in ihr Bewusstsein eingedrungen, er nahm einen festen Platz darin ein. Welchen genau, das wusste sie noch nicht, aber sie wusste, dass sie vorsichtig sein wollte. Nichts war ihr wichtiger geworden als ihre Freiheit.

Sie verließ die *Pastelaria* und schlenderte zur Ostflanke der Unterstadt *Baixa*, die von einer mächtigen und von Zinnenmauern umringten Burganlage überthront wurde, dem Castelo de São Jorge. Auf holprigen Gassen suchte Lisa einen Weg zu diesem Ziel, und so gelangte sie über lauschige Plätze in den Altstadtvierteln Mouraria und Alfama aufwärts. Sie stieg Treppen hoch und sah mit Blumentöpfen behangene alte Häuser, teils mit krummen Mauern, kleinen Fenstern und winzigen Balkonen versehen, und selbst diese waren noch mit Blumen und Kräutern geschmückt, die in Farbeimern oder abgeschnittenen Plastikflaschen gediehen.

Ein uraltes Muttchen goss einen Rosmarinstrauch, der in einem rostigen Mayonnaise-Eimer wuchs und in voller Blüte stand. Zwei alte Männer saßen im Schatten eines Johannisbrotbaumes auf einer Bank und spielten Schach. Daneben hatten sich vier Männer auf Treppenstufen gesetzt und spielten Domino. Eine junge Frau hatte sich auf der Bank daneben hingelegt und schlief. Wohin Lisa auch schaute, sah sie unscheinbare Szenen, die ihr Herz öffneten.

Allmählich erkannte sie, was den Zauber dieser Bilder ausmachte: die anheimelnde Selbstverständlichkeit, die Normalität, die Dörflichkeit und das Friedfertige. Und im Kontrast dazu zeigte sich eine bittere Armut, die sich nicht zuletzt in heruntergekommenen Häusern manifestierte. Portugals schwere Finanzkrise präsentierte sich in sorgenvollen Gesichtern vieler Passanten. Lisa sog alle diese Bilder in sich auf.

Oben in der Burganlage angekommen, setzte sie sich auf die Zinnenmauer und atmete tief ein und aus. Unter ihr breitete sich das riesige Mündungsbecken des Rio Tejo aus, der sich bei Lissabon ins Meer ergoss und all die Wasser, die er im über eintausendfünfhundert Meilen langen Mäanderbett quer durch die Iberische Halbinsel eingesammelt hatte, am Ziel angekommen den Fluten des Atlantiks übergab. Die tintig blaue Wasserhaut der Mündung, die halb so groß wie der Genfer See war, schimmerte im Sonnenlicht. Fährschiffe, die das Süd- mit dem Nordufer verbanden, hinterließen lange weiße Kielwasserlinien.

Am Horizont sah Lisa eine winzige Insel, auf der ein mächtiger Leuchtturm, schon im offenen Meer gelegen, den Schiffen die Einfahrt in die Mündung des Rio Tejo anzeigte. Ob da Menschen leben?, fragte sie sich und stellte sich die schiere Einsamkeit dort draußen vor. Das war nichts für sie. Sie brauchte Menschen, sie war für die Einsamkeit nicht geschaffen. Sie war auch nicht für die Enge einer Beziehung mit einem Mann geschaffen, oder?

Wieder musste sie an Pablo denken. Er war der erste Mann seit Jahren, den sie näher an sich heranließ. Bis jetzt hatte sich alles so zwanglos und frei ergeben. Das mochte sie. Das wollte sie beibehalten.

Ihre Füße schlenkerten gegen die Burgmauer, und Lisa ließ ihren Blick schweifen. Lissabon, am Nordufer des Rio Tejo gelegen und der Sonne des Südens hingebreitet, glänzte wie ein Diamant, an dessen Hausfacetten das Licht brach und in tausend kleinen Reflexen explodierte.

Direkt unter ihr breiteten sich treppenartig angeordnete schmale Terrassengärten aus. Orangen baumelten an den Bäumen, daneben reiften Zitronen in der prallen Sonne, während gleichzeitig die weißen Blüten dufteten. Blüten und Früchte nebeneinander an einem Ast. Paradiesfrüchte. Manchmal hatte sie tatsächlich das Gefühl, in Portugal in ein Paradies geraten zu sein. Ein Paradies, in dem ein Teufel wütete. Sie dachte an Caesário Ferreira. Und sofort erlosch das glückselige Strahlen in ihrem Gesicht. Denn schlagartig wurde ihr klar, dass er nicht allein gehandelt haben konnte. Er musste einen Helfershelfer gehabt haben.

Zur Zeit des Feuers hatte sich Caesário in Vilamoura in seinem Büro aufgehalten, wie Pablo herausgefunden hatte. Caesário hatte ein perfektes Alibi. Als Komplize kam nur einer in Frage: ein großer Mann mit grauen Augen. Caesário war nicht groß. Sie hatten es also zweifelsfrei nicht mit *einem* Gegner zu tun. Es mussten zwei sein.

In diesem Moment bimmelte ihr Handy. Eine unbekannte Nummer erschien im Display. Lisa drückte auf die grüne Taste und hörte eine Männerstimme.

»Dona Lisa, sprechen Sie Portugiesisch, oder können wir auf Englisch kommunizieren?«

»Quem fala?« Wer spricht?

»Oh, pardon. Wir sind uns erst kürzlich begegnet – in der *Quinta do Monte*. Als Ihre Haushälterin behauptete, Sie, Dona Lisa, seien die Tochter des verstorbenen Jorge Guedes. Sie erinnern sich vielleicht, mein Name ist Luis Borges, Dr. Luis Borges. Ich bin der Anwalt von Dona Teresa Guedes. Ich würde Sie gern zum Essen einladen. Bei dieser Gelegenheit könnten wir verschiedene Dinge besprechen, die unser gemeinsames Interesse verdienen. Ist es Ihnen heute Abend recht?«

»Aber ich bin in Lissabon …«

»Das ist mir bekannt. Auch ich weile in der Hauptstadt. Es gibt ein ausgezeichnetes japanisches Restaurant gleich am Rio vor dem *Museu da Electricidade* im Vorort Belém. Passt es Ihnen um neun Uhr?«

***

Im Westen glühte der Meereshimmel. Zusehends lösten sich die wenigen Abendwolken über der Stadt auf. Lisa musste an katholische Kirchen am Karfreitag denken, wenn man all die üppig verzierten Altäre, Kreuze und Heiligenfiguren mit violetten Tüchern verhüllt. Sie musste sich schütteln. Was machte sie so kribbelig?

Mit einem Taxi fuhr sie zu dem Restaurant bei Belém, einem flachen Glasbau direkt am Ufer des Rio Tejo gelegen. Sie erkannte sofort den auf den Fußballen wippenden Anwalt. Neben dem Eingang stand er, er wartete auf sie, rauchte. Die Zigarette trat er rasch aus, als er sie kommen sah, und begrüßte sie.

Der livrierte Zwei-Meter-Türsteher empfing den Anwalt mit Handschlag und gab ihm einen vertraulichen Klaps auf die Schulter. Dr. Borges schien hier Stammgast zu sein. Ein Tisch am Fenster war reserviert, der Ober führte sie hin.

Während Dr. Borges über wichtige Gäste aus den diversen Botschaften im nahen Diplomatenviertel von Belém smalltalkte, blickte Lisa hinaus auf den Fluss. Lichtreflexe tanzten wie fickerige Quecksilbertropfen auf dem Wasser. Der Anwalt schwärmte von der großartigen Serra de Monchique, von purer Luft und Quellwasser, von üppiger Vegetation und einfachen, ehrlichen Menschen. Sie hörte gar nicht richtig hin.

Am anderen Ende des Restaurants saß Caesário Ferreira so platziert, dass weder Lisa noch der Anwalt ihn sehen konnten. Er aber konnte die beiden zwischen zwei Säulen hindurch genau beobachten. Er ließ sie nicht aus den Augen. In seinem rechten Ohr steckte ein Lautsprecherstöpsel.

Er hörte Borges von wildem Rhododendron reden, von purer Luft, Quellwasser und ähnlichem Unsinn. Möglich war das Mithören, weil der Kellner dem Anwalt bei seinem Klaps auf dessen Schulter ein winziges Mikro an den Kragen geheftet hatte. Technik, segensreiche Technik. Ein schneller Griff, vielleicht ein wohltrainierter im Diplomatenviertel, der dem Kellner einen grünen Schein eingebracht hatte. Caesário grinste. Es war so einfach, die Gutmütigkeit oder vielmehr den Leichtsinn, nein, die Dummheit der Menschen auszunutzen.

Er spürte, dass dieser Borges, der für ihn und seine Gespielin

Teresa arbeitete und dabei verdammt gutes Geld verdiente, etwas im Schilde führte. Idiot. Hatte er nicht kapiert, dass Caesário Ferreira, sein Auftraggeber, alles kontrollierte? Dass sich Caesário nicht zu schade war, die Drecksarbeit auch einmal selbst zu machen, wenn es sein musste?

Heute war *der* Tag. Heute wurde groß aufgeräumt. Das erahnend, was sich hier und heute anbahnte, hatte er Hilfe engagiert. Harte Burschen. Zweitausend Euro, ein Klacks, und die Burschen konnten stahlhart werden. Eine Menge Arbeit wartete auf sie. Zwei Fliegen an einem Abend zerquetschen. Er grinste erneut.

In seiner Vorfreude rieb er sich die Hände. Und hielt inne. Lauschte intensiv. Der nicht mehr säuselnden Stimme des Anwalts war anzumerken, dass er das Ende des Gelabers über die Purheit der Natur erreicht hatte. Der Mann kam zur Sache.

***

Nach dem letzten Löffel Grüntee-Eis-Dessert räusperte sich Dr. Borges und kratzte sich am Hals. »Köstlich, finden Sie nicht?« Er wischte seinen Mund mit einer Leinenserviette ab, trank noch einen Schluck Weißwein und verschränkte die Hände vor der Brust, als wollte er zu einer Rede anheben. »Miss Lisa, spielen Sie Golf?«

»Ich habe noch nie einen Golfschläger in der Hand gehabt, und ich habe auch nicht vor, meine Zeit damit zu vergeuden.«

Dr. Borges lächelte unverfänglich.

»Sie wissen, welche Bedeutung der Golfsport für die Algarve hat?«, fragte er herausfordernd.

»Scheint eine sehr große zu sein.«

»Die wichtigste. Wenn Sie mir gestatten, werde ich Ihnen in wenigen Worten eine Vision darlegen. Nicht über die Algarve als touristische Region ersten Ranges im Allgemeinen, sondern über das Dreieck zwischen Portimão, Monchique und Lagos im Besonderen. Wir alle wissen: Die Küste ist verbaut. Wenden wir uns also dem Potenzial des Hinterlandes zu. Bei Portimão wurde ein hypermodernes Formel-1-Motodrom eröffnet, und demnächst wird Ferrari daneben eine Montagehalle betreiben, außerdem gibt es in der Umgebung mehrere Fünf-Sterne-Hotels, weitere sind im Bau oder geplant. Auch an einem Wissenschaftszentrum für energiesparende Technologien wird gebaut. Nur wenige Kilometer entfernt wird ein neuer Flughafen entstehen, der zweite der Algarve. Ein Mini-Hollywood mit Europas modernsten Einrichtungen für Filmproduktionen ist ebenfalls geplant, nicht zuletzt wegen der Nähe des neuen Flughafens und des diamantscharfen Lichts in dieser Region. Natürlich verfügen wir über eine perfekte touristische Infrastruktur – und wir haben Sonne ohne Ende. Wussten Sie, dass die Algarve das mit Abstand beste Klima Europas hat?«

Er wartete ihre Antwort gar nicht erst ab, sondern dozierte gleich weiter:

»Gewiss, es herrscht Krise. Bei uns natürlich auch. Aber schon werden die Weichen gestellt für eine neue Epoche luxuriösen Lebens. Betuchte Engländer, Iren, Norweger, Schweden, Deutsche, Franzosen, Südafrikaner, Amerikaner und Russen richteten hier ihr zweites Zuhause ein. Jetzt kommen auch noch superreiche Angolaner dazu. Natürlich vor allem Leute ab fünfzig plus. Die Algarve wird sich zum begehrtesten Seniorenrevier Europas mausern. Was Florida für die USA ist, genau das wird diese sonnige Region für Europa sein. Und mitten in diesem, lassen Sie es mich das Bermudadreieck der Reichen nennen, in diesem Bermudadreieck liegen die Areale der *Quinta da Ribeira* und der *Quinta do Monte*. Eine gigantische Oase. Sollte die DNA-Analyse, derentwegen Sie ja hier in Lissabon sind, Dona Lisa, positiv ausfallen, werden Sie eine Schlüsselfigur in diesem Goldrausch sein. Dann, glauben Sie mir, sind Vorsicht und Umsicht angesagt. Der langen Rede kurzer Sinn: Ich möchte Ihnen ein Angebot unterbreiten.«

»Unterbreiten Sie.«

»Es geht um ein gigantisches Projekt …«

»… von Senhor Caesário Ferreira …«

»Ich bin sein juristischer Berater.«

»Und der von Teresa Guedes, nicht zu vergessen …«

»In der Tat. Es gibt da aber keinerlei Interessenkonflikte, glauben Sie mir, eher das Gegenteil ist der Fall.«

Aha, klickte es in Lisa. Das würde sie nicht vergessen.

»Wir haben die Zusage des Ministeriums für Umwelt, des Ministeriums für Landwirtschaft und von drei weiteren relevanten Ministerien. Alle befürworten das Projekt, nicht zuletzt weil wir über dreitausend Arbeitsplätze schaffen werden.«

»Wer ist wir?«

»Männer, die nach vorn denken. Banker, Finanziers, Investoren, Politiker. Und natürlich Senhor Caesário als der Manager und geistige Vater des Projektes. Der Grund, weshalb ich Sie heute treffen wollte, ist dieser: Ich kenne die Dimensionen dieses Bauprojekts genau, ich kenne sie wie kein anderer. Sie sind gewaltig, glauben Sie mir, sie sind furchterregend gewaltig.«

Plötzlich beugte er sich über den Tisch, um Lisas Ohr näher zu sein, und sagte mit leiser Stimme: »Sosehr ich meine Partner auch schätze, so sehe ich indes eine Alternative am Horizont auftauchen. Folgendes, die *Quinta do Monte* ist für sich allein schon groß genug für das Projekt, sie ist einzigartig schön gelegen, viel schöner als die *Quinta da Ribeira*, hat Meerblick, verfügt über Unmengen Quellwasser.«

»Und?«

»Nehmen Sie mich als Partner, und wir beide schaukeln das Ding allein, wie man so trefflich sagt.«

»Vorausgesetzt, dass ich die Tochter von Jorge Guedes und damit die Erbin der *Quinta do Monte* bin.«

Er blickte sie hocherstaunt an. »Man muss ein Trottel sein, will man nicht wahrhaben, dass Sie eine Guedes sind …«

»Warten Sie doch erst einmal das Ergebnis der Analyse ab. Und dann lassen Sie mich in Ruhe nachdenken. Ich werde Sie in wenigen Tagen anrufen. Ihr Vorschlag gefällt mir … Aber was werden Ihre Partner dazu sagen?«

»Niemand darf wissen, was ich Ihnen soeben vorgeschlagen habe, Dona Lisa, absolut niemand!« Mit verengten Augen blickte er sie an. »Denn kommt es ans Tageslicht, herrscht akute Lebensgefahr. Habe ich mich deutlich genug ausgedrückt?«

Lisa blickte den Anwalt nichtssagend an und machte damit klar, dass sie das Gespräch für beendet hielt.

Verunsichert reichte er ihr daraufhin seine Visitenkarte. »Bitte handeln Sie rasch, Dona Lisa, denn jetzt werden die Würfel fallen, wie Senhor Caesário so gern sagt. Ihre Entscheidung wird von großer Tragweite sein.« Er blickte auf seine Rolex. »Danke für diesen Abend«, fügte er hektisch hinzu. »Übrigens, mein Wagen steht gleich da vorn beim Eingang. Darf ich Sie zu Ihrem Hotel bringen?«

»Fahren Sie in die Innenstadt, oder wollen Sie zurück in die Algarve?«

»Zurück in die Algarve ...«

»Dann nehme ich besser ein Taxi. Jetzt in die Stadt reinzufahren, ist doch ein großer Umweg. Sie haben noch einen langen Weg vor sich, nicht wahr? Aber vielen Dank für Ihr Angebot. Auch für das andere ...«

Beim Aufstehen zeichnete der Anwalt die Rechnung ab und schob dem Zwei-Meter-Türsteher noch einen Extraschein in die Tasche. Der Mann verzog keine Miene. Nebeneinander schritten Dr. Borges und Lisa nach draußen, wo der Anwalt in seinen Audi stieg und den Wagen anließ. Der Motor brummte bullig auf.

Langsam fuhr Dr. Borges aus der Parklücke. Er registrierte, dass er beim Rangieren das Bremspedal ziemlich weit durchdrücken musste, ärgerte sich, dass auch teuerste deutsche Technik ihre Mucken haben konnte, und rollte davon. Im Rückspiegel sah er Lisa am Geländer nahe der um diese Uhrzeit leeren Gartenterrasse des Restaurants stehen, von der ein Steg in den Fluss hinausragte. Er sah, wie sie zum dramatisch beleuchteten Torre de Belém hinüberblickte. Bestimmt dachte sie in diesem Moment an seinen Vorschlag. Er glaubte, dass er die Weichen auf seinem Erfolgsweg richtig gestellt hatte. Zufrieden mit sich und der Entwicklung der Dinge fuhr er in die Nacht hinein.

***

Lisa lehnte an dem Geländer des Stegs. Sie schüttelte den Kopf, wollte das Gespräch mit dem Anwalt aus dem Gedächtnis schleudern und die wunderschöne Umgebung wahrnehmen. Ein paar hundert Meter stromab ragte der Torre de Belém nahe beim Ufer aus dem Wasser und zeigte seine anmutige, geradezu verspielte, in Stein gemeißelte Schönheit. Ein militärischer Bau, der jedem Schloss den Rang ablief.

Plötzlich packte sie ein Mann von hinten unter den Achseln. Er presste seine Pranke auf ihren Mund, zog ein Klebeband über ihre Lippen und streifte eine schwarze Wollkappe über ihren Kopf. Er fesselte Lisa an Händen und Füßen mit Kabelbindern. Alles ging sehr schnell vonstatten. Sie wehrte sich nicht. Sie wusste, dass sie trotz ihrer Nahkampfausbildung keine Chance hatte.

Seit mehreren Jahren trainierte sie zusammen mit Tara diverse Kampfsportarten. Der einzige Luxus, den sie sich neben der Arbeit gönnten. Obwohl es eigentlich kein Luxus, sondern eher eine Notwendigkeit war, wie sie empfand. Immer wieder kam es in Berlin zu Ausschreitungen gegen Ausländer und Frauen, ob in der U-Bahn oder auf offener Straße, und da wollte sie gut gewappnet sein.

Der Mann zerrte sie auf dem Steg zu einem heranfahrenden Boot und warf sie auf die Planken. Sie krachte gegen einen Rettungsring, Rufe ertönten, zwei bullige Motoren kamen röhrend auf Hochtouren, das Boot schoss nach vorn, wobei sich der Bug anhob. Lisa rutschte nach hinten, und alles um sie herum wurde noch schwärzer. Die Mütze juckte, verhinderte aber nicht, dass Lisa gut hören konnte. Sie konzentrierte sich auf die Geräusche, auf das Aufkrachen des Bootsrumpfes, der über die kurzen Wellen des Flusses jagte. Sie achtete auf die Zeit. Drei Minuten mochten vergangen sein. Bald waren es sieben, acht. Die Drehzahl der Motoren sank plötzlich. Der Bug ebenfalls. Das Boot glitt übers Wasser, hob und senkte sich auf ruhigen langen Wellen. Also mussten sie den Fluss schon verlassen und das offene Meer erreicht haben.

Einer der Männer schlurfte heran. Er beugte sich zu Lisa herab. Sein scheußlicher, nach Hundekot riechender Atem drang durch die Wollmütze hindurch, die er nun von ihrem Kopf riss, und er lachte los: »Sollst doch sehen, wo dein letztes Stündchen schlägt …« Er hatte einen brasilianischen Akzent. »Ich werde dich jetzt an dieser Kette festbinden, Glatzköpfchen.« Er zeigte auf die schwere, lange Eisenkette, die er hinter sich her schleppte und die an einem Betonklotz angebracht war. »Hier ist der Meeresboden gar nicht so tief. Keine hundert Meter. Brauchst also gar keine Angst zu haben, Glatzköpfchen.«

Er kam sich sehr witzig vor, dieser muskulöse Mann, der nur Shorts trug. Er schien dem Werbeflyer eines Fitnessstudios entschlüpft zu sein. Mit einem langen Messer zerschnitt er den Kabelbinder an Lisas Füßen.

»So kannst du besser schwimmen, Glatzköpfchen«, spottete er.

»Mmmmm«, machte Lisa, und der Ganove begriff, dass er ihr das Klebeband vom Mund nehmen sollte. Er riss daran, als wollte er ihren ganzen Kopf wegzerren.

Lisa forderte den Supermann auf: »Dann mach mir jetzt auch noch die Hände frei. Vielleicht schaffe ich den Freischwimmer.«

»Auch noch Sonderwünsche? Na ja, wenn es dein letzter ist …« Er machte sich an Lisas Handgelenken zu schaffen.

Lisa schmachtete ihn an. »Du hast so schöne riesig große Augen. Schau mich noch mal an, ein letztes Mal, bitte. Ganz tief und leidenschaftlich – eben so, wie du bist, ein toller Mann.«

»Findest du?« Er grinste breit und tat, wie ihm geheißen. Sein Gesicht erschien unmittelbar vor Lisas. Ein letztes Mal. Für ihn. Denn in diesem Augenblick schmetterte Lisa ihre Stirn gegen die Nase des Mannes, der vor Schmerz aufbrüllte und sich erhob, um auf sie einzuschlagen, aber Lisa kam ihm zuvor. Sie trat ihm mit voller Wucht in den Bauch, er brüllte erneut auf, torkelte rückwärts, kippte über die Reling. Sein Körper klatschte ins Wasser, dann war endlich Ruhe.

Sein Kollege hatte der Szenerie fast belustigt hinterm Steuerrad stehend zugeschaut. Aber jetzt musste er die Situation bereinigen. Er ergriff eine Enterstange mit Haken und wankte breitbeinig auf Lisa zu. Der Mann stieg über die Eisenkette. Jetzt oder nie – es war ihre einzige Chance.

Lisa warf sich ihm entgegen, sodass er mit der langen Stange machtlos war. Blitzschnell legte sie ihm die Kette um die Füße und ließ sich, das Eisending am anderen Ende festhaltend, nach hinten gegen die Bordwand fallen, während der Mann mit beiden Händen zupackte und mit aller Kraft an der Kette zerrte und zog. Als Lisa das kühle Ding plötzlich fallen ließ, rasselte es über den Bootsboden, verfing sich. Der Mann fiel rückwärts über die Bordwand, die schwere Eisenkette und der Betonklotz folgten ihm. Aus dem Klotz ragte rostiges Baueisen hervor, das sich an Lisas Schuh verfing und sie mit ins Wasser riss. Sie wurde schon in die Tiefe gezogen, als sie den Schuh endlich abstreifen konnte. Sie tauchte auf. Den Mann hörte sie irgendwo im Dunkeln ängstlich rufen. Aber dann verstummte er. Ob er ertrunken war?

Mindestens hundert Meter entfernt und damit außer Reichweite sah sie das führerlose Boot in Richtung Lissabon treiben. Es herrschte also Flut. Lisa prustete eiskaltes Wasser aus und versuchte, sich mit hocherhobenem Kopf zu orientieren. Ganz in der Nähe erkannte sie die Leuchtturm-Insel, die sie am Vormittag von der Lissabonner Burg aus gesehen hatte. In umgekehrter Richtung sah sie das Castelo de São Jorge wie eine Krone über Lissabon leuchten.

Lisa zog Bilanz. Sie befand sich in einem Gefängnis umgeben von Atlantikwellen, kilometerweit vom nächstgelegenen Ufer entfernt.

Wenn sie nur erst wieder drüben in Lissabon wäre, das in tausend Lichtern funkelte, so nah und doch so fern! Dann würde sie nur noch einem nachgehen: Rache. Das schwor sie sich und schloss die Augen. Sofort bohrte in ihr die Frage, was sie nun tun sollte. Wie konnte sie sich retten?

Sie war eine gute Schwimmerin, hatte Ausdauer, war durchtrainiert. Aber ein paar Kilometer weit? Entscheidend war der Gezeitenstrom. Bei Ebbe würde sie ins offene Meer hinausgetragen werden. Sie hätte keine Chance gehabt. Glücklicherweise herrschte Flut, rettende Flut. Aber er war kalt, dieser Atlantik, auch im frühen Sommer. Sechzehn Grad? Ob sie das über lange

Zeit durchhalten konnte? Ob die Kälte sie nicht völlig auszehren würde?

Noch einmal prüfte sie die Lage. Drüben am Ufer bot das Lichtermeer ein breites Zielband. Sie würde strikt darauf zuhalten. Wahrscheinlich würde sie wegen der starken Flut ein paar Kilometer flussauf ankommen – steif und tot.

Im dunklen Wasser sah sie etwas schimmern. Treibholz. Ein dickes Brett, über zwei Meter lang. Das könnte ihr als Rettungsinsel dienen. Sie schwamm los, achtete auf ihre Atmung, machte ruhige, weite Züge mit Armen und Beinen. Nach jedem dritten Zug auftauchen, Luft holen und das Brett voranstoßen. Weitermachen.

Das kalte Wasser vermochte ihre Wut nicht abzukühlen. Mit jedem Schwimmzug wurde ihr klarer, dass Caesário Ferreira die Regie in diesem tödlichen Drama führte. Dass er auch Hilfsmänner engagierte. Erst den langen Schattenmann, jetzt die Brasilianer. Caesário war die treibende Kraft, denn er wollte sich die *Quinta do Monte* unter den Nagel reißen, um sein gigantisches Golfprojekt zu realisieren. Die Worte von Anwalt Borges ließen keine andere Deutung zu. Die Website, die der Grafiker aus Albufeira ausarbeitete, auch nicht. Welche Rolle spielte Teresa? Lisa schüttelte den Kopf. Im Nachtmeer stoben die Tropfen davon. Dann der nächste Schwimmzug. Eintauchen ins Wasser und eine kurze Strecke hinter sich lassen. Das Brett glitt durch das Nachtmeer. Weitermachen. Teresa. Auf diese Tante konnte sie sich einfach keinen Reim machen.

Sie blickte zurück. Schon war der Leuchtturm ein gutes Stück entfernt. Sie kam voran. Sie kam der Freiheit näher. Warum war der Mordversuch mit den Brasilianern so stümperhaft ausgeführt worden? Etwas lief hier aus dem Ruder, das spürte sie. Etwas, das sie nicht einordnen und verstehen konnte. Sie spuckte salziges Wasser aus und schaute hinüber zur Ziellinie, tanzende Lichter am Ufer. Die Lichterkette der Hängebrücke über den Rio sah wie eine weihnachtliche Girlande aus.

Fast eine Stunde lang war sie bereits geschwommen. Sie spürte die Kräfte schwinden. Um sich zu schonen, wollte sie sich auf das

Treibholz hochstemmen. Sie musste vor- und zurückbalancieren, aber schließlich schaffte sie es, auf dem Holz wie auf einem Surfbrett zu sitzen.

Über ihr flackerten die Sterne am Himmel. Das Ausruhen tat gut. Sie wandte ihren Kopf zur Seite, zum offenen Meer hinaus. Und erschrak. Die Umrisse eines riesigen Kreuzfahrtschiffes tauchten am Nachthorizont auf. Näher kam es, rasend schnell pflügte das Ungetüm durch das Nachtmeer. Lisa hörte das dumpfe Brummen der Maschinen. Das Schiff wurde immer größer, es hielt geradewegs auf sie zu. Sie glitt wieder ins Wasser.

War das real, oder befand sie sich in einem Alptraum, in den sich ein zweiter hineingeschlichen hatte? Kräftige Schwimmzüge konnten die Situation nicht ändern. Der Stahlkoloss würde sie gleich mit seinen mörderischen Schiffsschrauben zermalmen. Jetzt halfen nur noch Glück und Vertrauen. Aber da wehrte sich etwas in ihr: Wirklich? Reicht Vertrauen? Muss ich nicht handeln? Wer ist meines eigenen Glückes Schmied, wenn nicht ich?

Sie kraulte los, aus Leibeskräften, die schaufelnden Arme und Hände hebelten ihren Körper voran, Luft holen, tief, und weiter. Aber das Schiff wurde größer, schon türmte sich das stählerne und mörderische Breitmaul unmittelbar vor ihr auf, als wollte es Lisa verschlingen, es rauschte, raste, riss – jetzt!

Die Bugwelle schleuderte Lisas Körper zur Seite, heftige Strudel ergriffen sie, das Treibholz zischte an ihrem Kopf vorbei. Vom Schub des Schiffes wurde sie zur Seite gedrückt und wie von unsichtbaren Tentakeln in einer gleichbleibenden Distanz von etwa fünf Metern vom Rumpf weggehalten. Die nachtgraue Stahlwand zog als teuflischer Schatten an ihr vorbei.

Die Luft in Lisas Lunge wurde knapp. Endlich kam das Heck in Sicht. Die riesige Schiffsschraube sog Wasser an und drückte es im selben Moment mit irrer Gewalt nach hinten weg, Luftblasen stiegen empor, streiften ihren Körper, blubberten an ihrem kahlen Kopf vorbei.

Aber dann war sie oben! Die angehaltene Luft platzte aus ihrer Lunge und ihrem Mund, endlich konnte sie frische Luft holen.

Jetzt sah sie das Schiff von hinten. Rauch verwehte über dem Kamin. Lissabons Lichterkette funkelte in der herrlich klaren Sommernacht.

Wenige Schwimmzüge entfernt schaukelte das Brett auf dem Wasser. Lisa klammerte sich daran. Ausruhen, zehn Atemzüge lang, und dann: schwimmen, atmen, schwimmen, atmen und immer wieder eine kurze Pause einlegen. Ihre Kräfte ließen erneut nach. Sie konnte nicht mehr. Ein Blick zum Ufer verriet ihr, dass sie fast zwei Drittel der Strecke geschafft hatte.

Mit letzter Kraft zog sie sich auf das Treibholz hoch und streckte sich aus. Kleine Wellen züngelten an ihren im Wasser hängenden Füßen und Armen. Sie merkte noch, wie alles um sie herum trüb wurde, wie die Kraftlosigkeit sich in ihr ausbreitete wie Tinte in einem Wasserglas. Sie sah ein grünes Licht in der Nacht tanzen, oder war es der lila Busch?

Ihr Kopf sank auf das Holz. Ihr wurde schwarz vor Augen. Sie spürte die Kälte des Atlantiks nicht mehr.

18

Merkwürdiger Lärm drang in ihr Bewusstsein. Nein, es waren Männerstimmen. Sie öffnete die Augen. Lag auf der Holzbank eines Fischerbootes. Drei Männer beugten sich über sie. Verstoppelte Wangen, tropfende Nasen, raue Gesichter. Sanfte Augen. Und die leuchteten auf, als Lisas Augen sich öffneten.

»Hey, die lebt noch!«, riefen die Männer gleichzeitig und schauten sich wie Sieger an.

»Der Mensch ist ein zähes Wesen …«, meinte einer lakonisch.

»Fast so zäh wie Sardinen«, bestätigte der neben ihm.

»Können Sie sprechen, Senhora?«, fragten sie zu dritt wie aus einem Mund.

In wenigen Sekunden hatte Lisa die Situation erfasst. Die Fischer mussten sie gerettet haben.

»Wo bin ich?«, wollte sie wissen.

»Fast im Himmel«, sagte einer, und alle lachten.

»Und welcher Tag ist heute?«

»Ein schwarzer Freitag. Früher Morgen, vier Uhr dreißig. Wir schreiben den 18. Juli, Senhora.«

Jetzt erst bemerkte Lisa, dass sie in dicke, nach Fisch und Tang riechende Decken gehüllt war.

»Wir haben Sie aufgegabelt. Nachts sollte man hier eigentlich nicht baden gehen.«

»Danke«, hauchte Lisa aus.

»Und jetzt ein Glas *Bagaço*. Das wirkt Wunder.« Einer der Männer griff nach einer halb vollen Flasche, die unter den Netzen lag, und goss eine klare Flüssigkeit in einen Tonbecher.

»Hier. Trinken Sie.«

»Alles?«

»Alles.«

»Ist es gut?«

»Es tut gut.«

»Na dann.«

Es war, als flösse Lava durch ihre Speiseröhre. Jedenfalls verwandelte sich ihr Magen in einen brennenden Vulkansee. Sie musste nach Luft ringen. Doch schon verwandelte sich das Brennen in eine angenehme Glut. Sie schloss die Augen. Wunderbare Wärme breitete sich in ihr aus. Dann schlief sie ein.

***

Als sie aufwachte, lag sie auf einer Trage. Die Fischer standen neben ihr und beugten sich zu ihr herab. An den Wänden hingen Rettungsringe und Taue. Über dem Eingang baumelte ein Plastik-Jesus am Kreuz.

»Wo bin ich?«, fragte sie.

»Bei der Lebensrettungsstation der Marine. Wir haben Sie hergebracht.«

Im Hintergrund des Raumes rief jemand: »Der *Médico* wird gleich eintreffen. Spätestens um neun Uhr will er hier sein.«

Wenige Minuten später trat ein junger Arzt in blauer Uniform ein und untersuchte ihre Lunge, ihren Kopf, den Puls, den Blutdruck und schlug mit einem Hämmerchen gegen ihre pendelnden Knie. Er stellte fest, dass sie nicht verletzt war. Sie sollte möglichst viel heißen Tee trinken und schlafen, sehr viel schlafen. Dann wollte er sich Notizen machen. Alles, was während seiner Schicht geschah, musste er in das Bordbuch der Hafenpolizei eintragen.

»Was ist passiert?«, fragte er in amtlichem Ton.

Lisa zuckte mit den Schultern. »Ich bin von Bord unserer Segelyacht ins Wasser gefallen. Mein Freund hat es anscheinend nicht bemerkt. Wahrscheinlich ist er jetzt schon in der Pension in Lissabon, wo wir angemeldet sind. Ich habe keine Papiere bei mir, auch kein Geld. Können Sie mir bitte etwas Geld leihen? Wenn Sie mir Ihre Kontonummer geben, werde ich es Ihnen gleich morgen überweisen.«

Bevor er antworten konnte, sagte einer der Fischer: »Zwanzig Euro sollten für ein Taxi reichen«, und steckte Lisa einen blauen

Schein in die Hand. »Eine Kontonummer habe ich nicht. Neumodischer Quatsch. Betrachten Sie es als Geschenk Portugals an eine Fremde, die baden ging.«

Eine Stunde später betrat sie in Decken gehüllt die Pension. Der sechzigjährige Nachtportier verzog keine Miene.

»Ich hatte einen Badeunfall«, erklärte Lisa und lächelte den Mann an. »Bringen Sie mir bitte heißen Tee, und wenn Sie Rum haben, schütten Sie gut was rein.«

Sie schlich zum Bad, ließ dampfendes Wasser in die Wanne einlaufen und stieg in die wohlige Wärme. Wenige Minuten später klopfte der Portier. Auf ihr Rufen hin trat er ein und stellte den duftenden Tee am Wannenrand ab, ohne auch nur einen einzigen schrägen Blick zu wagen.

Stundenlang badete sie, grübelte und grübelte, und zwischendurch nickte sie immer wieder ein. Wenn sie aufwachte, ließ sie heißes Wasser nachlaufen. Das linderte auch die Muskelschmerzen. Irgendwann am späten Nachmittag wankte sie zum Bett und schlief bis zum nächsten Morgen durch.

***

Sie öffnete die Augen, fühlte sich wundersam gestärkt. Es wurde ihr bewusst, dass sie Glück gehabt hatte, gleich in mehrfacher Hinsicht. Sie war zu dem Treffen mit dem Anwalt ohne Handy und ohne ihre kleine Brieftasche mit allen wichtigen Ausweisen und Bankkarten gefahren. In der Pension lag alles wohlbehalten in ihrem Lederrucksack. Sie suchte das nächstbeste Café am Platz Príncipe Real auf, trank einen doppelten Espresso und spürte, wie Koffein die Blutbahnen durchströmte, während die Sonne ihren Rücken wärmte.

Sie rief Dr. Pires an und hatte Glück. Er hatte auch an diesem Samstag Dienst. Eine halbe Stunde später stieg sie vor dem Hospital de Santa Maria aus dem Taxi.

In einem klapprigen Fahrstuhl gelangte sie in den vierten Stock und fragte sich zu Dr. Pires durch. Im Flur wartete sie dann fast eine Stunde lang auf den Mediziner, sah, wie Dutzende kranker Menschen in ihren Betten zu OPs oder zu Behandlungen gefahren wurden.

Endlich kam der Arzt. »Sind Sie unter die Trambahn geraten?«, fragte er und betrachte Lisa von Kopf bis Fuß. Die Spuren ihrer Bootsfahrt waren nicht zu übersehen.

»In eine Schiffsschraube, fast. Der Arzt einer Lebensrettungsstation hat mich durchgecheckt. Ist alles okay. Ich war bloß mächtig unterkühlt und erschöpft.«

»Sind Sie freiwillig ins Wasser gegangen?«, fragte er langsam und legte dabei den Kopf etwas schräg.

»Man hat mich entführt. Musste abhauen.«

»Jemand scheint Sie nicht besonders zu mögen.«

»Jemand befürchtet, ich sei eine Guedes. Bin ich es?«, fragte Lisa vorsichtig.

Er zögerte. »Sie müssen zur Polizei gehen«, forderte er sie auf.

»Ich glaube nicht, dass die Polizei mir helfen kann. Da muss ich selbst durch. Können Sie mir das Ergebnis der DNA-Analyse geben? Bitte!«

Der Arzt nahm sein Handy, gab eine Kurzwahl ein, sprach mit jemandem und wiederholte den Namen. »Genau, die von Lisa Hauser.«

Warten.

»Aha. Eindeutig. Verstehe. Danke.«

»Miss Lisa, ich weiß nicht, ob es für Sie positiv oder negativ ist, jedenfalls sind Sie die Tochter von Jorge Guedes. Man hatte uns Haare von der Bürste Ihres Vaters geschickt, sodass die genetischen Identitäten zweifelsfrei verglichen werden konnten. Kann ich Ihnen irgendwie behilflich sein? Sie müssen sich jetzt schonen. Wenigstens ein, zwei Tage lang.«

»Sie waren sehr freundlich zu mir. Danke sehr.« Sie erhob sich. Ihr war schwindelig. Sie war also definitiv die Tochter von Jorge Guedes. Lisa Guedes. Sie schloss die Augen, um es zu verinnerlichen. Also doch!

Sie bedankte sich noch einmal bei dem Arzt und musste sofort an Jorge denken. Ganz in der Nähe lag ihr Vater auf der Intensivstation. Sie rief bei Professor Jaime de Barcelos an. Die Lage sei stabiler, berichtete die Stationsärztin, Senhor Jorge gehe es besser. Warten, vertrauen, beten, sagte sie. Beten sei das Allerbeste. Nicht nur in Portugal.

Mit dem Taxi fuhr Lisa zurück in Richtung Pension und stieg in der Rua da Escola Politécnica aus. In einem Café setzte sie sich in die Nähe Schach spielender Männer und trank ein Glas Tee nach dem anderen. Dann bestellte sie ein Omelett mit Garnelen und ließ die Zeit verstreichen. Gegen zweiundzwanzig Uhr schlurfte sie zur Pension.

»Wie schön, Sie ohne dicke Decken zu sehen«, sagte der Nachtportier, der ihr die Eingangstür öffnete und sich dezent verbeugte.

»Gestern waren Sie sehr hilfreich …«

»Ist doch selbstverständlich. Was kann ich Ihnen heute Gutes tun, Miss Hauser?«

»Ich hätte gern wieder so einen tollen Tee. Übrigens heiße ich seit heute Guedes, Lisa Guedes.«

»Sind Sie mit dem bekannten Maler Jorge Guedes verwandt?«

»Er ist mein Vater.«

»Oh, wie schön. Wieder einen Tee mit Geruch, Dona Guedes?«

»Mit viel Geruch, bitte.«

Weil es in der letzten Nacht so gutgetan hatte, wiederholte sie ein stundenlanges Bad und ließ sich in den Bildern treiben, die sich im heißen Dunst verloren.

19

Die Pläne für das Projekt *GolfGigante* reiften. Catarina Ferguson hatte Spezialisten für Landschaftsgestaltung und Sportplatzbau per E-Mail hinzugezogen. Andere Fachleute hatten sich um die Versorgung mit Solarenergie gekümmert. Die Abwasserplanung mit Bio-Sickergruben war von Beamten des Umweltministeriums binnen vierundzwanzig Stunden und mit Caesários unmissverständlichem Hinweis auf satte Belohnungen für gut befunden worden.

Mit ihrer exzellenten Software verwandelte sie die Pläne in dreidimensionale Darstellungen. Morgen würde sie die umfassende Präsentation ausdrucken. Letztendlich war sie dann doch einigermaßen zufrieden, denn sie hatte es geschafft, das Riesen-Resort derart in die Natur zu integrieren, dass gravierende landschaftliche Veränderungen vermieden wurden.

Natürlich waren auch einige Seen und *Ponds* anzulegen, bei Golfplätzen das primäre Muss, aber auch sie standen im Einklang mit der Natur, außerdem bändigten sie die Erosion durch Regenwasser. Bei Unwetter nach monatelangen Dürren könnte das Wasser auf einem ausgetrockneten Boden viel zu schnell abfließen und unterwegs alles mitreißen, was sich ihm in den Weg stellte. Vor Jahren waren alle Brücken im gesamten Landkreis zerstört und die Region zum Notstandsgebiet ausgerufen worden. Mit den neuen Stauseen wurde diese Gefahr deutlich vermindert, sie stellten einen kollektiven Puffer dar.

Die bombastische Präsentation konnte allerdings einen Fachmann nicht darüber hinwegtäuschen, dass das Projekt in Übereile zusammengeschustert worden war. Nach gründlicher Durchsicht würde man die Hände über dem Kopf zusammenschlagen. Aber der Auftraggeber hatte größte Eile verlangt, um seine Investoren zu befriedigen.

Dieser Umstand war so frustrierend, dass Catarina am liebsten gar nicht daran dachte und noch weniger gern an den Bauherrn.

Schon allein der Name Caesário ließ sie frösteln. Schade, denn das Projekt könnte noch viel Freude bereiten, würde es Wirklichkeit werden. Alles in allem hatte sie den Appell der modernen Architektur umgesetzt: Respektiere den Raum! Dass sie damit die Forderungen ihres Lehrers, des Altmeisters Siza Vieira, befolgte, fiel ihr an diesem Sonntag nicht einmal auf.

Als der Bauherr anrief, um sich nach dem neuesten Stand zu erkundigen und wieder Druck auszuüben, teilte sie ihm in freudlosen Worten mit: »Wir können die Gesamtplanung heute abschließen, Senhor Caesário. Ich habe mich auf die Planung innerhalb der *Quinta da Ribeira* konzentriert. Sie hatten ja erwähnt, dass die *Quinta do Monte* erst im zweiten Bauabschnitt hinzukomme, also mit dem See, dem Fünf-Sterne-Hotel im alten Quinta-Gebäude und so weiter. Sie denken bitte an die Zahlung der nächsten Tranche, wie vereinbart?«

»Sie sind fertig? Doutora, das sind ja frohe Botschaften. Ich werde gleich nach diesem Telefonat das Geld transferieren, dann ist es spätestens in zwei Tagen, also am Dienstag, bei Ihrer Firma gutgeschrieben. Aber schicken Sie die Unterlagen nicht per Kurier. Darf ich Sie bitten, mir alles persönlich zu übergeben, damit wir es noch einmal gemeinsam durchgehen können?«

»Wie Sie wünschen. Ich werde die Planung heute also abschließen. Morgen muss ich noch sämtliche notariellen Dokumente beim Liegenschaftsamt in Monchique zusammenstellen. Am Dienstag ist alles komplett.«

»Notarielle Unterlagen brauchen Sie aber nur von der *Quinta da Ribeira*, vergessen Sie das nicht. Bitte bringen Sie alles nach Vilamoura. Ich freue mich auf die Pläne, ich freue mich auf Sie, Doutora.«

***

Gut ausgeschlafen startete Lisa ihre Heimfahrt in die Algarve am Sonntagmittag. Einen ersten Zwischenstopp legte sie in Setúbal ein, wo sie die Fähre nach Troía nahm und unterwegs mehrere Delphine beobachtete. Glücksgeschöpfe. Sie musste daran denken, dass fast jeder, der diese wundersamen Tiere sah, vor Freude lächelte. Kein Wunder, dass die Römer sie fast wie Götter verehrt und in Mosaiken abgebildet hatten.

Sie blickte zurück in Richtung Lissabon und auf die traumhaft schöne Kulisse des Küstengebirges Serra da Arrábida. Bald würde sie wieder in der Algarve sein. Ob sie mit weiteren Mordanschlägen rechnen musste? Was, wenn der nächste Anschlag professioneller durchgeführt wurde?

Das bezweifelte sie, denn Caesário schien derart durchgeknallt, dass ihm zurzeit alles misslang. Aber genau das machte ihn doppelt gefährlich. Er schien in einer Sackgasse zu stecken. Und was machte ein Mensch in der Sackgasse? Er gab auf, oder er wurde zum Amokläufer. Caesário gehörte bestimmt nicht zu Ersteren.

***

Catarina betrat das Liegenschaftsamt von Monchique um neun Uhr dreißig. Ein Senhor Vasco zeigte sich erstaunlich hilfsbereit, als sie nach den notariellen Unterlagen der *Quinta da Ribeira* fragte. Er suchte in einem Regal, das vollgestellt war mit ramponierten großformatigen Dokumentenbänden. Er griff nach dem richtigen Band, so glaubte er. Er legte das schwere Buch auf den Tisch, Staub wirbelte auf. Zügig blätterte er es durch, fand aber nicht, was er suchte.

Er klopfte an eine Tür am Ende des mit Regalen vollgestellten Büroraumes. Catarina konnte ihn mit einer Frau sprechen hören. Er kam zurück, stellte das Buch zurück ins Regal und holte ein anderes heraus. Zwei Bewegungen, und schon war das richtige Blatt aufgeschlagen: *Quinta da Ribeira.* Artikel Nummer 3389/42, Buch BZ 23A, Sektion F.

An die zwanzig Dokumente waren angeheftet, alle schienen von derselben Hand geschrieben und waren betitelt mit »Schenkungen«. Die Jahreszahlen reichten von 1942, als Humberto Ferreira das ursprünglich kleine Anwesen von seinem Vater geerbt hatte, bis 1974, als die letzte von sechsundzwanzig Schenkungen hinzugekommen war.

Nachdem Catarina die Blätter in Augenschein genommen hatte, bat sie den Amtsmann: »Können Sie mir Kopien von allen Seiten machen?«

»Arbeitskopien kosten einen Euro pro Blatt. Vom Notar beglaubigte Kopien achtundzwanzig Euro. Pro Blatt.« Er sah die Architektin ernst und fragend an, als er fortfuhr. »Bei sechsundzwanzig Schenkungen und der Haupteintragung der Quinta sind das, Moment bitte, dazu brauche ich die Maschine, hier, sehen Sie, siebenhundertsechsundfünfzig Euro.«

»Okay. Bitte alles beglaubigen lassen.«

»Das dürfte bis Mittag dauern …«

»Das geht in Ordnung. Ach ja, noch etwas: Ich hätte auch gern die Eintragungen der benachbarten *Quinta do Monte*, weil sie bei den neuen Projektplänen exakt aufgeführt werden muss. Da brauche ich aber nur die Arbeitskopie. Ich gehe damit in ein Café und komme um zwölf Uhr dreißig zurück. Ich hoffe, Sie sind bis dahin mit allen beglaubigten Kopien fertig?«

»Das hoffe ich auch.« Senhor Vasco händigte Catarina die Unterlagen der *Quinta do Monte* aus. »Macht einen Euro, bitte.«

»Können Sie mir ein angenehmes Café empfehlen?«

»Gleich um die Ecke ist das Rathaus, von da gehen Sie ein paar Schritte bergab zum Café ›Oxala‹. Die haben auch hausgemachten Kuchen. Guten Kuchen.«

Noch nie war Catarina in einem Liegenschaftsamt derart freundlich behandelt worden. Das Städtchen gefiel ihr. Gut gelaunt und beschwingt ging sie auf der Kopfsteinpflastergasse zu dem Café. Mehrere Leute saßen vor ihren Laptops oder lasen in Büchern. Der alternative Touch des Lokals war nicht aufdringlich, aber deutlich spürbar.

Sie bestellte einen Becher Milchkaffee, nahm einen Bleistift zur Hand und las die Eintragung der *Quinta do Monte* im Liegenschaftsbuch durch. Zunächst umkringelte sie die von Hand geschriebenen Nummern der Liegenschaft, 3389/42, Buch BZ 23A, Sektion F, dann die Namen der Eigentümer, Joaquim Luis Guedes und seine Frau Leonor Garcia e Fonte Guedes. In einer anderen Handschrift fand sich ein Nachtrag, der besagte, dass das Anwesen nach dem Tod der Eheleute im Mai des Jahres 1979 am 4. Oktober 1979 an die Alleinerben Jorge Guedes und Teresa Guedes übertragen worden war. 1994 wurde diese Erbregelung geändert. Jorge Guedes wurde Alleinbesitzer der Quinta, die im Falle seines Ablebens seine Schwester erben sollte, umgekehrt würde er im Falle ihres Ablebens ihr Anwesen *Quinta do Mar* im Kreis Lagoa, Gemeinde Ferragudo, erben.

Als Catarina den Namen Teresa Guedes las, klingelte etwas in ihr. Ein innerer Alarm wurde ausgelöst. Denn sie kannte diesen Namen, da gab es keinen Zweifel. Bestimmt würde sie den ganzen Tag grübeln müssen, um sich zu erinnern, was es mit diesem Namen auf sich hatte. Teresa Guedes.

Sie trank ihren Kaffee aus, zahlte und schlenderte durch die Gassen des Bergstädtchens, das sie allerdings nicht wirklich wahrnehmen konnte, weil der Name Teresa Guedes pausenlos in ihr rumorte.

Um zwölf Uhr dreißig holte sie die Kopien ab, zahlte per Scheck für die beglaubigten Dokumente der *Quinta da Ribeira* und fuhr zurück in das Hotel in Lagos, um sich bis zwei Uhr nachts den Plänen von *GolfGigante* zu widmen, wach gehalten durch zahllose Kaffees und Zigaretten.

Irgendwann schlief sie am Tisch sitzend ein, schlief miserabel. Wachte auf, legte sich aufs Bett. Wälzte sich hin und her. Ein Alptraum peitschte sie. Als sie erneut erwachte und dem Traum für eine kurze Weile entkam, schlief sie anschließend völlig erschöpft weiter – und prompt schlich sich der Alptraum wieder ein.

Mitten in der Nacht wachte sie plötzlich auf, saß mit offenem Mund im Bett. Denn auf einmal wusste sie: Teresa Guedes – das war der Name ihrer leiblichen Mutter! Ihre Eltern hatten ihr vor vielen Jahren erzählt, dass sie ein Adoptivkind sei. Ihre leibliche Mutter soll fünfzehnjährig bei Catarinas Geburt in einer Londoner Klinik verstorben sein.

John und Abigail Ferguson aus London hatten das Waisenkind sofort adoptiert, sie hatten lange auf eine derartige Gelegenheit gewartet und viel Geld dafür bezahlt. Im Laufe der Jahre hatten sie

Catarina nie vorgemacht, sie sei ihr leibliches Kind. Aber längst hatte Catarina diese Umstände verdrängt, sie waren belanglos, denn sie hatte eine wunderbare Kindheit bei ihren Eltern in Südengland erlebt.

Im Alter von neunzehn Jahren hatte sie ihr Studium der Architektur begonnen. Portugal war dann ihre Gegenwart und Zukunft geworden, Portugiesisch ihre zweite Sprache. Das war ihre Geschichte. In allen Sprachen die gleiche Geschichte. Und jetzt, jetzt wurde sie plötzlich mit ihrer eigenen, aber unbekannten Vorgeschichte konfrontiert.

Sie stand auf, öffnete ihren Laptop, blickte auf die Uhr. Drei Uhr vierundfünfzig. Da waren die Eltern in England im Tiefschlaf. Trotzdem schrieb sie eine E-Mail und fragte ihre Mama, wie ihre leibliche portugiesische Mutter heiße und ob sie wisse, woher sie komme. Sie schickte die Mail ab. Legte sich wieder hin, um wenige Minuten später doch wieder aufzustehen und zum Telefon zu greifen.

Nach dreimaligem Läuten war ihr Papa dran und reichte den Hörer gleich an seine Frau weiter. Nun erfuhr Lisa, dass ihre leibliche Mutter in der Tat Teresa Guedes hieß. Aus welchem Ort diese Teresa kam, wusste Mum leider nicht mehr genau, aber sie erinnerte sich daran, dass sie aus der Algarve stammte.

»Hilft dir das, Catarina? Geht es dir gut, mein Schatz?«

»Geht so. Ich werde mich morgen nach dieser Teresa umsehen.«

»Aber sie ist doch bei deiner Geburt gestorben. So jung, das arme Ding.«

»Gestorben? Sie scheint quicklebendig zu sein. Irgendetwas stimmt hier nicht, Mum.« Catarina legte auf und ging auf den Balkon. Abermillionen Sterne blinkten am Himmel. Vom Ufer drang das Rauschen der Brandung her.

Sie schüttelte immer wieder den Kopf. Eine ungeheure Unruhe hatte sie ergriffen, Freude vermischt mit Unglauben, Hoffnung unterspült von Wut und Ärger. Plötzlich kam ihr der Gedanke, dass es mehrere Teresa Guedes geben könnte und sie auf einer falschen Fährte war. Sofort ging sie zum Laptop. Googelte den

Namen. Gleich sieben Porträts erschienen von diversen Teresa Guedes, die in verschiedenen Teilen Portugals lebten. Sie gab *»Galeria do Atlântico«* ein, aber das brachte nichts. Sie brach die Suche ab, denn irgendetwas sagte ihr, dass sie es mit der richtigen Teresa Guedes zu tun hatte.

»Quinta do Monte«, flüsterte sie vor sich hin. Dieses riesig große Landgut war also Teresas Heimat. Sie musste herausfinden, was es damit auf sich hatte. Gleich morgen würde sie hinfahren und erst anschließend die Pläne für *GolfGigante* nach Vilamoura bringen. Sie konnte es noch gar nicht fassen. Sie hatte durch Zufall ihre eigenen Wurzeln freigelegt.

***

Catarina hatte die *Quinta do Monte* beim Rundflug mit dem Helikopter zwar nur von oben gesehen, hatte aber eine gute Vorstellung davon, wie sie zu erreichen war. Sicherheitshalber vergewisserte sie sich anhand einer Straßenkarte auf ihrem Smartphone.

Sie fuhr an diesem Dienstagmorgen durch ein kleines Dorf und erkundigte sich im einzigen Café nach der Zufahrt zur Quinta. Die Frau hinterm Tresen trug enge grüne Leggings und ein knallrotes T-Shirt, das ihr über die Knie reichte. Zweifelsfrei war sie eine Anhängerin des Fußballclubs Benfica Lissabon, was sie mit der Farbkombination manifestierte. Sie erklärte Catarina den Weg.

Als diese das Lokal verlassen hatte, sagte die Frau zu einem Mann, der am Tisch saß und an einer Bierflasche nuckelte: »Warum kommen plötzlich so viele Frauen in die Quinta? Jorge ist doch tot, und der hatte sowieso nix mit Weibern am Hut …«

Catarina erreichte die Quinta um kurz nach neun Uhr. Den Mietwagen stellte sie hinter der großen Scheune ab. Ihr Blick schweifte über den nahen Olivenhain zu den Korkeichen, die oberhalb der Quinta und in den umliegenden Wäldern wie eine Ansammlung von Baumskulpturen aufragten, eine prächtiger als die andere. Sie war sprachlos. Dieses Anwesen war derart harmonisch in die Landschaft eingebettet, dass Feng-Shui-Anhänger jubeln würden.

Das chinesische Philosophiesystem, basierend auf Yin und Yang und den vier Himmelsrichtungen, gefiel ihr besonders wegen der Fünf-Elemente-Lehre aus Erde, Metall, Wasser, Holz und Feuer. Dabei gilt Feuer als großes, Holz als kleines Yang, Metall als kleines, Wasser als großes Yin und die Erde als neutral. Die Auswirkungen von Farbe, Form, Maßen und Klang des Ambientes waren bedeutungsvoll, denn durch die Anordnung und das Anbringen von Objekten und Farben konnte das Defizit einer Lokalität ausgebessert werden.

So definierte sich Feng-Shui, und so verstand Catarina ihre Aufgabe als Architektin. Millionen Menschen in aller Welt liebten Feng-Shui. Natürlich konnten sich auch zahllose Esoteriker darin nach Belieben tummeln. Mit denen wurde Catarina allerdings nicht warm. Und was Harmonie betraf, so hatte sie bei dem Designerpapst Siza Vieira gelernt: »Architektur erfindet nichts, aber sie verändert die Realität und die Harmonie.« Das war sein Credo, und es war zu ihrem Credo geworden. Es war natürlich auch das Credo von Feng-Shui …

Dass sie es bei Caesário Ferreira nicht durchsetzen konnte, dass es nicht einmal zur Sprache oder zur Einspielung kam, sondern dass sie nur des Honorars wegen arbeitete, um ihre Arbeitgeberfirma in Porto zu retten, frustrierte sie gewaltig. Die Gedanken daran schob sie am liebsten zur Seite.

Die Ausstrahlung der *Quinta do Monte* und ihrer Umgebung wirkte in diesem Moment wie heilsame Medizin auf Catarina. Sie schritt an der Rückseite des Hauses entlang und trat auf einen Terrassenplatz vor der Küche.

Weil die Eingangstür geschlossen war, rief sie laut: »Hallo, ist da wer?«

Antonieta stand in der Küche und spülte Geschirr ab, als sie die fremde Stimme hörte. Sie eilte zur Tür.

»Kann ich Ihnen helfen?«

»Ich heiße Catarina Ferguson«, stellte sich die Besucherin vor und reichte Antonieta die Hand. Überrascht musterte die

Haushälterin die elegante Dame im grauen Baumwollanzug, eine Frau von Welt. In der Serra erlebte man so etwas selten.

Sie stellte sich vor. »Ich bin Antonieta, die Angestellte des Hauses.«

»Vielleicht können Sie mir helfen, Antonieta? Ich bin auf der Suche nach meiner Mutter. Sie heißt Teresa Guedes. Haben Sie den Namen schon einmal gehört?«

»Dona Teresa lebt unten an der Küste.« Antonieta zeigte mit ausgestrecktem Arm zur Küstenlinie und zum glitzernden Atlantik und wandte sich ab. Denn ihre Augen weiteten sich, Tränen quollen heraus. In den letzten Wochen hatten sich so viele aufregende Dinge ereignet wie in ihrem ganzen bisherigen Leben nicht. Der Anschlag auf Jorge und Lisa hatte ihrem recht sorgenfreien Leben ein Ende gesetzt und sie in eine Rolle als Hüterin der *Quinta do Monte* gezwängt. Mit Anwälten und Notaren wusste sie inzwischen umzugehen. Aber nicht mit einer eleganten Dame auf der Suche nach einer Frau, die hier in der Quinta aufgewachsen war und vor vielen Jahren ein totes Baby zur Welt gebracht hatte. War diese Frau die angeblich Tote?

Antonietas Augen zeigten Entsetzen. Trotzdem sagte sie höflich: »Setzen Sie sich doch, bitte. Darf ich Ihnen einen Kaffee anbieten?«

Sie wartete die Antwort gar nicht erst ab, sondern verschwand in der Küche, auch um ihre Tränen wegzuwischen. Mit einer Tasse in der Hand kehrte sie kurz darauf zurück. Die Fremde blickte die Haushälterin erwartungsvoll an.

Antonieta berichtete, dass sie Teresa nicht gut kenne, denn in den Jahren seit ihrer Rückkehr aus England sei sie nur selten in der Quinta gewesen, während Senhor Jorge seine Schwester recht häufig in ihrer Villa bei Ferragudo besucht habe.

Catarina hörte schweigend zu. Dabei wurde ihr immer bewusster, dass Teresa Guedes lebte! Wie war das möglich? Sie bat Antonieta, mehr über Teresas Schwangerschaft zu erzählen.

Antonieta gab wieder, was sie wusste. Teresa sei an ihrem fünfzehnten Geburtstag vergewaltigt und geschwängert worden. Als sich die Schwellungen des Bauches und der Brüste verräterisch angezeigt hatten, brachte ihre Mutter sie zu einer Abtreibung nach London. Teresas Mutter sei kurz darauf nach Portugal zurückgekehrt, während Teresa in London geblieben war. Angeblich musste es in London Komplikationen gegeben haben, für einen Abort war es schon zu spät gewesen. Sie brachte dann ein Frühchen zur Welt, das aber gleich nach der Geburt verstarb. Angeblich wurde es noch getauft und erhielt auf Teresas Wunsch einen portugiesischen Namen, damit das kleine Geschöpf ins Himmelreich aufgenommen werden konnte.

»Catarina …«, flüsterte die Betroffene.

Für Teresas Mutter sei der Tod des Kindes ein Segen Gottes gewesen, führte Antonieta weiter aus. Die Mutter, also Catarinas Großmutter, hatte es ihrer Angestellten Antonieta seinerzeit bei einem Schwatz in der Küche verraten. Ein uneheliches Kind wäre eine Schande gewesen …

»Wie Sie sehen, lebe ich. Aber meine Mutter soll im Wochenbett verstorben sein. Das jedenfalls wurde in den Krankenhauspapieren vermerkt. Ich wurde dann wenige Tage nach meiner Geburt von einem englischen Ehepaar adoptiert. Bestimmt haben meine Eltern die alten Dokumente, die das alles beweisen.«

»Papier«, sagte Antonieta leise und schloss entsetzt die Augen.

Da tauchte in Catarina eine brisante Frage auf: Wusste Teresa überhaupt, dass das Baby gar nicht gestorben, sondern zur Adoption freigegeben worden war? War der angebliche Tod – von Mutter wie von Kind – eine Täuschung gewesen, um das Baby an wartende Adoptiveltern »verkaufen« zu können? Wer steckte dahinter?

Eine andere Frage wühlte jedoch noch heftiger in ihr. »Wissen Sie, wer meine Mutter vergewaltigt hat? Wissen Sie, wer mein Erzeuger ist?«

»Darüber hat man nie gesprochen. Kein Sterbenswörtchen. Es muss einer der Kerle aus der Schule gewesen sein. Etwa fünfzehn Jungs waren zu ihrer Geburtstagsfeier gekommen. Einer von ihnen muss es getan haben.«

»Mein Vater stammt also aus der Umgebung. Aber weder weiß er, dass es mich gibt, noch weiß irgendjemand, wer mein Vater ist. Da dürfte ja bald eine Bombe hochgehen.«

Antonieta war blass geworden. Leise murmelte sie: »Noch eine?«

Catarina blickte die Bäuerin verwirrt und gleichzeitig entschlossen an. »Liebe Antonieta, wenn es Ihnen recht ist, komme ich morgen wieder. Dann werden wir uns weiter unterhalten. Leider muss ich jetzt aus beruflichen Gründen nach Vilamoura fahren. Können Sie mir bitte die Adresse meiner Mutter geben?«

Antonieta notierte die Anschrift auf einen Zettel, den Catarina sorgfältig einsteckte. Sie fuhr los und rief wenige Minuten später ihren Auftraggeber Caesário Ferreira an. »Ich kann in etwa einer Stunde in Ihrem Büro sein und die Pläne abliefern.«

Sie hatte überhaupt keine Lust darauf, aber es war ihre Pflicht. Danach wäre sie frei und hätte Zeit, weiter in der verschütteten Vergangenheit zu graben.

20

Catarina betrat das Büro der Ferreira Holding SA in Vilamoura am Dienstagmittag. Fátima, die Empfangsdame, lächelte freundlich. Es schien ein guter Tag zu sein, auch wenn Catarina immer wieder an ihre Mütter denken musste, an ihre Mum in London und an Teresa hier in Portugal, die sie hoffentlich schon morgen kennenlernen würde.

Wie gern hätte sie jetzt mit einem vertrauten Menschen über ihre Situation gesprochen, über die Hoffnungen, die in ihr geweckt worden waren, über das unerklärlich Düstere, das wie schwere Gewitterwolken heranzog. Würde sie ihre Mum in England um Rat und Hilfe bitten, würde diese resolute Frau sofort in die nächste Maschine nach Faro steigen. Aber das wollte Catarina nicht. Erst einmal wollte sie Teresa allein begegnen. Und ihren Vater finden, der hoffentlich noch am Leben war. Sie wollte noch so viel.

Die Dame am Empfang ging Catarina voraus. Sie klopfte an die Tür und öffnete sie vorsichtig, als könnte sie den Chef stören. Angst vor dem Boss, schoss es Catarina durch den Kopf. Angst vor Caesário hatte Catarina nicht, aber sie mochte ihn nicht. Das spürte sie in diesem Moment wieder einmal überdeutlich. Er war ein Angeber, ein neureicher und von Ästhetik unbeleckter Möchtegern, ja, genau so hätte sie ihn ihrer Mum beschrieben. Seine ganze Art missfiel ihr. Als ob die Welt ihm dienen müsse. In diesem Machtmenschen steckt einer, der Sklaven und Kolonien ausnutzt, dachte sie. Der alte Fluch, der über Portugal und seiner Führungsschicht hängt, aber auch über vielen anderen Menschen. Sie schüttelte den Kopf. Sie wollte sich konzentrieren.

Caesário Ferreira empfing sie erstaunlich kühl und wirkte nervös, ganz anders als Stunden zuvor am Telefon. Catarina übergab ihm das komplette Portfolio der Entwürfe, die im DIN-A2-Format farbig und hochglänzend ausgedruckt waren.

Rasch überflog er die Blätter, wollte anscheinend nur prüfen, ob sie tatsächlich fertig waren, dann aber blätterte er zurück, schaute zahlreiche Entwürfe genauer an und erkundigte sich nach Catarinas Überlegungen zu diesem und jenem.

Gelegentlich gelang es ihm, einen kurzen Einblick in Catarinas leichte, aber hochgeschlossene Bluse zu erhaschen. Er zeigte sich immer entzückter von den Details und der gesamten Anmutung der Pläne. Denn der Gesamtkomplex des *GolfGigante*-Projektes mit seinen Golfplätzen und Wohngebieten lag als eine großartige Komposition vor ihm ausgebreitet. Zum ersten Mal erkannte er die Qualität und die Klasse, mit der die Architektin seine Vorstellungen umgesetzt hatte. Jetzt war das Projekt gespickt mit kreativen Ideen und geprägt von einem eleganten Landhausstil, der nicht zu vergleichen war mit der geschmacklosen, unpersönlichen Note des Bauherrn.

Seine Reaktion war überschwänglich. »Ich gratuliere zu diesen Entwürfen. Phan-tas-tisch! Gi-gan-tisch! Ich muss gestehen, dass Sie mein Briefing nicht nur meisterlich interpretiert, sondern in eine Richtung gelenkt haben, die mich sprachlos macht. Sie haben *GolfGigante* tatsächlich zu einem Goliath werden lassen. Ich danke Ihnen aus ganzem Herzen.« Er ergriff ihre Rechte mit beiden Händen, kräftigen Händen, und schüttelte sie mehrmals.

Die Begeisterung, die jetzt aus seinem Gesicht sprühte, schien grenzenlos und schmeichelte Catarina. Denn in der Regel nickten die Auftraggeber nichtssagend und gaben zwei, drei Tage später per E-Mail ihre Meinung kund, waren immer gleichbleibend freundlich und kühl und nicht greifbar. Aber bei diesem Mann hatte sie es mit einer anderen Kragenweite zu tun. Mit welcher, wusste sie allerdings noch nicht.

Seine Komplimente hatten ihr gutgetan, und sie lächelte leicht. Dabei neigte sie den Kopf ein wenig zur Seite und hob gleichzeitig die Schulter, als würde sie hinter den Ohren gestreichelt werden. Er nahm es mit einem süffisanten Schmunzeln wahr. Dann öffnete er eine bereitgestellte Champagnerflasche und goss zwei schlanke und wie Kerzen gedrehte Bleikristallgläser voll. Kitsch, dachte Catarina.

Von seiner eigenen Begeisterung in Schwung gebracht, schwärmte Caesário: »Diese Entwürfe müssen gebührend gefeiert werden. Deshalb habe ich ein Attentat auf Sie vor, liebe Catarina. Ich möchte Sie einladen, die Klippenküste von Vilamoura bis Albufeira von meiner Yacht aus zu genießen. Vom Wasser aus zeigt sich die schönste Küste Europas besonders eindrucksvoll. Unvergesslich, ich schwöre es Ihnen. Anschließend können Sie ja gleich zurück ins Hotel und morgen früh nach Porto fahren. Ihr Auftrag ist fürs Erste abgeschlossen, Doutora Catarina. Glorreich abgeschlossen, möchte ich sagen.«

Catarina antwortete nicht. Mit diesem Mann einen Ausflug auf einer Yacht zu unternehmen, passte ihr überhaupt nicht ins Konzept. Sie hatte vorgehabt, sich weiter nach Teresa zu erkundigen. Im Gespräch mit Antonieta war ihre eigene früheste Lebensgeschichte wenigstens in Teilen aufgedeckt worden. Jetzt musste sie weiterschürfen. Da war ihr nicht nach Champagnertrinken und einer Bootsfahrt.

»Sie sehen nicht begeistert aus …«, gab sich Caesário enttäuscht. Dann aber sagte er lächelnd: »Sagen Sie jetzt ja nicht Nein. Schließlich wird der ganze Tag von mir bezahlt. Da ist ein zweistündiges Vergnügen doch ein wunderbarer Abschluss, finden Sie nicht?«

»Hochseetauglich bin ich aber nicht. Hoffentlich wird mir nicht übel.«

»Hier, nehmen Sie noch einen Schluck Champagner, das ist das Beste gegen Seekrankheit … Außerdem gondeln wir an der Küste entlang, da gibt es kaum Wellen. Das ist ganz harmlos.«

»Alkohol hat mir noch nie geholfen.«

»›Sag niemals nie‹, um mit James Bond zu sprechen.«

»Der gefällt Ihnen?«

»Oh ja. Ein toller Hecht und Gentleman zugleich. Ein Gigolo ist er außerdem, und er hat einen sehr gepflegten Humor. Große Klasse. Prost! Auf Ihre Gesundheit! Auf *GolfGigante*!«

Catarina wurde bewusst, dass dieser Caesário überhaupt nicht greifbar war. Da war nichts an ihm, was einen Hinweis auf sein Inneres zuließ. Es schien, als hätte sie es mit einer Hülle zu tun, und sie wusste nicht, was in dieser Hülle steckte. Ihr wurde ein wenig unheimlich zumute.

Caesário blickte aus dem Fenster. »Sehen Sie nur, wie die Sonne am späten Nachmittag die vielen Yachten vergoldet. Lassen Sie uns losfahren, die Praia da Falésia ist jetzt am allerschönsten.«

Catarina nickte und nahm wie zur Stärkung noch einen kräftigen Schluck. Und dann noch einen. Als der Champagner ihre Speiseröhre durchrieselte, musste sie sich schütteln.

Als sie hinter Caesário zu dessen Boot im nahen Yachthafen ging, wurde ihr kurz schwindelig. Ich vertrage keinen Alkohol, sagte sie sich und schwankte an Bord.

Wenig später glitt das Luxusboot aus dem Hafen hinaus aufs Meer. Senhor Caesário schlug einen Westkurs in etwa dreihundert Metern Entfernung vom Ufer ein. An Deck war bis auf das Rauschen der Bugwelle nichts zu hören. Glücklicherweise war die Dünung gering. Catarina hätte die vorbeiziehende Klippenkette ungetrübt genießen können, aber sie hatte ein laues, ungutes Gefühl.

Sie stand vorn im Bug des Bootes und hielt sich mit einer Hand an der verchromten Reling fest, mit der anderen umfasste sie ein Champagnerglas. Die dramatisch rot glühende Felskulisse nahm sie jedoch kaum wahr. In Gedanken versunken, bewegte sie das Glas an ihrer Unterlippe hin und her. Sie dachte an Teresa.

Wie sah ihre Mutter aus? Was für ein Mensch war sie? Ein eher bäuerlicher, stammte sie doch aus der Serra? Oder ein Mensch, der sein Leben so gestaltete, wie es ihm gefiel, eine souveräne, ja geradezu weltmännische reiche Dame? Durch die Begegnung mit Teresa würde Catarina sich selbst auf eine ganz neue Art und Weise begegnen können. Sich selbst ausloten – das war eine ihrer Lebensmaximen. Und nun war sie von einem Tag auf den anderen und ohne zu suchen auf Zusammenhänge gestoßen, die ihrem Leben neue Perspektiven gaben.

»Sie sehen bekümmert aus, Catarina. Haben Sie Sorgen?«, ertönte Caesários übertrieben freundliche Stimme.

»Wer hat keine Sorgen. Bitte entschuldigen Sie, ich bin kein unterhaltsamer Gast. Aber das bin ich noch nie gewesen … Sie haben recht, Senhor Caesário, diese Küste ist ein wahrer Traum. Kein Wunder, dass hier so viele Menschen Urlaub machen und glücklich sein wollen.«

»Glücklich sein. Ein großes Wort. Sind Sie glücklich?«

Sie spürte, dass dieser Mann das Gespräch in eine Richtung, seine Richtung, lenken wollte. Alarmglocken schlugen unüberhörbar in ihr an. Männer wollen immer nur eines! Ihr war bewusst, dass das nicht generell zutraf – aber bei vielen Männern eben doch. Und dieser Senhor Caesário gehörte zu dieser Mehrzahl, keine Frage. *But it takes two to tango*, versuchte sie sich selbst zu beruhigen.

Sie ließ sich nicht anmerken, dass sie hellwach geworden war. Nun ging es darum, einen möglichen Konflikt mit diesem Mann zu vermeiden. Weil sie Angst vor ihm hatte. Weil sie allein mit ihm war. Auf dem Boot war sie ihm ausgeliefert. Jeder Hilfeschrei würde wie ein Möwenschrei verhallen. Ihre Angst würde er spüren, instinktiv. Sein Trieb machte ihn zu einer Hyäne, das sah sie ihm an. Urmännliches. Einigen Frauen mochte das gefallen, ihr wurde fast übel davon. Sie wollte ihn ablenken.

»Ist das Meer hier sehr tief?«, fragte sie.

»Ich weiß es nicht. Aber Sie haben meine Frage nicht beantwortet. Sind Sie glücklich?«

»Manchmal mehr, manchmal weniger. Kein Mensch kann ständig glücklich sein. Wäre er es, würde er es gar nicht mehr spüren. Glücklich sein ist etwas Besonderes, finden Sie nicht?«

Während sie altklug und abwehrend zugleich daherredete, fiel ihr auf, dass sie sich in der Tat häufig glücklich fühlte, zum Beispiel bei einer Fahrt mit der Bahn. Am liebsten entlang des Rio Douro. Aber Caesário wollte auf etwas ganz anderes hinaus, das spürte sie.

Er ließ nicht locker. »Ich dachte immer, wenn ein Mensch so schön ist wie Sie, verehrte Catarina, dann muss er ständig glücklich sein.«

»Danke für die Blumen, Senhor Caesário. Aber glauben Sie mir, äußere Attraktionen mögen dem oder der Betroffenen manche Vorteile einspielen, die man dann aber mit Leistung einlösen muss. Wegen des Vorteils, den man automatisch als Vorschuss erhielt, wird nachher noch mehr von einem erwartet als von anderen. Was sich vordergründig als Vorteil zeigt, entpuppt sich in Wahrheit also als Nachteil.«

»Papperlapapp, Madame.« Er strahlte sie wie ein Losverkäufer an. »Lassen Sie doch dieses intellektuelle Gerede. Schönheit siegt. Das war schon immer so und wird immer so sein. Prost!«

Catarina hob ihm ihr Glas entgegen. Sie spürte den Alkohol. Sie wurde gesprächiger. »Wenn Sie unter Schönheit den Glanz der Wahrheit verstehen, stimme ich Ihnen zu, aber Sie sprechen wohl eher von körperlichen Merkmalen. Wussten Sie, dass fast alle Menschen Symmetrien lieben und als schön empfinden, weil Symmetrien Gesundheit signalisieren? Das gilt für den Körperbau von Menschen – das gilt aber auch für die Architektur.« Sie nahm noch einen Schluck, denn sie hatte das Gespräch geschickt umgelenkt, meinte sie.

»Schön gesprochen, Doutora. Aber nicht schön genug in meinem Sinn. Unter etwas Schönem versteht doch jeder etwas ganz anderes.«

»Natürlich. Deshalb kann man nicht wirklich darüber diskutieren. Es ist wie mit der Kunst, die früher immer das Schöne idealisierte, heute aber eher auf Authentisches setzt, weil man sich unter etwas Schönem nicht wirklich etwas Greifbares, etwas Lebendiges vorstellen kann.«

»Ich kann mir sehr wohl etwas Lebendiges und Greifbares vorstellen. Sie bringen mich auf interessante Einfälle.«

Er lachte trocken, seltsam gereizt. Seinen zusammengepressten Kieferknochen sah man sogar eine gewisse Wut an.

Wütend war er tatsächlich, denn er kam an diese Frau nicht heran. Mit ihren glatten Worten entschlüpfte sie ihm ständig wie ein nasser Fisch aus kräftigen Händen. Er musste an ihre Vita denken, über die er im Internet gelesen hatte. Studium der Architektur an der berühmten Yale University, Praktikum bei keinem anderen als Siza Vieira. Catarina war eine Erfolgsfrau, eine stolze, weltgewandte Lady – und doch, wie Caesários Mutter Helena über alle Frauen zu sagen pflegte, die älter als fünfundzwanzig und unverheiratet waren: in Wahrheit eine Nutte.

Ein hämischer Ausdruck glitt über sein Gesicht. Seine Augenbrauen hoben sich lüstern, Catarina sah es, und sie registrierte das Glimmen in seinen Augen. Erneut schrillten in ihr die Alarmglocken. Wenn sie doch nur davonfliegen könnte wie eine Möwe!

»Ich muss gestehen, dass ich noch nie mit einer so attraktiven Architektin gearbeitet habe«, sagte er. Wieder dieses Lachen.

Catarina blickte auf ihre Armbanduhr. Mit dem Zeigefinger der rechten Hand pochte sie darauf. »Um Gottes willen! Es ist schon sechs Uhr dreißig. Ich muss zurück, Senhor Caesário. Morgen muss ich die Bahn in aller Frühe nehmen, da führt kein Weg dran vorbei.«

»Abschalten fällt Ihnen schwer, nicht wahr?« Sein schräger Blick hatte etwas Charmantes, aber auch etwas Gefährliches. Er setzte hinzu: »Das ist schade, denn ich würde Sie gern in das schönste und teuerste Hotel weit und breit ausführen, exquisit speisen, Sie verwöhnen …«

»Bitte, Senhor Caesário. Lassen Sie uns zurückfahren.«

»Und wenn ich nicht will? Mir gefällt es hier ganz ausgezeichnet. Ich genieße diesen herrlichen Sommerabend mit Ihnen – und Sie wollen ihn abbrechen? Das ist schade, Doutora Catarina …«

Ihr Sektglas fiel zu Boden, als sie intuitiv die Reling hinter sich mit beiden Händen umklammerte. Sie lehnte sich zurück, als wollte sie einer drohenden Gefahr ausweichen.

Sie hatte in ihrem Leben schon viel erlebt, hatte mit einigen Männern gute und weniger gute Affären gehabt, hatte sich aber nie auf längere Beziehungen eingelassen, weil sie ihr Leben kompromisslos an ihre Arbeit vergeben hatte. Bei einigen Verhältnissen war es bisweilen zu heiklen Situationen gekommen, und einmal konnte sie in Porto der versuchten Vergewaltigung eines an und für sich lieben Freundes nur mit Hilfe eines Pfeffersprays entkommen. Immer hatte sie also Oberwasser behalten.

Aber das hier, das schien gefährlich zu werden. Weil dieser Mann gefährlich war.

Caesário sah ihr entsetztes Gesicht und lächelte schmierig.

Die Sache fing an, ihm Spaß zu machen. Catarina, die Maus. Die Maus, sein Spielzeug.

»Eieiei«, sagte er grinsend. »Sie haben doch keine Angst vor mir?«

»Bitte machen Sie kehrt und fahren Sie zurück. Ich meine es ernst.«

»›Ich meine es ernst‹«, äffte er sie nach. »Wissen Sie was, Doutora? Ich meine es auch ernst. Und zwar genau jetzt, wenn ich Ihnen sage: Ziehen Sie sich aus, Madame. Zeigen Sie mir und dieser Traumküste Ihre wunderherrliche Schönheit. Zeigen Sie Ihre gesunden Symmetrien, die sich so perfekt im Goldenen Schnitt Ihres Busens zeigen. Verführen Sie mich. Jetzt!«

»Ich bin enttäuscht, Senhor Caesário. Von Ihnen hätte ich das nie erwartet … Der Ausflug fing so entspannt an, und jetzt ist alles nur noch peinlich. Bitte seien Sie ein Ehrenmann. Fahren Sie zurück, und wir vergessen das alles hier.«

»Hätten Sie nie erwartet … Ich bin also ein Mann voller Überraschungen? Das haben Sie sehr nett gesagt, Doutora. Und was soll ich vergessen? Es ist doch noch gar nichts passiert. Oder soll ich davon ausgehen, dass Sie wollen, dass etwas passiert? Sie sind mir ja ein lüsternes Weib. Ein bildhübsches, lüsternes und durch und durch verruchtes Weib, der Traum jeden Mannes. Wer hätte das von der seriösen Doutora gedacht.«

Er lachte hässlich und hämisch und strahlte dabei sein Gegenüber siegessicher an. Mit drei Schritten stand er dann vor ihr. Wieder lachte er über das ganze Gesicht. Mit der linken Hand hielt er das Sektglas. »Wenn Sie wüssten, welche Wirkung Sie auf mich haben«, sagte er. Dann fiel er über sie her.

Als es vorbei war, säuselte er höhnisch: »Sie waren wunderbar, Frau Doutora. Wir sollten das öfter tun, auch wenn Ihr Vertrag mit dem heutigen Tag und diesem gigantischen Höhepunkt abgelaufen ist. Schade.«

Catarina hielt die Augen geschlossen und flüsterte: »Oh Gott, jetzt ist mir passiert, was auch meiner Mutter passiert …«

In diesem Moment wurde sie von einer Ahnung wie von einer Tsunamiwelle gepackt. Sie riss die Augen auf und schrie dem

Mann ins Gesicht: »Wahrscheinlich kennen Sie meine Mutter! Teresa Guedes heißt sie, Ihre Nachbarin aus Jugendzeiten. Auch sie begegnete einem so ekligen Stinktier, wie Sie es sind. Auch sie wurde vergewaltigt. Hoffentlich bekommen Sie – wie alle Vergewaltiger dieser Welt – die Strafe, die Sie verdienen. Fahren Sie zur Hölle, Sie Unmensch!«

Sie spuckte ihm ins Gesicht und krümmte sich zur Seite. Da sah sie das zerbrochene Sektglas. Sie ergriff es, riss den Arm hoch und zielte auf sein Gesicht. Die Scherbe ratschte über seine Wange. Schon tropfte Blut auf Catarina.

Er schrie vor Schmerz nicht einmal auf. Stierte in die Ferne. Wie grollender Donner polterten Catarinas Worte durch sein Hirn. Er sah Bilder aus der Erinnerung aufsteigen, sah sich, den feschen Kerl am Stausee bei der *Quinta do Monte*, und die damals fünfzehnjährige Teresa, sah die Angst in ihren Augen. Fast die gleichen Augen, die ihn vor wenigen Momenten angeschaut hatten. Er wollte die Erkenntnis nicht wahrhaben, er stemmte sich dagegen. Aber sie durchstach ihn wie ein Dolch. Er hatte seine eigene Tochter vergewaltigt.

***

Während der Rückfahrt sprachen sie kein Wort. Der Wind verwehte Caesários Haare, breitbeinig stand er am vergoldeten Steuerrad seiner schnittigen Yacht, starr blickten seine Augen in Richtung Hafen. Im Gegenlicht des glühenden Abendhimmels war sein Gesicht kohlrabenschwarz. Die engen Striche seiner Lippen waren kaum zu sehen.

Catarina verhüllte sich mit ihrem leichten Mantel. In Vilamoura angekommen, wankte sie über den Anlegesteg zum Mietauto. Zitternd fuhr sie zum Hotel in Lagos. Unter der Dusche ließ sie heißes Wasser auf sich niederprasseln, wusch ihren Körper immer wieder. Aber der Dreck klebte in ihrem Inneren und löste sich kein bisschen auf.

Beim heftigen Waschen reifte in ihr ein Entschluss. Eigentlich war es kein Entschluss, sondern eine Idee, ein Erkenntnisblitz, der sich in ihr entzündet hatte. Ihr Leben hatte jeden Sinn verloren. Ihr Leben war ausweglos geworden. Hatte sie wenige Stunden zuvor noch gehofft, die neuen Einblicke in ihre eigene Herkunft würden ihr andere Perspektiven erlauben, so wusste sie jetzt überhaupt nicht mehr, wohin ihre Lebensreise gehen sollte.

Ihre Arbeit, ihr gepflegter Lebensstil und die enge, aber freie Beziehung zu ihren Eltern waren immer eine unerschöpfliche Energiequelle für sie gewesen. Sie hatte das Leben als eine Aufgabe betrachtet, die tagtäglich Sinn und Spaß machte. Jetzt hatte sich alles verändert. Sie hatte keine Energie mehr. Wollte sie nicht haben. Alles war zersplittert.

Geboren war auch die Angst, dass sich Teresas Schicksal wiederholte, dass sie bei der Vergewaltigung geschwängert worden war. In diesem Moment wuchs unter ihrem Herzen vielleicht schon ein Kind heran, gezeugt mit dem Samen des Unmenschen Caesário.

Im Kleiderschrank hatte sie ein Verlängerungskabel gesehen. Sie packte es in ihre Umhängetasche. Zugeschnürt in einen Hotelbademantel, setzte sie sich an den Schreibtisch und nahm ein Blatt zur Hand. Ohne abzusetzen, verfasste sie einen Abschiedsbrief.

21

»Jetzt noch? Mitternacht ist längst vorbei, mein Lieber!« Ein triumphierendes Lächeln huschte über Teresas Gesicht, genährt aus der Hoffnung auf Sex und Sieg.

»Alle Papiere sind fertig, alles ist perfekt – für *GolfGigante* wird die finale Runde eingeläutet. Willst du die Pläne sehen, die mir diese Architektin aus Porto gebracht hat?«

»Natürlich will ich sie sehen. Schließlich bin ich an deinem Projekt ja auch ein bisschen beteiligt, Mister Gigante, nicht wahr?«

Sie konnte nicht sehen, wie Caesário seine Augen verdrehte und das Handy für einen Moment weghielt, als wollte er seinen Gesprächspartner in diesem Moment in die Hölle verwünschen.

»Schätzchen … Deshalb will ich ja noch kommen. Ich nehme an, du hast eine Flasche Champagner im Kühlschrank? Oder zwei? In zwanzig Minuten bin ich bei dir.«

Er fuhr auf den Parkplatz eines Supermarktes und betastete sein Gesicht. Mehrmals fuhr er vorsichtig über die Wunde an seiner Wange. Er dachte an eine Erklärung für die Verletzung. Golf. Was lag näher als ein kleiner Unfall beim Golfen …

Blut war von dem Schnitt bis zum Hals geflossen und hatte das weiße Hemd und den weißen Blazer beschmutzt. Beide Kleidungsstücke zog er aus und warf sie achtlos auf den Boden hinter dem Fahrersitz. Er schüttete Aftershave auf ein Taschentuch und wischte sich damit das Blut ab. Es brannte höllisch, sah aber schon viel besser aus.

Er zog ein neues Polo-T-Shirt aus seiner Golftasche. Streifte es über. Grinste. Dann biss er die Zähne zusammen, denn er musste an Catarina denken. Nicht an ihre festen Brüste oder ihre vollen Lippen. Nein, an sich selbst. Dass er ihr Vater war. Und Teresa ihre Mutter. Eine Katastrophe.

Niemand durfte davon erfahren, niemand, vor allem Teresa nicht. Niemals! Wüsste sie, dass sie eine Tochter hatte, würde sie das *GolfGigante*-Projekt fallen lassen wie eine heiße Kartoffel. Dafür war sie Portugiesin genug. Würde Catarina ihrer Mutter erzählen, dass Caesário sie vergewaltigt hatte, würde sie ihn davonjagen wie einen räudigen Hund, Geld hin, Geld her. Sie würde die Polizei alarmieren und dafür sorgen, dass er hinter Schloss und Riegel kam. Dafür kannte er sie gut genug. Abhängig war sie von ihm nämlich keinesfalls. Jahrelang waren ihre sexuellen Spielereien zwar nette Bereicherungen in einem langweiligen Leben gewesen, und das schon, seit sie es zum ersten Mal am See getrieben hatten, aber was war das schon im Vergleich zu seiner Sicherheit, seiner Ehre, seinem Ruf?

Teresa stellte eine Gefahr dar. Sie musste weg. Verschwinden musste sie. Er biss sich wieder auf die Zähne. Er schaute sich im Rückspiegel tief in die Augen. Er nickte sich zu. Der Plan war geschmiedet. Er würde ihn verwirklichen. Jetzt.

Mit zweihundert Kilometern pro Stunde rauschte er auf der Algarve-Autobahn in Richtung Westen, fuhr an der Ausfahrt Lagoa ab und steuerte die Küste bei Ferragudo und die *Galeria do Mar* an.

Es war inzwischen zwei Uhr an diesem Mittwochmorgen geworden. Der schwere Porsche rollte über die dunkle Auffahrt, Kies raschelte, er hupte, schon öffnete sich die Tür.

Teresa trug ein fast durchsichtiges dunkelrotes Kleid mit einem Schlitz bis zum Schritt. Sie lehnte sich lässig am Türrahmen an und sah zu, wie Caesário ausstieg. Ihr Mann. Ihr geheimer Mann. Den sie aber nie heiraten würde. Sie hatte im Leben das erreicht, was sie wollte. Warum sollte sie es mit Caesário teilen? Schöne Stunden konnte man teilen. Das war ihr genug, und er wusste es.

Als er sie anschaute, winkte sie ihm mit einer Champagnerflasche in der Hand entgegen, hielt den Kopf schräg, rief: »Und?«

Er blieb stehen und rief zurück: »An unserem Festplatz?«

»Wunderbar.«

Sie eilte ihm entgegen, stieg ein. Sie hätten auch zu Fuß zu der Stelle gehen können, die Einheimische gern »Altar« nannten, aber mit dem Porsche war es doch bequemer – und schneller.

Der Wagen rollte die schmale Straße zum Leuchtturm hinab. Am Parkplatz am Ende der Stichstraße gleich neben dem einsamen Leuchtturm stellte Caesário das Auto ab, das einzige weit und breit. Längst hatten alle Spaziergänger und Angler diesen beliebten Ort verlassen.

Caesário öffnete galant die Beifahrertür. Beim Aussteigen zeigte Teresa höchst unauffällig, dass sie kein Höschen trug. Sie drückte sich an ihn. Jetzt erst bemerkte sie seine Verletzung.

»Um Gottes willen, was ist passiert?«

»Nichts Schlimmes. War mit den Briten auf dem neuen Platz bei Tavira. Ich musste einen Ball aus dem Gebüsch angeln, und schon war's geschehen.«

»Mein armer Caesário.«

Sie giggelte wie ein Teenager. In ihrer Linken hielt sie die Champagnerflasche. Sie stellte sich unmittelbar vor ihm auf die Fußspitzen und gab ihm ein Küsschen auf die nach Aftershave duftende Wunde, bevor sie seinen Arm umklammerte. Zielstrebig staksten sie nebeneinander über den steinigen Boden, umrundeten Büsche, blieben zweimal stehen, küssten sich. Ein Kaninchen stob davon.

Sie kamen an ihrer Lieblingsstelle an. Eine Kulisse der Gefahr. Das törnte immer an. Gleich hinter einem Holzgeländer klaffte ein Loch von über fünf Metern Durchmesser im Klippenfels. Das Schlagen und Rauschen der dreißig Meter tiefer spielenden Wellen drang herauf. Das spärliche Mondlicht zauberte einen zartlila Hauch auf die Küstenlandschaft.

»Und die Pläne?«, fragte sie schelmisch, wohl wissend, dass zuerst der Aperitif namens *Veuve Clicquot* anstand.

»Nicht so ungeduldig, mein Liebchen. Alles der Reihe nach. Sie liegen im Cayenne.«

»Du hast recht. Erst verwöhnen wir uns. Verwöhnen ist das Wichtigste im Leben, und wir leben nur einmal. Hab ich recht?«

»Du hast immer recht.«

»Ach Caesário, mein Supermann, du bist einfach phantastisch. Hier, hol dir deine Belohnung …«

Sie öffnete ihre Bluse und zerrte ihre Brüste über den oberen

Rand des BHs. Trotz eines halben Jahrhunderts Existenz hatten die Brüste bei täglicher Pflege mit eiskalten Duschen und anderen Tricks jugendliche Straffheit bewahrt. Caesário streichelte ihre Brüste. Sie stöhnte lustvoll.

»Warte«, sagte er leise und öffnete die Flasche. Das satte »Plopp« ging im Rauschen des Wassers und in dem Schreien der Möwen unter, die auf einem nahen Inselfelsen zu Tausenden nisteten. Der Korken schoss heraus und landete im klaffenden Felsloch unmittelbar hinter dem Geländer.

Caesário tat, als wollte er hören, wie der Korken unten landete, doch Teresa zog seinen Kopf zu ihrem Busen herab und forderte: »Mehr, mein Schatz, mehr.«

Er schüttelte die Flasche, hielt sie mit dem Daumen verschlossen und goss, einem Formel-1-Fahrer gleich, den herausschießenden Champagner über ihrem Kopf aus.

»Bist du verrückt?«, rief sie. »Ich war heute beim Friseur, Caesário, das ist nicht lieb. Schau doch nur.« Sie strich mit beiden Händen über das an ihrem Körper klebende, klatschnasse dünne Kleid.

»So liebe ich es«, murmelte er und packte sie an den Hüften.

»Und ich erst, du böser, böser Caesário.«

Er drückte sie gegen das Geländer. Jetzt ist es so weit, sagte er sich.

Teresa sah nicht die entschlossenen Augen des Liebhabers, als er ruckartig ihren Körper anhob. Sie verlor das Gleichgewicht. Ihre Füße strampelten für einen kurzen Moment an seinem Kopf vorbei, dann fiel Teresa rücklings neben einer Stechpalme auf den Rand des Felslochs, blieb dort ein paar Sekunden liegen und schrie und strampelte weiter, strampelte sich in den Tod hinein. Ihre Füße und Beine zappelten im Freien, es gab keinen Widerstand mehr, sie fiel.

Caesário lauschte dem Aufschlagen des Körpers auf dem Wasser. Er nickte. In der wütenden Brandung würde sie ertrinken. Keine Chance, Dona Teresa. Er winkte ihr hinterher. Und warf die Flasche ins Loch. Keine Spuren hinterlassen.

Der Plan war gelungen. Teresa war entsorgt. Irgendwann

würde man sie vermissen. Wer eigentlich? Egal. Sie war weg. Ausgelöscht. Von ihr drohte keine Gefahr mehr.

***

Der Mittwoch dämmerte, als Catarina aus der Tiefgarage fuhr. Ihr Ziel stand fest: der Stausee zwischen der *Quinta da Ribeira* und der *Quinta do Monte*. Die genaue Lokalität hatte sie bei Google Earth erkundet.

Im Osten säumte ein orangeroter Streifen den Horizont, als sie nahe der *Quinta da Ribeira* den Wagen an einem Waldweg abstellte. Ab hier ging es nur zu Fuß weiter. Catarina stieg aus. Wie von dunklen Mächten getrieben wollte sie dort ihr Leben beenden, wo es begonnen hatte. Alpha und Omega. Der Kreis wird geschlossen. Das Schicksal war perfekt.

Auf dem Pfad zum Stausee musste sie höllisch aufpassen. Steine und Wurzeln von Zistrosen bildeten Stolperfallen. Immer wieder blieb sie stehen, blickte hinüber zur schattigen *Quinta da Ribeira* und hinauf zur *Quinta do Monte*, die sich, von ersten Sonnenstrahlen betupft, wie ein Glutnest an den Südhang des Fóia-Berges schmiegte. Dann sah sie den See matt schimmern. Schräg einfallende Sonnenstrahlen betasteten die Wipfel der Bäume am Ufer.

Neues Leben … höhnte es in ihr. Leer war ihr Kopf. Es gab nichts mehr zu bedenken. Sie hatte mit allem abgeschlossen. Sie war am Ende ihres Lebens angekommen. Sie fühlte sogar etwas Feierliches, Würdiges aufkommen, fühlte, dass sie durch ihren Tod kein Todsünder war, sondern ein Mensch, der diese Lösung frei gewählt hatte. Nicht aus Verzweiflung, sondern aus dem Wissen heraus, dass diese Lösung die bestmögliche war.

Gab es überhaupt eine andere? Nein. Sie hatte gegrübelt, stundenlang, sie hatte sich zahllose Fragen gestellt und Antworten gegeben, aber mit jeder neuen Überlegung hatte sich ihr Entschluss nur noch weiter gefestigt. Ihr Leben war zu Ende gelebt.

Dass alles relativ ist, dass Lebensgestaltung damit verbunden ist, die Realitäten zu verändern – was stets ihre eigene Lebensmaxime gewesen war –, das bedeutete jetzt nichts mehr. Es lag hinter ihr. Alles lag hinter ihr.

Plötzlich strauchelte sie. Sie konnte sich gerade noch mit einer Hand am Boden abfangen, doch ihr linker Fuß verdrehte sich dabei in einer Wurzelschlinge. Sie schrie vor Schmerz kurz auf. Lag am Boden. Blieb liegen. Was war das? Hatte das Schicksal sie stolpern lassen? War das eine Warnung, ein faustdicker Hinweis darauf, dass ihr Leben doch noch nicht am Ende angelangt sein durfte?

Der Schmerz trieb ihr Tränen in die Augen. Sie drehte sich auf den Rücken und blickte in den fahlen Himmel, der im Westen noch der Nacht gehörte, im Osten aber sonnige Helligkeit einziehen ließ. Morgenwolken über dem Picota-Gipfel sonnten sich, schienen rosarot. Wie jeden Tag.

Die Natur hat ihre Regeln. Sie kennt keine Rücksicht, keine Vorsicht, keine Nachsicht. Natur kennt keine Barmherzigkeit. Kein Gut und kein Böse. Aber der Mensch kann entscheiden zwischen Gut und Böse. Zwischen Leben und Tod. Durfte sie schon gehen? Durfte Caesário seine diabolischen Handlungen ungestraft fortsetzen? Dieser Mann war ein Lump, ein Drecksack, ein Verbrecher, so unglaublich viel Übles vereinte sich in ihm. Dieser Mann durfte sie doch nicht aus der Bahn werfen!

Catarina konnte sich kaum bewegen vor Schmerz. Trotzdem setzte sie sich hin, strich behutsam über den Knöchel. Gebrochen war anscheinend nichts, das würde noch höllischer schmerzen. Sie hatte es vor über zehn Jahren beim Skifahren in den Tiroler Alpen erlebt.

Vom See führte ein schmaler Pfad zur *Quinta do Monte*. Catarina schaute hinauf. Sie hatte ein Ziel. Weil sie nicht gehen konnte, begann sie, auf allen vieren zu krabbeln.

***

»Allerliebste Mafalda. Es ist wieder so weit: Wir müssen ihm helfen. Ich weiß nicht, wie und warum, aber ich spüre, dass er Hilfe braucht. Mutter soll entscheiden, was zu tun ist. Sie ist unsere

Quelle, sie wird wissen, was Heilung bringt für mich, für dich, für ihn, für uns alle. Wir machen jetzt einen Morgenspaziergang und gehen Mutter besuchen. Komm.«

Mit ihren glänzenden Knopfaugen schaute die schwarze Sau ihr Herrchen von unten an.

Entzückt musste er auflachen. »Komm, Schatzimausi! Es ist zwar noch recht früh, aber wie ich Mutter kenne, ist sie längst auf den Beinen.«

Er öffnete die Tür, trat vor das Haus, streckte sich, blickte prüfend rundum. Eigentlich war es kein Haus, sondern lediglich ein langer Stall, der für ihn schlicht und seinen geringen Ansprüchen genügend vor vierzig Jahren ausgebaut worden war, nachdem der Vater beim Angelunfall ums Leben gekommen war.

Mutter hatte entschieden, dass der schwerhörige und etwas langsam denkende Lúcio für diese Tat offiziell herhalten sollte. Aber er könnte ja plaudern. Also musste er verschwinden. Helena hatte einen Sinn fürs Praktische. Sie behauptete, auch Lúcio sei beim Angeln tödlich verunglückt.

Ein Unfall, zwei Tote. Schrecklich. Zur Beerdigung waren an die dreitausend Menschen aus allen Teilen der Serra gekommen. Seither lebte er sorgsam versteckt in diesem Stall. Er musste immer holprig auflachen, wenn er daran dachte. Niemand wusste, dass er hier lebte, gar nicht mal weit vom Herrenhaus entfernt.

Als er vierzehn wurde, hatte ihm Caesário einen Fernseher gebracht. Von nun an hatte er machen können, was er wollte, allerdings nur im weiteren Umkreis des Stalls. Niemals durfte er unter Menschen gehen, das war ihm von seiner Mutter strikt untersagt worden.

Dass er jedoch bei Tag und Nacht oft unterwegs war und die weite Umgebung bis hinüber zur Westküste und im Süden bis Lagos erkundet hatte, wusste niemand. Auch nicht, dass er nachts heimlich die eine oder andere Flasche Bier im Dorfcafé aus dem Vorratsschuppen holte. Und auch bezahlte. Er war kein Dieb. Die Besitzerin der *Tasca*, Carla hieß sie, war außer Caesário und Teresa die Einzige, die von seiner Existenz wusste. Sie bewahrte ihr Wissen für sich.

Caesário brachte alle paar Tage frische Lebensmittel, Milch, löslichen Kaffee und viel Schokolade vorbei und alles, was er und sein Schwein brauchten. Ab und zu erledigte Lúcio gewisse Handlanger-Aufträge für seinen Bruder, egal was und wo. Lúcio machte alles. Er beklagte sich nie.

Doch jetzt geriet das geregelte Leben in Gefahr, weil Caesários Pläne nicht mehr richtig funktionierten. Caesário hatte es selbst erzählt. Caesário drehte durch. Wollte er diese Lisa-Göre töten? Mann, dann mach es doch – aber mach es richtig!

Und da war noch etwas. Gestern sei in der *Quinta do Monte* eine seltsame Dame aufgetaucht, wie Carla ihm in der letzten Nacht erzählt hatte. Erst diese glatzköpfige Göre. Jetzt diese Dame. Frauen waren gefährlich. Menschenfrauen, versteht sich.

Mafalda lief ihrem Herrchen hinterher, immer mit dem schwarzen Hintern wackelnd, mit tänzelnden kurzen Beinen. Im Osten tauchte das grauschattige Gebäude der *Quinta da Ribeira* auf. Lúcio mochte es nicht. Hatte sein Elternhaus nie gemocht. Imponierend groß war es, jedoch ein Eisschrank. Da gab es nichts, aber auch gar nichts Anheimelndes.

Hatte er früher mal einen Strauß Mohnblumen gepflückt und ihn auf den Küchentisch gestellt oder frisch gepflückte Waldbeeren mit Sahne und Honig für die ganze Familie verrührt, hatte er von seinem Vater immer eine Schelle erhalten.

»Faulenzer«, hatte der Mann geschrien. »Hast nichts Besseres als Weiberkram in deinem dummen Kopf?«

Lúcio wurde diese Erinnerungen nicht los. Wie Motten um das Licht, so kreisten sie durch sein Gemüt. Er fasste sich an die Ohren, die schwerhörigen Ohren. Das Schreien des Vaters aber kam von innen. Er wurde es nicht los.

Er musste daran denken, wie sich das sorglose Kinderleben in sein heutiges verwandelt hatte, ein Leben voller Schwere und voller Schatten, trotz Mafalda. Und all der anderen lieben Schweine vor Mafalda.

Alle zwei Jahre brachte ihm sein Bruder eine neue süße Sau, weil die alte schlachtreif geworden war. Lúcio musste vor den Augen seiner Mutter und Caesários die Sau abstechen. Das Brüllen des Tieres zerriss stets die Stille des Tales. Wochenlang hallte es in seinen Ohren nach. Er war ein Fachmann im Zerlegen seiner geliebten Wesen geworden. Ihm grauste bisweilen vor sich selbst.

Im Nachhinein konnte er nicht sagen, wie und wann sich das Satanische eingeschlichen hatte. Warum es sich mit tentakelhaftem Geschick in ihm hatte ausbreiten können und seinem Leben den Glanz von kindlichem Glück entrissen hatte. Eines jedoch war gewiss: Es hatte damit begonnen, dass er, der Schwerhörige, in die Einsamkeit verdammt worden war, nachdem die Mutter ihren Mann in die Tiefe gestoßen hatte.

Ah. Immer wieder erinnerte er sich an diese Bilder, sah, wie der Vater in die Tiefe trudelte, wie er in die Brandung fiel, wie er nicht mehr auftauchte. Weg war. Tot.

Lúcio näherte sich dem Stausee, Mafalda tänzelte brav vorneweg. Sie kannte den Weg. Plötzlich blieb sie stehen und blickte in Richtung Wasser. Ihre Nase bewegte sich ganz aufgeregt, sie grunzte. Lúcio war alarmiert. Er liebte das stille Gewässer, auch wenn es auf dem Gelände der Familie Guedes lag. Er hatte schon so manchen kapitalen Karpfen im dunklen Wasser geangelt, immer abends oder frühmorgens, so wie jetzt, wenn keine Menschenseele die Stille der Natur trübte.

Er liebte die Morgenstunden, er liebte die Abendstunden. Zeiten des Übergangs zwischen dunkel und hell, zwischen schwarz und weiß, satt und hungrig, Zeiten des Übergangs vom Leben zum Tod.

Hinter dem Picota-Berg stieg die Sonne auf. Ihre Strahlen durchdrangen die kühle Morgenluft und betasteten das Seewasser, über dem sich eine dünne Decke aus Nebelschwaden geisterhaft bewegte. Im Gegenlicht sah es unwirklich schön, unendlich friedlich aus.

Mafalda wackelte auf ein Blatt Papier zu, das an einem Strauch hing. Neugierig geworden, ging Lúcio darauf zu, ergriff es und erkannte einen von Hand geschriebenen Brief.

Er las ihn sich selbst laut vor. »Caesário Ferreira hat mich vergewaltigt. Er hat mir genommen, was mir im Leben immer am wichtigsten war: Respekt vor mir selbst und anderen. Damit ist mir widerfahren, was auch meiner leiblichen Mutter Teresa Guedes widerfuhr. Sie wurde an ihrem fünfzehnten Geburtstag vergewaltigt. Ich bin das Resultat dieses Verbrechens. Ich hoffe, dass mein Vergewaltiger und alle Vergewaltiger dieser Welt in die Hölle fahren und in ihrer eigenen Schuld schmoren – auf ewig, in jedem Moment auf ewig. Aber euch, Mum und Dad in England, und auch dich, Teresa, euch liebe ich. Eure Catarina.«

Beim Lesen zuckten Lúcios Brauen. Während er grübelte, faltete er das Papier zusammen und steckte es in seine Gesäßtasche. Er blickte um sich, den Kopf erhoben, wachsam mit den Augen den Pfad absuchend. Eine Aufregung hatte ihn gepackt, eine Sorge, wie er sie noch nie erlebt hatte. Er zitterte. Am Boden waren frische Schleifspuren zu erkennen.

Ob sich die Briefschreiberin vielleicht angeschossen hatte und verletzt war? Ob sie versuchte, sich zur *Quinta do Monte* zu schleppen? Oder zum See? Wollte sie sich ertränken? War sie schon ertrunken? Oder lebte sie noch? Konnte er helfen?

Mafalda grunzte wieder und tapste auf dem Pfad voran, schnüffelte, ihr Schwänzchen wackelte. Lúcio eilte hinterher. Nach über dreihundert Metern sah er sie. Auf allen vieren krabbelte die Frau bergauf, in Richtung *Quinta do Monte*.

Er näherte sich ihr, rief: »Sind Sie verletzt?«

Erschrocken riss Catarina ihren Kopf herum und starrte den fremden Mann an. Angst hatte sie nicht. Angst schien mit dem Schatten des Todes, der von ihr gelassen hatte, verschwunden zu sein. Für immer.

»Ja, am Fuß«, antwortete sie. »Ich weiß nicht, ob er gebrochen ist, ich glaube aber nicht. Es schmerzt fürchterlich. Ich kann nicht gehen …«

»Wo wollen Sie hin?«

»Zur *Quinta do Monte.*« Sie zeigte nach oben zum Landsitz. Ein Schmerzstich durchzuckte sie. Ihr Kopf sank zurück auf den Boden.

»Ich werde Sie tragen. Ich bin kräftig.«

»Das sehe ich«, sagte sie und versuchte zu lächeln, und dieses Lächeln überraschte sie selbst. Es strahlte in ihr fort, als mächtige

Welle rollte es durch sie hindurch und wischte mit einem Schlag das Entsetzen weg, von dem sie seit Caesários Tat beherrscht war.

Lúcio sah sie verwundert an. Er wusste dieses Lächeln nicht einzuschätzen. Er stammelte etwas mit sehr lauter Stimme, er wusste gar nicht, was, aber seine Worte waren freundlich, jedenfalls sollten sie es sein. Währenddessen wälzte sich Catarina so zur Seite, dass er sie hochheben konnte.

Vorsichtig griff er unter ihren Rücken und die Knie und hob sie so behutsam wie möglich an. Als ihr linker Fuß frei herabschlenkerte, stieß sie einen Schmerzlaut aus.

»Es geht schon …«, sagte sie, sich selbst ermunternd. »Es gibt Schlimmeres. Ich werde es aushalten.«

Durch die Kleidungsstücke hindurch spürte er ihren Körper, ihre Muskeln, Knochen, ihre Hüften. Ständig blickte er auf ihren schlanken und leicht verdrehten weißen Hals, spürte das Weiche und doch Feste des ihm zugewandten Busens, ein Schenkel drückte gegen seinen Bauch, ein Knie rieb an seinem rechten Bein, die schlanken Finger ihrer rechten Hand umklammerten seinen Unterarm.

Die Frau strömte eine außerirdische Wärme aus. Ihr Gewicht spürte er gar nicht und schritt elanvoll voran. Ihm war, als schreite er ins Himmelreich hinein.

***

Seit fast vierzig Jahren war er nicht mehr in der *Quinta do Monte* gewesen, die er täglich vom Gelände der *Quinta da Ribeira* aus sah. Doch seitdem seltsame Gefühle, ausgelöst von dieser Frau, die in seinen Armen lag und die auf dem Weg ins Totenreich gewesen war, in ihm tobten, war er bereit, mit vielem zu brechen.

Er erreichte die Quinta und trat mit einem Fuß gegen die Küchentür.

»Herkommen!«, rief er.

Mafalda stand nah bei ihm und schaute an der Tür hoch, die jetzt geöffnet wurde. Foxy, die Hündin, stürzte heraus und kläffte Mafalda an.

Antonieta trat vor die Tür. Mit weit geöffnetem Mund überblickte die Haushälterin die Situation, dann rief sie: »Oh Gott, Dona Catarina, sind Sie verletzt? Lúcio, leg die Dame hier auf dem Liegestuhl ab. Lúcio?« Kritisch musterte sie den großen Mann. »Das ist nicht möglich. Du bist doch vor vielen Jahren ums Leben gekommen!«

»Ich habe mich unten beim Stausee verletzt«, mischte sich Catarina ein, »... und dieser Herr hat mich freundlicherweise den ganzen Weg heraufgetragen. Ich danke Ihnen – Senhor Lúcio?«

Er nickte und hielt den Kopf schräg, als lauschte er dem Nachhall des Wortes »Herr«. Noch nie in seinem Leben hatte ihn jemand so bezeichnet.

Antonieta stand völlig verwirrt daneben. »Das darf nicht wahr sein. Schon wieder ein lebendiger Toter.«

»Ich wünsche Ihnen gute Besserung«, sagte Lúcio so laut, dass Catarina instinktiv an eine Schwerhörigkeit des Mannes denken musste. Er wollte sich schon abwenden, stockte aber und fügte hinzu: »Sie haben das verloren.«

Er drückte ihr den Abschiedsbrief in die Hand. Mit weit ausladenden Schritten ging er an der Quinta entlang auf dem Weg in Richtung Tal davon. Sein Schwein tippelte eilig hinterher.

Catarina schaute den beiden nach und schob den Brief in ihre Hosentasche. Ob Lúcio ihn gelesen hatte? Sein Handeln ließ darauf schließen. Aber niemand sonst sollte diese Zeilen lesen. Niemand sollte wissen, dass sie am Lebensabgrund gestanden hatte. Jetzt schämte sie sich – vor sich selbst am allermeisten, denn sie wusste, dass ein Selbstmord immer eine Schweinerei ist. Seine eigene Vernichtung kann man ja gar nicht wollen, sie ist eine Überrumpelung seiner selbst, wie ihr Lieblingsphilosoph Ludwig Wittgenstein einmal geschrieben hatte. Daran erinnerte sie sich jetzt genau. Und auch daran, dass nichts ärger ist, als sich selbst überrumpeln zu müssen. Es war ihr nicht gelungen. Gott sei Dank.

Während sie dem Mann nachschaute, konnte Antonieta die Verletzte eingehend betrachten, jene Frau, die vor Kurzem noch so elegant ausgesehen hatte. Jetzt trug sie ein zerlumptes T-Shirt, ihre Jeans war verdreckt, die schwarzen Haare zerzaust, Blätter hingen darin, das Gesicht und die Arme waren verkratzt. Am meisten aber erschreckte der Gesichtsausdruck der Frau. Dass sie Fürchterliches erlebt haben musste, war unübersehbar.

»Um Gottes willen, wie sehen Sie denn aus, Dona Catarina! Ist Ihnen etwas zugestoßen?«

»Haben Sie eine Tasse Kaffee für mich?«

Als Antonieta mit einer großen Tasse zurückkam, hatte Catarina den Kopf zur Seite gedreht. Ein tiefes Schluchzen schüttelte sie.

Antonieta stellte die Tasse ab und blieb neben Catarina stehen. Wartete. Spürte, dass diese Frau reden wollte, reden musste. Nach einer Weile beruhigte sie sich. Sie hob ihren Kopf, lächelte verlegen und griff nach dem Kaffeebecher.

Während sie trank, schaute sie Antonieta verlegen an. Verzweiflung schwang in ihren Augen, aber auch Hoffnung deutete sich an. Antonieta setzte sich neben sie und legte einen Arm um die Schultern der Frau. Immer wieder drückte sie zu, während Catarina von Weinkrämpfen geschüttelt wurde. Die Haushälterin sagte kein Wort.

Die Küchentür wurde geöffnet. Joana stand im Rahmen und rieb sich den Schlaf aus den Augen. Verwundert betrachtete sie die fremde Frau. Eine am Boden zerstörte Frau.

Antonieta stellte die beiden einander vor und berichtete, was vorgefallen war. Catarina blickte nicht auf. Ihr Gesicht hielt sie in den verschränkten Armen vergraben. Aber irgendwann war es so weit. Sie hob ihren Kopf. Bis gegen Mittag erzählte sie ihre lange Geschichte.

22

Am späten Sonntagnachmittag war Lisa von Lissabon aus in Zibririnha angekommen. Pablo hatte sie erschrocken angeschaut. Er sah alles. Er hegte und pflegte sie, ließ nichts an sie heran außer Ruhe, gutes Essen, Trinken und viel Liebe. Die Schrammen und blauvioletten Flecken verschwanden dann binnen zwei Tagen zusehends.

Lisa trug fast immer einen Strohhut, um keinen Sonnenbrand auf dem Kopf zu bekommen, auf dem inzwischen ein regelrechter Mini-Mecki wuchs.

»Du musst mehr Knoblauch essen, dann wachsen die Haare noch schneller«, fand Pablo, kaufte ein Kilo Shrimps und briet sie in Butter mit viel Knoblauch an, verfeinert mit einem Schuss Weißwein und scharfem Piri-Piri-Pfeffer. Und sehr viel frischem Knoblauch.

Um Antonieta auf dem Laufenden zu halten, rief Lisa in der Quinta an.

»Und?«, wollte die gute Frau gleich wissen. »Was ist bei der Dingsda-Analyse herausgekommen?«

»Ich habe einen Vater.«

»Jorge.«

»Sie haben es gewusst …«

»Immer. Ich hatte nie den leisesten Zweifel daran. Ach, ich bin so glücklich.«

Lisa musste das Handy weghalten, so laut schrie Antonieta vor Freude. Danach berichtete sie von dem Gespräch mit Dr. Borges und ihrer abenteuerlichen Flucht.

Antonieta war erschüttert. Schließlich fragte sie: »Wissen Sie schon, was mit dem Anwalt passiert ist?«

»Was soll schon mit ihm sein? Er ist nach Hause gefahren.«

»Er ist aber nie angekommen. Er ist auf der Autobahn verunglückt. Defekte Bremsen, hieß es. Ein Unfall. Er ist tot.«

»Kein Unfall war das, sondern ein von Caesário inszenierter Mord!«

»So sieht es aus. Ja, und dann haben wir Besuch bekommen, Lisa. Es wäre gut, wenn Sie bald kämen.«

»Wer ist es?«

»Eine Überraschung, mehr möchte ich nicht verraten.«

»Ich würde gern erst morgen kommen, weil wir heute schon etwas vorhaben.«

»Das macht gar nichts. Machen Sie ruhig ein paar Tage Urlaub bei Pablo. Der Besuch muss sich auch erst einmal erholen.«

Lisa erzählte Pablo von dem tödlichen Unfall. Lakonisch meinte er dazu: »Unfälle. Darauf ist dieser Caesário spezialisiert. Vielleicht passiert ja auch ihm mal einer. Und was gibt es Neues in der Quinta?«

»Irgendein Besuch. Aber Antonieta will nichts verraten.« Am liebsten wäre Lisa gleich hingefahren, sie war unheimlich neugierig geworden. Doch Pablo hatte vor, ihr an diesem Tag ein weiteres Juwel der Atlantikküste zu zeigen: das Kap São Vicente.

Sie fuhren hin. Pablo baute sich am über siebzig Meter hohen Klippenrand der Kapspitze auf und deklamierte: »Hier hat einst Prinz Henrique der Seefahrer gesessen und beschlossen, die Angst vor der Weite des Atlantiks zu überwinden – durch Entdeckungen neuer Ufer. Seine Kapitäne fanden die Archipele Madeira und Azoren. Kaum hatten sie alsdann das Kap Bojador an Südmarokkos Küste hinter sich gelassen, begannen sie mit dem Erkunden des schwarzen Kontinents mit dem Ziel, Indien auf dem Seeweg zu erreichen. Gelänge es, könnte man Venedig in seiner Schlüsselposition als Dreh- und Angelpunkt für den Handel mit dem Nahen und Fernen Osten ablösen. Ein Wunschtraum, der in der Folge von Henriques Weitsicht tatsächlich in Erfüllung gegangen war.«

Pablo strahlte. Er streckte Lisa beide Hände entgegen und sagte: »Jetzt musst du etwas sehen, was mir Jorge einmal gezeigt hat. Zu erreichen ist dieser Ort aber nur über eine Strickleiter … Komm, wir gehen zu Fuß hin.«

Er öffnete die Hecktür des Jeeps, zog eine Strickleiter heraus und legte sie über seine Schulter. Den Blick immer auf das südlich gelegene Kap von Sagres gerichtet, wanderten sie entlang der hohen, senkrecht aus dem Meer klaffenden Klippen an der Südflanke des Kaps São Vicente. Der Boden war bewachsen von Disteln mit silberblauen Blüten, Wacholderbüschen und hohen Gräsern, die sich unter dem Wind duckten. Bald erreichten sie eine etwa drei Meter hohe Mauer, die ein Areal von gerade mal zweihundert Metern Länge und Breite umschloss.

»Beliche«, erklärte Pablo, »ein Stück Paradies.«

Das hölzerne Eingangstor war verriegelt. Pablo warf die Strickleiter über die Mauer. Beim dritten Wurf verhakte sie sich auf der anderen Seite.

»Ich mache das nicht zum ersten Mal …«, erklärte er lachend und reagierte damit auf Lisas fragendes Gesicht. Er kletterte hoch. Oben auf der Mauer stehend, reichte er ihr seine Rechte. Sie zog sich daran hoch.

Gemeinsam betrachteten sie das Areal zu ihren Füßen. Vor der gegenüberliegenden Mauer glänzte das Kuppeldach einer kleinen weiß gekalkten Kapelle. An der Innenseite der Burgmauer war ein lang gestrecktes, niedriges Gebäude angebaut, dem eine Terrasse vorgelagert war. Vergilbte Korbsessel und Tische standen vergessen in der Sonne. Bis vor einigen Jahren hatte dieser Gebäudeteil als Restaurant gedient, erklärte Pablo.

In der Mitte des Areals dehnte sich ein sattgrüner Rasen aus, der an einer niedrigen Mauer direkt vor dem Klippenrand endete. Siebzig Meter tiefer wüteten die Wellen gegen die Felsen. Der Ausblick zeigte eine Bucht umrahmt von hohen braunroten Klippenwänden. Schon wieder ein Postkartenmotiv, dachte Lisa. Und was für ein schönes!

Schweigend standen sie auf der Mauer, bis Pablo fragte: »Woran denkst du?«

»Ich bin aufgeregt, ich spüre Veränderungen kommen. So viel Schreckliches ist passiert, Pablo, und trotzdem fühle ich mich unsagbar glücklich. Aber du willst mehr von deinem Seefahrer-Prinzen erzählen, ich merk es doch. Ich höre …«

Pablo lächelte beglückt. »Jorge hat vermutet, dass der Prinz hier in Beliche gelebt hat. Es ist bekannt, dass er um 1450 ein Renaissance-Dorf bauen ließ. Vila do Infante hieß es. Der Prinzenort. Ein Ort, wo jeder ein eigenes Häuschen besessen hat, wo es ein kleines Krankenhaus gab und ein Refektorium, in dem alle wie in einem Kloster gemeinsam gespeist haben. Aber niemand weiß, wo genau dieser Ort entstanden war. Ich bin überzeugt, dass es hier war. Die kleine Kapelle mit dem runden Mini-Dom da drüben deutet darauf hin. Santa Catarina heißt sie und wird in alten Büchern erwähnt.«

»Dieser Prinz fasziniert dich anscheinend gewaltig …«

»Und wie!« Pablo sprang auf den Boden, Lisa folgte ihm. Sie schlenderten über den Rasen zu der runden Kapelle.

»Henrique war der Gouverneur des Christusritter-Ordens, dessen Kreuz-Symbol auf den Segeln aller Entdeckerschiffe prangte«, fuhr Pablo fort. »Diese Organisation ist eine Fortsetzung des Templerordens, der vom Papst verboten worden war. Viele Ritter aus allen Teilen Europas flohen seinerzeit nach Portugal, denn hier waren sie vor den Schergen des Papstes sicher, der ihre Ländereien und ihr Geld einheimste – und Hunderte Templer töten ließ. Damals hat Portugal zum ersten Mal seine Toleranz in großem Stil unter Beweis gestellt und sich sogar dem Papst widersetzt. Der Orden und der Prinz – nicht die Krone – haben dann die Entdeckungsfahrten Portugals finanziert.«

»Dann haben die Portugiesen den Papst ausgetrickst?«, rief Lisa aus.

»Nicht nur das. Sie haben zahllosen Rittern und ihren Familien das Leben gerettet.«

Tief unter ihnen waberte smaragdgrün das Meer. Das Wasser war so klar, dass man Felsen, ja sogar zwei Delphine erkennen konnte.

Etwa eine halbe Meile weit draußen waren einige Fischer auf kleinen Booten zugange und hievten rostige Käfige in der Hoffnung aus dem Wasser, Langusten oder Tintenfische gefangen zu haben.

»Ob Jorge hier geangelt hat?«, fragte Lisa.

»Natürlich. Er liebte diesen Ort – nicht nur wegen Henrique, sondern weil der Fischreichtum in dieser Gegend einzigartig ist.«

»Wie gut kanntest du Jorge eigentlich?«

»Wie gut kennt man einen Menschen? Erkennt man ihn an dem, was er sagt, oder an dem, was er tut, oder an beidem?«

»Man erkennt uns an dem, wofür wir stehen und was wir beschützen.«

»Das hätte auch Jorge sagen können«, lachte Pablo. »Und wen oder was willst du beschützen?«

»Vor wenigen Wochen hätte ich dir diese Frage nicht beantworten können. Aber jetzt kann ich es: Meine Mutter – und mich.« Und in Gedanken fügte sie hinzu: Und meinen Papa, Jorge.

23

Caesário stand am Panoramafenster seines Büros. Sein leerer Blick schweifte über die vielen hundert Yachten in Vilamouras *Marina*. Seine Zigarre lag im marmornen Aschenbecher. War längst erloschen. Er nagte an seinem rechten Daumennagel, ein sicheres Anzeichen für seine Nervosität bei der Suche nach einer rettenden Idee. Die brauchte er.

Lisa hatte den Anschlag in Lissabon überlebt. Er konnte es noch immer nicht fassen. Nur gut, dass Teresa beiseitegeschafft war. Die Gefahr einer Katastrophe war damit zunächst gebannt, und die Baupläne und Projektunterlagen für *GolfGigante* konnten wie vorgesehen eingereicht werden. Aber das größte Problem war nicht gelöst: Wie konnte er sich die *Quinta do Monte* endgültig aneignen? Zwar hatte er seinen Nachbarn Jorge aus dem Weg geräumt, aber das von Lisas Existenz ausgelöste Wirrwarr um das Erbe hatte ihm bislang einen Strich durch die Rechnung gezogen. Außerdem hatte er nun keine Gespielin mehr für nicht alltäglichen Sex. Welche Frauen kamen in seinem Umfeld überhaupt in Frage für ähnliche Spielereien?

Schlagartig kam ihm Joana in den Sinn. Joana, die ihn vor vielen Jahren zur Weißglut gebracht hatte. Joana, mit der er herumstolziert war und die er als sein »neuestes Abenteuer« in den schicken VIP-Clubs von Vilamoura, Quinta do Lago, Praia da Rocha und Albufeira präsentiert hatte. Joana, die er in die teuersten Restaurants ausgeführt und mit der er Quartier in Fünf-Sterne-Hotels in Lissabon und auf Madeira bezogen hatte – ohne sie je flachzulegen.

Joana wollte damals spielen, sie hatte ihn heißgemacht, war aber nie bis zum Letzten gegangen. Als er es dann hatte erzwingen wollen und ein bisschen grob geworden war, war sie einfach weggelaufen. Selbst schuld.

Joana. Hätte er sie als Ehefrau, käme er sozusagen durch die Hintertür an die Quinta. Würde nämlich ihre Tochter Lisa, als

Tochter von Jorge die Alleinerbin, bei einem Unfall ums Leben kommen, wäre Joana die Erbin. Und würde sie sterben, wäre er der Alleinerbe. Joana, du bist die Rettung!

Aha, deshalb hatte der Anschlag auf das Boot bei Zibririnha also nicht funktioniert, dämmerte es ihm. Und der in Lissabon auch nicht. Es hat nicht sollen sein … Das Schicksal meinte es tatsächlich gut mit ihm! Aber Joana war für ihn unerreichbar. Sie hatte es ihm schon mehrmals, wenn auch vor vielen Jahren, unmissverständlich vor Augen geführt.

»Moment. Alle Menschen sind käuflich«, sagte er laut vor sich hin. Ja, er musste es versuchen. Warum nicht? Versuchen kann man alles. Sollte sie sein Angebot nicht akzeptieren, konnte er immer noch eine andere Lösung für sein *big problem* finden.

Er zündete die Zigarre wieder an. Ging vor der Riesenfensterscheibe auf und ab, schritt entschlossen aus. Ihm war bekannt, dass sich Joana derzeit in der Quinta bei Monchique aufhielt.

Er riss die Tür zum Vorzimmer auf. »Fátima, verbinde mich mit der *Quinta do Monte*.«

***

Der unerwartete Aufenthalt in der Quinta bereitete Joana viel Vergnügen. Die Vergangenheit konnte aufleben und mit ihr viele glückliche Erinnerungen. Viel wichtiger war jedoch ihr gegenwärtiges Lebensglück. Das häufige Zusammensein mit Lisa und das Wissen, dass Jorge auf dem Weg der Genesung war, dann dieses wunderbare Wetter, diese grandiose Natur, dieses herrliche Verwöhntwerden durch Antonieta und ab und zu ein Blick hinein in ihr ehemaliges Studio im Eselstall – das alles fügte sich zu einem grandiosen Orchester zusammen.

Doch an diesem Tag war alles anders gekommen. Dieser merkwürdige Lúcio hatte diese Catarina zur Quinta gebracht. Catarina, Caesários Tochter, hatte Antonieta und Joana mit ihrer niederschmetternden Geschichte überrascht. Danach hatte sich Catarina hingelegt.

Jetzt saß Joana auf der Terrasse und versuchte, die seltsame

Geschichte um Catarinas Geburt und Adoption zu verstehen. Sie dachte angestrengt nach. Lisa hatte am Telefon berichtet, dass sie zurück bei ihrem Freund Pablo an der Westküste sei und sich von ihrem Lissabon-Trip erhole. Antonieta war gerade damit beschäftigt, wieder einmal Leckeres auf den Tisch zu bringen. Die Geräusche aus der Küche hatten etwas Angenehmes, etwas Anheimelndes an sich.

Das altmodische Telefon im Flur klingelte. Joana hörte Antonieta sprechen, dann hallten Schritte im Flur, schon stand die Haushälterin im Türrahmen. Sie schob den Fliegenvorhang zur Seite.

»Für Sie, Joana. Ein Mann.«

»Ein Mann?«

»Kein guter …«, flüsterte Antonieta.

»Wer ist es denn? Wer will mich sprechen?«

»Caesário.«

»*Der* Caesário?«

»*Der* Caesário.«

Langsam ging Joana durch den Flur und ergriff den baumelnden Hörer. »Ja?«

»Hallo, Joana. Ich bin es. Nachbar Caesário Ferreira. Darf ich Du sagen? Wir haben uns früher einmal gut gekannt …«

»Ist lange her. Was willst du?«

»Also, ich habe mich ja nicht gerade wie ein Gentleman verhalten, damals. Dafür will ich mich entschuldigen.«

»Du? Dich entschuldigen? Deshalb rufst du nicht an. Was willst du?«

»Ich möchte dir einen Deal vorschlagen. Einen Deal, mit dem dein Leben gemacht ist, wie man so schön sagt. Wie ich dich kenne, hast du keine Vorsorge für das Alter getroffen, und altern tun wir alle …«

Joana zögerte nicht lange. Ihre vorstehenden Wangenknochen zeigten Entschlusskraft. »Wie stellst du dir das vor?«

»Das lässt sich nicht am Telefon besprechen. Wir sollten uns treffen …«

»Wo? Wann?«

»Sag du.«

»Meine Tochter Lisa hat von einer großen Kunstgalerie geschwärmt, ›Arte Algarve‹ heißt sie. Als Malerin würde ich sie natürlich sehr gern besuchen. Sie befindet sich in einer riesigen Weinkellerei, der *Adega* in Lagoa, direkt an der Hauptstraße.«

»Ach, gibt es die alte *Adega* noch? Und da drin eine Galerie? Na gut. Morgen?«

»In Ordnung. Morgen, zwölf Uhr.«

***

Joana sah das Schild der Galerie und fuhr im Städtchen Lagoa auf ein weites Hofgelände gleich neben der meistbefahrenen Straße der Algarve, rollte an einem Gebäudekomplex von über hundert Metern Länge vorbei und stellte den Mietwagen neben Caesários weißem Porsche gleich beim Galerieeingang ab. Die Umgebung roch nach Wein, denn die Galerie befand sich in der größten Weinkooperative der Algarve.

Joana musste schmunzeln. Hier eine Galerie zu etablieren, schien ihr nicht nur originell zu sein – es war »typisch Jorge«. Lisa hatte davon erzählt, dass sich Weinfreund Jorge für diese Galerie einsetzte. Mit ihren Ausstellungen war sie zu einem zentralen Forum der Kunst in der Algarve geworden.

Caesário wartete auf dem Treppenabsatz und begrüßte Joana mit einem galanten Handkuss.

»Schmiersack«, sagte Joana leise auf Deutsch vor sich hin und lächelte ihn nichtssagend an. Ihre Fäuste waren geballt. Nach all dem, was sie mit Caesário erlebt hatte, war ihr dieser Mensch mehr zuwider als jeder andere. Dass sie ihn trotzdem traf, entsprang ihrem umsichtigen Kalkül. Sie wollte wissen, was der Mann im Sinn hatte. Sie wollte wissen, wie bedroht die *Quinta do Monte* und ihr Besitzer waren, nämlich Jorge und mit ihm Lisa. Als seine Tochter war sie die Alleinerbin. Lisa stand im Fokus aller Gedanken und Pläne. Das war Joana in diesem Moment überdeutlich bewusst. Ihre Fäuste blieben geballt.

In der Eingangshalle der Galerie hingen farbenprächtige Landschaftsbilder eines schottischen Malers, die Joana außerordentlich gut gefielen. Von hier aus gelangte man in einen riesigen Raum. Betonbalken von über fünfzehn Metern Länge trugen ein altes Ziegeldach. Durch Ritzen fiel das Licht in den nahezu dreitausend Quadratmeter großen Galerieraum, dem über zweihundert Strahler eine kathedralartige Anmutung verliehen. Das Lichterspiel war atemberaubend.

Die Wände waren schwarz vom Ruß, der sich im Laufe von siebzig Jahren Schnapsbrennerei an den hohen Wänden abgelagert hatte. Dabei waren absonderliche Formen und Gestalten zustande gekommen, vier Meter hohe schwarze Figuren, die in einer fünfzig Meter langen Phalanx den riesigen Raum hüteten. Der Kontrast zu den hier hängenden großformatigen und meist abstrakten Gemälden war derart faszinierend, dass Joana nur staunend den Kopf schütteln konnte.

Aber damit war es noch nicht getan: Von der Decke hing ein in Teile aufgelöster Mensch, von Lichtern bestrahlt und gar nicht morbid. Auch hing da ein Riesenkrake. Tentakel reichten bis zu einem über fünfzig Meter langen Steg, auf dem eine Skulptur neben der anderen lockte. Der Steg führte über die Weinauslieferung, die eine Etage tiefer etabliert war. Der Geruch war unverkennbar.

Die Stimmung in dieser Galerie war so überraschend eigenwillig und freundlich, dass Joana nach ein paar Schritten stehen blieb und tief durchatmete. Sofort entstand in ihr der Wunsch, hier auszustellen, sobald Jorge genesen war.

»Das ist doch unglaublich«, sagte sie zu Caesário. »So eine phantastische Galerie erwartet man vielleicht in New York oder London, aber nicht in der Algarve … Ich bin begeistert.«

»Merkwürdig. Ich wusste gar nicht, dass es diese Galerie gibt«, sagte Caesário und ließ an seinem Gesichtsausdruck erkennen, dass ihn dieser authentische Ort und die Werke von über sechzig Künstlern kein bisschen interessierten. Er ging hinter Joana her und betastete die lebensgroßen und fett-bizarren weiblichen Figuren eines holländischen Künstlers. »Gar nicht übel, diese Rundungen.«

Beim Schlendern durch die Räume machte sich Joana keine Gedanken über das bevorstehende Gespräch mit Caesário. Sie rätselte nicht, was er ihr wohl vorschlagen mochte, und sie liebäugelte nicht, welche Lösungen sie selbst gern hätte.

Aber gespannt, gespannt war sie sehr. Ihr war bewusst, dass sie in wenigen Momenten die Weichen für ihr weiteres Leben stellen würde. Ob sie wollte oder nicht, musste sie sich fragen, was ihr am wichtigsten war. Die Antwort war eindeutig. Es war Lisa.

Nach dem Rundgang holten sie sich an der Galerie-Bar wunderbar süffigen Weißwein, eine *Reserva*, hergestellt in der *Adega*. Sie gingen nach draußen und setzten sich an einen schattigen Tisch. Caesário zündete eine Zigarre an und legte ein freundliches Lächeln auf.

»Du willst wissen, um welchen Deal es gehen soll?«

»Deshalb bin ich hier.«

»Also …« Er räusperte sich und klimperte zur eigenen Beruhigung mit den Fingerspitzen. »Wir können uns gegenseitig helfen, liebe Joana. Wir können zusammen etwas zur Krönung führen, das ich mit aller Macht in Gang gesetzt habe. Du brauchst keinen Finger zu krümmen, um dein Leben abzusichern. Jetzt willst du wissen, wie das funktionieren könnte.«

»Sag schon, wie?«

»Heirate mich.«

24

»Hast du schon mal Delphine beobachtet?«

»Bei der Überfahrt mit der Fähre von Tróia nach Setúbal. Es war unglaublich schön. Delphine sehen macht jeden glücklich. Und wir haben in Beliche zwei gesehen, erinnerst du dich?«

»Natürlich. Hättest du Lust auf eine Delphinfahrt? Mein Freund Sergio hat in Sagres ein Spezialboot. Er hat uns für morgen zu einer Tour eingeladen.« Pablo zeigte Lisa die SMS.

»Würde ich wahnsinnig gern machen. Aber vergiss nicht, dass in der Quinta eine Überraschung wartet.«

In diesem Moment klingelte ihr Handy. Lisa drückte den grünen Knopf, und schon huschte ein freudiges Strahlen über ihr Gesicht. Sie mochte es, wenn Joana anrief. Dann spürte sie deutlich, wie sehr sie ihre Mutter liebte. Joana gefiel ihr. Sie musste daran denken, dass früher viele Schulkameradinnen ihre Mütter verachtet hatten, während sie in ihrer Mutter immer so etwas wie die beste Freundin, die vertrauteste Person gesehen hatte.

»Hallo, Mama! Gibt es Neuigkeiten?« Sie hörte eine Weile zu. Dann wurden ihre Augen starr. Tiefe Falten durchfurchten ihre Stirn. »Warum das denn?«, rief sie entsetzt.

Wieder lauschte sie eine Weile, dann sagte sie mit verärgerter Stimme: »Ausgerechnet diesen Caesário heiraten … Tickst du noch ganz richtig? Ich verstehe dich nicht. Aber ich kenne dich: Wenn du dir etwas in den Kopf gesetzt hast, lässt du dich nicht aufhalten. Wenn du es dir anders überlegen solltest, ruf mich bitte an, damit ich vor Freude an die Decke gehen kann.«

Bei dem Wort »heiraten« hatte Pablo aufgehorcht. Vollkommen verwirrt hockte Lisa sich neben Pablo an den Felsrand. Besorgt sah er sie an. Das Thema Delphinfahrt war vergessen.

»Was ist passiert?«, fragte er.

»Ich kann es nicht fassen! Joana will Caesário heiraten. Bald, sagt sie. Und ich hatte gehofft, dass sie ihrem Leben eine Wende geben würde, jetzt, da wir endlich in Portugal sind. Ich verstehe sie nicht. Ich verstehe gar nichts mehr. Ich hatte gehofft, Joana und Jorge würden wieder zueinanderfinden … Außerdem, wenn ich jemanden heirate, muss ich ihn doch lieben, oder? Aber diesen Caesário kann sie nicht lieben, das ist unmöglich! Er ist ein Mörder, und sie weiß es! Pablo, bin ich zu naiv?« Sie drückte ihr Gesicht in ihre Handflächen.

Pablo lehnte sich zurück, streckte sich auf dem Felsboden aus und starrte in den Himmel.

Lisa durchbrach die Stille. »Du hast gesagt, dass wir uns von der Passivität befreien und aktiv werden müssen. Du hast vollkommen recht. Wir dürfen nicht länger warten.« Sie sprang auf, schritt am Abgrund von Zibririnha entlang, kickte Steine in die Tiefe. »Was sollen wir nur machen? Wie können wir diesen Caesário entlarven und kaltstellen?«

Pablo hatte eine Antwort schnell gefunden. »Wir müssen ihn beschatten. Wir müssen herausfinden, was er vorhat. Ich frage mich natürlich auch, was er mit dieser Hochzeit bezweckt.«

Lisa schüttelte wütend den Kopf. »Ich frage mich eher, was meine Mutter im Schilde führt. Was Caesário anstrebt, ist doch sonnenklar. Er heiratet Joana, anschließend bringt er Jorge wirklich um – denn dass Jorge lebt, wird er herausbekommen, sobald mein Vater wieder zu Hause ist. Dann beseitigt er mich, bei einem Unfall, versteht sich, dann erbt Joana die Quinta. Tja, und dann kommt der nächste Unfall, Joana wird ausgelöscht, und Caesário erbt von ihr alles. Ganz legal. So einfach ist das, kapiert?«

Pablo starrte seine Freundin mit großen Augen an. »Du hast recht. Aber das muss doch auch deine Mutter durchschauen, oder nicht? Hast du es ihr schon gesagt?«

»Nein, aber sie muss Caesário längst durchschaut haben. Ich kenne doch meine Mutter! Und genau deshalb bin ich so verwirrt. Ich weiß nicht, was sie vorhat. Und ich weiß nicht, welches Risiko sie eingeht.« In diesem Moment blickte sie auf, als hätte sie ein Gedanke überrascht. »Aber ich vertraue ihr. Meine Mutter ist eine raffinierte Frau. Deshalb nehme ich an, dass sie einen besonders raffinierten Plan ausgeheckt hat. Wenn ich nur wüsste, welchen.«

»Zurück zu Caesário«, forderte Pablo. »Wir sollten uns heute noch an seine Fersen heften. Ruf deine Mutter bitte an und frage sie, ob sie weiß, wo er sich in diesen Stunden aufhält. Teil ihr unbedingt deine Befürchtungen zu Caesários Plänen mit!«

Lisa erfuhr von Joana, dass Caesário seine Mutter Helena in der *Quinta da Ribeira* treffen wolle, es gebe Wichtiges mit ihr zu besprechen. Wahrscheinlich wollte er die Hochzeit organisieren und zählte auf Helenas praktische Hilfe. Von ihren Vermutungen über Caesários Hinterlist sagte sie am Handy kein Wort. Das wollte sie ihr so bald wie möglich unter vier Augen darlegen.

Als Lisa das Telefongespräch beendet hatte, nahm Pablo den Faden wieder auf. »Wir fahren zur *Quinta da Ribeira* und beobachten ihn. Wir könnten die Abkürzung über Pincho nehmen.«

Sie packten ein paar Sachen zusammen, verschlossen Pablos Hütte und fuhren los. Bei der nächsten Gelegenheit bog Pablo in Richtung Serra ab und rollte zügig durch die einsame hügelige Landschaft in Richtung Pincho beim Stausee Bravura, dann weiter in Richtung Monchique. Er schien jeden Pfad zu kennen. Schließlich peilte er die *Quinta da Ribeira* an, die sie über kaum befahrene Waldwege nach knapp vierzig Minuten erreichten.

Er parkte den Jeep hinter einem mannshohen Felsen in der Nähe eines schmiedeeisernen Portals. Durch die Eisenstäbe konnten sie die Eingangstür der Quinta sehen. Caesários Porsche Cayenne stand unmittelbar davor. Der Mann schien jeden Schritt zu Fuß zu meiden.

Pablo zeigte auf die Videokamera über der Tür. Noch waren sie nicht erfasst worden, aber ein Schritt weiter, und ein Alarm könnte ausgelöst werden. Er eilte zurück zum Jeep und holte die Strickleiter. Sie liefen geduckt über zweihundert Schritte entlang der Mauer, bis sie auf einen alten Olivenbaum stießen, der direkt daneben aufragte. Pablo warf die Leiter über einen Ast und hangelte sich hoch. Lisa folgte ihm.

Von oben konnten sie die Küche einsehen. Niemand bewegte sich hinter den Scheiben. Sie sprangen jenseits der Mauer auf den

Boden und bewegten sich vorsichtig zur Rückseite des großen, aber schmucklosen grauen Gebäudes.

Hier konnten sie durch ein schmales Fenster drei Personen in einem großen Wohnzimmer erkennen, eine alte kleine Frau, von Kopf bis Fuß witwenschwarz gekleidet, und zwei Männer. Sie diskutierten heftig und ärgerlich. Pablo erkannte Caesário von Fotos her. Und der andere? Er war fast einen Kopf größer.

Fragend blickte Lisa Pablo an. Er zuckte mit den Schultern. Sie hielten die Ohren an die Scheiben, konnten aber nur wenig verstehen, auch wenn die Personen recht laut sprachen. Sie schienen so aufgeregt, dass sie die beiden heimlichen Besucher nicht bemerkten. Jedes Mal, wenn die Alte etwas sagte, stellte sie sich auf die Zehenspitzen und streckte sich dem Ohr des größeren Mannes entgegen, damit er es auch wirklich verstand. Der Unbekannte schien schwerhörig zu sein.

Plötzlich hob dieser Mann seine Fäuste und wollte sich auf Caesário stürzen, doch die Alte hielt ihn fest und kreischte: »Nein, Lúcio! Sei brav!«

Selbst draußen vor dem Fenster war sie deutlich zu hören. Lúcio. Wer war dieser Mann? War er Caesários Handlanger beim Waldbrand gewesen, bei der Entführung in Lissabon, bei dem Überfall auf das Boot und bei der Explosion von Pablos Hütte?, fragte sich Lisa. Wer war Lúcio?

»Wir müssen zu Antonieta«, flüsterte sie Pablo zu. »Vielleicht weiß sie etwas über diesen Lúcio. Der Mann ist mir nicht ganz geheuer.« Plötzlich fasste sie sich an die Stirn. »Jorge hat doch einen Lúcio erwähnt, den Bruder Caesários. Aber der ist vor vielen Jahren ums Leben gekommen.«

»Bestimmt bei einem Unfall«, kommentierte Pablo.

»Ja. Bei einem Angelunfall.«

***

Als sie in der *Quinta do Monte* eintrafen, sprang Antonieta hocherfreut auf, denn sie hatte Lisa seit ihrer Lissabon-Fahrt nicht mehr gesehen. Sie hatte schon begonnen, sich Sorgen zu machen.

Und Lisa jubelte vor Freude, wieder in der Quinta zu sein.

»Pssst!«, machte Antonieta und hielt ihren rechten Zeigefinger vor den Mund. »Wir haben einen Gast, der jetzt erst einmal viel Ruhe braucht. Ihr ist etwas ganz Schreckliches passiert, aber das soll sie selbst erzählen.«

»Wer ist es denn?«, fragte Lisa.

»Ihre Cousine.«

»Außer meiner Mutter habe ich keine Familie.«

»Ich glaube schon.«

»Jetzt machen Sie es aber spannend, Antonieta. Wer ist es denn?«

»Das soll Ihnen Senhora Catarina selbst erzählen.«

»Catarina? Ich kenne keine Catarina. Und was ist eigentlich eine Cousine?«

»Die Tochter des Onkels oder der Tante.«

»Ich habe keinen Onkel und nur eine Tante, Teresa, und die hat keine Kinder.«

»Sie wurde vergewaltigt, das ist Ihnen ja bekannt.«

»Sie meinen … Catarina ist Teresas Tochter? Ich kann es nicht fassen. Weiß Teresa überhaupt, dass sie eine Tochter hat?«

»Ich weiß es nicht. Meines Wissens nicht. Sie geht übrigens nicht ans Telefon, ich habe mehrmals versucht, sie zu erreichen.«

»Wissen Sie mehr über die Zusammenhänge?«

Antonieta nickte langsam. »Teresa hat in London ein Frühchen zur Welt gebracht, das kurz nach der Geburt starb, so jedenfalls hat es mir Teresas Mutter damals geschildert.«

»Teresa hat uns berichtet, dass sie in London eine Abtreibung hatte. Von einer Geburt war keine Rede …«

»Jedenfalls gab es ein Baby, und das wurde auf den Namen Catarina getauft. Den Namen soll Teresa angeblich selbst gewählt haben, das jedenfalls hat Catarina von ihrer Adoptivmutter erfahren. Irgendwie muss das Baby überlebt haben. Es müsste eine Geburtsurkunde geben, ausgestellt vom Londoner Krankenhaus, wo das alles geschah.«

Plötzlich erhellte sich Lisas Gesicht. »Ich habe eine Cousine? Wirklich? Ich? – Hey, Catarina.« Freudestrahlend stürmte sie ins

Haus, blieb aber vor dem Gästezimmer doch stehen und klopfte an.

Von drinnen erklang eine müde Stimme: »Ja? Bitte?«

»Darf ich reinkommen?«, fragte Lisa leise.

»Wer ist *ich*?«

»Ich, Lisa. Deine Mutter ist meine Tante!« Lisa öffnete die Tür und blickte auf das Bett, in dem Catarina unter einer Decke lag. »Also bist du meine Cousine!«, triumphierte Lisa mit unterdrückter Stimme.

Die Verletzte spürte irre Schmerzen im Fuß, doch hatte ihr Antonieta einen Eisbeutel auf den Knöchel gelegt und mit einer Binde umwickelt. Außerdem hatte sie ihr eine starke Schmerztablette verabreicht. Man sah ihr dennoch an, dass sie litt.

»Reden Sie von meiner leiblichen Mutter?«, entfuhr es Catarina. Sie setzte sich aufrecht hin und öffnete ihre Arme. Lisa flog hinein. Lange blieb sie bei Catarina. Anschließend wusste sie über die Zusammenhänge einigermaßen Bescheid.

Catarina wollte das Thema wechseln und nicht mehr über sich und das Vorgefallene sprechen. »Dein Vater ist bei einem Waldbrand ums Leben gekommen. Antonieta hat es mir erzählt. Wie schrecklich.«

Lisa zögerte kurz. Dann entschied sie sich, Catarina die Wahrheit zu sagen. »Ich muss dir ein Geheimnis anvertrauen. Jorge ist gar nicht ums Leben gekommen. Er hat den Anschlag überlebt. Wir haben es aber verheimlicht, um den Täter in Sicherheit zu wiegen. Nur meine Mutter Joana, Antonieta und ich – und natürlich der Arzt – sind eingeweiht. Und jetzt auch du.«

In diesem Moment fiel ihr siedend heiß ein, dass ihre Mutter neuerdings mit Caesário zu tun hatte. Welcher Natur diese Verbindung war, wollte sie sich gar nicht erst vorstellen. Ob Joana das Jorge-Geheimnis wahrt?, fragte sie sich und gab sich sofort und ohne jeden Zweifel die Antwort: Ja. Auf Joana war Verlass.

Catarina hielt die Augen geschlossen. Ihr war, als wäre sie nicht auf Erden. Die Woge aus Schmerz und Zerstörung, die über ihr hereingebrochen war, rollte aus und verwandelte sich allmählich in eine Welle scheuen Glücks. Sie schien plötzlich sehr müde zu werden, ihre Augen fielen zu.

Lisa ging in die Küche, wo sich Antonieta und Pablo aufhielten. »Hat Ihnen Pablo erzählt, dass wir einen großen Mann namens Lúcio in der *Quinta da Ribeira* gesehen haben?«, fragte sie die Haushälterin.

»Ja, hat er. Ich habe den Mann auch gesehen, als er Catarina zur Quinta trug. Er hat sich verhalten wie ein Gentleman. Unglaublich, dass der ein Ferreira ist ...«

»Bitte erzählen Sie uns noch einmal die Geschichte, die sich um seinen angeblichen Tod rankt.«

»Hat Jorge Ihnen nicht erzählt, dass Lúcio – als Bub – seinen Vater beim Angeln so unglücklich gestoßen hat, dass Senhor Ferreira in den Tod gestürzt ist? Bei diesem Unfall stürzte der Junge selbst mit ab. Das jedenfalls haben damals Caesário und Dona Helena, die Mutter der Buben, berichtet. Lúcio muss so um die zwölf Jahre alt gewesen sein. Man hat die Leichen von Vater und Sohn aber nie gefunden. Gott sei ihnen gnädig.« Sie bekreuzigte sich.

»Später gab es Gerüchte, dass Lúcio noch lebt«, fuhr sie zögernd fort. »Die Leute sprachen immer wieder von einem Geist, der nachts in den Korkeichenwäldern umgeht und mit Wildschweinen spricht.«

Lisa blickte entschlossen in die Runde. »Von wegen Geister. Der Mann befindet sich dort unten.« Mit ausgestrecktem Arm zeigte sie in Richtung der *Quinta da Ribeira*. »So. Und da gehe ich nachher hin und werde mit diesen Brüdern eine klare Sprache sprechen. Pablo, kommst du mit?«

»Willst du wirklich in die Höhle des Löwen gehen?«

»Niemand hält mich auf ...«

Pablo verdrehte die Augen, was so viel heißen sollte wie »Ich weiß«. Aber er verstand seine Freundin nur zu gut.

In seiner verbindlichen Art sagte er: »Wie ich hörte, hat Caesário deiner Cousine übel mitgespielt, während Lúcio ihr wie ein Gentleman geholfen hat. Der dürfte keine große Bedrohung darstellen.« Er bestätigte seine eigenen Worte mit einem Nicken.

»Caesário«, fuhr er fort, »ist einer, der aus dem Hinterhalt agiert und Unfälle arrangiert. Ein Feigling. So gefährlich dürfte dein Plan also gar nicht sein.«

»Hört, hört …«, gab Lisa von sich.

Pablo achtete nicht darauf. »Außerdem finde ich, dass Catarina mitkommen sollte«, fügte er hinzu. »Dann kann sie ihren Vergewaltiger als Versager erleben. Ich komme mit euch, ist doch klar.«

»Lasst mich noch ein bisschen schlafen, dann bin ich fit für diesen Ausflug«, sagte Catarina, und ein leicht verschmitztes Lächeln huschte über ihr geplagtes Gesicht.

Es hellte sich erneut auf, als Lisa das Gästezimmer eine Stunde später wieder betrat. Der kurze, aber tiefe Schlaf hatte ihr gutgetan. Dennoch sah Lisa der Verletzten an, dass sie von wirren Gefühlen und Bildern gequält wurde. Wahrscheinlich wäre sie jetzt am liebsten allein geblieben. Aber vielleicht auch nicht, vielleicht musste sie aus der traumatischen Situation, in der sie sich noch immer befand, herausgelockt werden.

Deshalb fragte Lisa: »Hättest du Lust auf eine Tasse Tee?«

»Tee mit Zitrone, wenn möglich. Ich würde gern mit dir draußen auf der Terrasse sitzen und das Bein hochlegen. Und nenn mich bitte nicht Catarina. *Call me Cat.*« Sie verengte ihre Augen zu Schlitzen, wie Katzen es taten.

Vorsichtig erhob sie sich. Lisa stützte sie unter einem Ellbogen und führte sie zur Terrasse. Der Ausblick auf den Rebgarten und den in der Sonne gleißenden Küstenstreifen hatte eine labende Wirkung auf Catarina. Sie atmete die Luft tief ein und aus. Physische Schmerzen waren es anscheinend nicht, die sie quälten, sondern die Verletzungen ihrer Seele und ihrer Würde, die der Vergewaltiger ihr zugefügt hatte.

»Hast du ähnliche Erfahrungen machen müssen?«, fragte sie, kaum dass Antonieta die Tassen gebracht und sich in die Küche zurückgezogen hatte, wo ihr Pablo Gesellschaft leistete.

»Mir ist so was Schlimmes nie passiert, nein. Ich hatte Glück.«

Catarina sah verzweifelt aus. »Lisa, ich habe keine Schuld daran.

Ich habe ihn nicht gereizt, ich habe ihn nicht angemacht. Das sage ich mir immer wieder, und dass ich mir das sagen muss, macht mich verrückt. Außerdem hätte ich keinen einzigen Tropfen Alkohol trinken sollen.«

Sie senkte ihren Blick und fuhr nach einer kurzen Pause fort: »Natürlich sehe ich ein, dass ich besser nicht mein Einverständnis zu diesem Bootsausflug gegeben hätte …«

»Hinterher ist man immer schlauer. Aber du hast keine Schuld, Cat. Ein für alle Mal: Du hast keine Schuld! Jetzt aber etwas ganz anderes. Ich hatte eigentlich vor, zur *Quinta da Ribeira* zu gehen, weil Caesário sich dort aufhält. Ob er jetzt noch da ist, weiß ich nicht, vorhin jedenfalls haben wir ihn gesehen. Ich will, nein, ich muss mit diesem Mann ein nicht sehr freundliches Wörtchen reden. Ich fände es klasse, wenn du mitkommst. Ich bin mir sicher, dass er dir nichts tun wird. Caesário ist gefährlich, wenn er Unfälle inszenieren kann, aber er ist kein Held, wenn er Auge in Auge herausgefordert wird. Pablo hat das richtig durchschaut. Ich finde, ehrlich gesagt, dass du es dir schuldig bist, diesen Menschen bloßgestellt zu erleben – vor seiner Mutter und auch vor seinem Bruder Lúcio.«

»Der Lúcio, der mich zur Quinta getragen hat? Der mich vielleicht sogar gerettet hat?«

»Genau der. Der angeblich *tote* Lúcio … Wie es aussieht, haben ihn seine Mutter und sein Bruder jahrzehntelang versteckt gehalten. Sie gaben ihm die Schuld an einem Angelunfall, bei dem sein Vater seinerzeit von den Klippen stürzte. Niemand weiß, ob das wirklich so geschehen ist. Ich glaube nicht. Denn diese Mutter Helena und ihr Sohn Caesário sind grausam. Unmenschlich sind die. Und Feiglinge außerdem. Wir müssen sie stellen! Wenn es sein muss, wird Caesário zu spüren bekommen, dass ich Kampfsport trainiere. Ich bin verdammt gut.« Sie lachte über das Eigenlob. »Pablo wird uns begleiten. Mit dem Jeep könnte er uns bis vor die Haustür fahren. Glaubst du, dass du das schaffst und ein paar Meter ins Haus humpeln kannst?«

»Lass uns gehen«, sagte Catarina und strahlte.

Lisa rief nach Pablo, der auf sie gewartet hatte. Zu dritt gingen sie langsam zum Jeep, damit Catarina humpelnd an Lisas Seite mithalten konnte.

***

Keine zwanzig Meter vor ihnen ragte das Eingangstor der *Quinta da Ribeira* auf. Pablo grinste, rief: *»Caramba!«*, trat das Gaspedal durch und galoppierte mit dem alten Jeep geradewegs auf die geschlossenen schmiedeeisernen Torflügel zu. Das Knarzen, Zerreißen und Scheppern von Eisenstangen war Heavy-Metal-Musik in seinen Ohren.

Sofort wurde die Haustür geöffnet. Heraus trat Dona Helena. Angesichts des ramponierten Tors hob sie entsetzt die Arme und schrie irgendetwas Unverständliches.

Lisa umfasste Pablos Gesicht. »Lieber, Catarina und ich müssen das Familientreffen allein durchstehen. Bitte warte hier auf uns. Wenn wir in zehn Minuten nicht zurück sind, solltest du vielleicht reinkommen und uns helfen. Aber bitte keine Sekunde früher.«

Pablo pochte auf seine Armbanduhr. »Sie tickt ...«

Lisa drehte sich zu Dona Helena um, die wutentbrannt die Besucherinnen anstarrte. Das Alter hatte ihren dürren und ohnehin schon kurzen Körper von der Stirn bis zu den Füßen durchgekrümmt. Ein schöner Mensch war sie nicht. Früher war sie das wohl auch nie gewesen.

Auf ihrem Kinn prangte eine erbsengroße Warze. Als wollte die dunkle Wucherung um noch mehr Aufmerksamkeit ringen, stachen schwarze Haare daraus hervor, ein unansehnliches Büschel, das die Alte zu einer Hexe wie aus einem Grimmschen Märchen verunstaltete.

Mit übertrieben freundlicher Stimme begrüßte Lisa sie. »Guten Tag, Dona Helena.«

Die Lippen der Alten wurden noch dünner.

»Wir müssen mit Ihrem Sohn sprechen. Nicht mit Lúcio, sondern mit Caesário, dem berühmten Geschäftsmann.«

Ein leichtes Zucken war im Gesicht der Alten zu erkennen.

Lauernd fragte sie: »Woher …?« Aber sie besann sich. »Für Huren hat er keine Zeit.«

»Ihr Sohn hat meine Cousine nicht gefragt, ob sie mit einer Vergewaltigung einverstanden ist. Und er hat mich nicht gefragt, ob ich Lust habe, bei einem Waldbrand niedergeschlagen zu werden. Und jetzt, jetzt fragen wir nicht, ob er Lust auf unseren Besuch hat. Kapiert?«

Lisa wartete Dona Helenas Antwort gar nicht erst ab, sondern schob die Alte zur Seite und betrat das Haus. Catarina hielt sich an Lisas Schulter fest und humpelte neben ihr her.

Von weit hinten im Erdgeschoss hörten sie Fado-Musik. Sie durchquerten einen mit dunklen Antiquitäten bestückten, riesigen Wohnraum in die Richtung, aus der die Musik kam. Hinter einer Eichentür stieg die von Lautsprechern verstärkte Stimme des Fado-Sängers Camané ebenso genuss- wie leidvoll in die Höhe. Jemand brummte mit. Caesário.

Lisa stieß die Tür auf. Gebückt stand er an einem Billardtisch vor einer Wand voller Fotos. Gesegnet war er mit einem dicken Wanst und gekrönt von einem Ring dünner Haare. Er trug nur eine weiße Badehose. Um seinen Hals lag locker ein schwarzes Badetuch. Er verharrte in der Bewegung des Stoßens mit dem Queue. Sein Gesicht erstarrte zu einer bösen Grimasse, als er die beiden Frauen erkannte.

Durch die offenen Terrassentüren war hinter dem Billardraum ein von römischen Säulen umstandener, prunkvoller Pool zu sehen. In einem Hollywoodfilm hätte das Szenario nicht pompöser sein können.

Caesário musste soeben in diesem Pool gebadet haben. Zu seinen Füßen bildete sich eine Pfütze auf dem weißen Marmorboden, auf seinen Schultern perlten Tropfen. Als er den Oberkörper wie in Zeitlupe hob, glitt das schwarze Badetuch zu Boden.

Catarina erkannte sofort, dass es sich bei den Fotos an der Wand um ihre Planungsdrucke von *GolfGigante* handelte: Villen, Restaurants, ein Golfplatz, Bungalow-Siedlungen, Wellness-Bäder, ein Helikopterlandeplatz. Sie suchte den Raum nach Lúcio ab. Aber Caesários Bruder war nicht anwesend.

Die Frauen nickten sich zu, dann humpelte Catarina zu einer Ecke in dem großen Raum, wo sie am ehesten geschützt schien.

Lisa schritt auf Caesário zu. Bevor er etwas sagen konnte, kam sie ihm zuvor.

»Ich wusste gar nicht, dass mein zukünftiger Stiefvater so eine fette Hyäne ist.«

»Raus hier, aber sofort! Raus!«

Dona Helena stand noch in der Tür. Sie hielt sich an beiden Seiten des Rahmens fest, lauernd wie eine Spinne. Sie bewegte sich kein bisschen.

»Warum so hastig?«, fragte Lisa herausfordernd. »Was man durch eine Heirat mitgeliefert bekommt, sollte man doch schätzen lernen, oder nicht?«

»Deine Mutter Joana und ich werden heiraten, und das ist gut so. Aber mit dir habe ich nichts zu tun, du Miststück«, erwiderte Caesário.

Lisa wollte ihn zur Weißglut bringen, damit er Fehler beging. Aber er schien sich im Griff zu haben. Wollte sie ihn aus der Reserve locken, konnte es nur gelingen, wenn sie sich mit seiner Mutter anlegte. Das würde den Beschützerinstinkt des Sohnes wachrufen.

Sie wandte sich zu der Alten um. »Was würde wohl Ihr lieber Gatte Humberto dazu sagen, Dona Helena? Ganz bestimmt würde er sich freuen, dass sein Sohn heiratet und die Schwiegertochter auch gleich eine Enkelin in die Familie einbringt. Schade, dass Ihr Gatte es nicht erleben kann, weil er von diesem Fettsack da«, sie zeigte auf Caesário, der mit offenem Mund zuhörte, »umgebracht wurde.« Sie ging einen Schritt auf die Alte zu. »Natürlich mit Ihrem Einverständnis … Oder haben Sie Ihren Mann persönlich in den Tod gestoßen, Dona Helena?«

»Bist du übergeschnappt, du elende Nutte?«, kreischte die Alte. Ihre knorrigen Hände flatterten wie Gänseflügel in der Luft. »Es war ein Unfall, ein schrecklicher Unfall! Und jetzt verlasst ihr Huren auf der Stelle mein Haus, oder wir werden euch hinausprügeln!«

Lisa grinste, weil die Alte das richtige Stichwort gegeben hatte.

»Ein Unfall … Damit haben Sie ja reichlich Erfahrung. Aber was Caesário mit Catarina angestellt hat, war kein Unfall. Er hat sie vergewaltigt!«

Lisa hob ruckartig den Kopf. Sie wusste von Catarinas Urangst, dass dieser grässliche Caesário ihr Vater sein könnte, eine Urangst, die sie selbst bis vor Kurzem gehabt hatte. Bis das Ergebnis der DNA-Analyse vorlag.

»Hören Sie gut zu, Dona Helena. Vor vielen Jahren hat sich Caesário auch an Teresa Guedes vergangen. Sie wurde schwanger. Sie brachte ein Kind zur Welt. Kapieren Sie es endlich, Sie dumme, alte, hässliche Frau? Ihr Sohn hat seine eigene Tochter missbraucht!«

»Lúcio!«, brüllte Caesário. »Komm her. Beeil dich. Es gibt Arbeit!«

Aus dem Nebenraum kam Lúcio angetrollt. Er stellte sich neben seinen viel kleineren und dickeren Bruder. Der zeigte auf Lisa und schrie mit sich überschlagender Stimme: »Schlag sie tot, mausetot, sofort!«

Doch Lúcio ließ die Arme hängen. Er schaute hinüber zu Catarina, unsicher, ängstlich fast. Gleichzeitig versuchte er, seinem Blick etwas Freundliches beizumengen, um zu signalisieren, dass sie keine Angst vor ihm zu haben brauchte.

Lúcio stand vor einem Dilemma. Lisa durchschaute es. Jetzt musste sie handeln, und zwar schnell, sonst könnte sich diese skurrile Situation in eine gefährliche verwandeln.

Mit ausgestrecktem Arm schritt sie auf Caesário zu. Ihr Blick wanderte zwischen ihm und Dona Helena hin und her.

»Es gibt Menschen, die deiner Gier im Wege stehen. Aber was soll's – dann räumt man sie halt aus dem Weg, gell? Jorge ist bei einem Waldbrand ums Leben gekommen. Ein Unfall, heißt es. Dann hat dein Anwalt Borges nach einem Gespräch mit mir einen Verkehrsunfall. Noch ein Toter. Aber das sind keine Unfälle. Mord ist das, eiskalter, brutaler Mord! Und Sie, Dona Helena, Sie stacheln Ihren Sohn dazu an. Sie sind eine fürchterliche Hexe. Eine Mörderin sind Sie!«

Caesários Brauen zuckten. Dann stürmte er mit erhobenen

Fäusten los. Nichts anderes hatte Lisa erwartet und gewollt. Sie drehte sich so schnell um die eigene Achse, dass der Mann, durch ihre Körpertäuschung irregeführt, ins Leere schlug. Er taumelte an ihr vorbei. Mit einem satten Handkantenschlag traf sie ihn am Rücken zwischen den Schulterblättern. Er rang nach Luft, wandte sich um, riss ungläubig den Mund wie ein Karpfen auf und wankte auf ein Neues auf Lisa zu.

Mit kreischender Stimme brüllte er: »Du verfickte Hure! Jetzt werde ich dir jeden Knochen einzeln brechen und dich zu Schweinefutter machen!«

Lisa umrundete den Billardtisch. Breitbeinig und mit angewinkelten Armen wankte Caesário hinter ihr her.

Lúcio ging ihm aus dem Weg. Beschützend baute er sich neben Catarina auf.

Plötzlich drehte Lisa den Spieß um: Sie ging auf Caesário zu. Sie bückte sich, griff nach dem Badetuch, warf es ihm zu. Erschrocken fing er das Tuch vor seiner Brust auf, und schon klatschten ihm Lisas Ohrfeigen ins Gesicht, erst rechts, dann links. Es ging blitzschnell. Wie ein nasser Hund schüttelte Caesário den Kopf. Und aus seinen Augen troff Hass. Purer Hass.

Dona Helena stand noch in der Tür. Lisa ging auf sie zu.

»Hat er das Feige und Verlogene von dir geerbt, Hexe?« Mit angewinkelten Armen blieb sie vor der Alten stehen, wandte sich um und forderte Caesário auf: »Komm doch her. Greif mal wie ein richtiger Mann an, Fettarsch.«

Caesário zog die Schultern zusammen. Schob den Kopf vor. Kam wie eine Dampfwalze daher. Drei Schritte war er noch entfernt. Da drehte sich Lisa erneut blitzartig um die eigene Achse und holte dabei mit dem rechten Fuß weit aus. Mit der Wucht eines Fußballspielers beim Elfmeterschießen trat sie dem Mann in den Schritt.

Wie ein abgestochenes Schwein schrie er auf, knickte zusammen, wälzte sich am Boden und umfasste seine allerbesten Teile.

Lisa beugte sich über ihn. »Ich freue mich jetzt schon auf die Familienfeier, Stiefvater!«

Caesário, am Boden liegend, wollte noch einmal zuschlagen,

aber Lisa fing seine Faust ab und bog den Arm so ruckartig und kräftig nach hinten, dass der Mann aufkreischte. Ein Stück mehr, und sie hätte ihm den Arm ausgekugelt.

Sie ließ ihn los, rieb sich die Hände. Der Mann wand sich am Boden, ächzte, stöhnte.

»Entschuldige dich bei deiner Tochter. Mach schon«, forderte Lisa.

Caesário wimmerte, rappelte sich aber hoch, kam auf die Knie.

»Entschuldige dich!«, schrie Lisa. Sie drehte ihm das linke Ohr so kräftig um, dass ihm Tränen in die Augen stiegen. Aber er sagte kein Wort.

»Entschuldige dich, Fettarsch! Jetzt!«

Er schwieg beharrlich.

Lisa zog ihr Taschenmesser aus der Jeanstasche, klappte es auf und strich damit langsam über ihren Handrücken. Sie blies ein abgeschnittenes Härchen weg.

»Fast so scharf wie eine Rasierklinge, siehst du das, Fettsack?«

Caesário starrte entsetzt auf das Messer, dann auf ihre Hand. Aber es kam keine Silbe über seine zitternden Lippen.

»Willst dich nicht entschuldigen? Nein? Dann werden wir mal eine kleine Operation vornehmen und dich von dem lästigen Ding zwischen deinen Beinen befreien. Hose runter!« Ihr war in diesem Moment das Tollkühne dieser Drohung bewusst, die sie wohl kaum verwirklichen würde. Aber den Versuch war es wert. Um nichts schien sich dieser Mann ja mehr Sorgen zu machen als um sein Ding.

Wie gelähmt kniete er bewegungslos vor ihr.

Sie trat gegen seine Brust. Er kippte nach hinten. Wehrlos wie ein Maikäfer lag er auf dem Rücken. Lisas Rechte hielt das Messer hoch, die Linke riss die Badehose mit einer einzigen kräftigen Bewegung nach unten. Der fast nackte Caesário wälzte sich zur Seite, während er mit beiden Händen seine schmerzenden Genitalien umfasste.

»Letzte Chance. Entschuldige dich, oder du warst einmal ein Mann. Ich zähle bis drei. Eins …«

Sie schaute hinüber zu der Alten, blickte in verengte matte Augen.

»Zwei …« Lisa hob das Messer. Caesário wimmerte.

»Drei …« Mit dem Messer strich sie über seinen angespannten Bauch. Kringelhaare fielen herab.

»Ich entschuldige mich«, flüsterte der Mann.

»Lauter. Deine Tochter soll es gut hören und deine Mutter und dein schwerhöriger Bruder auch. Mach schon!«

»Ich entschuldige mich«, sagte er noch einmal, weinerlich, aber lauter.

Lisa nickte Catarina zu. Sie machten sich auf den Rückweg. Näherten sich der Tür. Die wie gelähmt dastehende Alte schoben sie zur Seite. Hand in Hand verließen sie das Haus.

Catarina humpelte nicht mehr. Und Lisa dachte an Joana, die diesen Mann heiraten wollte. Wäre sie heute nur dabei gewesen. Hätte sie nur miterleben können, wie dieser elende Feigling und Vergewaltiger winselte. Joana, Joana. Was hast du nur vor?

Als Lisa und Catarina aus der Tür nach draußen traten, blickte Pablo auf seine Armbanduhr und stellte fest: »Ihr seid eine Minute zu früh dran!«

***

»Mafalda, süße Mafalda. Hin- und hergerissen bin ich. Mein Hirn, mein Herz, sie tun mir nicht mehr weh. Mein Blut fließt anders, viel rascher und wärmer ist es, überall. Ich bin entflammt. Ich bin nicht mehr Herr über mich selbst, verstehst du? Dein Herrchen ist im Wandel, und Wandel mochte ich nie, immer wollte ich, dass alles so bleibt, wie es ist.

Doch andere haben darauf keine Rücksicht genommen, andere haben mit mir gespielt und mich aus ihrem Spielfeld hinausgekickt wie einen zerfledderten Ball. Aber sie wissen nichts, gar nichts wissen sie. Sie haben ja keine Ahnung, dass neues Leben in mir fließt. Schau mich an, Mafalda, siehst du diese Brust? Siehst du, wie kräftig sie pumpt, sich hebt und senkt, siehst du, wie stolz ich bin? Und diese Hände, siehst du, wie stark meine Hände sind?

Auch sie sind von neuem Leben erfüllt. Denn diese Hände haben Catarina berührt, ich habe sie wie Sankt Christophorus getragen, ich habe ihre glatte, göttlich weiße Haut gestreichelt und bin ihr mit diesen Fingern durch ihre seidigen Haare gefahren. Ich habe das Weiche ihrer Schenkel gespürt, ihre Brust, ihre Hüften, ihre Knie, und sie hat mich so freundlich angeschaut – mich!

Aber Caesário hat ihr wehgetan. Das soll ihm noch leidtun, liebe Mafalda. Das soll ihm noch leidtun. Sehr.«

***

Joana legte die linke Hand auf ihre Hüfte. In der rechten hielt sie eine Zigarette und paffte gierig. Sie stand auf der Dachterrasse eines teuren Hotels der Ferreira Holding SA und schaute aufs Meer hinaus. Der Wind spielte mit ihren langen blonden Haaren und kühlte ihre Stirn, hinter der sich die Gedanken jagten. Am meisten sorgte sie sich um Lisa.

Hoffentlich würde ihre Tochter ein Nachsehen haben, wenn sie Caesário heiratete. Joana kannte sie gut. Dass dieser Mann ihre Mutter aus Berechnung und Gier zur Frau haben wollte, musste Lisa klar sein. Ebenso, dass sie ihn mit einer bestimmten Absicht heiratete. Aber dass sie bei ihrem Plan ein unüberschaubares Risiko einging, dürfte Lisa große Probleme bereiten. Keine Frage. Doch hatte Joana eine andere Wahl? Sie wollte ihrer Tochter eine unbeschwerte Zukunft sichern. Sie wollte, dass Lisa in Portugal bleiben und mit Jorge zusammenarbeiten konnte. Wenn sie abwog, welches Risiko auf der einen und welche Aussichten auf der anderen Seite lagen, konnte sie sich nur recht geben. Sie musste es tun. Sie musste mit dem Leben spielen. Mit ihrem eigenen Leben.

***

Die Einladungskarte war in geprägter Schrift auf blütenweißes Leinenpapier gedruckt: *»Hochzeitsfeier von Joana Hauser und Caesário Ferreira. Samstag, 16. August 2014. 11 Uhr. Fortaleza de Sagres.«*

Lisa war fassungslos. Joana zog diese Heirat also wirklich durch. Sie kaute auf ihren Lippen. Wenn sie nur wüsste, was ihre Mutter vorhatte. Sie musste einen tollen Plan verfolgen, davon war Lisa überzeugt. Aber welchen? Die Heirat mit diesem grässlichen Caesário schien hirnrissig zu sein, nichts als hirnrissig. Aber Lisa würde hingehen. Denn mit Sicherheit zählte Joana auf ihr Kommen.

Lisa und Pablo trafen eine Stunde vor dem angegebenen Zeitpunkt an dem geschichtsträchtigen Ort ein. Catarina war in der *Quinta do Monte* geblieben. Es ging ihr schon viel besser, aber sie wollte das Haus nicht verlassen. Wollte keine Menschenseele sehen, von Caesário ganz zu schweigen.

Pablo stellte den Jeep draußen auf dem Parkplatz vor einer über dreihundert Meter langen hohen Festungsmauer, der Fortaleza, ab. Für das Kap, einen weit ins Meer sich reckenden Felsenfinger, war diese Mauer wie ein zu enger Ring.

Hinter der Mauer liefen viele Leute aufgeregt und wichtig umher. Fernsehteams bauten Kameras, Scheinwerfer und Mikrofone auf. Ganz in Schwarz gekleidetes, jung-dynamisches Personal deckte lange Tische ein. Die legendäre und über vierzig Meter durchmessende, aus Steinen geformte und auf dem Boden ausgelegte Windrose, angeblich Bestandteil einer Seefahrerschule aus dem 15. Jahrhundert, hatte man von diesem Betrieb ausgespart.

So wildromantisch der Ort für viele sein mochte – von Romantik war an diesem windigen Tag wenig zu spüren. Soeben wurden die Servietten mit Steinen beschwert. Hüte und Strohballen flogen durch die Gegend. Die Damen hielten ihre rauschenden Röcke und langen Kleider fest.

Pablo trug Jeans und ein schwarzes T-Shirt. Eine ausgebeulte blassgelbe Leinenjacke hing locker über seine rechte Schulter. Wegen des Windes musste er den Hut abnehmen und steckte ihn in den Hosenbund. Lisa trug ein »kleines Schwarzes«, das sie in Lagos gekauft hatte und das jetzt um ihren drahtigen Körper flatterte. Um ihre Haare musste sie sich ja nicht kümmern.

Hand in Hand schlenderten sie zu der nahen Kapelle. Das im

14. Jahrhundert erbaute und wunderbar schlichte Gotteshaus stand nahe der Burgeinfahrt etwas verloren wirkend auf einem weiten Platz. Abgeblättert war der Putz, ausgesetzt die trutzigen Steinwände dem ständigen Wind, der Gischt der gegen die Klippen donnernden Wellen und einer erbarmungslos scheinenden Sonne.

Die Erbauer hatten die Kapellenfront mit einem Stummelaufsatz versehen, der einen Turm andeutete. Eine schmale Treppe führte hinauf, damit die in zwei Rundbögen hängenden Glocken als Symbole für die Macht der katholischen Kirche auch am Ende Europas zum Läuten gebracht werden konnten.

Pablo und Lisa spazierten in Richtung Kapspitze.

»Das musst du sehen«, sagte Pablo freudig und lief voraus. Vor einem klaffenden Felsloch, das von einem Seilgeländer abgesichert wurde, blieb er stehen. »Das Loch ist über siebzig Meter tief. Wenn es Stürme gibt, können die Fischer nicht raus aufs Meer. Sie langweilen sich. Am liebsten kommen sie hierher, wenn Riesenwellen gegen die Klippen donnern. Dann wackelt das ganze Kap wie bei einem Erdbeben, und Wahnsinnsmengen Wasser werden durch unterirdische Gänge in dieses Loch gepresst. Wie ein Düsenjet hört sich das an. Wasser schießt wie aus einem Geysir dreißig, vierzig Meter hoch aus dem Loch. Die Männer freuen sich darüber wie kleine Jungs, werfen Steinbrocken oder ganze Baumstämme hinein, und alles wird wie Federbälle in die Höhe geschleudert. Die Fischer … ein besonderes Völkchen. Unter ihnen fühle ich mich pudelwohl.«

Als sie zurück zur Kapelle kamen, waren schon an die dreihundert Leute eingetroffen. Man flanierte umher, viele vor allem sehr dünne Frauen saugten begierig an den heiß geliebten Zigaretten. Eine sehr schicke junge Dame in weißem Leinenanzug begrüßte die Gäste und hakte ihre Namen auf einer Liste ab. Lisa beobachtete, wie soeben Antonieta mit ihrem Mann José eintraf. Die Dame in Weiß suchte die Namen auf der Liste, fand sie und strahlte die Gäste aufmunternd an.

Das Bauernpaar war also auch eingeladen worden. Merkwürdig. An dieser Hochzeit ist alles merkwürdig, dachte Lisa und begrüßte die beiden, die im Umfeld der selbstgefälligen Schickeria ziemlich fehl am Platz wirkten. Antonieta zog ihren Mann auch bald weg, als wollte sie mit ihm allein sein in diesem Getümmel von Menschen, die ihr unangenehm waren. Ihrem entschlossenen Gesichtsausdruck und ihrem scheuen Lächeln war jedoch anzusehen, dass sie stolz darauf war, eingeladen worden zu sein.

Lisa wurde ganz warm ums Herz beim Anblick dieser Frau. Wieder einmal merkte sie, wie sehr sie dieses Land mochte, seine Menschen, seine Natur, seine Energie. Alles.

Gegen elf Uhr wusste jeder, dass das Brautpaar die Ehedokumente im Amt von Monchique längst unterzeichnet haben musste. Bald würden die Frischvermählten eintreffen und die kirchliche Trauung in der Kapelle zelebrieren. Die bildhübschen jungen Service-Frauen stolzierten mit erhobenen Tabletts umher. Die Gäste griffen nach einem Glas mit Champagner oder Orangensaft.

***

Am Kreisverkehr vor Sagres, nicht einmal einen halben Kilometer von der Fortaleza entfernt, legte Caesário einen Arm um die Schulter seiner Braut. Joana schloss die Augen und ließ es geschehen. Dem weißen Rolls-Royce fuhr eine Eskorte aus Polizisten auf weißen Motorrädern voraus. Ein paar Minuten später rollte der Rolls langsam in die über zwanzig Meter lange tunnelartige und stark gekrümmte Burgeinfahrt. Waren früher Angreifer hierhergelangt, hatten die Verteidiger durch Löcher in der Gewölbedecke siedend heißes Öl und Pech hinabgeschüttet.

Caesário schaute hinauf zu den Öffnungen, blinzelte und drückte seine Braut noch fester an sich, denn in diesem Moment regnete es, statt heißen Pechs, massenhaft glückselig machendes Konfetti, von Windmaschinen herausgeblasen. Alles war bestens organisiert. Alles funktionierte. Caesário war stolz.

Das Prachtauto ließ den Tunnel hinter sich und kam vor der Kapelle zum Stillstand. Sofort stürzten Fotografen herbei. Die

Wagentüren wurden von livrierten Dienern geöffnet, und heraus stiegen Braut und Bräutigam.

Caesário trug einen stahlgrauen Versace-Anzug, Joana ein von Perlen am Oberteil besetztes blaues Kleid, das ihre schlanke und reife Schönheit perfekt zur Geltung brachte. Sie trug flache Schuhe, damit Caesário nicht kleiner als sie aussah.

Der Bräutigam schritt um den Wagen herum und baute sich, stets den Fotografen zugewandt, neben seiner Braut auf. Da klatschten die vielen Gäste. Aus der Kapelle erklang dezente Mozartmusik. Joana lächelte hierhin, dahin. Ihr Gesichtsausdruck wirkte unbeteiligt, was angesichts des Trubels nicht weiter auffiel, auch weil Caesário fast fanatisch strahlte. Er drückte gern mit beiden Händen die ihm entgegengestreckten Hände. Das machte alles noch herziger und verbindlicher. Einigen besonders wichtigen Gästen stellte er seine Braut persönlich vor. Dann lächelte sie, neigte den Kopf dezent zur Seite und schlug die Augen nieder.

Aus den Augenwinkeln beobachtete sie ihre Tochter, die sich klugerweise im Hintergrund hielt. Joana zwinkerte ihr unmerklich zu. Lisa freute sich über das Verschmitzte, das in diesem Moment in die Augen ihrer Mutter huschte, und sie musste sofort an Joanas Worte denken: Du musst Vertrauen in mich haben. Bitte! Immer!

Leicht gesagt. Lisa konnte sich keinen Reim auf diese Hochzeit machen. Sie wusste nicht, was Joana plante. Aber dass sie etwas im Schilde führte, war gewiss. Habe Vertrauen. Das hatte Lisa, auch wenn es hart auf die Probe gestellt wurde.

Hand in Hand betrat das Brautpaar die Kapelle. In dem Gotteshaus mit seinem kleinen, aber ziemlich verloren wirkenden Schnitzaltar fanden nur knapp einhundert Menschen Platz. Lisa und Pablo warteten im Freien.

In der Kapelle schien etwas mit der Technik nicht zu funktionieren. Einige Leute lachten, andere hüstelten, ein Kameramann eilte zu einem Übertragungswagen und holte ein Kabel. Erst als der Mann wieder erschien, die Leute klatschten und die Kamera anscheinend funktionierte, begann die Zeremonie. Die Singsangstimme eines Priesters ertönte.

Lisa lächelte Pablo an. Er zuckte mit den Augenbrauen. Das ganze Theater ging ihm gegen den Strich. Der Wind fuhr durch sein Haar und machte seinen Lockenkopf noch flockiger. Zweimal drückte sie seine Hand, was heißen sollte: Bald ist alles vorüber, hab noch ein bisschen Geduld.

In der Kapelle schüttelten die Messdiener die Schellen. Draußen ertönten die von Lautsprechern verstärkten Worte des Priesters. »Kraft meines Amtes, das mir die heilige katholische Kirche verliehen hat, erkläre ich euch beide vor Gottes Angesicht zu Mann und Frau. Auf dass nur der Tod euch scheide.«

Händels Hochzeitsmarsch kämpfte gegen den Wind an, während die Gäste Beifall klatschten und Gatte und Gattin ins Freie schritten, Arm in Arm, bildschön.

Sie bauten sich vor der Kapelle für ein Hochzeitsfoto auf. Sofort legte ein Blitzlichtgewitter los, und der Kameramann, der den Hochzeitsfilm drehte, die Fernsehleute und auch die Pressefotografen gaben Anweisungen ohne Ende: *Bitte nach links schauen, lächeln, mehr! Und jetzt ein Küsschen! Bitte den Mund öffnen, nein, das war zu viel, lockerer, viel lockerer! Und jetzt auf die Stirn küssen, so, und jetzt richtig innig, lieb und fest! Noch mal!*

In diesem Moment fuhren drei Autos durch den Burgtunnel, am Dach befestigte Blaulichter zuckten. Mit quietschenden Reifen kamen die Renaults vor der Kapelle zum Stehen. Heraus sprangen neun Polizeibeamte. *Inspector-chefe* Rui Fernandes hatte das Sagen. Dann rollten drei fette Mercedes-Limousinen vor die Kapelle, aus jedem Auto stieg ein Mann.

»Das müssen Minister sein, so unscheinbar, wie die aussehen«, frotzelte Pablo.

Lisa musste kichern, beobachtete aber den *Inspector-chefe*, der mit einem raschen Rundumblick die Lokalität und die vielen Menschen wahrnahm, prüfte und auch Lisa sofort erkannte. Merkwürdig. Er zwinkerte ihr fast freundlich zu. War seine Wut gestillt? Nur weil er ein paar hohe Politiker absichern durfte?

Die Minister schritten auf das Brautpaar zu, man schüttelte sich die Hände, strahlte, gab der Braut Küsschen, links, rechts. Caesário blickte voller Stolz um sich. Er nahm Joana kurz entschlossen an der Hand und schritt wie ein Feldherr zur nahen, nur hüfthohen Mauer, einer Fortführung des Burgbollwerks, das am nahe gelegenen Klippenrand auslief. Die gusseiserne alte Kanone am Mauerrand stellte eine wahre Touristenattraktion dar. Sie diente als Denkmal für berühmte Seeschlachten, die im Laufe der Jahrhunderte rund um das legendäre Kap stattgefunden hatten.

Das Kanonenrohr ragte über die Mauer hinaus ins Freie. Würde eine Kugel hinausrollen, würde sie siebzig Meter tief in die Brandung plumpsen.

Manche mochten es als übertrieben erachten, dass Caesário Ferreira hier heiratete, aber für ihn hatte dieser Ort eine besondere Bedeutung, nicht nur die national-historische. Sagres war für die Portugiesen ein Synonym für die große Entdeckerepoche im 15. und 16. Jahrhundert, jene Epoche, auf der ihr Nationalstolz ruhte. Dieser Ort hatte Caesário die große Freiheit gebracht. Denn genau hier, so hatten Helena Ferreira und er seinerzeit der Polizei gegenüber ausgesagt, war sein Vater Humberto beim Angeln in den Tod gestürzt. Der arme Lúcio auch. Das hatten sie ausgesagt. Caesário erinnerte sich nur zu gut an das entsetzte Gesicht des grausamen Vaters beim freien Fall, von der Mutter mit einem harten Stoß herbeigeführt.

Vor jener Mauer stand Caesário nun und zog seine Braut mit festem Griff an sich. Ihr schönes Kleid flatterte im Wind. Alle Besucher warteten gespannt, welche Überraschung sich der Bräutigam als Nächstes ausgedacht hatte.

Er blickte auf die Uhr. Alles stimmte, auf die Minute genau. Das ganze Leben schien mit diesem Tag und diesem Akt auf den richtigen Weg gebracht. Breitbeinig und etwas wacklig, aber mutig und männlich stieg er auf die breite Mauer und reichte von oben seiner Braut die Hände. Sie schwang sich hoch, wirkte jugendlich, mutig, charmant.

Die Gäste applaudierten, doch ging der Beifall in ein ängstliches Kreischen über, weil soeben eine Gischtfontäne aufstieg und das Kanonenrohr nur knapp verfehlte. Dramatisch sah es aus, fast als hätte ein Regisseur *»Action!«* verordnet. Das Gegenlicht musste diese Szene im Hochzeitsfilm besonders spannend aussehen lassen.

Caesário setzte seinen rechten Fuß auf das Kanonenrohr, das fast schon ein wenig obszön zum Kap São Vicente zeigte. Genau so wollte er es haben. Er und seine Frau posierten halb auf der Mauer, halb auf dem Kanonenrohr stehend, für die Fotografen. Wieder ertönte das Klicken der Kameras, wieder bellten die Rufe der Regieanweisungen: *Nach links schauen, jetzt nach rechts! Tief in die Augen des anderen blicken, gut so, noch ein Küsschen!*

Weil das Kanonenrohr auf der Mauer auflag, war dieses Manöver weniger riskant, als es aussah. Aber auf dem Rohr ein Schritt weiter hinaus konnte sich als tödlich erweisen. Jedem Gast war das bewusst.

Plötzlich schob sich ein großer Mann durch die vordersten Reihen der Gäste. Es war Lúcio. Er machte sich nichts daraus, dass Caesário ihn entsetzt anschaute und den Kopf schüttelte, als wollte er dem Bruder das Weitergehen verbieten.

Da kam die ganz in Schwarz gekleidete Dona Helena wackelig herbeigeeilt. Ihr hässliches Gesicht war von schierer Wut verzerrt. Sie versuchte, ihren großen Sohn aufzuhalten, doch der stieß sie verächtlich weg. Sie taumelte rückwärts. Umstehende Zuschauer konnten sie gerade noch festhalten.

»Sei brav!«, schrie sie aus Leibeskräften ihrem ungehorsamen Sohn hinterher, der bereits die Kanone erreicht hatte.

Caesário wurde blass. Die Muskeln unter seinen Augen begannen zu flattern. Denn jetzt erst ging ihm auf, dass Lúcio ihn bedrohte. Er sah das Verwegene, das Irre in den Augen seines Bruders. Er wusste, wozu Lúcio fähig war.

Da umschlang der Bräutigam mit beiden Armen den Hals seiner Braut und hielt sie wie einen Schutzschild vor sich. Er tapste Fuß hinter Fuß setzend auf dem Kanonenrohr rückwärts.

Lisa sprang ebenfalls auf die Mauer. Zwei Meter von Joana entfernt richtete sie sich, mit einem Fuß auf dem Kanonenrohr, auf. Ihre Mutter zitterte. Eine falsche Bewegung, und sie und Caesário würden siebzig Meter in die Tiefe stürzen.

Lisa blickte Caesário mit allem Hass dieser Welt an und schrie: »Lass sofort meine Mutter los!«

Der Mann verzog spöttisch die Lippen.

Wieder ertönte Lisas Brüllen: »Du hast schon so viel Unheil angerichtet – es reicht! Nimm es wie ein Mann. Lass meine Mutter los – und spring, du teuflischer Fettsack, spring endlich in die Hölle!«

Joana blickte ihre Tochter an. Sie sah das Zucken von Lisas Augenbrauen. Sie verstand.

Mit einem einzigen kräftigen Ruck befreite sie sich aus Caesários Griff, warf sich ihrer Tochter entgegen und landete vor ihr auf dem Kanonenrohr. Sie konnte gerade noch Lisas linke Hand ergreifen, bevor sie seitlich abrutschte. Lisa konnte sie festhalten, während sie sich bäuchlings auf das Rohr legte. Joana baumelte über dem Abgrund.

Die umstehenden Leute schrien auf. Jeder hatte inzwischen kapiert, dass das kein in Szene gesetzter Hochzeitsscherz war. Pablo legte sich neben Lisa auf das Rohr und konnte Joanas rechten Unterarm packen, während sie mit der anderen Hand seinen Armknöchel umklammerte. Gemeinsam versuchten sie, Joana hochzuziehen. Mehrere Sicherheitsbeamte und auch der *Inspector-chefe* standen nun unmittelbar neben dem Geschehen. Zwei Sanitäter eilten herbei.

Caesário stand weiterhin unbewegt, geradezu paralysiert am hinteren Ende des Kanonenrohrs. Seine Mimik zeigte Angst, nichts als Angst. Er schielte hinüber zu Lúcio, der sich jetzt auf die Mauer legte und versuchte, mit ausgestreckten Armen an Joana heranzukommen, weil Lisa und Pablo es allein nicht schafften, sie hochzuziehen. Sie konnten sie nur halten und vor dem Absturz bewahren. Zwei Sicherheitsbeamte hielten Lúcio an den Oberschenkeln fest, damit er sich so weit wie möglich hinauslehnen konnte. Endlich bekam er mit der linken Hand den Ärmel von Joanas Brautkleid zu fassen. Der Stoff riss.

Pablo starrte auf Joanas Hand, aus der die Kraft schwand, mit jeder Sekunde mehr. Unaufhaltsam entglitt sie seinem Griff und rutschte am Unterarm weiter abwärts. Lisa spürte es auch. Sie bebte vor Angst. Joana starrte mit aufgerissenen Augen zu ihrer Tochter hoch.

»Halte durch Mama, gleich hast du es geschafft!«, rief Lisa. Inzwischen hatten sich mehrere Polizisten an der Mauer versammelt und wollten helfen, aber sie konnten nicht eingreifen. Das Schicksal hing allein davon ab, ob Lisa, Pablo und Lúcio es schaffen würden, die Frau vor dem Absturz zu retten.

Die Blicke von Mutter und Tochter waren ineinander verschlungen. Lisa sah die Todesfurcht in Joanas Pupillen. Sie hatte keine Kraft mehr.

»Nicht aufgeben, Mama! Du musst Vertrauen haben!«

Pablo spürte, wie Joanas Hand unaufhaltsam erschlaffte. Er griff noch fester zu, holte alle Kraft aus sich heraus und schickte sie in diesen Griff hinein. Aber er konnte Joana nicht halten. Millimeter für Millimeter sank sie tiefer.

Auch Lúcio sah und spürte es. Und griff blind zu. Er bekam Joana unter der linken Achsel zu fassen. Sie pendelte hin und her. Nach hinten brüllte er: »Ziehen!«

Mit vereinten Kräften zogen ihn die Sicherheitsbeamten und einige Polizisten so weit zurück, dass Joanas Beine und Knie von außen gegen die Steinwand stießen. Endlich tauchte ihr Kopf hinter der Mauer auf. Ruckweise wurde sie weiter hochgezogen. Die Schürfungen und Prellungen, die sie dabei erlitt, spürte sie nicht.

Schließlich lag sie auf der Mauer. Sie hielt die Augen geschlossen. Die Sanitäter betteten sie auf eine bereitgestellte Trage. Lisa kniete neben ihrer Mutter, streichelte ihren Kopf, küsste ihre nassen Wangen.

Während Pablo von der Mauer sprang, schaute er hinüber zu Caesário. Der Mann stand noch immer am Ende des Kanonenrohrs. Er beobachtete seinen Bruder. Lúcio sah zufrieden aus. Joana war gerettet. Ein Lächeln huschte über sein eckiges Gesicht. Genau in diesem Moment konnte Lisa seine Augen sehen. Diese Augen kannte sie. Es waren die Augen des Mannes, der Jorge niedergeschlagen hatte. Der Mann, der auch sie umbringen wollte. Dieser Mann war Caesários Helfer, und dieser Mann hatte

Joana und Catarina gerettet, und dieser Mann schaute nun seinen eigenen Bruder voller Verachtung an.

Caesário wollte einen Schritt weiter zurückweichen. Aber da war nichts mehr. Er war am Ende angelangt. Unter ihm schäumten und wüteten die brandenden Wellen. Mit beiden Armen ruderte er, während sich Lúcio, einen Fuß vor den anderen setzend, auf ihn zubewegte.

Ein Polizist hob seine Waffe und rief Lúcio zu, dass er nicht weitergehen, sondern zurückkommen solle. Doch er konnte es durch das Röhren der Brandung nicht hören. Er hätte sich vermutlich sowieso nicht bremsen lassen. Der *Inspector-chefe* zog den Arm des Beamten nach unten. Er wollte verhindern, dass geschossen und ein Unschuldiger getroffen wurde, obwohl er noch nicht sagen konnte, wer hier schuldig oder unschuldig war.

Als das Grollen der Brandung kurz nachließ, brüllte Lúcio zu seinem Bruder hinüber: »Du hast mir damals berichtet, wie toll es war, Teresa zu vergewaltigen. Sie wurde schwanger. Und weißt du was? Ich kenne ihre Tochter. Catarina heißt sie. Sie ist wunderbar. Ich habe sie mit diesen Händen getragen!«

Die umstehenden Gäste konnten es hören und waren so fasziniert von dem Geschehen, dass sich niemand regte. Nur Antonieta. Sie hielt beide Hände vor ihre Augen.

Mit akrobatischer Sicherheit machte Lúcio nun zwei Schritte vorwärts und streckte seine Hände stolz dem Bruder entgegen. Jetzt stand er unmittelbar vor Caesário. Die Gäste hielten die Luft an.

Lúcio blickte plötzlich nach unten. Denn eine gewaltige Gischtfontäne stieg in diesem Moment wie Neptuns Faust empor, sie brüllte wütend, zischte über den Mauerrand empor. Ein weißer Schleier hüllte die Brüder ein, Regenbogenfarben leuchteten auf, dann sackten die Wassermassen zurück.

Die Brüder waren verschwunden. Das Meer hatte sie geholt.

Sofort sprangen einige Leute zur Mauer und suchten mit den Augen das Ufer ab. Aber da unten gab es nur berstende Wellen, schwappendes Wasser, weiß, milchig, brüllend und schäumend.

Die Polizisten riefen durch ihre Walkie-Talkies Hilfe herbei. *Inspector-chefe* Rui Fernandes sprach mit einem Minister.

Während sich die Sanitäter um Joana kümmerten, saß Lisa ein paar Meter daneben am Boden und lehnte sich an der Mauer an. Ihr Gesicht vergrub sie in den offenen Händen. Sie verstand die Welt nicht mehr. Sie hatte erwartet, dass Joana eine Bombenüberraschung parat hätte, um mit Caesário abzurechnen. Oder sollte dieser Sturz von der Kanone ihre Überraschung sein? Ihr möglicher Tod sollte zu etwas gut sein? Lisa sprang auf. Nein. Das konnte nicht sein. Joana musste etwas anderes bezweckt haben. Dafür kannte sie ihre Mutter gut genug.

Keine zehn Minuten später hörte man das Brummen eines Helikopters. Die Wasserschutzpolizei rückte mit zwei Booten an, die aber nicht nahe genug an die Klippen heranfahren konnten. Die wilden Wasser hätten jedes Boot zermalmt.

Nach zwei Stunden wurde die Suche abgebrochen. Es war sinnlos. Zwar kontrollierte ein Boot der Wasserschutzpolizei weiterhin die Umgebung, und Taucher warteten auf den Befehl zum Einsatz. Aber wegen der gefährlichen wilden Wellen gab es keinen Einsatz. Bräutigam Caesário Ferreira und sein Bruder Lúcio waren für immer verschwunden.

Den Sturz ihrer Söhne verkraftete Dona Helena Ferreira nicht. Sie schrie und schlug wie eine Besessene um sich, bis sie erschöpft auf den Boden sank. Man brachte sie in das Krankenhaus von Lagos, wo sie sich in der Nacht zum Sonntag mit einem Betttuch am Fensterkreuz erhängte.

25

Seit dem Drama bei der Hochzeitsfeier vergingen die Stunden wie in einem Traum, an den man sich nachher kaum mehr erinnert. Die Stimmung in der Quinta war gedämpft. Joana zog wieder ein, lehnte es aber strikt ab, sich zu der Hochzeit zu äußern. Sie kapselte sich vollständig ab. Catarina hatte Lisas Einladung angenommen und blieb vorerst ebenfalls in der Quinta.

Ein Anruf veränderte endlich die bedrückende Atmosphäre. Professor Jaime de Barcelos rief aus Lissabon an und teilte Lisa mit, dass es Jorge inzwischen so gut ging, dass er Besuch empfangen durfte.

»Dann komme ich gleich morgen«, sagte Lisa. »Ist Ihnen das recht?«

»Sicher. Kommen Sie. Senhor Jorge wird sich riesig freuen. Das kann ja nur guttun.«

Lisa ging in die Küche, wo Antonieta und Catarina schweigend zusammensaßen und Kaffee tranken. Joana war auf ihrem Zimmer geblieben.

»Habt ihr morgen schon etwas vor?« Lisas Frage war an die ganze Runde gerichtet.

Die Frauen blickten auf. »Nein …«, kam es wie aus einem Mund.

»Ich habe mit Professor Barcelos telefoniert. Wir dürfen Jorge besuchen. Dann lasst uns doch gleich morgen nach Lissabon fahren.«

Antonieta konnte es nicht fassen. Sie legte die Hände an ihre Wangen und öffnete den Mund.

»Joana will sich das bestimmt nicht entgehen lassen«, sagte Lisa und ging schnurstracks zu Joanas Zimmer, klopfte an, wartete die Antwort gar nicht erst ab und jubilierte, im offenen Türrahmen stehend: »Mama, Jorge darf endlich Besuch bekommen. Morgen fahren wir hin. Kommst du mit?«

Joana brauchte eine Weile, um die Neuigkeit zu verinnerlichen. Endlich schlüpfte ein sanftes Lächeln in ihr Gesicht, dann erhob sie sich und umarmte ihre Tochter. »Wann fahren wir los?«, fragte sie. Lisa küsste sie auf die Stirn und umarmte sie noch fester.

Ihr fiel ein, dass sie ihren Freund Pablo benachrichtigen sollte. Sie rief ihn von Joanas Zimmer aus an, was ihr nicht leichtfiel, denn sie musste ihm nun endlich erklären, dass sie auch ihm die Wahrheit über Jorges Überleben vorenthalten hatte.

Pablo zeigte jedoch volles Verständnis. Er konnte seiner Freundin ohnehin nichts verübeln. Er befand, dass sie richtig gehandelt hatte. »Hätte von mir sein können«, sagte er, und Lisa stellte sich vor, wie er liebevoll schmunzelte.

***

Er traf mit dem Jeep am nächsten Morgen um kurz vor acht Uhr ein und wurde zu einer Tasse Milchkaffee eingeladen. Anschließend fuhr die Korona von vier Frauen mit Chauffeur Pablo los. Beinahe albern und überschwänglich gut gelaunt kamen sie am Hospital in Lissabon gegen Mittag an. Die Stationsärztin telefonierte mit dem Professor, der ein paar Minuten später mit wehendem weißem Mantel auf sie zuschritt.

»Telefonisch kennen wir uns ja schon«, sagte er, als er die hübsche Lisa begrüßte, die ihm entgegentrat. Ihre blonden Haare waren inzwischen etwas nachgewachsen, von einer Glatze konnte keine Rede mehr sein. Er musterte sie mit einem flinken Blick von oben bis unten. »So sieht also der Mensch zu der freundlichen Stimme aus. Es freut mich, die Tochter des großartigen Architekten und Malers Jorge Guedes persönlich kennenzulernen. Und wer sind Sie, bitte schön?«, fragte er und schaute Lisas Begleiterinnen und Pablo an.

Lisa stellte die anderen vor. »Meine Mutter Joana, meine Cousine Cat, Dona Antonieta, die beste Stütze meines Vaters, und mein Freund Pablo.«

Der Professor nickte ihnen zu und sah fragende Gesichter.

»Nun, was soll ich über Senhor Jorge sagen? Er hat einen bärenstarken Lebenswillen. Und seitdem er aus dem Koma erwacht ist und erfahren hat, dass Ihnen, liebe Lisa, bei dem Feuer nichts Schlimmes passiert ist, ist er fast immer in blendender Laune. Am besten sehen Sie selbst, wie es ihm geht. Eine Bitte habe ich aber noch. Sollte sich in der Zwischenzeit Aufregendes ereignet haben, erwähnen Sie es nicht. Und bleiben Sie höchstens fünf Minuten bei ihm. Bitte ziehen Sie jetzt den Mundschutz an.«

Lisa schloss die Augen, atmete aus und wiederholte leise: »… nichts Aufregendes.«

Der Professor ging voraus zum Krankenzimmer und öffnete die Tür. Jorge lag auf dem Rücken in einem Spezialbett, in dem der Verband leichter gewechselt werden konnte. Sein gesamter Körper war wie eine Mumie in weiße Tücher gewickelt. Aber sein Gesicht war frei. Er schlief. Weil er nach dem Schlag auf seinen Kopf vornüber auf den nicht brennenden Waldboden gefallen war, war sein Antlitz weniger verbrannt als der Rest des Körpers.

Fast andächtig standen die Besucher, der Professor und die Stationsärztin rund um das Bett. Da öffneten sich die Augen des Patienten. Sein Blick schweifte von Besucher zu Besucher. Seine Augen begannen zu leuchten, sein Mund verzog sich zu einem Lächeln. Und den Frauen stiegen Tränen in die Augen.

Lisa trat ans Bett und hauchte ihrem Vater einen Kuss auf die Wange, ohne ihn zu berühren.

Zuallererst fragte Jorge, wie es seiner Hündin Foxy ging.

»Frech ist sie und hat immer Hunger. Wie üblich …«, berichtete Antonieta, der das Sprechen wegen der Schluchzer, mit denen sie zu kämpfen hatte, schwerfiel.

»Und dir, Joana? Wie geht es dir? Wie lange haben wir uns nicht mehr gesehen?«

»Über dreiundzwanzig Jahre. Oder waren es zweihundert?«

»Zu lange.«

»Viel zu lange.«

»Das werden wir jetzt ändern.«

»Ja, das werden wir.« Auch Joana fiel das Sprechen schwer. Überwältigt war sie von den Gefühlen, die sie überkamen.

Lisa mischte sich ein. »Wenn du entlassen wirst, geben wir ein riesiges Fest. Wir werden dich natürlich schonen, keine Angst.« Sie lächelte erst Jorge an, dann den Professor. »So ein Fest hat die Quinta noch nie erlebt.«

»Sorgt bitte dafür, dass auch Teresa kommt«, sagte Jorge. Erst jetzt fiel allen auf, dass sie schon lange nichts mehr von Jorges Schwester gehört hatten. Lisa nickte und versprach, sich um die Tante zu kümmern.

In Jorges Augen leuchtete blankes Erstaunen auf. »Tante?«, flüsterte er. Er schaute nicht Lisa, sondern Joana an. »Bist du sicher, dass ...?«

»Ja. Ich war es immer. Aber das ist eine andere Geschichte. Darüber reden wir, wenn du wieder ganz gesund bist.«

»Außerdem gibt es da eine DNA-Analyse«, fügte der Professor hinzu. »Doch jetzt muss ich Sie bitten, den Raum zu verlassen. Wir können Senhor Jorge schon bald in die Algarve transportieren. Rufen Sie mich am besten jede Woche einmal an, dann können wir Genaueres besprechen.«

Auf der Heimfahrt rätselten sie, was wohl mit Teresa geschehen sein könnte, denn seit geraumer Zeit hatte niemand etwas von ihr gehört oder gesehen, und alle Anrufe waren vergeblich gewesen.

Lisa beschäftigte noch ein anderer Punkt. »Pablo, ich habe eine Riesenbitte an dich. Kannst du versuchen herauszufinden, was damals in London bei Catarinas Geburt geschehen ist? Du bist doch unser Super-Googler und Internet-Detektiv.«

Catarina sagte nichts. Sie ahnte, dass Übles ans Tageslicht kommen würde. Eine Überraschung wäre das nicht.

***

Lisa hielt sich in den folgenden Tagen bei Pablo in Zibririnha auf. Dann kam ihr Geburtstag. Am Morgen entschied sie, die anderen Frauen in der Quinta zu besuchen, nachdem sie beim Liegenschaftsamt in Monchique zahlreiche Formulare unterzeichnet hatte, um die Erbschaftsangelegenheiten zu regeln. Auf der Allee rollte sie zur Quinta und parkte ihr Bike im Schatten des Affenbrotbaumes.

Als sie auf der Küchenterrasse stand, bemerkte sie den Geruch von Chlorbleiche. Antonieta hatte Großputztag. Lisa betrat die Küche.

»Endlich!«, rief Antonieta und trocknete ihre Hände an der Schürze ab. Sie ging Lisa entgegen. »Ich gratuliere Ihnen von ganzem Herzen zu Ihrem Geburtstag«, sagte sie und umarmte Lisa.

»Wie schön, dass Sie daran denken …«, sagte Lisa und erwiderte Antonietas Umarmung.

»Wir haben jedes Jahr Ihren Geburtstag gefeiert. Nicht richtig gefeiert, aber Jorge hat immer ein Glas auf sie gehoben und gesagt: ›Auf meine Lisa-Lilly.‹«

»Lisa-Lilly. Das finde ich ja goldig. Sagen Sie, liebe Antonieta, hätten Sie Lust auf ein richtig tolles Fest?«

»Das Fest, über das Sie im Krankenhaus mit Senhor Jorge sprachen?« Ihre Augen leuchteten. Tief ausatmend sagte sie: »Nach den vielen schrecklichen Aufregungen wäre das ein Segen für uns alle.«

»Dann wollen wir doch mal sehen, wie es Jorge heute geht.«

Lisa telefonierte mit Professor Jaime de Barcelos und erfuhr, dass ihr Vater eigentlich schon entlassen werden könne, die Fortschritte seien sehr erfreulich. Er müsse aber noch mindestens einen Monat lang das Bett hüten.

»Wir werden alles herrichten. Können Sie bitte veranlassen, dass er am Samstag hertransportiert wird?«

»Gern. Jorge wird überglücklich über diese Neuigkeit sein.«

Lisa beendete das Gespräch und schaute Antonieta mit verschmitzten Augen an. »Rufen Sie doch bitte für diesen Samstag alle Leute aus dem Bereich der *Quinta do Monte* und der *Quinta da Ribeira* zusammen. Und besorgen Sie viel Fleisch, Sardinen, Wein, Bier, eben alles, was man für ein großes Fest braucht. Ich richte inzwischen das zweite und auch noch ein drittes Gästezimmer her. Einen Tag vor dem Fest fahren wir nach Faro und holen meine Freundin Tara vom Flughafen ab. Die soll natürlich auch mitfeiern. Wo sind eigentlich Joana und Catarina? Ich habe sie noch nicht gesehen.«

»Catarina wollte unbedingt endlich zu ihrer Mutter fahren, die sie noch immer nicht getroffen hat. Aber Teresa ist wie vom Erdboden verschwunden …«

»Verstehe«, sagte Lisa, »ich rufe meine Mutter lieber gleich an.« Sie gab Joanas Kurznummer ein. »Hallo, Mama, ich bin wieder in der Quinta. Seid ihr schon bei Teresa angekommen?«

»Wir sind jetzt bei der Praia dos Carneiros in der Nähe von Teresas Villa. Gerade eben ist ein Polizeiwagen mit Blaulicht vorbeigerast. Wir folgen ihm. Lisa-Schatz, du hast heute Geburtstag. Ich gratuliere dir aus vollem Herzen, mein Goldstück. Und ich wünsche dir ein tolles Jahr. Vielleicht wird es das beste, das du je hattest?«

»Wer weiß? Wenn du auf das Erbe und das viele Geld anspielst, sollten wir unbedingt miteinander reden, sobald du zurück bist.«

Eine Stunde später klingelte Lisas Handy. Sie nahm das Gespräch sofort entgegen.

»Catarina und ich sind an der Praia dos Carneiros«, berichtete Joana atemlos. »Ganz in der Nähe hat man Teresas Leiche gefunden. Angler haben sie unterhalb vom Leuchtturm Ferragudo entdeckt. Sie muss in ein tiefes Felsloch gestürzt sein.«

»Oder gestürzt worden sein«, sagte Lisa nachdenklich.

»Man hat aber keine Spuren von Fremdeinwirkung entdeckt, sagte uns der *Inspector-chefe* Rui Fernandes, der dich zu kennen scheint. Allerdings muss sie schon vor einigen Tagen abgestürzt sein. Da verwischen die Spuren …«

»Sag ich doch. Wieder ein Unfall. Wieder Caesários Handschrift.«

»Was hat sie ihm denn getan?«

»Das werden wir wohl nie erfahren, Mama. Übrigens hat Jorge merkwürdig distanziert über seine Schwester gesprochen. Vielleicht ahnte er, dass zwischen ihr und Caesário was lief. Vielleicht hat sie an dem Komplott gegen Jorge sogar mitgewirkt und ist Caesário zu gefährlich geworden. Wir wissen ja, welche Konsequenzen dieser Mann dann zieht …«

»Lisa?«

»Ja?«

»Ist dir bewusst, dass du Jorges Alleinerbin bist?«

»Ja, nein. Oh Gott, wenn diese bösen Überraschungen nur bald ein Ende hätten. Komm jetzt heim, bitte! Wir müssen uns unterhalten.«

***

»Du hast Caesário geheiratet und wolltest dich selbst umbringen, damit ich alles erbe. Spinnst du?« Mit diesen Worten eröffnete Lisa das Gespräch mit ihrer Mutter. Joana war erst am späten Nachmittag zurückgekehrt, weil sie dem *Inspector-chefe* viele Fragen beantworten musste.

Joana gab zu, dass genau das ihr Plan gewesen war. Sie hatte keinen anderen Ausweg aus der in ihren Augen heillos zerfahrenen Situation gesehen. In diesem Moment wurde ihrer Tochter schlagartig bewusst, wie verzweifelt Joana gewesen sein musste. Sie hatte ihr Selbstmitleid, dieses Leben ohne Perspektive, zutiefst verachtet, aber sie hatte nie versucht, ihrer Mutter nachhaltig zu helfen.

Weil Joana schwieg, sagte Lisa: »Du hast sie nicht mehr alle! Kaum haben wir drei – du, Jorge und ich – uns gefunden, willst du dieses Glück mit deinem Tod beenden. Abhauen willst du. Aber so einfach geht es nicht. Du bleibst hier, hast du gehört? Du bleibst bei mir!«

Und viel sanfter fügte sie nach einer Pause hinzu: »Mama, wir geben ein großes Fest, hier in der Quinta. Am Samstag wird Jorge aus Lissabon hergebracht – ist das nicht wunderbar? Vorher holen wir Tara am Flughafen in Faro ab. Das wird ein richtig tolles Freudenfest. Cat wird natürlich auch dabei sein. Wir sind eine richtige Familie.«

In diesem Moment wurde ihr bewusst, dass dies das Schlüsselwort zur Lösung von Joanas Problemen war: Familie.

Lisa ging in die Küche zu Antonieta, denn sie spürte, dass da noch etwas war, das ihr verschwiegen wurde. »Meine Mutter und Sie scheinen sich gut zu verstehen.«

»Das ist nicht verwunderlich. Joana hat über vier, fast fünf Jahre lang hier gelebt.«

»Lang genug, um Vertrauen entstehen zu lassen.«

»Genau so ist es, liebe Lisa.« Sie machte eine Pause. Wie um sich zu sammeln, rieb sie die Hände aneinander und senkte den Kopf. Dann aber schaute sie Lisa unvermittelt an. »Wissen Sie, wie wertvoll Vertrauen ist? Anfang Juni hatte ich Ihrer Mutter eine E-Mail geschickt und sie gebeten, so schnell wie möglich herzukommen. Ich sah keine andere Lösung mehr. Ich war verzweifelt. Ich machte mir solche Sorgen um Jorge und um die Quinta. Ich musste handeln. Ich musste mich an jemanden wenden, dem ich voll vertrauen kann.«

Lisa blickte die Haushälterin ungläubig an. »Das müssen Sie mir schon näher erklären.«

»Ich habe Ihnen doch von Jorges diffusen Ängsten, es könne etwas passieren, erzählt. Als er dann Caesários Porsche vor Teresas Villa sah, wurde er ganz zippelig, er konnte und wollte es gar nicht mehr vor mir verbergen. In meiner Not habe ich per E-Mail Ihre Mutter gebeten, so schnell wie möglich zu kommen. Mir war klar, dass nur Sie beide helfen konnten.«

»Woher hatten Sie Joanas E-Mail-Adresse?«

»Im Internet findet man fast alles heraus. Ich habe das auf dem Tablet recherchiert, das mir Jorge letztes Jahr gab, weil die Kommunikationen mit dem Finanzamt und anderen Ämtern heute nur noch übers Internet erledigt werden. Jorge hasst das und überlässt mir diese Aufgaben.«

»Dass Jorge E-Mails geschickt hat – das hat Joana nie erzählt …« Lisa dachte nach. »Deshalb also das plötzliche Buchen des Fluges.« Sie nickte vor sich hin. »Aber sie ist nach unserer Ankunft in der Algarve nicht zur Quinta gekommen. Sie hat mir den Vortritt gelassen. Warum?«

»Ich weiß es nicht. Wir haben darüber nicht gesprochen. Ich glaube aber, dass Joana auf Ihre Kraft und Ihre Unerschrockenheit gebaut hat. Außerdem ging es ja auch um Ihre Zukunft, und da sollten Sie selbst das Heft in die Hand nehmen, vermute ich. Sie hat bestimmt von sich auf Sie geschlossen.«

Lisa nickte nachdenklich und blickte in die Ferne, dachte an Joana. Welch fürchterliche innere Kämpfe musste ihre Mutter in den vergangenen Wochen, nein, in den vielen Jahren seit ihrer Flucht aus Portugal durchgemacht haben? In diesem Moment spürte Lisa eine Welle tiefster Zuneigung und Dankes.

26

Joana, Cat, Lisa und Pablo warteten in der Ankunftshalle des Flughafens Faro. Endlich entdeckte Lisa ihre Freundin Tara. Sie blickte um sich, sah Lisa, winkte und stieß einen spitzen Schrei aus. Tara trug ein kurzes blaues Kleid über gelben Strumpfhosen. Ihre langen Beine mit den eleganten Fesseln endeten in hochhackigen Schuhen, blau und schwarz gefärbt waren ihre Haare, ein schwarzer Schal schlang sich um ihren weißen Hals.

Lisa lächelte und freute sich, sie freute sich riesig.

»Scheiß Wimperntusche«, befand Tara, nachdem sie in Lisas Arme geflogen war und die beiden rasante Pirouetten wie ein Eislaufpaar gedreht hatten.

Sie fummelte mit einem Taschentuch in ihrem Gesicht herum und musste lachen. Lisa strahlte über das ganze Gesicht.

Auf Joanas Wunsch hin fuhr Pablo nicht gleich zurück in Richtung Westen, sondern erst einmal zur nahen *Ilha de Faro*, dem Ort, an dem Jorge vor über dreiundzwanzig Jahren Joanas Schwangerschaft bemerkt hatte.

Hier hatte Tara nun ihre erste Begegnung mit der Algarve, mit Sonne, Wärme und einem Meer, das nicht schöner sein könnte.

Nebeneinander saßen sie auf der niedrigen Mauer, die den Strand von einem Parkplatz trennte. Sie genossen den Ausblick auf die brechenden Wellen und das blaue Meer mit Millionen silberner Lichtreflexe. Tara stand auf und rannte über den Strand wie ein junger Hund, Sand stob davon, sie hob Muscheln auf, staunte über die Schönheit der glänzenden und geriffelten Gebilde, um dann wieder jubelnd vor Vergnügen entlang der ausrollenden Wellen zu hüpfen und zu springen.

Beschwingt trafen sie zum Abendessen in der Quinta ein. Tara bekam angesichts der Umgebung und des Gebäudes ihren Mund nicht mehr zu, Joana lächelte sanft und schwieg, Lisa umfasste Pablos Hand. Antonieta und Catarina tischten ein Omelett mit

Bacalhau auf und kredenzten dazu Jorges Wein. Alle fühlten sich so wohl und ausgelassen wie schon seit Langem nicht mehr.

Am nächsten Morgen, dem Festtagsmorgen, wollten Pablo und Lisa Tara, Joana und Catarina verwöhnen und eine Kurzreise durch die Serra und zur nahen wilden Westküste unternehmen. Aber niemand hatte Lust dazu. Nichts machen. Nichts tun. Nur relaxen, war die allgemeine Devise.

Sie gingen in der Umgebung der Quinta spazieren, auch Catarina. Die Schwellung an ihrem Fuß war beinahe komplett abgeklungen. Joana hielt auf dem Sofa im Wohnzimmer ein Mittagsschläfchen, und Tara tat Gleiches in Lisas Zimmer, weil Catarina das andere Gästezimmer bezogen hatte. Später richteten sie Jorges Zimmer her, das in ein Krankenzimmer umfunktioniert wurde.

Pablo saß schon den ganzen Vormittag an seinem Laptop. Nach stundenlangem Suchen fand er endlich die Dokumentation einer Hebamme. Sie berichtete aus erster Hand, was seinerzeit in dem Hospital in London bei zahlreichen Frühgeburten wirklich geschehen war. Er wollte die gute Stimmung vor dem Fest nicht trüben, doch was er da recherchiert hatte, durfte er Catarina und den anderen nicht vorenthalten. Er trommelte alle zusammen.

Sie standen vor dem Laptop und erfuhren nun, dass zwei Ärzte und eine Handvoll Stationsschwestern in einer Londoner Klinik einen Ring aufgebaut hatten, der nach folgendem Muster operierte: Frühchen wurden als Totgeburten oder als kurz nach der Geburt verstorben registriert, in Wirklichkeit aber auf Kosten der Steuerzahler versorgt und an Adoptiveltern vermittelt, die auf einer langen Warteliste standen und viel Geld für ihre Wunschbabys zahlten. An die dreihundert Kinder sollen über einen Zeitraum von zwei Jahren verschachert worden sein, bis die Kripo den Ring nach dem Tipp der Hebamme auffliegen ließ. Die Verbrecher verdienten Millionen mit diesem Menschenhandel.

Nach Pablos Ausführungen blieb Catarina ruhig und in sich gekehrt. Sie bedankte sich bei ihm für die Recherche. Endlich,

endlich löste sich das Nebulöse ihrer Herkunft auf und machte einem Verständnis der Zusammenhänge Platz. Sie ging wieder spazieren, allein, nur mit Foxy an ihrer Seite.

Am Nachmittag traf der Krankenwagen aus Lissabon ein. Foxy war ganz aus dem Häuschen vor Freude, kläffte und quiekte und heulte in einem fort. Joana, Catarina und Antonieta standen Arm in Arm vor der Küchentür und schauten zu, wie Jorge auf einer Trage ins Haus geschaukelt wurde. Seinen verbundenen Kopf bewegte er langsam hin und her. Er betrachtete seine Quinta, den Bougainvilleabusch, die Wälder, den Himmel und weit unten das glitzernde Meer, und er schaukelte an geliebten Menschen vorbei, er schaukelte durch seine geliebte Küche, roch den geliebten Duft seines Zuhauses.

Lisa ging neben ihm her und hielt seine Hand.

»Willkommen zu Hause«, sagte sie mit leicht zittriger Stimme. »Willkommen, Papa.«

»Meine liebe, liebe Lisa. Ich danke dir so sehr. Du hast mein Leben gerettet. Und du hast Frieden in unser Haus gebracht. Ich bin sehr stolz auf dich«, sagte Jorge bewegt.

»Hoffentlich bist du auch noch stolz, wenn ich dir jetzt etwas sehr Wichtiges vorschlage. Du sprichst vom Frieden in deinem Haus. Du hast mir davon erzählt, dass dein Vater durch merkwürdige Schenkungen zu so viel Reichtum kam. Findest du nicht, dass wir jetzt einmal gründlich aufräumen sollten? Also, ich habe mir das so vorgestellt …« Lisa weihte Jorge in ihren Plan ein.

Es dauerte keine drei Minuten, bis sie ihn überzeugt hatte. Sie freute sich riesig darauf, in Kürze Tabula rasa zu machen.

***

Zwei Stunden vor dem Fest nahm Lisa Catarina zur Seite. Sie gingen auf dem Weg zum Dorf spazieren. Catarina hatte sich bei Lisa untergehakt. Sie schwiegen eine Weile und ließen die Ruhe und Schönheit der Umgebung auf sich einwirken.

Lisa blieb plötzlich stehen und reichte Catarina ein graues T-Shirt, das sie im Hosenbund stecken hatte. Catarina faltete es auseinander. Ihre Augen strahlten vor Freude, denn was da in fetten dunkelgrauen Lettern aufgedruckt war und die Tatsache, dass Lisa ihr etwas schenkte, überraschten sie sehr.

»›*Me. Cat*‹«, las sie laut vor. Dann lachte sie und nahm Lisa fest in die Arme. Sie zog das alte T-Shirt aus und das neue an, mitten auf dem Weg.

Lisa grinste, denn das Geschenk war nur eine Einstimmung gewesen. Sie hakte sich bei Catarina ein. »Weißt du eigentlich, wie die Ferreira-Familie so reich geworden ist?«

Catarina schaute sie erstaunt an. Offenbar hatte sie sich darüber noch keine Gedanken gemacht. Lisa beantwortete die Frage selbst. »Es hat vor allem mit der Salazar-Diktatur zu tun, die Anfang der 1930er Jahre begann – parallel zur Hitler-Ära. Caesários Vater, dein Großvater also, war Chef der gefürchteten geheimen Staatspolizei hier in der Serra, und diese Position nutzte er brutal aus.« Sie berichtete in allen Einzelheiten, die ihr bekannt waren, wie zahlreiche Familien ihr Hab und Gut seinerzeit an den PIDE-Boss Ferreira verloren hatten.

»Auch mein Großvater wurde damals reich«, erzählte Lisa weiter. »Allerdings als ein Medizinmann oder Wunderheiler. Einige Familien im Umkreis haben ihm ihr Hab und Gut überlassen, und so kam der Riesenbesitz der *Quinta do Monte* zustande. Und jetzt kommen wir zur Sache, Cat: Ich möchte diesen Leuten ihre Besitzungen zurückgeben. Ich fände es natürlich ganz toll, wenn du es mit den Leuten im Großbesitz der *Quinta da Ribeira* auch so halten würdest.«

Catarina konnte nicht folgen und entgegnete fast entrüstet: »Aber damit habe ich doch nichts zu tun. Wenn mir die *Quinta da Ribeira* gehören würde, würde ich natürlich genau das machen, was du vorschlägst, das ist doch keine Frage.«

»Dann mach es.«

»Wie denn? Ich kann doch nicht einfach darüber verfügen, als gehörte sie mir.«

»Cat – die Quinta gehört dir. Du bist Caesários Tochter. Lúcio hat es vor seinem Sturz gesagt, zig Menschen waren Zeugen. Notfalls wird eine DNA-Analyse beweisen, dass du seine Tochter bist. Du kannst mit der Quinta machen, was du willst. Hast du eine Vorstellung, welch tolle Pläne du verwirklichen könntest?«

Catarina riss die Augen auf. Die Verwunderung stand ihr deutlich ins Gesicht geschrieben.

»Eines ist gewiss. In dieser grässlichen Quinta dort unten will ich nie und nimmer leben, das wirst du bestimmt verstehen. Aber lass mich mal nachdenken, was man hier alles anstellen könnte …« Sie lächelte wie ein Kind. Es war ihr anzusehen, dass sie allmählich fassen konnte, was auf sie zukam.

Sie gingen weiter, und jetzt strahlte Catarina vor lauter Begeisterung über all die Einfälle, die ihr spontan kamen. Sie begann zu schwärmen. »Ich würde die Quinta am liebsten zu einer großen Wohngemeinschaft umbauen, total ummodeln, alles. Es soll ein Ort werden, an dem Leute aller Altersgruppen zusammenleben, wo sich Alte um Junge kümmern und umgekehrt, und alle aus jedem Tag einen kreativen Tag machen – wäre das nicht wunderbar? Ein Ort, an dem die Architektur kein Selbstzweck ist, sondern mitspielt. Eigentlich ist das kein idealistischer oder naiver Traum. Das ist die Zukunft. Hier am Rande Europas bauen wir unsere eigene Welt auf. Klein, aber gut. Glaubst du wirklich, dass wir das erreichen können?«

»Mit dem Elan, mit dem du an die Sache rangehst, steht dem nichts im Weg«, bestätigte Lisa Catarinas Ideen.

***

Nach und nach fanden sich die vielen Festgäste ein, auch die, die im Gebiet der *Quinta da Ribeira* lebten. Die meisten kannten sich und plapperten laut und munter drauflos, selbst wenn *die von oben*, die von der *Quinta do Monte*, nicht nur gut von *denen da unten* redeten. Und umgekehrt. Einige Leute blickten anfangs argwöhnisch drein – ihnen war nicht ganz geheuer, dass auf einmal Eintracht herrschen sollte.

In der Scheune hatte Antonieta zusammen mit ihrem Mann und hilfreichen Leuten lange Tische und Bänke aufgestellt. Der Kühlschrank war zum Bersten gefüllt mit Bier und Wein. Bei einem geselligen Zusammensein wollten die Bauern nicht nur Wasser trinken.

»Da wird die Leber rostig«, erklärte Senhor Abílio und erntete das Lachen und den Beifall der anderen.

Trotzdem war die Stimmung gedrückt, befürchteten doch die meisten, dass unerfreuliche Nachrichten auf sie warteten. Sie waren nichts anderes gewohnt.

Als alle Gäste anwesend waren, trat Lisa an die Rückseite der Scheune neben den Kühlschrank und erhob ihre Stimme. »Ich will mich kurz fassen, denn heute soll gefeiert und nicht gerätselt werden. Sie alle sind davon ausgegangen, dass mein Vater, Senhor Jorge, bei dem Waldbrand im Juni ums Leben kam. Das stimmt aber nicht.« Man hätte eine Stecknadel fallen hören können, so still war es bei diesen Worten geworden.

»In Wirklichkeit wurde er sehr schwer verletzt. Aber er hat den Mordanschlag überlebt. Heute wurde Senhor Jorge endlich heimgebracht. Er liegt nebenan in seinem Zimmer, und das soll gefeiert werden.«

Sie musste pausieren, weil ein Raunen durch die Menge ging. Dann erhob sie erneut ihre Stimme. »Wir haben Jorges Überleben verschwiegen, um den Täter in Sicherheit zu wiegen. Der Notarzt wusste von unserem Schachzug. Er hat mitgespielt. Er hat den Schwerverletzten nach Lissabon gebracht, wo Professor Jaime de Barcelos ihn versorgt hat. Ich danke diesen Männern. Ich danke ihnen aus ganzem Herzen. Ich danke auch *Inspector-chefe* Rui Fernandes, dass er so geduldig war …« Sie hatte den Inspektor vor ihrer Rede in der Nähe des Scheunentors entdeckt und winkte ihm jetzt zu.

Viele Leute applaudierten. Andere, Frauen vor allem, zeichneten Kreuze über der Stirn, den Lippen und der Brust. Immer noch schüttelten sie den Kopf, konnten kaum fassen, dass der beerdigte Jorge nebenan in seinem Bett lag, lebendig und in Heilung begriffen. Bald würden sie ihm wieder die Hand schütteln können, wenn er durch die Gegend spazierte.

Lisa war nicht zu bremsen. »Antonieta hat mir viel über die Zeit erzählt, als Diktator Salazar in Portugal geherrscht hat und hier in der Serra merkwürdige Verhältnisse an der Tagesordnung waren. Viele Familien haben seinerzeit ihr Hab und Gut verloren. Ich kann mich nicht wie mit einer Zeitmaschine in der Geschichte zurückversetzen, liebe Nachbarn, aber mein Vater und ich werden dafür sorgen, dass alle, die in der *Quinta do Monte* leben, ihren ursprünglichen Besitz zurückbekommen.«

Die Überraschung war perfekt, der Jubel ohrenbetäubend. Einige Leute klatschten begeistert, andere umarmten sich, wieder andere konnten ihr Glück nicht fassen und schüttelten nur ungläubig die Köpfe. Zwei alte Männer zogen Taschentücher aus ihren Hosen.

Lisa schlug mit einem Kochlöffel mehrmals gegen einen Blecheimer, und als sie sich der Aufmerksamkeit der Gäste wieder sicher war, fuhr sie fort: »Ich bin noch nicht fertig. Die Anwältin Doutora Madalena Sacramento wird uns in den nächsten Tagen besuchen und mit jedem von euch sprechen. Dann werden so bald wie möglich die Verbriefungen der Besitze in Monchique vorgenommen. Wir übernehmen alle Kosten und Gebühren. Damit bringen wir das üble Kapitel Salazar zu einem guten Ende. Ich persönlich werde den ganzen Vorgang leiten. Und ich werde in nächster Zeit hier in der Quinta bei meinem Vater leben – die Algarve ist wieder meine Heimat geworden.«

Erneut brach Begeisterung aus. Doch Lisa erhob ihre Stimme noch einmal. »Liebe Nachbarn, weiter geht's mit guten Nachrichten. Wie Sie bestimmt schon erfahren haben, hat Senhor Caesário Ferreira ein scheußliches Spiel gespielt. Zum Schluss hat er meine Mutter geheiratet. Auf diese Weise wollte er ihr und mein Erbe erschleichen, indem er uns beiseitegeschafft hätte. Er wusste ja nicht, dass mein Vater noch lebt … Aber alles kam anders. Er ist in den Tod gestürzt, sein Bruder Lúcio ebenso, und seine alte Mutter Helena hat ihrem Leben ein Ende gesetzt. Damit ist die Familie der Ferreiras ausgelöscht, und Caesários Ehefrau Joana, meine Mutter, wäre beinahe zur Alleinerbin der *Quinta da Ribeira* geworden. Doch dann kam Dona Catarina ins Spiel.«

Mit ausgestrecktem Arm deutete sie auf ihre Cousine, die neben Joana stand.

»Ich muss euch die Umstände erklären. Catarina ist nicht nur die Tochter meiner verstorbenen Tante Teresa – sie ist Caesários Tochter! Er ist ihr Vater. Deshalb erbt sie die Quinta. Und jetzt will Catarina euch etwas mitteilen.«

Catarina stellte sich neben Lisa. Sie war ungeheuer angespannt. Vor Architekten und Ingenieuren hätte sie sicherlich geglänzt, aber gewieften Bauern etwas verständlich zu machen, war ein anderes Kaliber. Da half nur eines: sich kurz fassen.

Nach einem Lächeln, bei dem sie die Augen zwei Sekunden lang schloss und sich konzentrierte, rief sie in die Menge: »Mit der *Quinta da Ribeira* halten wir es genauso wie mit der *Quinta do Monte*. Alle bekommen ihr Land und ihre Häuser zurück!«

Mit dieser Verkündung sollte das Fest beginnen. Antonieta schritt zum großen Scheunentor und öffnete von innen die breiten Flügel. Carlos und Fernando, beliebte Musiker aus Monchique, hatten bereits auf diesen Moment gewartet. Ihr Gang durch die Scheune war wie ein Spießrutenlaufen, denn unterwegs schlugen ihnen viele Hände auf die Schultern, wie Helden wurden sie begrüßt. Hinten in der Scheune angekommen, packten sie ihre Gitarren aus und legten los. Im Handumdrehen steckte ihr ganz und gar nicht wehmütiger Bauernfado die Leute an. José verneigte sich vor seiner Gattin Antonieta und reichte ihr die rechte Hand, sie machte einen Knicks, und schon begann das Paar zu tanzen. Die anderen Gäste schlossen sich begeistert an. Irgendwann hatte Lisa den *Inspector-chefe* als Gegenüber. Er tanzte wunderbar und verlor kein Wort über seine Nachforschungen. Sie tanzten bis in den frühen Morgen hinein.

Ganz in der Nähe und endlich in seinem eigenen Bett wachte Jorge aus einem tiefen Schlaf auf. Er hörte Menschen, die in der Scheune ausgelassen feierten.

Der ungewohnte Lärm weckte auch Foxy auf, die sich am Fußende des Bettes zusammengerollt hatte. Sie spitzte die Ohren und legte den Kopf schräg. Fragend blickte sie ihr Herrchen an.

In Jorges müdem Gesicht stieg Freude auf, pure Freude. Außerdem schwang da eine mächtige Portion Heiterkeit mit. Er schloss wieder die Augen. Er genoss den Jubel. Spürte Leben. Sein Leben. Ihm war, als tanzte er mit und Joana mit ihm – und Lisa zwinkerte hell lachend herüber.